Kurz vor seinem Auftritt erleidet der Schauspieler Noah Pingree einen Schlaganfall. Als er Tage später in einem New Yorker Krankenhaus erwacht, ist er nicht nur halbseitig gelähmt und kann kaum sprechen – er hat auch 9/11 verschlafen. Nichts ist mehr, wie es war, doch Noah ist fest entschlossen, sich in die in ihren Grundfesten erschütterte Welt zurückzukämpfen. Und schon bald stellt er fest, dass die Katastrophen, die über ihn und die Stadt New York hereingebrochen sind, seinem Leben mehr als nur eine neue Wendung geben – und dass seine Vergangenheit auf überraschende Weise höchst lebendig ist.

»Griesemer fesselt« Vanity Fair

John Griesemer, 1947 in New York geboren, hat Romane und Erzählungen veröffentlicht und gilt als »einer der größten Erzähler unserer Zeit« (New York Times). Sein Roman »Rausch« stand monatelang auf der Spiegel-Bestseller-Liste. John Griesemer lebt in Lyme, New Hampshire. Im Fischer Taschenbuch erschien zuletzt »Roy auf dem Dach« (Bd.17611).

Unsere Adresse im Internet: www.fischerverlage.de

JOHN
GRIESEMER

HERZ
SCHLAG

Roman

Aus dem Amerikanischen
von Henning Ahrens

FISCHER TASCHENBUCHVERLAG

FSC
www.fsc.org
MIX
Papier aus verantwortungsvollen Quellen
FSC® C083411

Veröffentlicht im Fischer Taschenbuch Verlag,
einem Unternehmen der S. Fischer Verlag GmbH,
Frankfurt am Main, Juni 2012

Lizenzausgabe mit freundlicher Genehmigung
der Arche Literatur Verlag AG, Zürich–Hamburg

Druck und Bindung: CPI – Clausen & Bosse, Leck
Printed in Germany
ISBN 978-3-596-18746-1

Für meinen Vater

EINS

Sie haben das Theater begraben.

Keine Ahnung, warum mir das nicht früher aufgefallen ist.

Auf dem Platz stehen zwei Opernhäuser und ein Konzertsaal. Das Theater ist kaum zu sehen; man hat es wortwörtlich unter den anderen Gebäuden begraben, ganz hinten, nahe der Eighth Avenue. Das Foyer liegt unter der Erde. Darunter liegen die Bühnen. Und die Proberäume liegen noch tiefer.

Sie haben uns an den Rand gedrängt und schließlich beerdigt.

Ein paar Blocks vor dem Bühneneingang auf Höhe des Lincoln Center lässt mich ein Kopfschmerzanfall innehalten. Kopfschmerzen und die Hitze. Ich bin früh dran. Ich muss mir von Cecily noch die Kritik abholen. Die Vorstellung beginnt erst in zwei Stunden. Die erste Voraufführung vor Publikum, und mich plagen diese verdammten Kopfschmerzen.

Das Plätschern des Springbrunnens mitten auf dem Platz klingt beruhigend, und ich bin in der Hoffnung stehen geblieben, dass es den pochenden Schmerz lindert. Sobald ich im Theater bin, werde ich ein paar Aspirin schlucken.

Ich lehne an einem Parkverbotsschild und betrachte das

Gewimmel der Touristen. Die weißen, kastenförmigen Gebäude mit den hohen Pfeilern rings um den Platz – sie kommen mir vor wie eine Kreuzung zwischen turmlosen Kathedralen und den Heizkörpern in meiner Wohnung – wirken weicher im Licht des späten Nachmittags.

Ich gehe weiter und überlege, wie ich das begrabene Theater in meinen Monolog einbauen könnte. Jeder Abend bietet einen gewissen Spielraum für Improvisationen.

Diese Überlegungen regen mich an. Gut so. Schauspieler, die gerade in einem Stück spielen, können den Moment spüren, wenn ein Tag zum abendlichen Auftritt hin umkippt, ein Gefühl, das einer schwachen, weit flussaufwärts beginnenden Strömung gleicht. Manchmal spürt man ihr Ziehen am späten Vormittag, manchmal erst nachmittags. Die Aufführung. Ein Gefühl, das Besorgungen, Stimmunterricht, Vorsprechen, die Familie umspielt. Doch irgendwann verlieren alle diese Pflichten an Bedeutung und biegen sich wie Schilfhalme in einem Fluss; dann packt einen der Sog, und man fließt zu dem Augenblick, in dem man die Bühne betritt.

Ich biege um die Ecke und gehe auf der 65th Street zum Bühneneingang, der sich unter einer alten Überführung nach Julliard befindet und über die Einfahrt einer Tiefgarage zu erreichen ist. Schauspieler und Autos bitte hier entlang.

Ich bin hier, um die erste Voraufführung meines noch nicht ganz fertigen Monologs *Die Schauspielschule* zu spielen. Wir haben das Mitzi Newhouse angemietet, die kleinere der zwei Bühnen im Lincoln Center. Die reguläre Saison beginnt eigentlich erst am Sonntag vor Labor Day. Keine Werbung, nur eine Ankündigung für die Abonnenten. Trotzdem hat sich die Sache herumgesprochen. Mund-zu-Mund-Propaganda. Der Kartenvorverkauf lief gut.

Ich nehme den Aufzug und fahre drei Stockwerke nach

unten zu den Katakomben mit den Garderoben. Wenn man von den Plakaten an den Wänden absieht, könnte man meinen, in einem unterirdischen Archiv zu sein, nicht in einem Theater. Ein Keller mit Neonröhren, Stahltüren und Wänden aus Aschenbeton.

In der Kantine finde ich Aspirin und bitte die Inspizientin, mir eine Limonade und einen Kaffee zu besorgen.

Cecily kommt und meint, ich sei blass. Ich tue das ab und sage, vielleicht sei es Lampenfieber; auch gut möglich, dass der Fußmarsch vom Village keine so gute Idee gewesen sei. Irgendetwas. Nichts.

»Diese Hitze«, sagt sie. »Trink was.«

Ich erwidere, dass mir die Inspizientin gerade einen Kaffee und eine Limonade aus dem Deli neben dem Mormon Center in der 65th Street holt. Dann schlage ich vor, anhand der Kritik vom Durchlauf des gestrigen Abends mit der Arbeit zu beginnen.

Im Grunde steht das Stück. Doch ich muss darauf achten, an ein paar Stellen das Tempo zu drosseln. (Mike Nichols, erzählt Cecily, habe ihr einmal gesagt, Regie bedeute eigentlich nur, die Schauspieler an den richtigen Stellen schneller oder langsamer werden zu lassen.) Wir arbeiten eine Weile, doch als Cecily ihre Kritik erläutern will, geht mir die Sache plötzlich auf den Wecker. Die Kopfschmerzen nehmen wieder zu, und ich schiebe Kaffee und Limonade weg. Ich sage, dass ich mich noch einmal kurz hinlegen werde.

»Im Ernst?«, fragt Cecily.

»Eine alte Gewohnheit«, sage ich. »Ich habe mich vor der Vorstellung schon immer gern hingelegt.«

»Noah«, erwidert sie. »Das stimmt doch nicht.«

Cecily Wuppertal hat bei all meinen Monologen Regie geführt. Wir sind seit zwanzig Jahren ein Team und haben während dieser Zeit meist zusammengewohnt. Noch immer verbringen wir die meiste Zeit gemeinsam in meiner Wohnung über der alten Schauspielschule im West Village, obwohl Cecily eine eigene Wohnung in ihrem Theater in der Nähe der Canal Street hat.

Ich lege mich nicht hin, sondern lasse mir Tysenol geben, das ich zusätzlich zum Aspirin nehme, und sitze dann mit pochendem Kopf in meiner Garderobe, bis die Inspizientin »Fünf Minuten!« ruft.

Daraufhin verlasse ich die Garderobe und schlendere durch die Flure, wo ich kurz eine Hand auf meinen Glücksbringer lege, den großen, gelben Kreis mit der blauen Aufschrift RUHE!, betrete dann die Hinterbühne des Mitzi und stelle mich schließlich auf die Seitenbühne. Ich genieße es, vor der Vorstellung noch ein bisschen Zeit zu haben, um dem Publikum zu lauschen.

Ich spähe durch den Vorhangspalt, kann aus diesem Winkel aber keine Zuschauer, sondern nur den Notenständer, mein Notizbuch und eine Ecke des Sofas erkennen.

Im Laufe der Jahre habe ich die unterschiedlichsten Inszenierungsstile ausprobiert, manchmal mit Requisiten. Mitte der Achtziger sah die Deko für meinen Ausbruchs-Monolog wie das Labor eines verrückten Physikers aus, mit Kunstschnee, einer Windmaschine und sogar einem Van-de-Graaff-Generator zur Simulierung von Blitzen.

Danach setzte ich Videobildschirme, Tonbandloops, digitale Audio-Effekte und fluoreszierende Blitze ein – was sehr nach Downtown aussah. Doch für die heutige Show, mit der ich zu meinen Anfängen zurückkehre, verzichte ich fast ganz auf Schnickschnack: nur ich, der Notenständer, mein Notizbuch mit Spiralheftung, ein blaues Sofa, ein Bildschirm, wenige Audio-Effekte.

Während die Zuschauer ihre Plätze einnehmen, liegt die Bühne in einem matten Licht. Statt Musik murmelt eine Stimme aus dem Lautsprechersystem. Das ist beabsichtigt. Es handelt sich um die Tonbandaufzeichnung eines Vortrags von Dorthea. Ihre melodiöse Stimme, so eindrucksvoll, wenn sie richtig laut spricht, ist die passende Orchestrierung für das sparsame Setting. Ich höre sie unglaublich gern. Eine bessere Einstimmung gibt es nicht. Sogar meine Kopfschmerzen scheinen abzuflauen.

Ich nicke der Inspizientin zu. Sie erwidert mein Nicken.

Obwohl es meine Premiere mit diesem Monolog ist, bin ich eigentümlich gelassen.

»Super Publikum«, sagt die Inspizientin.

Sie lächelt und macht ein paar Tanzbewegungen, als würde sie der Musik in ihren Kopfhörern lauschen und nicht dem Geplapper im Regieraum hinten im Theater. Sie ist jung, stämmig, trägt Tank-Top und Cargohose. Sie fährt jeden Abend mit Rollerblades zur Arbeit, und jetzt, als sie die Hüfte wiegt, sieht sie aus, als hätte sie immer noch die Blades unter den Füßen.

Ich schicke mich an, ein bisschen mit ihr zu flirten, und ahme scherzhaft ihre Tanzschritte nach, spüre aber sofort einen stechenden Schmerz im Kopf und höre mich sagen: »O Gott.« Diese zwei Silben klingen so seltsam gedämpft, als würde ich mit den falschen Organen hören – nicht mit den Ohren, sondern mit dem Unterkiefer oder mit den Halssehnen.

Die Inspizientin scheint nichts bemerkt zu haben, und vielleicht habe ich gar nichts gesagt. Vielleicht habe ich die Worte nur gedacht. Diese Ungewissheit ist allerdings noch beängstigender.

Daraufhin fällt mir ein, dass ich mein Ritual vergessen habe. Eine komische kleine Marotte, wie ich gestehen muss, die ich aus Osseo Newrys Shakespeare-Workshop in der Schauspielschule mitgenommen habe. Newry forderte uns damals auf, »Inventur zu machen« und zu diesem Zweck unseren Herzschlag und Atem zu messen. Sinn der Sache war die völlige Konzentration auf die zwei wichtigsten Instrumente der Schauspielkunst: den Atem und das Herz.

Also kehre ich der Inspizientin den Rücken zu und drehe mich zum Vorhang um, den ich fast mit der Nase berühre.

Ich messe meinen Puls am linken Handgelenk. Dann zähle ich meine Atemzüge pro Minute. Durch die Aufregung vor der Vorstellung sind es immer gut fünfzehn. Heute sind es fünfundzwanzig. Ich versuche, mich davon nicht ablenken zu lassen.

Aber zu meiner Inventur gehört noch etwas anderes. Ich warte darauf, dass mir ein Name einfällt. Während ich den Puls messe und die Atemzüge zähle, versuche ich, mich zu lösen. Ich versuche, die Geräuschkulisse des Theaters auszublenden, das Rascheln und Husten des Publikums, das Geflüster und Gepolter der Bühnencrew und, falls es sich um ein Stück und nicht um einen meiner Monologe handelt, auch die anderen Schauspieler, die sich aufwärmen, lachen oder plaudern. Ich versuche, mich so tief in mich selbst zu versenken, bis ein Name erscheint.

Mit jeder Vorstellung zolle ich jemandem Tribut. Damit bin ich nicht allein. Viele Schauspieler machen das jeden Abend. Während meiner Inventur kommen mir unweigerlich der Name oder das Bild einer Person in den Kopf. Und dieser Person, egal, wer sie ist, widme ich die Vorstellung. Die Leute wollen oft wissen, wie man als Schauspieler Abend für Abend einen frischen Auftritt hinlegen kann. Dies ist einer der Tricks. Wenn man jede Vorstellung einer anderen Person widmet, hat jede Vorstellung eine andere Qualität.

An diesem Abend kommt mir der Name Gardiner Pingree in den Kopf.

Das überrascht mich nicht. Die Namen meines Vaters und meines älteren Bruders, Senior und Junior, fallen mir oft ein, bevor ich auf die Bühne gehe, egal, um welche Vorstellung es sich handelt. Also, Gardy – Vater und Bruder –, diese soll euch gewidmet sein.

»Das Lichtzeichen!«, flüstert die Inspizientin.

Die Platzanweiser haben die hinteren Türen geschlossen. Stimmengewirr und Geraschel im Publikum verebben. Das Saallicht ist aus, das Bühnenlicht ebenso. Dunkel. Nur die kleine blaue Glühlampe neben dem Vorhang leuchtet. Wenn sie erlischt, heißt das, dass ich auf die Bühne gehen muss.

In diesem Moment platzt das Blutgefäß in meinem Gehirn.

ORT: DIE MARSHALSEA ACADEMY OF
DRAMATIC ARTS, GREENWICH VILLAGE,
NEW YORK CITY

ZEIT: 1957

LICHT AN.
Auftritt EIN JUNGE. Allein.
Der ungefähr elf Jahre alte Junge setzt sich auf ein blaues Sofa. Er beginnt, ein Comicheft zu lesen. Er hält inne, blickt auf. Schweigen.
LICHT AUS.

Ich wusste, dass ich gleich etwas Verbotenes tun würde. Meine Mutter hatte mich mit meinem Comic auf dem blauen Sofa in der Halle zurückgelassen, und ich versuchte, mich auf *Onkel Dagobert* zu konzentrieren, blickte aber immer wieder auf, horchte, sah mich wachsam im Raum um. Die Klasse war durch die Doppeltür verschwunden, alles Erwachsene.

Wenn ich mich dort hineinschleichen würde, wäre das ein Verstoß gegen den Befehl der Großen Dame höchstpersönlich. Ich könnte sogar den Job meiner Mutter gefährden. Eigentlich durfte ich mich nicht vom Fleck rühren. Das wusste ich.

Aber ich wollte unbedingt die Schauspieler sehen.

Zwei- oder dreimal in der Woche fuhren meine Mutter und ich von Jersey mit dem Zug zur Schauspielschule. Das beruhte auf einer Abmachung, die meine Mutter mit der Großen Dame getroffen hatte. »Die Große Dame« war der

Spitzname, den meine Mutter Dorthea Holtz gegeben hatte, der Gründerin der Marshalsea Academy of Dramatic Arts.

Gegen Ende der 1950er hatte sich die MADA, zu diesem Zeitpunkt schon über zehn Jahre alt, zu einer der angesehensten Schauspielschulen der Stadt gemausert. Es hatte Lee Strasbergs Actors Studio, Sanford Meisners Neighborhood Playhouse und Stella Adlers »Kotillon« (so nannte Dorthea den Laden) das Wasser abgegraben. Die Schauspieler standen Schlange, um für Dortheas Kurse vorzusprechen.

Im Büro auf der anderen Seite der Halle konnte ich meine Mutter bei der Arbeit sehen. Sie saß ganz hinten in einem regelrechten Kaninchenbau von Räumen, alle vollgestopft mit Aktenschränken, Schreibtischen und Regalen, die von Textbüchern, Lebensläufen und Schauspielerfotos überquollen. Meine Mutter war allein und plagte sich mit dem Mimeografen herum. Sie schnappte sich eine brennende Zigarette, die auf dem Schreibtisch hinter ihr in einem Aschenbecher qualmte, zog hastig daran, legte die Zigarette wieder ab, blies den Rauch nach oben in die Luft und zerrte weiter zerfetztes Papier aus dem Apparat. Zu Hause rauchte sie nie. Meines Wissens tat sie das nur hier, in der Schauspielschule.

Gleich hinter der Bürotür befand sich etwas, das mir schon bei früheren Besuchen in der Schauspielschule aufgefallen war – noch ein Eingang mit einem schwarzen Vorhang. Er kam mir vor wie eine geheime Pforte.

LICHT AN
auf das blaue Sofa,
leer bis auf das Comicheft.
LICHT AUS.

Ich war vom Sofa aufgestanden und hinter den Vorhang getreten. Mein Herz pochte so wild, dass ich glaubte, es würde meine Brust sprengen. Ich sah mich um. Eigentlich gab es in dieser muffigen, kleinen Kammer nichts zu sehen. Vom Büro fiel ein schmaler Lichtstreifen herein. Draußen begann der Mimeograf schnaufend zu arbeiten.

Hier, in diesem Hag aus Vorhängen, fühlte ich mich sicher, und ich überlegte kurz, nicht weiterzugehen. Der Raum war so klein, dass ich mit ausgestreckten Armen auf beiden Seiten die Stoffe berühren konnte. Auf einmal herrschte Totenstille. Der Mimeograf war verstummt. Die Luft war stickig. Ich kehrte dem Büro den Rücken zu und schlüpfte durch den nächsten Vorhang.

Der folgende Raum war kühler und heller. In den Schatten hing ein schwacher Tabakgeruch. Von der schwarzen und von einem Netz aus Rohren und Kabeln überzogenen Decke sickerte ein fahles Licht. An einer waagerechten, an der Wand befestigten Halterung hingen ausgestöpselte Scheinwerfer, die wie eine Reihe schwarzer, metallener Zylinderhüte aussahen. Über den Rand der Zuschauertribüne, die vor mir aufragte, drang Gelächter.

Ich war noch nie in einem echten Theater gewesen. Bei einer Geburtstagsparty hatte ich Clowns erlebt, einmal war ich in der Vorstellung eines Zauberers gewesen, und außerdem hatte ich bei einem Schulausflug in einem Freimaurertempel die Newark-Symphoniker gehört. Aber ein richtiges Theater kannte ich nicht.

Ich sah die Rückenlehnen einer ganzen Reihe von Klappstühlen, die auf Podesten standen. Dann erspähte ich schmale Querstreben, auf denen ich die Tribüne erklimmen konnte, und schlich hin, um ihre Tragfestigkeit zu prüfen. Behutsam belastete ich die unterste Strebe mit meinem Gewicht und kletterte dann bis nach oben, eine Hand vor die andere legend und mit den Füßen möglichst lautlos nach Halt tastend. Schließlich glitt ich unter die hinterste Reihe der leeren Sitze.

Da ich zu aufgeregt war, um einen Blick auf die Bühne zu riskieren, blieb ich auf dem Rücken liegen und versuchte, meinen Atem zu beruhigen. Unten konnte ich Stimmen hören – männliche und weibliche –, und in den Schultern und im Hinterkopf spürte ich, wie die Sperrholzverschalung unter den Schritten vibrierte. Ich lag da, betrachtete die vertrockneten Kaugummis unter dem Stuhlsitz und zog mit dem Finger die Aufschrift »EIGENTUM DER MADA« nach.

Das Licht im Raum veränderte sich. Ein Dutzend nackter Glühlampen im Beleuchtungsrig unter der Decke erloschen. Ganz kurz war es stockfinster, aber dann leuchtete neben der Bühne ein neues, helleres Licht auf. Im Raum war es still geworden. Man konnte den Straßenlärm hören, ein abstraktes, kaum wahrnehmbares Gemurmel. Unter der Decke knackte es leise. Die Metallgehäuse der Flutlichter dehnten sich durch die Hitze der Glühlampen.

Ich konnte nicht liegen bleiben. Ich war schon so weit vorgedrungen, dass ich unbedingt einen Blick auf die Bühne werfen musste. Also glitt ich lautlos unter den Klappstühlen hervor und kam weit genug auf die Knie, um zwischen den Sitzen durchschauen zu können.

Es war, als sähe ich in einen Brunnen. Die Sitzebenen stiegen steil bis zu der Stelle auf, wo ich hockte. Gut acht Reihen tiefer konnte ich die Silhouetten von ungefähr zwanzig Zuschauern erkennen, bei denen es sich um die Schüler handelte, die ich vorhin durch die Türen hatte gehen sehen. Reglose Schatten, die sich vor dem Teich aus Licht am Grund des Brunnens abzeichneten. Die Bühne war ein flaches, helles

Viereck. Es gab weder ein Podium noch ein Portal oder einen Vorhang.

Auf der Bühne lagen nur ein paar Stöcke, Zweige und Laub, aber diese Dinge nahm ich gar nicht richtig wahr. Was mich fesselte, war das Licht – das Licht, das in der Dunkelheit leuchtete. Dieses Licht kündete von einem bevorstehenden Ereignis, und ich spürte, wie sich die Aufmerksamkeit aller Anwesenden im Raum darauf konzentrierte, auch die meine.

Dann betrat der erste Schauspieler die Bühne.

Er sprang hinauf. Ein großer, breiter Mann, der so stark keuchte, als wäre er gerade gerannt und gestolpert. Er wirkte müde. Er warf einen Blick über die Schulter. Er hatte Angst. Sein Gesicht war rund, sein Haar lockig, und er trug einen alten, zerknautschten Filzhut und eine Latzhose. Er griff in seine Hose und zog ein schlaffes, braunes, pelziges Etwas heraus, das er auf den Fußboden legte. Dann rannte er zur vordersten Sitzreihe und warf sich mit dem Bauch auf den Boden. Er schlürfte lautstark. Als er sich wieder aufrichtete, meinte ich das Wasser sehen zu können, das er sich mit dem Ärmel vom Mund wischte. Dann ließ er sich neben dem kleinen braunen Pelzbündel nieder. Er saß still da, umklammerte die Knie, holte ein paarmal tief Luft und wiegte sich hin und her.

»George wird mir die Hölle heißmachen«, sagte der Mann.

Er sprach diese Wörter in einem abgehackten Singsang. Oben in der letzten Sitzreihe runzelte ich verwirrt die Stirn. Ich legte beide Hände auf die Rückenlehne vor mir und bettete mein Kinn darauf.

Schließlich hob der Mann das kleine, schlaffe Ding vom Boden auf. Ein ausgestopftes Tier. Vielleicht ein Teddybär oder ein Panda, da war ich mir nicht sicher, doch an der Art, wie der Mann mit der Latzhose danach griff, erkannte ich, dass es sich bei dem Geschöpf um ein Haustier handelte – einen Welpen oder ein Kätzchen – und dass es tot war.

Ich sah zu, wie der Mann ein paar Stöcke wegschob und so tat, als würde er mit den Händen graben. Langsam verstand ich, was los war. Der große Kerl hatte Ärger. Er befand sich am Wasser, an einem Fluss oder Teich. Das Tier war tot. Der Mann begrub das Tier. Der Mann tat das heimlich, aber ich war ja auch heimlich hier, und schließlich, als er das kleine Fellbündel mit echten Stöcken und eingebildetem Sand bedeckt hatte, wusste ich, dass ich ein echtes Flussufer vor mir hatte, das traurige Begräbnis eines Tiers und einen kräftigen, verwirrten Mann auf der Flucht.

Dann kam noch ein Schauspieler auf die Bühne – ein kleinerer. Er sah sich auf der Lichtung um und entdeckte den hinter einem Busch verborgenen großen Kerl. Er sah weg und ging dann langsam zum Flussufer, wo er sich setzte.

Er sah zu mir auf, doch ich wusste, dass er in Wahrheit Hügel und Himmel erblickte, vielleicht auch das vom Wasser des Flusses reflektierte Sonnenlicht.

Er sprach, als müsste er nach passenden Worten suchen. »Lennie«, sagte er.

In den Büschen raschelte es, als der große Kerl langsam aufstand und ins Freie trat. Er fragte, wo die anderen seien.

»Auf der Jagd«, antwortete sein Freund.

Dann wollte der große Kerl wissen, ob er etwas Schlimmes getan habe. Er wolle auch auf Jagd gehen.

Sein Freund erwiderte, es sei nicht schlimm.

Lennie, der große Kerl, und sein Freund, den er George nannte, setzten sich zusammen und redeten.

So etwas hatte ich noch nie gesehen. Mir stockte der Atem,

und ich hatte das Gefühl, als würde das, was ich da sah, tief aus meinem Inneren kommen, als wäre das, was sich da auf dem erleuchteten Fleck unten im Brunnen abspielte, aus mir herausgesponnen worden, als wäre dieser von Dunkelheit umgebene, ganz klare und stille Teich aus Licht ein Teil von mir.

Gleichzeitig spürte ich, dass die Unterhaltung zwischen den zwei Männern privat war und mich eigentlich nichts anging, und ich wusste nicht, ob es eine Sache zwischen George und Lennie oder zwischen den Schauspielern war, die George und Lennie darstellten. Sie schienen ein Geheimnis zu haben, und plötzlich erfüllte mich der verzweifelte Wunsch, dieses Geheimnis zu kennen.

Ich hatte noch nie gesehen, dass Männer sich so verhielten. Sie waren verängstigt, vielleicht auch traurig. Verängstigt *und* traurig. Schwer zu sagen. Ich wollte dort unten bei ihnen sein, fürchtete mich aber vor der Intensität ihrer Gefühle und hatte Angst, mich ihnen zu nähern.

Die Männer sprachen davon, zusammenzuhalten, was Lennie freute und George betrübte. Georges Betrübnis verstand ich irgendwie besser, freute mich aber zugleich für Lennie.

»Kerle wie wir haben keine Familie«, sagte George, und er hörte sich beklommen an, ja fast so, als würde er ertrinken. Wenn wir in der Schule das Vaterunser oder den *Pledge of Allegiance* aufsagten, klangen unsere Stimmen ähnlich.

George fuhr fort: »Sie haben niemanden auf der Welt, der sich auch nur einen Deut um sie kümmert ...«

Diese Worte freuten Lennie. Er schaukelte hin und her, umklammerte die Knie, kicherte leise vor sich hin.

»Wir aber nicht!«, sagte er. »Weil ...«

»Weil ich dich hab ...«, sagte George.

»Und ich dich«, sagte Lennie. »Wir haben uns gegenseitig, und das ist verdammt gut so.«

Lennies Glück war so ansteckend, dass ich lächeln musste. Doch der dicht hinter Lennie sitzende George blieb ernst. Er nahm den Hut ab; seine Hände zitterten. Er bat Lennie, auch den Hut abzunehmen, und sich den Wind um den Kopf wehen zu lassen, und Lennie gehorchte und legte seinen Hut auf den Boden.

Ich konnte den Wind spüren, der durch mein Haar fuhr. Es war ein Abendwind, der nach einem langen, heißen Tag für die erste Abkühlung sorgte. Er ließ das Laub der Bäume rascheln und trieb das Wasser des Flusses in kleinen Wellen von George und Lennie fort.

Dann begann George, Lennie die Zukunft zu schildern. Er sagte, sie würden ein kleines Anwesen haben. Eine Kuh und Hühner. Lennie wollte auch Kaninchen, und George erwiderte, Kaninchen würden sie auch haben. Sie würden wie die Maden im Speck leben. Lennie war so glücklich, dass mir Tränen in die Augen traten, und um ein Haar wäre mir das schwarze Ding entgangen, das George plötzlich in der Hand hielt, als er Lennie bat, zum anderen Flussufer zu schauen, als wäre die Farm dort zu sehen; alle Leute wären nett zu ihnen, und es würde keine Scherereien mehr geben, und Lennie sagte, ja, er sehe alles, und George hob die Hand, und Lennie sagte, er könne die Farm sehen, er sehe sie ganz genau vor sich, er war so glücklich. Und dann hob George die Hand mit der Pistole, und ich sprang auf und schrie.

In der Marshalsea Academy of Dramatic Arts lag etwas in der Luft, wenn die Meisterklasse von Dorthea Holtz zusammenkam. Die Schüler glaubten, dass die vielen, in einem Raum versammelten Talente für eine barometrische Veränderung innerhalb des Gebäudes sorgten. Jede und jeder behauptete, dies spüren zu können.

Gut möglich, dass die atmosphärische Veränderung in der Akademie meine Mutter dazu bewog, eine Pause einzulegen und nach mir zu schauen.

Später erzählte mir meine Mutter, dass ihr beim Betreten der Halle der Atem gestockt habe. Dort, wo ich eigentlich hätte sitzen sollen, habe sich ein junger blonder Mann gelümmelt, der das linke Bein über die Armlehne des blauen Sofas baumeln ließ; ein Mann, der sich unter dem T-Shirt gelangweilt die Brust kratzte und in meinem Onkel-Dagobert-Heft las.

»In vielem glich er den anderen jungen Schauspielern an der Akademie«, erzählte meine Mutter später. »Dorthea hatte einen Blick für gut gebaute Männer. Das galt auch für ihn, nur dass er noch attraktiver als die anderen war.«

Der Mann schwang beim Lesen müßig ein Bein. Seine Arme waren sehnig und muskulös, und er war so konzentriert, dass er die Unterlippe schürzte.

»Er bemerkte mich nicht. Und dann wurde mir bewusst, dass er gar nicht richtig las«, erzählte sie. »Trotzdem war er völlig versunken.«

Der Mann blätterte mein Onkel-Dagobert-Heft von hinten nach vorn durch. Sein Nichtstun nahm ihn vollkommen in Anspruch. Es war eigentlich albern, doch meine Mutter starrte ihn wie gebannt an.

»Dann«, erzählte mir meine Mutter, »musste ich an dich denken. Es kam mir vor, als würde mein verträumter, stiller Noah auf dem Sofa sitzen und in dem Comic blättern. Und mir kam der Gedanke, dass du später einmal genau wie dieser Mann sein würdest.«

LICHT AN.
Der JUNGE
mitten auf der Bühne.
Er schreit.
LICHT AUS.

Im Theater fuhr Dorthea Holtz, Ehrfurcht gebietend, groß und silberhaarig, von ihrem Schaukelstuhl auf, der dicht vor der Bühne stand. Sie ließ fallen, was immer sie geraucht hatte, schlug wild nach den Funken und schrie: »Stopp!«

Als Dorthea begriff, dass es sich bei der Reißaus nehmenden Gestalt um ein Kind handelte, rief sie wohl zu ihrer eigenen Überraschung: »Bitte!«

In jenem Moment dachte ich nur daran, dass sie mir auf den Fersen wäre oder, noch schlimmer, einem ihrer Günstlinge befehlen würde zu fliegen, fliegen wie ein geflügelter Affe, mich einzuholen, in die Luft zu reißen und zu ihr zu bringen.

In meiner Verwirrung sprang ich von der Tribüne und stürmte durch die Doppeltür in die Eingangshalle, wo ich in die falsche Richtung abbog. Ich rannte an den Toiletten und dem Wasserspender vorbei und prallte gegen einen Mann und eine Frau, die in einer Tür standen und knutschten. Verfolgt von wütenden Schreien wirbelte ich nach links, wo ein Flur zur Hintertreppe führte.

»Noah?«, rief meine Mutter.

Ich hastete die Treppen hinunter und war schon fast zwei Etagen tiefer, als mir dämmerte, wie sinnlos meine Flucht war. Wo sollte ich hin? Was sollte ich tun? Ich brauchte ja meine Mutter. Doch diese Erkenntnis reichte nicht, um meine Flucht zu stoppen, bei der ich zwei, manchmal sogar drei Stufen auf einmal nahm.

Ich sah nur kurz auf, als jemand rief: »Hey, Dad! Alles klar?« Ein blonder Mann, der im Gegenlicht im hohen Treppenhaus wie ein Engel aussah, schaute von oben herab. In diesem Moment stolperte ich über den Mopp und den Eimer mit Bohnerwachs und flog die letzten paar Stufen hinunter. Der Mopp verkantete sich auf der Treppe, und der dreißig Liter fassende Eimer ergoss einen Katarakt schleimigen, ockerfarbigen Destillats. Ich schlitterte mitten in die Schweinerei am Fuß der Treppe und brach in Tränen aus.

Cecily ist die erste Person, die ich erkenne, als ich wieder zu mir komme.

Das erste Ding, das ich erblicke, ist die Chromstange mit den an Metallringen hängenden, hellgrünen Vorhängen, die mein Bett abschirmen. Anfangs bilde ich mir ein, hinter der Bühne zu sein. Doch ich liege, und in welchem Theater gibt es Vorhänge in dieser Farbe? In diesem Augenblick taucht Cecilys Gesicht auf.

»Oh, Noah«, sagt sie. »Du bist wieder bei Bewusstsein.« Dann ist sie weg, und später werde ich das Gefühl haben, als hätte sie die Worte lautlos mit den Lippen geformt; ich weiß nicht genau, ob ich sie tatsächlich höre.

Ärzte erscheinen. Ich rufe nach Cecily. Aber vielleicht bilde ich mir das auch nur ein. Denke ich oder handele ich? Und was kann ich tun? Mein rechter Arm will sich nicht bewegen. Die ganze rechte Gesichtshälfte ist taub. Ich versuche zu sprechen, und es ist, als würde ich an einem Ess-Wettbewerb teilnehmen. Mein Unterkiefer schnappt rasant auf und zu und verspritzt Speichel.

Ich bin von Kabeln und Schläuchen umgeben, die aus mir heraus- und in mich hineinführen. Ich bin eindeutig ein Patient. Und ich habe irgendetwas überlebt. Das finde ich großartig. Ich weiß zwar nicht, was passiert ist, doch ich erschaudere vor Glück, als mir bewusst wird, dass ich überlebt habe, was auch immer mich getroffen hat.

Ich dämmere wieder ein. Erwache von Neuem. Ich sehe Bilder. Später werde ich sie »Koma-Szenen« nennen. Wie Stillleben oder Tableaus auf einer dunklen Bühne. Meist sehe ich einen Jungen, allein im Licht.

Schließlich kehrt Cecily zurück. Ich weiß nicht, wie lange es her ist, seit sie zum ersten Mal vor dem grünen Vorhang erschienen ist. Was auch immer passiert ist, es hat mein Zeitgefühl ausgelöscht.

Ich habe über die Szenen nachgedacht. Der Junge, die an eine Bühne erinnernden Szenen: die Tableaus, die Dunkelheit, das Gefühl, Zuschauer zu haben.

Ich bin zugleich euphorisch und erschöpft. Schließlich erfahre ich, was mir passiert ist. Irgendwie sickerte das Wissen in mich ein. Krankenschwestern und Ärzte sprechen von einem Schlaganfall. Also schön. Ich hatte einen Schlaganfall. Allmählich erinnere ich mich wieder daran, dass ich im Mitzi auf der Seitenbühne stand. Ich liege im Bett und versuche, mir die Situation kurz vor der Katastrophe auszumalen, doch meine Erinnerung ist lückenhaft, und meine Gedanken hängen in einer Möbius-Schleife.

Einer der Ärzte sagt, ich sei auf einem guten Weg.

»Sie machen Fortschritte«, sagt er. »Außerdem haben Sie eine sehr gute Presse. Die *Times* hat einen Artikel über Sie gebracht.«

Ich würde ihm gern Fragen stellen. Die *Times?* Doch die Worte »Fortschritte« und »sehr gut« wirken wie eine Droge auf mich, und ich dämmere wieder weg.

Als ich wieder erwache, fühlt sich alles anders an. Etwas

hat sich verändert. Ich liege noch im Bett. Demselben Bett. Auch die Vorhänge scheinen dieselben zu sein, aber irgendetwas ist anders. Der Raum kommt mir voller vor. Ich spüre die Anwesenheit vieler Menschen. Ich war wieder bewusstlos. Diesmal habe ich keine Bilder gesehen, sondern nur die Kälte gespürt. Plötzlich durchzuckt mich Panik. Ich rucke im Bett hoch, so, wie man im Unterricht nach kurzem Dösen aufschreckt. Eine Zuckung wie die eines Frosches, der auf dem Seziertisch festgenagelt ist.

Cecily sitzt neben meinem Bett.

»Noah«, sagt sie. Sie streichelt meine Hand, aber weil es die rechte ist, kann ich kaum etwas spüren. Immerhin sehe ich ihre Geste, und das hat etwas Beruhigendes.

»Es ist etwas passiert«, sagt sie. »Wir wurden angegriffen.«

Offenbar drückt meine Miene Verwirrung oder Unverständnis aus. Vielleicht versuche ich auch, eine Frage zu stottern.

»Sie haben uns angegriffen«, sagt sie, und ich erinnere mich, dass der Arzt die Presse erwähnt hat. Ich befürchte, dass man unsere Vorstellung verrissen hat.

O Gott, bloß nicht die *Times*, denke ich. Dann haben es alle gelesen.

Cecily fährt fort.

»Während du im Koma gelegen hast«, sagt sie.

Ich befürchte, dass sie mir gleich irgendeine gemeine Anrufbeantworter-Nachricht vorlesen wird.

»Während du im Koma gelegen hast, haben sie die Stadt angegriffen.«

Ich kann ihr nicht folgen. Sie erklärt mir geduldig, was geschehen ist.

DUNKELHEIT
FRAUENSTIMME
Ich muss mein Leben ändern!

LICHT AN.
Der JUNGE sitzt allein auf
einem Stuhl, schaut zum
Fenster hinaus.
FRAUENSTIMME
(wie bei einem Gebet, leise)
Ich muss mein Leben ändern.
LICHT AUS.

Jede Meisterklasse der Marshalsea Academy of Dramatic Arts bekam irgendwann die Rede zu hören, die Dorthea Holtz ihr »Glaubensbekenntnis« nannte. Sie war der Überzeugung, dass man, wenn man Zeuge wahrhaft großer Theaterkunst geworden war, nur auf eine einzige Art reagieren konnte – nämlich mit dem Schwur: »Ich muss mein Leben ändern!«

»Ihr werdet es selbst erleben«, sagte sie dann immer. »Großes Theater verändert euch.«

Sie rezitierte gern Rilkes *Archaischen Torso Apollos,* ihr Lieblingsgedicht.

»Rilke war sich dessen bewusst«, verkündete sie ihren Klassen. »Er hat erkannt, dass die Kunst die Macht hat, uns zu verändern. Du stehst vor dieser herrlichen Skulptur und, wie Rilke schreibt, da ist keine Stelle, die dich nicht sieht.

Natürlich betrachten wir Kunst, aber Rilke wusste, dass große Kunst auch uns betrachtet. Und genauso ist es. Große Theaterstücke betrachten uns. Sowohl Schauspieler als auch Publikum – das Stück hat uns im Auge. Genau wie Rilkes

Apollo. Und was folgt daraus? Das verrät der letzte Vers des Gedichts. Ich zitiere: ›Du musst dein Leben ändern.‹«

Meine Mutter veränderte unser Leben, als sie mit einem Ausschnitt aus dem Theatermagazin *Back Stage* zur Marshalsea Academy of Dramatic Arts ging. Sie hatte diesen Ausschnitt in einem Brief ohne Absender von ihrer Schwester Stephanie bekommen, die sich seit fünf Jahren nicht mehr bei ihr gemeldet hatte. Es war die Ankündigung der Workshop-Aufführung eines neuen Einakters von Tennessee Williams im Theater der Schauspielschule. Stephanie spielte darin mit. An den Rand hatte sie gekritzelt:

Siehst Du, Janey, ich schaffe es!

Anfang September, ich war noch in der Schule, ging meine Mutter zur Schauspielschule. Sie hoffte, dort auf Stephanie zu stoßen. Dorthea hielt gerade eine Vorlesung vor ihrer Meisterklasse. Diese bestand aus gut fünfzig Schauspielern, ausgewählt aus Hunderten von eingesandten Bewerbungen.

Meine Mutter, die keine Ahnung von Vorsprech-Riten hatte, wunderte sich bei ihrer Ankunft über die lange Schlange, die im Regen draußen auf dem Bürgersteig stand. Einige Leute teilten sich tuschelnd einen Regenschirm, doch die meisten standen versunken und mit geschlossenen Augen da oder liefen gestikulierend auf und ab und sprachen mit sich selbst, ohne dem Wetter Beachtung zu schenken. Die Schlange zog sich die Treppe aus Buntsandstein hinauf bis ins Gebäude. Meine Mutter schaute noch einmal auf den Zeitungsausschnitt; die Adresse stimmte – hier sollte die Workshop-Aufführung stattfinden.

»Sie sind nicht zufällig wegen einer Aufführung hier?«, fragte meine Mutter einen jungen Mann, der ganz am Ende der Schlange auf dem Bürgersteig stand. Es war gegen Mittag an einem Donnerstag, und obwohl meine Mutter wenig Ahnung vom Theater hatte, wusste sie, dass eine Matinee zu einer solchen Stunde sehr unüblich war.

»Nein, Ma'am«, sagte der junge Mann, der Anzug und Krawatte trug und seinen tropfenden Filzhut lüftete. Er hatte einen Südstaaten-Akzent, aber vielleicht sprach er auch nur zur Übung so. Er hatte eine Ausgabe von Carson McCullers' *Das Mädchen Frankie* dabei.

Meine Mutter sagte: »Ich bin hier, um Dorthea Holtz zu sprechen.«

»Tja, Ma'am, wir wünschen uns alle, dass sie uns ein Ohr schenkt.«

»Haben Sie einen Termin?«, fragte eine Frau, die vor dem jungen Mann in der Schlange stand.

»Nein«, antwortete meine Mutter.

»Dann müssen Sie ins Büro im ersten Stock«, sagte die Frau. »Ich bezweifele zwar, dass Sie noch einen Termin bekommen, aber Probieren geht über Studieren.«

Meine Mutter, die einen Regenmantel mit Gürtel und einen gelben Südwester trug, sah so wenig nach einer Schauspielerin aus, dass die Frau keine Konkurrenz in ihr sah.

Nachdem meine Mutter sich unter vielen Entschuldigungen die Treppe hinaufgezwängt hatte, stand sie vor einer murmelnden und gestikulierenden Menge.

»Die Eingangshalle wirkte wie der Aufenthaltsraum einer Klapsmühle«, sagte meine Mutter Jahre später, als sie Dorthea und mir jenen Tag schilderte.

Dorthea schnaubte. »Das Theater *ist* eine Klapsmühle«, sagte sie.

»Leute! Ruhe bitte! Leute!«

Die Stimme dröhnte durch die Eingangshalle. Meine Mutter erschrak. Sofort trat Stille ein. Die Frau, die gerufen hatte, war robust gebaut, hatte eine leichte Dauerwelle, trug eine legere Hose aus Drillich und eine ärmellose Bluse. Sie hielt ein Klemmbrett in der Hand und kam die in den ersten Stock führende Treppe hinunter. Sie blieb neben meiner Mutter stehen und betrachtete das brummende Chaos in der Halle.

»Ein bisschen Anstand, *bitte!* So einen Lärm können wir beim Vorsprechen nicht gebrauchen, und wir fangen erst an, wenn hier Ruhe herrscht.«

Sie wandte sich abrupt zu meiner Mutter um. »Was wollen Sie?«

»Ich möchte Miss Holtz sprechen«, antwortete meine Mutter. »Ich brauche eine Information. Ich möchte ihr etwas zeigen.«

Die Frau musterte meine Mutter von oben bis unten durch ihre gelblich getönte Pilotenbrille, 1957 ein ungewöhnliches Modeaccessoire für Frauen, vor allem drinnen.

»Kommen Sie mit«, sagte sie.

Meine Mutter erzählte mir später, sie habe gespürt, wie sich die Blicke der Schauspieler in ihren Rücken bohrten, als sie die letzten paar Stufen zum ersten Stock hinaufging. Warum wurde ausgerechnet *ihr* diese Sonderbehandlung zuteil?

Die Frau, die meine Mutter zunächst für eine Art rechte Hand von Dorthea Holtz hielt – vielleicht auch für eine Inspizientin, ein Begriff, den sie irgendwo aufgeschnappt hatte –, führte sie durch die Halle und vorbei am blauen Sofa zur Studiobühne der Meisterklasse. Die Frau ging so breitbeinig und schlingernd wie ein alter Seebär.

»Fast so, als würde sie sich mit den Ellbogen einen Weg durch eine nicht vorhandene Menge bahnen«, erzählte mir meine Mutter.

Die Frau verscheuchte einen Assistenten, indem sie mit einer Liste wedelte, und nahm meine Mutter mit ins Studio. Dort sagte sie: »Warten Sie hier«, und zeigte auf die Bühne.

Ich stelle mir oft vor, wie meine Mutter im Regenmantel auf der Bühne stand, Südwester und Handtasche gegen die Brust gedrückt und von links durch ein geisterhaftes Blaulicht erhellt, das eine der nackten, durch ein Gitter geschützten und auf einer Metallstange sitzenden Lampen verbreitete. Diese Lampe leuchtet aus Sicherheitsgründen wie ein Nachtlicht auf dunklen Bühnen; Abergläubische meinen, es würde die Theatergeister abschrecken.

»Ich kam mir ziemlich komisch vor«, erzählte mir meine Mutter Jahre später. »Ich bin nicht wie du. Ich fühle mich auf einer Bühne nicht wohl. Auch nicht in einem kleinen Theater ohne Publikum und mit ausgeschalteten Scheinwerfern.«

Die Bühne blieb nicht lange dunkel. Die Inspizientin, oder wer immer die Frau sein mochte, ging in ein Kabuff und legte einen Schalter um. Ein dumpfes Geräusch, dann das Brummen der Elektrizität in einem Unterbrecher, und gleich darauf flammte das Bühnenlicht auf.

Meine Mutter kniff die Augen zusammen und hob eine Hand vors Gesicht. Sie konnte zwar Geraschel auf den Sitzen hören, aber sehen konnte sie nichts. Jenseits der grell erleuchteten Bühne waberte ein grau-schwarzer Nebel.

»Bitte, fangen Sie an«, sagte jemand irgendwo im Raum. Die Stimme erinnerte an die der Inspizientin, klang aber melodischer und weniger abgehackt, obwohl es sich nur um vier Worte gehandelt hatte.

»Wie bitte?«, sagte meine Mutter.

»Anfangen«, sagte die Stimme.

»Anfangen?«, fragte meine Mutter.

»Ja. Ich bin bereit.«

»Das muss ein Irrtum sein.«

»Keineswegs. Ich habe Sie doch hereingebeten.«

»Aber ...«

»Ihr Name?«

»Jane Pingree.«

»Und bei Ihrem Stück handelt es sich um ...?«

»Mein Stück?«

»Meine Liebe, so werden Sie hier in der Klasse nicht weit kommen.«

»Aber die Klasse interessiert mich nicht«, sagte meine Mutter.

»Ach, nein?«, sagte die Stimme, und meine Mutter begriff, dass es die Stimme einer Person war, die neben der Inspizientin saß, eine Person, die noch mehr Autorität besaß als diese.

»Außerdem habe ich kein Stück«, sagte meine Mutter in Richtung der Stimme. »Na, doch – im Grunde schon. Ich habe ein Stück Papier, und ich würde Miss Holtz gern etwas fragen. Ich möchte Miss Holtz sehen.«

»Und das werden Sie«, sagte die Stimme.

Meine Mutter hörte, wie ein Sitz knarrte. Dann trat die Person, deren Schritte dumpf von der Tribüne hallten, nach unten auf die Bühne.

»In dem Moment«, erzählte mir meine Mutter später, »stellte ich fest, dass ich mich geirrt hatte. Denn bei der Frau handelte es sich nicht um eine Inspizientin. Die Frau, die da auf mich zukam, trug zwar die Hose der Inspizientin, hatte sich aber einen Pullover über die ärmellose Bluse gestreift und Perücke und Brille abgesetzt. Sie hatte dieses herrliche, silberblonde Haar, und ohne die Sonnenbrille kam ihre römische Nase erst so richtig zur Geltung.«

»Was wollen Sie mir zeigen?«, fragte die Frau, als sie ins Licht trat.

»Inzwischen weiß ich«, sagte meine Mutter später, »wie seltsam es war, dass eine Frau wie Dorthea kostümiert durch ihre Schauspielschule lief. Aber damals dachte ich nur: Tja, so geht es hier wohl zu.«

»Ich habe mich verkleidet, um die Leute besser beobachten zu können«, sagte Dorthea zu ihren Kostümen. »Denn die Beobachtung bildet die Grundlage unserer Kunst. Außerdem ist es eine gute Methode, um auf dem Laufenden zu bleiben. Manchmal mische ich mich sogar unter sie und tue so, als würde ich für ein Vorsprechen in meiner eigenen Klasse anstehen. Das war mein *Heinrich der Fünfte*, vierter Akt, Huldigungsszene. Ich, meine Truppen abschreitend. Dadurch verstehe ich besser, was in den Köpfen der Schauspieler vor sich geht. Eine Art Vorsprechen vor dem Vorsprechen.«

Meine Mutter, die mitten auf der Bühne stand und Handtasche und Regenhut gegen die Brust presste, holte den Ausschnitt aus *Back Stage* hervor.

»Sie sind zu spät dran für die Aufführung«, sagte Dorthea.

Das wusste meine Mutter. Die Daten standen klar und deutlich auf dem Ausschnitt. Sie fragte Dorthea, ob sie Stephanie kenne.

»Wir sind Schwestern«, sagte meine Mutter.

»Mir ist die Ähnlichkeit schon aufgefallen.«

»Wir haben uns aus den Augen verloren«, sagte meine Mutter. »Diesen Artikel habe ich vor ein paar Wochen mit der Post bekommen. Das erste Lebenszeichen seit langer Zeit. Mir war nicht klar, dass meine Schwester in New York ist, geschweige denn, dass sie Schauspielerin ist.«

»Beides trifft allerdings in besonderem Maß zu«, erwiderte Dorthea.

»Kennen Sie sie? Könnten Sie mir helfen, sie zu finden?«

Dorthea ging zum geisterhaften Blaulicht.

»Dann machte sie etwas Komisches«, erzählte mir meine Mutter. »Sie wärmte ihre Hände über der Glühlampe. Ich trat näher an sie heran.«

Dorthea Holtz war eine sehr großmütige Schauspielerin. Trotz ihrer Gabe, die Bühne ganz und gar zu beherrschen, wussten alte Schauspieler zu berichten, dass sie die Szene immer im richtigen Moment ihren Kollegen überließ. Sie war eine ausgezeichnete Zuhörerin. Sie gab sich ganz dem jeweiligen Augenblick hin – sowohl allein als auch im Beisein anderer. Vielleicht spürte meine Mutter damals etwas von dieser Großmütigkeit. Dorthea war ein so eingefleischtes Bühnentier, dass sie selbst dann zu spielen schien, als sie mit meiner Mutter im leeren Theater stand.

»So kam es mir jedenfalls vor«, erzählte meine Mutter später. »Aber was wusste ich schon? Ich hatte ja nie auf einer Bühne gestanden. Trotzdem gab mir Dorthea das Gefühl, als würde ich für sie spielen und wäre auch noch gut darin.«

Meine Mutter erfuhr von Dorthea, dass Tante Stephanie zu den wenigen Leuten gehörte, die sie ohne Vorsprechen in ihre Meisterklasse aufgenommen hatte. Dorthea hatte Stephanie an der Akademie in der Workshop-Aufführung von Williams' Stück unter der Regie von Ulu Grosbard gesehen.

»Manchmal sieht man jemanden auf der Bühne«, sagte Dorthea, »und *weiß* es einfach. Ich habe Ihre Schwester an dem Abend gesehen, und ich *wusste* es.«

Dorthea versprach meiner Mutter, ihr bei der Suche nach ihrer Schwester zu helfen, und meine Mutter sagte als Dank ihre Mitarbeit an der Akademie zu. Darüber musste meine Mutter noch jahrelang lachen – wie Dorthea es geschafft hatte, die Suche meiner Mutter nach ihrer Schwester in eine unbezahlte Mitarbeit an der Akademie umzumünzen, und wie meine Mutter eine Kompetenz als Sekretärin anpries, die sie gar nicht besaß.

Dann kam meine Mutter auf mich zu sprechen. Ob ich sie zur Arbeit begleiten dürfe?

Dorthea dachte kurz darüber nach und willigte schließlich ein, allerdings mit einer Einschränkung.

»Hier hat er nichts verloren«, sagte sie und zeigte auf die Bühne. »Ich möchte nicht, dass er sich Flausen in den Kopf setzt. Kinderschauspieler sind das Letzte. Sie sind widerlich, verwöhnt, unglaublich falsch und meistens wird auch nichts aus ihnen. Ich helfe Ihnen, Ihre Schwester zu finden, wenn Sie für mich arbeiten. Aber der Junge kommt mir nicht ins Theater.«

Die Krankenschwestern zensieren das Fernsehen. Manchmal darf ich gucken, manchmal nicht. Damit erkläre ich mir die Sprunghaftigkeit meiner Gedanken. Ich bin abwechselnd bei Bewusstsein und nicht bei Bewusstsein. Gut möglich, dass die Medikation eine Rolle dabei spielt. Außerdem habe ich das Gefühl, als würde man mich von einem Zimmer ins andere verfrachten. Eine Körperhälfte funktioniert nicht. Vielleicht verlegen sie eine Hälfte meines Körpers von Zimmer zu Zimmer und lassen den Rest von mir hier.

Cecily sitzt neben meinem Bett und versucht, mir alles zu erklären.

Ich kann mich an Fernsehbilder von den rauchenden Türmen erinnern. An pfeilartige Jets. Aber vielleicht bilde ich mir das auch nur ein.

Und ich kann mich an meinen ersten Krankenhausaufenthalt erinnern, damals, nachdem Gardy und mein Vater ums Leben gekommen waren. Als der Blitz eingeschlagen war, hatte ich das Bewusstsein verloren. Man behielt mich zur Beobachtung da. Mir tat alles weh. Meine Ohren dröhnten. Damals wollte ich einfach nur still sein. Heute will ich unbedingt reden.

Cecily kann nicht nach Hause. Ihre Wohnung befindet sich zu nah am Ort der Katastrophe. Überall Staub und Schutt und giftige Gase.

»Meine Wohnung?«, frage ich, kann mich aber nicht verständlich machen. Cecily senkt ihr Ohr dicht zu mir herab. Ich wiederhole meine Frage, wiederhole sie noch einmal. Endlich versteht sie.

»Alles in Ordnung«, sagt sie. »Alles in Ordnung. Ich bleibe hier. Alles in Ordnung.« Und sie klopft mir auf die Brust.

»Dein Theater?«

Das versteht sie irgendwie. Sie zuckt mit den Schultern, ihre Augen füllen sich mit Tränen. Ich versuche, einen Arm nach ihr auszustrecken, allerdings den falschen, und deshalb tut sich nichts.

Als ich das nächste Mal erwache, hat man mich verlegt. In ein Doppelzimmer, wie es scheint, doch man hat vier Betten oder zwei Betten und zwei Feldbetten hineingequetscht – und ein paar provisorische Vorhänge angebracht, die die Patienten abschirmen. Cecily und die Ärzte, die bei der Visite nach mir schauen, müssen sich durch einen Hindernisparcours aus Betten zwängen.

»Ein Feuerwehrmann«, flüstert die Krankenschwester, als sie meine Temperatur misst. »Einer. Mehr nicht. Die anderen Betten sind noch leer. Er ist nur knapp dem Tod entronnen. Aber das gilt ja auch für Sie.« Sie klopft mir auf die Schulter, bevor sie geht, aber das tröstet mich nicht, denn sie berührt die vom Schlaganfall betroffene Körperhälfte, und ich spüre nur ein irritierendes Kribbeln. Oder bilde ich mir das ein? Ich weiß nicht mehr genau, was mein wahres Ich und was mein erfundenes Ich ist – ein Ich wie eine aus vielen Einzelteilen bestehende Puppe, die ich mit verbundenen Augen zusammensetzen muss.

Der Feuerwehrmann ist noch bewusstlos, als seine junge Familie zu Besuch kommt. Er liegt am anderen Ende des Zimmers, und seine Frau und seine Kinder schlängeln sich um mein Bett.

Eines der Kinder schaut mich an und stellt seiner Mutter eine Frage.

Die Mutter antwortet: »Er ist nicht bei der Feuerwehr, Schatz. Er ist krank. Er ist Schauspieler.«

Darüber muss ich lachen, und die Mutter durchbohrt mich mit Blicken. Lachen ist unanständig.

Eines Abends ist der Flur hell erleuchtet. Eine Schwester erzählt mir, ein Fernsehteam wolle eine Sendung über die befürchtete, dann aber ausgebliebene Überlastung der städtischen Krankenhäuser drehen. Krankenhäuser seien für die Überlebenden da, sagt sie zu mir.

Mir graut bei der Vorstellung, gefilmt zu werden. Ein Feuerwehrmann und ein Schauspieler. Der Feuerwehrmann ist nicht bei Bewusstsein, und der Schauspieler ist aus Angst vor der Kamera erstarrt. Ich drehe mich so weit weg von der Tür, wie ich kann. Ich stelle mich schlafend. Die Lichter bewegen sich weiter. Niemand kommt herein. Heute bleibt die Bühne dunkel.

Ich sehe Nachrichten. Ich merke, dass die Sprecher überfordert sind. Cecily fügt ein paar Details hinzu. Sie joggte gerade, als es geschah. Sie konnte nicht mehr nach Hause. Sie lief in meine Wohnung, schaltete die Nachrichten ein und eilte dann zum West Side Highway, wo sie sah, wie der zweite Turm einstürzte.

Ich frage mich, inwieweit das, was ich mir vorstelle, mit den wahren Ereignissen übereinstimmt.

Abends sitzt Cecily neben mir im dunklen Zimmer. Sie streichelt meine Schulter, massiert meinen Arm. Das Kribbeln, das ihn bei der Berührung der Krankenschwester durchfuhr, spüre ich nicht mehr.

Eines Abends erzählt mir Cecily flüsternd, was sie gesehen hat.

»Funken«, sagte sie. »Fallende Funken. Das ganze Gebäude glitzerte. Aus der Ferne sah das fast anmutig aus, irgendwie ätherisch. Aber nur für wenige Sekunden. Dann kam die Wolke.«

Ich kann meine Hand wieder ein wenig bewegen, denn nachdem sie mir dies erzählt hat, greife ich nach ihrem Unterarm, und sie greift nach meinem.

Nachdem ich aus dem Theatersaal gestürmt und unsanft am Fuß der Treppe gelandet war, musste meine Mutter mich beruhigen, vom Bohnerwachs säubern, meine Schürfwunden versorgen und mir versichern, dass Lennie nicht *wirklich* von George erschossen wurde, weil es sich nur um Schauspieler handelte, die in einem Stück auftraten.

Als ich im Keller der Akademie reuig und beschämt unter der Dusche des Hausmeisters stand, war ich mir ganz sicher, dass Dorthea Holtz meine Mutter feuern und uns wegen meines Vergehens für immer aus der Schauspielschule verbannen würde.

Während meine Mutter mich unter der Dusche abschrubbte und dabei selbst klitschnass wurde, klopfte es an der Tür. Der blonde Mann, der mir im Treppenhaus zugerufen hatte, fragte, ob alles in Ordnung sei.

Meine Mutter ließ den Waschlappen fallen und drehte sich nach ihm um. Er hatte den Kopf in das von Wasserdampf vernebelte Bad gesteckt. Ich betrachtete ihn, hinter meiner Mutter versteckt, und hatte das Gefühl, als würde sie mich vor ihm beschützen oder versuchen, das Gespräch kurz und bündig zu halten.

Der Mann sagte meiner Mutter, dass Dorthea Holtz uns beide oben im »Horst« sehen wolle, ihrem Penthouse über der Akademie, und er bot an, uns im Lastenaufzug zu ihr zu bringen.

»Wir nehmen die Treppe«, erwiderte meine Mutter.

»Ganz sicher?« Der lässig in der Tür lehnende Mann klang spöttisch. Gleichzeitig kniff er die Augen zusammen, um uns zu taxieren; offenbar ahnte er, dass meine Mutter durchaus genug Mumm besaß, um zu Fuß nach oben zu gehen.

»Ja«, sagte sie. »Vielen Dank.«

Sie fühlte sich unter den Blicken des Mannes unwohl und zupfte an ihrer durchnässten Bluse.

Er nickte, schaute von meiner Mutter zu mir und wieder zu meiner Mutter.

»La Holtz klang nicht sauer«, sagte der Mann. Sein Blick war unglaublich ruhig. Zugleich schien immer etwas an ihm in Bewegung zu sein, wenn auch unmerklich: ein Finger, der gegen den Türrahmen trommelte, ein tappender Fuß. (Dies war, wie ich später feststellte, eine Methode, mit der Ike Devoe die Aufmerksamkeit auf sich lenkte. Er war ein kinetischer Darsteller, stets in Bewegung, auch wenn er reglos zu sein schien. Er pulsierte. Obwohl man Quelle und Ort nie genau bestimmen konnte, strahlte Ike Devoe immer Energie und Bewegung aus, was zur Folge hatte, dass man ihn mit Blicken suchte. Diese Technik versuchte ich einmal in einer sommerlichen Repertoire-Aufführung von *Der Kirschgarten* nachzuahmen, bis der Regisseur mir befahl, endlich mit dem Herumzappeln aufzuhören.)

»Hey, Dad, du bist gestürzt. Alles klar?«

Plötzlich spürte ich das Wasser, das gegen die Blechwand der Duschkabine und auf meinen Rücken prasselte. Außerdem wurde mir peinlich bewusst, dass ich nackt war. Ich überprüfte, ob mich der Rock meiner Mutter verbarg, wollte aber zugleich nicht schüchtern auf den blonden Mann wirken.

»Ja«, sagte ich.

Dass er mich mit »Dad« anredete, verwirrte mich. Heute weiß ich, dass das Wort zum Slang der Beat-Ära gehörte. Es war nur natürlich, dass Ike Devoe es benutzte, der damals in der Szene des Village mitmischte. Trotzdem kam es mir immer bedeutsam vor, dass Ike Devoe mich von Anfang an mit »Dad« anredete. *Dad* war ein wichtiges Wort für mich.

»Ich habe dir ein paar Klamotten mitgebracht«, sagte der blonde Mann. »Aus dem Kostümfundus. Hoffe, sie passen irgendwie.«

»Danke«, sagte meine Mutter, doch sie richtete das Wort an ein Phantom, das vor uns im Dampf zu schweben schien. Der Mann selbst, Ike Devoe, war schon verschwunden.

Er hatte mir ein Matrosenhemd mit U-Boot-Aufdruck und eine Latzhose dagelassen, die so groß war, dass meine Mutter mir die Träger um die Taille winden und hinten verschnüren musste. Nachdem wir die Dusche gewischt hatten, stiegen wir die sechs Treppenfluchten zum Horst hinauf. Die Marshalsea Academy of Dramatic Arts befand sich in einem Gebäude, das in architektonischer Hinsicht ein krauser Mischmasch war: Es bestand aus einem fünfstöckigen früheren Stall, den man auf eine ehemalige Tintenfabrik gepfropft und mit einem verlassenen Gebäude am westlichen Rand von Greenwich Village verbunden hatte.

Ich weiß nicht, warum meine Mutter darauf bestand, die Treppe zu nehmen. Damals kam es mir vor wie eine Strafe, zumal das wollene Matrosenhemd ziemlich kratzig war.

»Tut mir leid, Mom«, sagte ich nach dem dritten Treppenabsatz. Wir waren im Treppenhaus keiner Menschenseele begegnet. Der Nachmittagsunterricht an der Akademie war zu Ende, und der Abendunterricht – für Schauspieler ohne Engagement und Anfänger – hatte noch nicht begonnen.

»Ist schon gut, Noah«, sagte meine Mutter.

»Ob Miss Holtz sauer ist?«, fragte ich.

»Tja, der Mann, der dir die Kleider gebracht hat, meinte, sie wirke nicht so.«

»Glaubst du, wir dürfen wiederkommen?«

Mich trieb die Sorge um, dass ich so etwas wie auf der kleinen Bühne nie wieder sehen würde. Damals hätte ich das so nicht ausdrücken können, aber das Theater hatte mich in seinen Bann geschlagen.

Außerdem löste es meine Zunge, denn durch meine Fragen war ich in Gegenwart meiner Mutter so redselig wie seit zwei Jahren nicht mehr. Damals, nachdem ich Zeuge des Todes meines Vaters und meines älteren Bruders geworden war, hatte »das Schweigen« eingesetzt. Ich hatte Gespräche mit der Krankenschwester an der Schule geführt, mit einem Arzt, einem Psychologen sowie dem Schuldirektor, der sich für einen Psychologen hielt. Alle sagten, sie wollten mir helfen, auf eine Art mit dem Geschehenen zu leben, die – na ja – weniger still war. Ich war nicht völlig verstummt, hatte mich aber in mich selbst zurückgezogen und gab mich Tagträumen hin. Im Grunde träumte ich ständig.

»Wenn Miss Holtz nicht sauer ist«, sagte meine Mutter auf der Treppe, »wird sie mich auch nicht feuern. Nehme ich an.«

»Und wenn doch?«

»Ich mache mir keine Sorgen.«

»Warum nicht?«

»Weil ich dich habe.«

Das war zwar ein mütterliches Klischee, doch die Art, wie sie es sagte, hatte etwas Besonderes. Eine sanfte Bestimmtheit, auf die ich mich verlassen konnte. In dieser Hinsicht war sie das genaue Gegenteil ihrer Schwester Stephanie, was auch Ike Devoe gespürt zu haben schien, als er seinen Kopf ins dampfende Bad gesteckt hatte – oder schon davor. Dorthea Holtz spürte es vermutlich auch. Ike Devoe sicherte sich mit seiner Energie die Aufmerksamkeit des Publikums; meine Mutter erreichte etwas Ähnliches durch ihre Beständigkeit – nur auf einer viel intimeren Ebene.

Wir gelangten an den kleinen Treppenabsatz ganz oben in der Akademie, fünf Stockwerke hoch oder, wenn man den Keller mitzählte, sogar sechs. Es gab nur eine Tür, und diese führte ins Penthouse, Dortheas »Horst«.

»So!«, sagte meine Mutter entschieden, als wären wir durch unseren Aufstieg für alles Kommende gewappnet. Wir verschnauften kurz, bevor meine Mutter an die Tür klopfte.

Der Treppenabsatz hatte ein nach Nordosten – also nach Uptown – gerichtetes Fenster und bot einen eindrucksvollen Blick auf das Empire State Building, das eine gute halbe Meile entfernt über der 34th Street aufragte. Dieser perfekt gerahmte Anblick überwältigte uns beide und ließ uns kurz vergessen, was uns möglicherweise in Dortheas Apartment bevorstand.

Als ich klein war, spielten meine Mutter und ich oft ein Spiel, bei dem es um das Empire State Building ging. Seit sie mir von dem B-25-Bomber erzählt hatte, der im Jahr 1945 an einem nebeligen Morgen in den achtundsiebzigsten Stock des Wolkenkratzers gekracht war, ging mir diese Katastrophe nicht mehr aus dem Kopf. Vor allem faszinierte mich ein Foto in der *Times*. Der Fotograf Ernie Sisto hatte sich für diese Aufnahme aus einem der obersten Fenster des Empire State Building von einigen Reportern an den Beinen festhalten lassen. Das Bild zeigt die steil abfallende Flanke des Wolkenkratzers, in deren Mitte ein unheimliches graues Loch klafft.

Meine Mutter wusste über den Einschlag bestens Bescheid, weil sie an dem betreffenden Tag selbst im Empire State Building gewesen war.

Immer wieder musste sie mir die Geschichte erzählen.

Es war ein nebeliger Morgen im Juli, ein Samstag. Tagelang war es warm gewesen, doch dann wehte ein kühler Wind vom Atlantik, der an der Küste für Nebel sorgte. Das Flugzeug war unterwegs zum Newark Airport, um einen Stabsoffizier abzuholen.

»Die letzten Worte des Mannes im Tower von La Guardia an den Piloten«, erzählte meine Mutter, »lauteten: ›Ich kann nicht einmal die Spitze des Empire State Building sehen.‹«

Keine Ahnung, woher sie das wusste. Vermutlich stand es in einem der Zeitungsartikel.

Der Bomber-Pilot ging tiefer, um seine Position bestimmen zu können, und fand sich plötzlich über Manhattan in einem Dickicht von Wolkenkratzern wieder.

Er drehte vor der New York Central nach Westen ab, wich im Bogen einigen anderen Gebäuden aus und versuchte, an Höhe zu gewinnen und dem bedrohlichen Gespinst von Bauten zu entkommen, das ihn überall umgab, nur um schließlich in das höchste Bauwerk von allen zu krachen.

Als Kind stellte ich mir immer die Sekunden vor, als sich das Flugzeug mitten zwischen den Wolkenkratzern von Midtown befand. Der Bomber mit dem Doppelheck und der gläsernen Nase, die einem Solarium glich, schlingerte und schwankte. Passanten, die in jenen Sekunden nach oben schauten, sahen ein dröhnendes, bockendes Monster, das über die Insel schoss.

»Damals im Krieg«, erzählte meine Mutter, »arbeiteten alle sechs Tage in der Woche. Darum waren an dem Samstagvormittag sehr viele Menschen im Empire State Building, darunter auch ich.« Sie war damals Korrekturleserin in einer Werbefirma, die für das Rekrutierungsbüro der Army arbeitete.

Das Flugzeug explodierte beim Aufprall. Einer der Motoren durchschlug das Empire State Building und landete auf dem Dach eines benachbarten Gebäudes. Der zweite Motor stürzte in einen Fahrstuhlschacht und setzte den Keller in Brand.

Nach dem Einschlag bebte das gesamte Gebäude für zehn Sekunden, erzählte mir meine Mutter. Ich wollte immer wieder hören, wie sie sich an den Glasbehälter eines Wasserspenders geklammert hatte, in dem große, gurgelnde Blasen aufstiegen, während das Gebäude bebte und das Flugzeug in Flammen aufging. Meine Mutter befand sich im fünften Stock, weit unterhalb der Einschlagstelle, wo vierzehn Menschen starben, darunter die drei Männer im Flugzeug.

Als ich das Empire State Building irgendwann in den frühen Fünfzigerjahren zum ersten Mal mit eigenen Augen sah, war nichts mehr von dem Unfall zu merken. Es war nicht zu erkennen, wo das Flugzeug eingeschlagen war. Jedes Mal, wenn wir nach New York kamen, fragte ich: »Wo genau ist das Flugzeug eingeschlagen, Mom?«

Und egal, wo wir uns befanden – östlich oder westlich des Gebäudes, Uptown oder Downtown –, immer sah sie zum Wolkenkratzer auf und sagte: »Oh, auf der anderen Seite, Schatz, auf der anderen Seite.«

Ich sprach sie nie darauf an, dass der Einschlag demnach auf jeder Seite des Gebäudes stattgefunden hatte. Ich wusste, was sie tat, und das Spiel gefiel mir. Sie veränderte die konkreten historischen Fakten, wie es uns, einer Mutter und ihrem beunruhigten kleinen Sohn, gerade gefiel. Die Katastrophe hatte immer auf der anderen Seite stattgefunden, egal, wo wir uns befanden. Das gab mir ein sicheres Gefühl.

Draußen auf dem Treppenabsatz vor der Tür von Dorthea Holtz fiel mir auf, dass meine Mutter durch das Fenster auf das Empire State Building blickte. Sie drehte sich zu mir um und lächelte zögernd. Ich spürte, dass sie trotz ihres Schneids besorgt war, und deshalb ergriff ich ihre Hand und sagte: »Auf der anderen Seite, Mom, auf der anderen Seite.«

In diesem Augenblick tat sich die Tür des Horsts auf.

Dorthea Holtz führte uns in eine warme, sonnendurchflutete, L-förmige Glaskiste, die über Lower Manhattan schwebte. Das Panorama von Apartmentdächern, Wassertürmen und dem Hintergrund der Wolkenkratzer, das einen noch besseren Blick auf das im Abendlicht liegende Empire State Building bot, schlug mich in Bann. Von unserem Standpunkt konnten meine Mutter und ich durch die Fenster rechts von uns den Hudson sehen, der zwischen zwei Gebäuden glitzerte, sowie den Ausschnitt eines Cunard-Liners mit schwarz-roten Schloten und weißen Oberdecks, der an einer der Piers lag. Ich hatte das Gefühl, auf einer Höhe mit der Brücke des Schiffs zu sein. Ich konnte die flatternden Fahnen sehen.

»Setzen«, sagte Dorthea Holtz und gab meiner Mutter einen Wink. Sie klang nicht barsch, sondern sprach eine freundliche Einladung aus, der jede theatralische Künstlichkeit fehlte. Mir gab sie schweigend zu verstehen, dass ich mich neben meine Mutter setzen sollte. Wir nahmen auf zwei von vier Stühlen mit geraden Rückenlehnen Platz, die Dorthea von einem runden Holztisch geholt hatte. Langsam wurde mir bewusst, dass sich überall dort, wo es keine Fenster gab, ein verwirrendes Arrangement von Gemälden, Wandteppichen, Sonnenschirmen, Theaterplakaten, Fotos, Mantelhaken, Huthaken, Skulpturen, ja sogar Waffen befand – Dolche und Schwerter. Wenn ich es jetzt bedenke, war nichts davon das, was man Nippes oder Schnickschnack nennt. Stattdessen war alles Kunst oder zumindest mit dieser verwandt – mit Dortheas Kunst. Die Plakate stammten von Stücken, in denen sie mitgespielt hatte; die Gegenstände an den Wänden und in den Regalen waren Requisiten, die sie entweder benutzt hatte oder die ihr von Regisseuren, Produzenten und Bewunderern geschenkt worden waren.

Damals war Dorthea Holtz Mitte vierzig. Sie hatte bereits eine bemerkenswerte Bühnenkarriere hinter sich und leitete eine Schauspielschule, deren Ruf weiter wuchs. Sie hatte mit fünfzehn bei Konstantin Stanislawski studiert und in London, Paris, Berlin und New York gearbeitet.

»Da bist du ja – in alter Frische«, sagte sie zu mir.

Ich nickte. Der Sitz war hart; er fühlte sich an wie ein halbrunder Stein auf Holzbeinen. Meine Beine hingen in der Luft, und ich glaubte, im nächsten Moment vom Stuhl zu fallen. Ich hielt mich am Rand fest, um nicht abzurutschen, und hakte die Füße hinter die vorderen Stuhlbeine.

Dorthea Holtz hatte graue Augen. Solche grauen Augen hatte ich noch nie gesehen.

»Ich würde gern wissen«, sagte Dorthea Holtz zu mir, »was passiert ist.«

Sie hatte leise gesprochen, und mich überkam eine wohlige Benommenheit. Zum ersten Mal seit dem Schweigen wollte ich reden, ein Gespräch führen. Dortheas Stimme lockte mich aus der Reserve.

»Du hast den Geheimgang entdeckt, hm?«, fragte Dorthea. Sie saß auf einem Morris-Stuhl und zündete sich einen Zigarillo an. Eine Frau, die Zigarillos rauchte – das war mir neu. Sie schob ein silbernes Zigarettenetui über den von Textbüchern bedeckten Kaffeetisch, und ich dachte kurz, sie wollte mir etwas zu rauchen anbieten. Doch das Angebot galt meiner Mutter, die ablehnend den Kopf schüttelte.

»Ja«, sagte ich.

»Außerdem musst du hinten auf die Tribüne geklettert sein«, sagte Dorthea.

Ich nickte.

»Das ist ziemlich hoch«, sagte Dorthea.

»Ja«, sagte ich.

»Dort oben hast du gesessen? Komisch, dass ich dich nicht gesehen habe. Ich bilde mir eigentlich ein, das Publikum immer im Blick zu haben. Keiner meiner Schüler traut sich einzunicken, selbst in der hintersten Reihe. Warum habe ich dich nicht bemerkt?«

»Ich lag auf dem Boden«, sagte ich. »Unter den Stühlen.«

Das brachte sie zum Lächeln.

»Wirklich? Und wie war das?«

»Ein bisschen staubig«, antwortete ich. »Außerdem war da Kaugummi.«

»Unter dem Sitz?«

Ich nickte.

»Klingt nicht gerade gemütlich.«

»Ich bin auch nicht liegen geblieben«, sagte ich, »als die Männer auf die Bühne gekommen sind.«

»Aha. Na, dann erzähl mir mal, was du gesehen hast.«

»Was ich gesehen habe?«

»Als die Männer auf die Bühne gekommen sind. Wo waren sie?«

»An einem Fluss.«

»Und?«

»Und sie wurden von anderen Männern verfolgt, und Lennie musste fliehen, weil er das kleine Tier getötet hatte. Aber in Wahrheit wollte er nur glücklich sein und mit dem anderen Mann ein Zuhause haben. Der andere Mann war aber zu traurig, und außerdem waren da noch mehr Männer, die die zwei verfolgt haben, bei denen wir waren.«

»Bei denen wir waren?«

»Am Fluss. Wir waren bei ihnen und haben sie beobachtet.«

»Stimmt. Was haben wir dann gesehen?«

»Der hintere Mann hat eine Pistole gezogen.«

»Ja?«

»Und er hat sie auf den Mann vor ihm gerichtet.«

»Auf Lennie.«

»Auf Lennie. Und ich wollte nicht, dass er schießt.«

»Und dann?«

»Dann habe ich geschrien.«

»Und?«

»Alle sind erstarrt.«

»Aber du nicht. Du bist nicht erstarrt. Du bist gerannt.«

»Ich bin gerannt.«

»Und nun bist du hier«, sagte Dorthea.

Sie hatte ihren Zigarillo auf einen wuchtigen, gläsernen Aschenbecher balanciert, der auf dem Tisch neben dem Zigarettenetui stand. Ihre Ellbogen lagen auf den Knien, und sie hatte sich vorgebeugt, sodass ihr Kopf tiefer hing als meiner. Sie sah zu mir auf.

»Ich bin froh, dass du dich nicht verletzt hast«, sagte sie. »Jedenfalls nicht schwer.« Sie strich mir sanft das noch nasse Haar aus der Stirn.

Ohne den Kopf zu drehen, sah sie meine Mutter aus den Augenwinkeln an und fragte: »Haben Sie Ihre Schwester gefunden?«

Meine Mutter holte überrascht Luft. »Nein«, sagte sie.

»Ich habe sie auch nicht gesehen«, sagte Dorthea. »Sie war noch nicht wieder hier. Sie hat keine Nachricht hinterlassen. Ich hätte allen Grund, sie zu feuern. Aber das wissen Sie natürlich. Sie arbeiten im Büro, und Sie kennen die Regeln.«

Dorthea richtete sich auf. Sie schlug die Beine übereinander, strich den Rock über dem Knie glatt.

Nun fingerte meine Mutter doch eine Zigarette aus dem silbernen Etui. Das Anzünden gelang ihr besser; sie benutzte das Tischfeuerzeug, das wie eine einsame dorische Säule aussah und genau wie alle anderen Dinge – die Textbücher, das silberne Zigarettenetui und der Schädel, den ich erst jetzt bemerkte – auf der Glasplatte des Tisches zu schweben schien. Auf Dorthea Holtz' Kaffeetisch lag wahrhaftig ein menschlicher Schädel, dem der Unterkiefer fehlte. Er lag zwischen den Textbüchern wie in einem Nest. Die Schädeldecke hatte gezackte Linien. Später erfuhr ich, dass der Schädel allen Schülern zur Verfügung stand, die die Friedhofsszene von *Hamlet* spielten. Es hieß, es handele sich um den einzigen sterblichen Überrest eines ehemaligen Liebhabers, der es gewagt hatte, Dorthea Holtz zu versetzen.

»Ich frage mich, ob Ihre Schwester wegen Ihnen wegbleibt«, sagte Dorthea zu meiner Mutter.

»Ich weiß nicht«, erwiderte meine Mutter. »Hoffentlich nicht.«

»Sie sind jetzt einen Monat hier, und Ihre Schichten stehen auf dem Plan«, sagte Dorthea. »Vielleicht hat Ihre Schwester den Plan gelesen, als Sie nicht da waren, und bleibt an Ihren Arbeitstagen fern. Könnte das sein?«

»Schwer zu sagen«, antwortete meine Mutter. Sie hatte noch nie so kleinmütig geklungen.

»Meine Schwester und ich haben keinen Kontakt mehr«, fuhr meine Mutter fort. Sie schaute mich an, sah aber wieder weg, bevor ich irgendetwas aus ihrem Blick herauslesen konnte.

»In der Regel halte ich mich aus dem Privatleben meiner Schüler heraus. Ihr künstlerisches Leben ist etwas anderes, aber mit ihren Privatangelegenheiten will ich möglichst wenig zu tun haben.«

An diesem Punkt lächelte Dorthea, packte die Lehnen ihres Morris-Stuhls und schob sich auf dem Sitz nach hinten. Mir fiel auf, dass sie größere Brüste als meine Mutter hatte. Größere, aber nicht weniger wohlgeformte.

Sie erzählte meiner Mutter, dass sie an Begabungen interessiert sei – Begabungen, wie sie in unserer Familie liegen würden.

»Ihre Schwester ist eine brillante Schauspielerin und ein rastloser Geist«, sagte Dorthea zu meiner Mutter. »Sie hatten den Mumm, einen Job anzunehmen, für den Sie eigentlich nicht qualifiziert sind, und Sie haben sich erstaunlich schnell eingearbeitet. Das ist beachtlich.«

Meine Mutter zog an der Zigarette. Eine kleine Rauchwolke schoss über ihre Lippen. Dorthea hatte ihren Gleichmut erschüttert.

»Und du«, sagte Dorthea, wieder an mich gewandt, »bist ein außergewöhnlich begabter Zuschauer. Aber erinnerst du dich noch an unsere Abmachung?«

»Ja«, sagte ich.

»Der Junge ...«, soufflierte sie.

»... kommt mir nicht ins Theater«, vervollständigte ich.

»Richtig. Falls wir aber noch eine andere Abmachung treffen sollten«, sagte Dorthea, »würdest du dich daran halten?«

»Ja.«

»Würdest du meine Einladung annehmen, am Unterricht teilzunehmen?«

Ich sah zu meiner Mutter. Sie gab mir kein Zeichen, sondern schaute mich nur aufmerksam an.

»Ja«, sagte ich. »Bitte.«

»Gut«, sagte Dorthea. »Dann lade ich dich hiermit ein, an meinem Unterricht teilzunehmen. Und ich hoffe«, sagte sie und wandte sich an meine Mutter, »dass Sie weiter im Büro arbeiten werden.«

»Vielen Dank«, sagte meine Mutter.

»Oder möchten Sie etwa auch Unterricht nehmen?«, fragte Dorthea.

Meine Mutter lachte auf und erwiderte, das könne sie unmöglich tun, nein.

»Ist auch besser so«, sagte Dorthea. »In Ihrer Familie gibt es schon genug Theater.« Sie lachte über ihren eigenen Scherz. Dann merkte sie, dass mir etwas ins Auge gefallen war.

Auf einem Tisch, der aus einer alten Schiffstruhe gefertigt worden war und neben der Tür zu einem Raum stand, bei dem es sich offenbar um Dorthea Holtz' Schlafzimmer handelte, stand das Modell einer Bühne. Kein kleines, provisorisches Ding aus Pappe, wie es Bühnenbildner zur ersten Probe mitbringen, um ihren Entwurf vorzustellen. Nein, dieses Modell war eine richtige, wunderbare Antiquität. Es war einen knappen Meter breit und hatte rote, mit Goldbrokat besetzte Samtvorhänge. Das Portal war mit Schnitzereien von Nymphen und Elfen verziert und eine Kette von Lichtern säumte die Rampe. Das Bühnenbild und die Kulissen in der halbdunklen Kiste wirkten asiatisch. Auf der Bühne standen Figuren in Kimonos.

»Das«, sagte Dorthea, »gehörte früher W.S. Gilbert. Es ist das Bühnenbild für *Der Mikado*. Unglaublich, oder? Er schrieb seine Operetten mithilfe dieses Teils. Er bewegte die Figuren über die Bühne, als wären die Schauspieler Spielzeuge. Erst spielte er die Stücke hier auf diesem Modell, dann notierte er alles und erwartete von echten Schauspielern, seine Anweisungen umzusetzen.«

»Es ist wunderschön«, sagte meine Mutter.

»Ja, als Antiquität«, erwiderte Dorthea und stand auf. »Aber mir kommt es fast vor wie ein Folterwerkzeug. Ich lasse es hier stehen, damit es mich daran erinnert, wie man *nicht* mit Schauspielern umgeht. Du wirst schon sehen.« Die letzten Worte richtete sie an mich.

Am Fußende meines Bettes steht ein riesiger Bär.

Offenbar träume ich. Es ist mitten in der Nacht. Ich muss träumen.

Ich versuche wegzurennen, kann aber nur ein Bein bewegen, das unter dem Oberbett gegen das andere, reglose Bein schlägt.

Ich bin immer noch im Krankenhaus, und in meinem Zimmer steht ein Bär. Nein, ich träume nicht. Er ragt vor mir auf, ein gewaltiger Schatten, runde Ohren, zottiger Kopf, die Pranken erhoben, die Finger ...

Ein Bär mit Fingern – nein, das geht nicht. Außerdem trägt dieser Bär etwas, das wie die Livree eines Chauffeurs aussieht.

Ich höre ein gedämpftes, brummendes Geräusch. Kichern. Das Kichern wird tiefer, dann zum Fauchen und schließlich zu einem Brummen.

Der Bär spricht. Mit knurrendem Flüstern, das einen lauten Schrei andeuten soll. »Looosgeeehs!«, presst er hervor. »Looosgeeehs!«

Der Bär schüttelt seine Faust, dann reißt er sich den Kopf ab und wirft ihn auf mein Bett. Ich zucke mit einer Körperhälfte zusammen.

»Mein Gott«, will ich sagen, doch es dringt nur ein Lautbrei über meine Lippen.

Der Bärenkopf ist eine Maske; auf meinem Bauch liegt struppiges Fell.

Vasily Bulgakov tritt von meinem Bett zurück und krümmt sich vor Lachen, wobei er sich bemüht, keinen Lärm zu machen.

»Noahshenka, du bist aufgewacht. Wie gut.«

Nach dem Schrecken, den mir Vasily eingejagt hat, bin ich hellwach. Ich bin erleichtert und freue mich fast, ihn zu sehen. Doch ich mache mir sofort Sorgen wegen des Redens.

»Wie?«, frage ich und überlege, wie ich das Wort mit nur einer Hälfte des Mundes formen kann. Es kommt mir vor, als würde ich an einer Zigarre nuckeln. »Wie bist du hier reingekommen?«

Er versteht mich.

»Ich bin nicht zum ersten Mal hier«, sagt er. »Aber du hast immer geschlafen.«

Er setzt sich neben mich auf die Bettkante. Sein massiger Körper quetscht die Matratze zusammen, und ich befürchte, gegen ihn zu kullern oder gleich ganz aus dem Bett zu fallen. Mit der guten Hand kralle ich mich an der Matratze fest.

»Ich habe hier einen Fan. Eine der Krankenschwestern erinnert sich an mich. Sie hat als Kind WPIX gesehen. Die Maske habe ich mitgebracht, um sie ihr zu zeigen. Sie hat mich reingelassen. Ich bin so spät dran, weil ich noch einen Hip-Hop-Knaben zum JFK fahren musste.« Er spreizt Zeige- und Mittelfinger und ruckt sie in der Luft hin und her, als würde er an einem Plattenspieler scratchen. Dann lacht er wieder und lässt dabei das Bett erbeben.

Vasily Bulgakov war länger als die Hälfte seines Lebens der Hausmeister der Marshalsea Academy of Dramatic Arts. Es waren sein Wischmopp und sein Eimer gewesen, über die ich damals auf meiner Flucht gestolpert war. Er sagte jahrelang, das könne er sich nicht verzeihen. Hätte er den Eimer nur nicht dort stehen lassen, sagte er. Wäre er mir doch wenigstens rechtzeitig begegnet, um mir zu zeigen, wie man einen Sturz abfängt.

Vasily kannte sich mit Stürzen aus, denn während er in der MADA Hausmeister war und in der Kellerwohnung lebte, arbeitete er nebenher als professioneller Wrestler. In den Fünfzigern nahm er als »Rasender Russenbär« an der Mid-Atlantic- und New-England-Tour teil. Er trat in kleineren zweit- und drittklassigen Schuppen auf: in den VFW's, den Knights of Columbus Halls, in einer Auktionshalle in Naples, Maine, oder in einem abgetakelten Varieté in Albany, New York.

Er greift nach seiner Maske, lässt sie auf und ab schnellen, betrachtet sie amüsiert.

»Immer noch ein Star«, sagt er. »Denk nur, Noahshenka: der ›Rasende Russenbär‹.«

»Wie?«, frage ich noch einmal. »Wie hat sie dich ohne Maske erkannt?«

Er rutscht auf dem Bett herum, um mir die Vorderseite

seiner Anzugjacke zu zeigen. Die Brusttasche trägt eine gestickte Aufschrift:

Russenbär
Limousinenservice

Der Name seines Betriebs in Jersey, wo Vasily jetzt auch lebt.

»Die Krankenschwester hat eins und eins zusammengezählt«, sagt Vasily. »Wuchtiger Mann. Russenbär. ›Looosgeeehs!‹, hat sie gerufen. ›Looosgeeehs!‹«

Vasily kichert und schüttelt den Kopf.

›Looosgeeehs!‹ war sein Schlachtruf im Ring gewesen; er hatte ihn Ike Devoe abgelauscht.

Vasily fragt, wie es mir geht.

Ich verliere mich gerade in Erinnerungen an früher, an die Akademie, den Rasenden Russenbären in seiner Kellerhöhle. »Ganz gut«, murmele ich.

Er runzelt die Stirn, weil er mich nicht versteht. Also nicke ich. Er lächelt.

»Wir holen dich hier bald raus«, sagt er. »Und dann machen wir dich wieder fit.«

Vasily schaut sich im Zimmer um. Er trägt seine Chauffeursmütze, unter der seine buschige Mähne wie eine Welle hervorbricht.

»Nachts zu kommen ist netter. Aber draußen spielen sie immer noch verrückt, Noahshenka«, sagt er. »Das Geschäft ist zäh. Alle haben Schiss vorm Fliegen. Kaum jemand will zum Flughafen. Die Leute klappern sogar mit den Zähnen, wenn wir in Manhattan durch die Tunnel fahren. Denken immer nur an Bomben. Ich lasse mich nicht aus der Ruhe bringen, aber die Fahrgäste drängen immer: ›Na los, schneller. Ich will unter diesem Fluss weg.‹ Wenn wir auf der anderen Seite sind, sage ich: ›Hey, ich wette, Jersey sah noch nie so gut aus.‹ Kommt nicht so gut. Findet keiner komisch.«

Wir sitzen eine Weile schweigend da. Im Krankenhaus herrscht relative Ruhe. Es muss ziemlich spät sein. Langsam bekomme ich das Gefühl, dass Vasily mit etwas ringt, das er mir sagen möchte. Er fummelt an der Maske herum und rollt sie auf der Bettkante.

»Ziehst du bald wieder in die MADA?«, fragt er.

Ich nicke. Auch er ist gelegentlich dort. Trotz seines Limousinen-Betriebs kümmert sich Vasily immer noch um das Gebäude.

»Der Fahrstuhl läuft wie geschmiert«, sagt er. »Und das Stuhl-Ding, das ich damals für Dorthea besorgt habe, gibt es auch noch. Ich werde es für dich wieder einbauen.«

Er meint den Treppenlift – den Stuhl mit Elektromotor, der auf einer Schiene fährt und den er während Dortheas letzter Jahre auf der Treppe zum Horst installiert hat.

Wir waren über eine Werbeanzeige in der *Sunday Times* darauf gekommen: das Bild einer alten Dame auf einem Stuhl auf Schienen, die in die Kamera winkte. Ich stelle mir nur ungern vor, auf diesem Ding zu sitzen.

»Hat sich viel verändert, Noahshenka«, sagt Vasily, bevor er geht. Seine Hand liegt auf dem Türknauf. »Du wirst schon sehen. Die Schule liegt zu nahe am Ort der Katastrophe. Du solltest dir mal Gedanken machen, wo du wohnen willst. Immobilien. Denk mal darüber nach. Mehr sage ich nicht.«

Er zieht die Tür auf, deren Rahmen er vollständig ausfüllt. Ich erwarte, dass er noch etwas sagt, doch er dreht sich nur um, schnappt sich die Bärenmaske, die er auf meinem Bett vergessen hat, und ist verschwunden.

Ich habe auch andere Besucher. Allerdings nicht so viele, wie man meinen könnte. Cecily sagt, die Leute seien verstört, ja mehr als verstört. Nichts werde mehr sein, wie es einmal war, sagt sie.

Wenn ich Besuch habe, schweige ich lieber, zumal ich ebenso gut etwas notieren kann. Da der Schlaganfall meine rechte Seite lahmgelegt hat, bin ich jetzt Linkshänder.

Die Regisseure des Lincoln Center kommen vorbei, auch mein Agent und eine ganze Reihe von Schauspielerfreunden. Alle sind schockiert. Dann sagen sie: »Du stehst bald wieder auf der Bühne. Du spielst wieder. Komm auf die Beine. Wir brauchen dich.«

Offenbar sehe ich schlimmer aus, als sie dachten: käsig, abgemagert, schwach und mit halbseitig gelähmtem Gesicht und Körper. Anfangs konnte ich mich nicht allein auf die Seite drehen, doch das Allerschlimmste ist, dass ich meine Stimme kaum noch benutze.

Ist leichter zu schweigen, kritzele ich, und das stimmt. Reden strengt mich an, und mir gelingt kaum mehr als ein unverständliches Genuschel.

Bestimmt denken alle, ich wäre am Ende: ein Schauspieler, der weder Körper noch Stimme kontrollieren kann.

Eine Beleidigung des Gehirns, wirklich.

Ist der Gedanke, dass ich je wieder ganz gesund sein werde, vermessen? Natürlich. Außerdem ist er lächerlich. Welcher Schauspieler ist schon ganz gesund? Jeder weiß, dass Schauspieler eine Schraube locker haben. Oder? Wir tragen eine Leere in uns. Eine Leere, die wir künstlich füllen müssen, durch eine endlose Kette erfundener Figuren, durch Schmeicheleien, durch Applaus.

Nachts, wenn der Feuerwehrmann schläft, die Apparate summen und die Stadt unruhig ruht, erscheint der Junge. Er steht auf der Bühne, allein, stumm und mit ausdrucksloser Miene. Doch er hat eine Botschaft für mich. Das Publikum ist gespannt, lauscht aufmerksam. Ich kenne die Botschaft. *Ich muss mein Leben ändern.*

ZWEI

Ich teile Cecily mit, dass ich nicht mit der Reporterin reden kann. Ich reiche ihr eine Notiz: »Nein.«

Cecily legt eine Hand auf die Sprechmuschel des Telefons.

»Die Frau ist freie Mitarbeiterin beim *Observer*«, sagt Cecily. »Sie will einen Artikel über deine Genesung schreiben. Und dein Koma. Darüber, dass du den Anschlag komplett verschlafen hast.«

»Das war ...«, möchte ich rufen, doch um nicht gehört zu werden, schreibe ich:

DAS WAR KEIN SCHLAF!

Cecily lässt die Reporterin wissen, dass ich noch nicht reden könne. Sie deutet an, dass ich kaum zu verstehen sei und im Grunde weder etwas über die Katastrophe wisse noch in der Lage sei, einen klaren Gedanken zu fassen. Sie deutet an, dass mein Zustand nicht stabil sei, und bittet, darauf Rücksicht zu nehmen.

Cecily legt auf und starrt das Telefon an. »Sie hat dich Rip Van Winkle genannt«, sagt sie mit einigem Unbehagen.

Mit der Presse rede ich nicht, doch ich erzähle Dr. Roos von meinen Koma-Szenen. Dr. Magnus Roos ist mein Neurochirurg. Er ist Däne, hochgewachsen und um die fünfzig; mit seinem sonnenverbrannten Gesicht und dem dichten, braunen, nach hinten gekämmten Haar, in dem er wühlt, während er mit der anderen Hand etwas auf meiner Fieberkurve notiert, sieht er aus wie ein Hanseskipper. Wie alle anderen, die sich um mich kümmern, wirkt auch er etwas müde und zerstreut. Doch er bemüht sich offensichtlich um Konzentration.

»Koma-Szenen?«, fragt er. »Wie sehen sie aus?«

Mit Worten und Notizen versuche ich, ihm die Szenen des Jungen auf der Bühne zu beschreiben, die ich vor mir sehe, die Tableaus, das Licht, die Finsternis. Ich will wissen, ob es sich dabei um ein bekanntes Phänomen handelt.

»Kommen Sie darin vor?«, fragt Dr. Roos.

Mir wird bewusst, dass ich das nicht beantworten kann. Ich habe tagelang versucht, meine rechte Körperhälfte wieder unter Kontrolle zu bekommen. Man hat mich nach unten zur Physiotherapie gebracht, und ich versuche zu gehen und halbwegs verständlich zu sprechen. Und nun muss ich meine Koma-Szenen oder Träume oder was auch immer enträtseln. Komme ich darin vor? Komme ich in diesen Bühnenszenen vor? Ich, der sich früher so gern im Rampenlicht bewegte. Ich, der stets spüren konnte, wie das Licht mich umspielte. Auf der Bühne.

Aber das bin ich nicht mehr.

»Hier, bitte«, sagt Dr. Roos.

Er reicht mir ein Stofftuch, denn ich weine, ohne es zu merken. Es kommt mir vor, als würde ich jemand anderen weinen sehen. Als würde ich mir eine Szene anschauen.

AUF EINEM SCHWARZEN TUCH
ÜBER DER BÜHNE ERSCHEINEN
STERNE. Sie glitzern. DIE SILHOUETTE
EINES JUNGEN überquert die Bühne.
LICHT AUS.

Spalding Gray hat einmal gesagt, er habe mit Monologen angefangen, weil es ihn irgendwann zu sehr nervte, darauf warten zu müssen, bis sein Seelendoktor endlich ausgelacht hatte.

Eine großartige Bemerkung. Was mich betrifft, so habe ich möglicherweise mit Monologen begonnen, um all die Worte aufzuholen, die ich während der Zeit des Schweigens verloren hatte. Ich weiß, dass die Leute damals versucht haben, mir zu helfen. Ich weiß, dass ich zur Schule ging, nach Hause kam und wieder zur Schule ging. Doch in meiner Erinnerung war ich allein mit meiner Mutter, die sich immer in meiner Nähe befand. Wir standen die Monate nach dem Tod meines Vaters und meines Bruders gemeinsam durch, klammerten uns im Haus aneinander, und wenn wir nach draußen mussten, hielten wir uns stets an den Händen. Ich las unzählige Comichefte. Die ordentlich gerahmten Bilder gefielen mir. Das weiche, beruhigende Gefühl des billigen Papiers.

Die zwei Jahre des Schweigens waren beklemmend, trübe und verschwommen.

Doch in der Schauspielschule hatte ich das Gefühl, als würde ein neues Licht aufleuchten. Nicht das schreckliche weiße Licht, das meinen Vater und meinen Bruder das Leben gekostet hatte, sondern das lebensspendende Licht der Bühne. Das helle Licht, das die Dunkelheit feierlich außen vor hielt.

Das Licht, dem wir uns hingaben, wie Dorthea Holtz immer sagte, und in dem wir unser Bestes gaben.

Meine Mutter arbeitete weiter dreimal pro Woche an der Akademie. Sie holte mich in dem alten grünen Chevrolet mit der zweigeteilten Windschutzscheibe und den zerkratzten grauen Sitzen von der Schule ab. Dann fuhren wir zur Jersey Central Railroad Station, wo wir einen Zug nahmen, und am Ende gingen wir an Bord einer Fähre, die uns in die Stadt brachte.

Wir wohnten in einer Kurve der Oak Avenue in einem Viertel, das man in den Zwanzigerjahren erbaut hatte, als die Städte westlich von Elizabeth und Newark expandiert waren. Die Doppelhaushälften im Kolonialstil hatten zwei Stockwerke, dünne Wände, kleine Höfe und gemeinsame Einfahrten. Ranch- und Halbgeschosshäuser kamen gerade erst auf.

Wir zogen dorthin, als mein Vater, der nach seiner Zeit in der Navy als Pilot arbeitete, keine Luftfracht für die Flying Tiger Line mehr beförderte, sondern transatlantische Passagierflüge für die TWA machte. Meine Eltern erwarben das Haus von einem Floristen, dessen Schwägerin im oberen Stockwerk mit brennender Zigarette im Bett eingeschlafen und verbrannt war. Meine Mutter kannte diese Geschichte, beharrte aber darauf, im Haus niemals auch nur einen Hauch von Rauch bemerkt zu haben. Man habe es von oben bis unten saniert, sagte sie. Es wirkte genauso unversehrt wie das renovierte Empire State Building nach dem Flugzeugunglück.

Mir wurde das Haus allerdings rasch unheimlich. Dazu reichte es, dass mir Georgie Cunningham, eines der Kinder vom anderen Ende der Oak Avenue, von dem Brand und der toten alten Dame erzählte, die angeblich wie ein verkohltes Holzscheit ausgesehen hatte, als sie herausgetragen worden war.

»Mit riesigen *Zangen*«, sagte Georgie. »Sie haben nicht einmal eine Trage benutzt. Man hat sie einfach in einen Vorhang gewickelt.«

Nachdem ich diese Geschichte gehört hatte, war ich mir sicher, im Haus Rauch riechen zu können.

»Wann riechst du Rauch?«, fragte meine Mutter. Es war einer der vielen Abende vor der Nacht der Blitze, an die ich mich erinnere, als wir nur zu dritt zu Hause waren – meine Mutter, Gardy und ich. Dad hatte einen Flug. Jedenfalls erzählte uns meine Mutter, dass er einen Flug hatte. Wie ich Jahre später herausfand, hatten unsere Eltern damals eine Ehekrise, und Dad wohnte in einer Pension in Elizabeth, nicht weit vom Newark Airport. Davon ahnten Gardy und ich nichts.

»Nur nachts«, sagte ich.

»Nur bei Dunkelheit?«, fragte meine Mutter. »Feuchtigkeit kann Gerüche hervorbringen – aber Dunkelheit? Das wage ich doch zu bezweifeln.«

»Aber genau dann rieche ich den Rauch«, sagte ich.

»Und woher kommt der Geruch?«, fragte sie.

»Von dort.« Und ich zeigte zum Schlafzimmer über dem Wintergarten. Meine Mutter benutzte es als Nähzimmer.

»Noah, die alte Frau hat nicht in dem Zimmer geschlafen. Also hat es dort nicht gebrannt.«

»Wo dann?«

»Unten im Flur, auf der Rückseite des Hauses. In dem Zimmer, wo euer Vater und ich schlafen.«

Ich glaube, das war geschwindelt. Bis zum heutigen Tag glaube ich, dass meine Mutter die Katastrophe wieder an einen anderen Ort verlegt hat.

»In meinem Zimmer hat es aber nicht gebrannt, oder?«

Ich nannte es mein Zimmer, obwohl ich es mit Gardy teilte.

»Nein, nein. Ich hätte euch doch nie in das Zimmer gesteckt, in dem das Feuer ausgebrochen ist«, erwiderte meine Mutter. »Das ist nur deine Einbildung.«

»Aber ich rieche sie.«

»Gardy auch?«

»Ich rieche die alte Frau nicht«, sagte Gardy, »und außerdem ist sie mir egal.«

Gardy klang nicht höhnisch. Vermutlich war er froh, dass ihn kein Gestank nach verschmorter Frau belästigte. Diese Sorge plagte mich, nicht ihn. Ja, ich vermute, dass er froh war.

Doch ein paar Tage nachdem Gardy behauptet hatte, den Gestank nach verschmorter Frau nicht zu riechen – es war ein Abend im Herbst, und wir lagen in unserem Etagenbett –, beichtete er mir, dass er ihn *doch* riechen könne.

»Jetzt? Heute Abend?«

»Ja.«

»Das ist nur das verbrannte Laub«, sagte ich.

»Nein«, erwiderte er. »Es riecht anders.«

Wir wussten beide, was er meinte, denn am frühen Abend hatten wir miterlebt, wie sich unsere Mutter verbrannt hatte.

Damals harkten alle Hauseigentümer in Wychwood das Laub von ihren Rasenflächen an den Straßenrand und verbrannten es dort. Wenn die Luft nach unten drückte und der Rauch nicht aufsteigen konnte, lag ein dichter Qualm über den Vororten von New Jersey. Die Autos krochen mit Abblendlicht durch die trüben Straßen. Alles war erfüllt vom Gestank brennenden Laubs, der sich mit den Ethylen- und Petroleumdünsten der weiter östlich gelegenen Farbfabriken und Ölraffinerien mischte.

Die Blätterhaufen schwelten bis in die Nacht. Wir schlugen und stachen mit Stöcken in die Glut. Wir forderten einander auf, unseren Mut mit Sprüngen über die heruntergebrannten Haufen zu messen. Manchmal brachte meine Mutter Kartoffeln in Alufolie – vier Stück, wenn Dad zu Hause war, sonst drei – und schob sie unten in den Laubhaufen, den wir längs der Bordsteinkante zu einer langen Schwade geharkt hatten. Sobald das Feuer erstarb, kratzten wir die mürbe Folie mit Zweigen auf und aßen die halb verkohlten und halb rohen Kartoffeln.

An dem Abend, als mein Bruder den Geruch bemerkte, hatte Dad wieder einmal einen »Flug«, und tagsüber hatten wir das Laub unserer drei großen Eichen, des Ahorns und der Birke an den Straßenrand geharkt. Weil es geregnet hatte und für die folgenden Tage noch mehr Regen vorhergesagt worden war, verkündete meine Mutter: »Jungs, wir verbrennen das Laub gleich heute Abend.« Sie klang wie die Anführerin einer Räuberbande, und wir mussten lachen.

Gardy rannte in die Speisekammer, um die Kartoffeln zu holen.

»Ich habe sie von dem Regal, für das du noch zu klein bist«, ließ er mich wissen, als unsere Mutter die Kartoffeln in Folie wickelte und unten im Laubhaufen an der Bordsteinkante vergrub. Wir markierten die Stelle mit Steinen, damit wir wussten, wo wir suchen mussten, wenn der Haufen zu einer niedrigen Schwade schwarzer Asche verbrannt war, die aussah, als hätte ein riesiger Maulwurf parallel zur Straße einen Tunnel gegraben.

Doch die nassen Blätter wollten nicht brennen. Bei dem Versuch, sie anzuzünden, verbrauchte meine Mutter ein ganzes Mäppchen »Draw Me!«-Streichhölzer der Famous Artists School.

»Wir machen das anders, Jungs«, sagte sie. »Wartet hier.«

»Wohin willst du?«, wollte Gardy wissen.

»Ich hole nur schnell Kerosin«, sagte sie im Davongehen.

Ich sah zum Himmel auf. »Was ist das?«, fragte ich.

»Das bringt das Feuer in Gang«, antwortete Gardy, doch ich hörte ihm nicht richtig zu.

Daraufhin fragte Gardy: »Hältst du Ausschau nach einer Sternschnuppe, damit du dir etwas wünschen kannst?«

»Nein, nach einem Luftschiff.«

Natürlich ist es Unsinn, aber ich habe mir bei jeder Gelegenheit etwas gewünscht. Ich bat die Sterne um gute Kritiken. Ich wünschte mir, von einer Frau verführt zu werden. Ich wünschte mir ein neues Fahrrad, ein Speedboat, die Ausmusterung beim Militär (ein Wunsch, der in Erfüllung ging, weil ich durch den Blitzschlag auf einem Ohr halb taub bin). Ich wünschte mir Ideen für den nächsten Monolog oder eine Rolle in einer guten Inszenierung, egal welchen Stücks. Ich wünschte mir, dass eine lausige Inszenierung ausfallen und mein Vertrag annulliert werden möge; ich wünschte mir, ein neues Leben leasen zu können; ich wünschte mir die Anerkennung Ikes und Dortheas; und ich wünschte mir, dass mein Bruder und mein Vater noch am Leben wären – ein Wunsch, der später auch meiner Mutter galt. Ich habe mir gewünscht, von den Folgen dieses Schlaganfalls erlöst zu werden, und ich habe mir gewünscht, vom Stachel des Todes verschont zu bleiben, vom Infarkt des Todes, vom Nichts des Todes, seinem Nichts, Nichts, Nichts, wie Lear sagt. Jenem Nichts, das dem Nichts entspringt.

Ich habe auf dem Heimweg vom Theater aufgeblickt, um mir beim Anblick einer Sternschnuppe etwas wünschen zu können, habe gehofft, über den Wällen der Lagerhäuser in Lower Manhattan, am Sommerhimmel über einer Viehscheune oder in der schimmernden, dicken Luft über dem Times Square ein Glitzern zu sehen.

Außerdem gibt es noch die Luftschiffe. Ich wünsche mir immer etwas, wenn ich eines sehe. Das Fuji-Luftschiff, das Goodyear-Luftschiff, das MetLife-Luftschiff – egal. Jedes zählt. Das tue ich wegen Dad, des Piloten, der während seiner Zeit in der Navy selbst Luftschiffe flog.

Unsere Mutter kehrte mit einem kantigen Blechkanister aus der Garage zurück, in dem irgendetwas schwappte. Beim Gehen quietschte der Griff.

»Kerosin konnte ich nirgendwo finden, aber Benzin müsste auch funktionieren«, sagte sie. »Vielleicht sogar besser.« Und sie kippte knapp zehn Liter auf die Blätter.

»Noah will unbedingt ein Luftschiff sehen«, sagte Gardy.

»Wirklich?«, fragte unsere Mutter und sah auf. »Ich glaube nicht, dass wir heute Abend eines sehen.«

»Ich möchte aber«, sagte ich.

»Ja, aber es wird keines kommen«, sagte Gardy.

»Du hast früher einmal Luftschiffe gesehen, Noah«, sagte unsere Mutter. »Du kannst dich nur nicht daran erinnern, weil du damals noch zu klein warst.«

Unser Vater, Gardiner Pingree, diente im Zweiten Weltkrieg und während des Koreakrieges auf einem Luftschiff. Zuerst war er Mechaniker bei einem Luftschiff der K-Klasse, dann wurde er Lieutenant und Pilot. Er war auf der Lakehurst Naval Air Station nahe der Küste von Jersey stationiert. Die Luftschiffe kreuzten auf der Suche nach U-Booten vor der Küste; anfangs hielten sie Ausschau nach deutschen Booten, dann nach russischen. Da die Besatzungen klein waren, musste in einem Luftschiff jeder alles können, erzählte unsere Mutter.

An jenem Abend in New Jersey, als wir darauf warteten,

dass sie das Laub anzündete, schien sie das Bedürfnis zu haben, uns eine fröhliche Geschichte über unseren Vater zu erzählen. Sie schüttelte die letzten Tropfen aus dem Kanister.

»Einmal, ihr wart damals noch sehr klein«, sagte sie, »bin ich abends mit euch losgefahren, um euch Daddys Luftschiff zu zeigen. Wir wohnten in dem Haus am Meer – ›unten am Ufer‹, wie man in Jersey sagt – in der Bond Avenue in Lavalette. Erinnert ihr euch? Unten am Ufer?«

Gardy und ich schwiegen. Wir rochen das Benzin und den feuchten Qualm der anderen Laubfeuer in der Stadt.

»Euer Vater hatte mir erzählt, dass sie nachts Patrouille fliegen würden. Ich habe euch mitgenommen, um Ausschau nach ihm zu halten. Das war an einem Herbstabend. Vom Atlantik zog Nebel heran, und es war kälter als heute.

Ich weiß noch, dass wir hinter uns den Motor des Luftschiffs hörten«, sagte meine Mutter. »Das Luftschiff war auf dem Weg zum Ozean, um die Küste nach kommunistischen U-Booten oder Schiffen in Seenot abzusuchen.

Als es über uns hinwegflog, war es, als ob eine Hand mit einer Bewegung alle Sterne wegwischte. Das Luftschiff eures Daddys war unbeleuchtet, und es glitt schwarz über uns hinweg. Ganz schwarz. Dann flammten die Lichter des Schiffs plötzlich auf – irgendein Test –, und man konnte die roten und grünen Positionslampen sehen, ja sogar die Reihe der Kabinenfenster. Das wirkte freundlich und warm, und ich dachte an euren Vater dort oben, und es war überhaupt nicht furchteinflößend. Ich fand immer, dass die Luftschiffe, die großen Gasballons glichen, irgendwie verletzlich aussehen. Und das waren sie auch, wie euer Vater gesagt hat. Ein Luftschiff abzuschießen wäre kinderleicht gewesen. Jetzt fliegt Daddy große Constellations. Aber er hat gesagt, dass man sich in einem Luftschiff trotzdem immer sicher fühlte.« Sie kramte in ihrem Mantel nach trockenen Streichhölzern und merkte, dass sie abgeschweift war. Doch wir hörten ihr gern zu.

»Jetzt wart ihr aber geduldig, Jungs«, sagte sie. »Hast du dir etwas gewünscht, Noah?«

Ihr war nicht entgangen, dass ich zum Abendhimmel aufgeschaut hatte. Sie ermutigte mich dabei, mir beim Anblick von Sternen oder sogar Luftschiffen etwas zu wünschen. Sie sagte, das sei kein Unsinn, sondern gebe ein Ziel vor, das man zu erreichen versuche.

»Ja«, sagte ich.

»Na los, zünden wir den Haufen an«, sagte Gardy.

Während unsere Mutter erzählt hatte, war das Benzin langsam in den Blätterhaufen eingesickert. Weder meine Mutter noch Gardy oder ich wussten, dass Brennstoffe wie Benzin im gasförmigen Zustand viel leichter entflammbar sind als im flüssigen Zustand. Das Gas ist sogar explosiv.

Zum Glück hielten Gardy und ich ein paar Schritte Abstand, als unsere Mutter ein Streichholz an der Schachtel anriss und auf den Haufen warf.

»Das müsste ...«, waren die letzten Worte meiner Mutter, an die ich mich erinnern kann, bevor ein lautes Puffen ertönte; im nächsten Moment wurde sie von einer Druckwelle aus heißer, knallgelber Luft eingehüllt.

Damals lernte ich eine grundsätzliche Regel für die Maske: Die beste Verkleidung besteht in der Veränderung des Haaransatzes. Nach der Explosion sah unsere Mutter aus wie Königin Elisabeth I. Die Hitze hatte ihre Augenbrauen und den Ansatz ihres rotblonden Haars abgesengt. Sie hatte einen spitzen Haaransatz, auf den sie sich meiner Meinung nach einiges einbildete. Gardy hatte auch einen, und meine Mutter sagte, dies gelte als schön. Ich habe auseinanderstehende Zähne, und ich weiß noch, dass sie mir einreden wollte, auch dies gelte als schön. Das nahm ich ihr allerdings nie ganz ab. (Später erfuhr ich, dass solche Zähne im mittelalterlichen Mysterienspiel für besondere Lüsternheit einer Figur stehen.)

Jedenfalls freute sie sich an dem spitzen Haaransatz, wie sie und Gardy einen hatten, und behauptete, meine Zahnlücken würden sie an unseren Vater erinnern.

»Er hatte eine kleine Lücke«, erzählte sie mir einmal, und ich weiß noch, dass sie geheimnisvoll hinzufügte: »Junge, das war was.«

Doch ganz egal, was sie sich auf ihr Haar eingebildet haben mochte, die Gasexplosion fegte ihre Eitelkeiten weg. Die Hitze hatte ihre Haut verbrannt, die Augenbrauen abgesengt und ihren Haaransatz von Schläfe zu Schläfe in einen Kranz aus Asche verwandelt. Es fehlte nur noch ein wenig Gesichtspuder, dann hätte sie ausgesehen wie die jungfräuliche Königin.

»Alles klar mit euch, Jungs?«, rief sie. Die Druckwelle hatte sie von den Füßen geholt. Sie saß mit gespreizten Beinen da wie eine in die Ecke gepfefferte Lumpenpuppe. Rings um sie herum ging ein brennender Blätterregen nieder.

Uns war nichts passiert. Gardy und ich hatten weiter hinten vor der Einfahrt gestanden. Die brennenden Blätter segelten von den Ästen der Eichen, jedes Blatt ein Opferfetzen, der in orangefarbener Bahn zu Boden kreiselte.

Gardy und ich rannten los und stampften die im Gras lodernden Flammen aus. Das rußige Gesicht unserer Mutter bemerkten wir erst, als sie zu uns stieß, um uns zu helfen.

»Wie blöd, blöd, blöd«, brummte sie bei jedem Tritt ihrer Tennisschuhe.

Wir mussten auch auf die Rasenflächen der Nachbarn laufen; das Laub hatte sich weit verteilt. Ein paar Nachbarn schauten uns von den Türen aus zu.

»Tut mir leid«, sagte meine Mutter, wenn auch mehr zu sich selbst, wie ich vermute, und ich bezweifele, dass sie von irgendeinem der schemenhaften Zuschauer gehört wurde, denn niemand kam uns zu Hilfe.

Nachdem wir die Flammen gelöscht hatten, gingen wir ins Haus, und erst dort entdeckte meine Mutter den Schaden an Haut und Haar, den die Hitze angerichtet hatte.

»Mom, dein Gesicht!«, schrie Gardy, und ich fing an zu weinen. Daraufhin eilte meine Mutter zum Spiegel im Flur und keuchte auf, als sie dicht vor dem Glas stand. Sie fuhr mit einem Finger über die Stellen, wo sich ihre Brauen befunden hatten. Sie fuhr sich mit der Hand durchs Haar, was winzige Ascheflocken gegen den Spiegel segeln ließ.

»Oh, Jungs«, sagte sie leise, und ich hörte, wie ihre Stimme brach. Komisch, aber wenn ich alles bedenke, was ihr im Leben widerfahren ist, dann war dies der Moment – sogar nach dem Tod von Dad und Gardy –, als sie am fertigsten war. Vielleicht lag es an der Mischung aus Herbstabend, dunkler werdendem Jahr, der Geschichte, die sie uns über ihren ständig fliegenden oder fliehenden Mann erzählt hatte, und ihrem Fehler, der uns alle fast das Leben gekostet hätte; vielleicht lag es an den neugierigen, aber untätigen Nachbarn; am wilden Herumstampfen und dem, was sie dabei gesagt hatte – »blöd« und »tut mir leid« –, vielleicht am vorübergehenden Verlust ihrer Schönheit. Zusammen reichte das aus, um sie in ein seelisches Tief zu stürzen.

An dem Abend gingen Gardy und ich allein zu Bett, während unsere Mutter ihr Gesicht mit einem Waschlappen abtupfte, der mit kaltem Wasser und Essig durchtränkt war.

»Ich mag den Geruch nicht«, sagte Gardy.

»Welchen Geruch, Schatz? Den des Wassers? Dadurch rieche ich wohl ein bisschen wie Salat«, sagte unsere Mutter.

»Nein, ich meine den Geruch deines Haars, als es schwarz war.«

»Ach so. *Den* Geruch.«

»Ja. Ich mag ihn nicht.«

»Den mag niemand, mein Süßer.«

Als Gardy und ich in unserem Etagenbett lagen und er sagte, er könne die Asche der alten Frau riechen, wussten wir beide, dass die Alte, die hier im Haus verbrannt war, so gestunken hatte wie unsere Mutter, nachdem sie den Laubhaufen in die Luft gejagt und sich das Gesicht verbrannt hatte.

Wir zitterten in unseren Betten, aber nicht nur wegen des Gedankens an die verbrannte alte Frau, sondern auch, weil unser Fenster kaputt war. Gardy bemerkte den Schaden, als wir uns hinlegten, und er entdeckte auch die Ursache. Eine Scheibe neben seinem Spielzeugregal war eingeschlagen worden. Zwischen den vom Mondlicht erhellten Scherben lag ein Klumpen Alufolie auf dem Fußboden. Bei der Explosion war eine der harten Kartoffeln durch unser Fenster geschleudert worden.

»Nichts anfassen«, sagte Gardy. »Morgen früh erzählen wir es Mom.«

»Warum nicht jetzt?«, fragte ich.

»Weil sie allein sein möchte.«

Das wusste ich. Am liebsten wäre ich zu ihr gegangen, blieb aber, wo ich war. Ich konnte hören, wie sie im Badezimmer weinte. Wir lagen in unseren Etagenbetten, zitterten und starrten die blöde Kartoffel an, die aussah wie ein silbernes Luftschiff, das in unserem Schlafzimmer abgestürzt war.

Ich werde aus dem Krankenhaus entlassen. Ein Pfleger fährt mich im Rollstuhl – das ist Vorschrift –, und daher benutze ich nicht den Stock, mit dem ich auf den Krankenhausfluren wunderbar zurechtgekommen bin. Dr. Roos freute sich über meine Fortschritte.

Cecily ist bei mir. Und an der Bordsteinkante wartet Vasily mit einer Limousine. Ich muss lachen.

»Auf jeden Fall besser als ein Taxi«, sage ich und bilde mir ein, recht verständlich zu klingen, doch Vasily sagt: »Was?«, und ich will mit der rechten Hand abwinken: »Ach, nichts.« Das ist jedoch die Schlaganfallseite, und ich winke noch einmal mit links. Zum ersten Mal wieder draußen, und gleich den Text versiebt.

Der Pfleger hilft mir auf die Rückbank, und während Vasily und Cecily einsteigen, betrachte ich durch die getönte Scheibe die Krankenhauswand mit den Vermisstenanzeigen. Die Fotos auf dem Bürgersteig. Die Nachrichten an Angehörige und Freunde. Die Bitte, bei der Suche zu helfen. Ich hatte mich gefragt, worin sich die Ereignisse zuerst zeigen würden. Nun weiß ich es.

Cecily setzt sich hinten neben mich, merkt, worauf mein Blick ruht, und sagt nur: »O ja.«

Ihr Theater und ihre Wohnung liegen in dem Teil der Stadt, der noch von Rettungskräften abgeriegelt ist. Sie weiß nicht, wann sie wieder nach Hause zurückkehren beziehungsweise arbeiten kann – falls überhaupt.

Vasily nimmt den West Side Highway. Alle schweigen, und ich muss auf meinem Sitz herumrutschen, um einen Blick durch die Windschutzscheibe werfen zu können. Dabei habe ich Sorge, wie ein Schaulustiger zu wirken. Cecily scheint zu spüren, was in mir vorgeht, denn sie ergreift meine Hand.

»Erträglich heute«, sagt Vasily, und Cecily stimmt ihm zu.

Ich begreife noch nicht, was sie meinen, doch schon bald

bewerte auch ich einen Tag anhand von Rauch, Staub, Gestank und anderen Miasmen, die über Downtown aufsteigen und je nach Windrichtung durch die Stadt getrieben werden.

Im Augenblick bin ich damit beschäftigt, die Leerstelle in der Skyline zu verarbeiten. Mich daran zu erinnern, was fehlt. Wie hoch waren die Türme genau? Wie groß? Irgendetwas stimmt nicht mit dem, was ich sehe, so viel steht fest, aber ich weiß nicht recht, was. Mich selbst betreffend ergeht es mir ähnlich.

Am liebsten würde ich die Stufen zum Horst ohne Hilfe hinaufsteigen – die Sandsteintreppe, die zum Eingang der Akademie führt, bin ich hinaufgehumpelt, immer mit dem linken Fuß zuerst –, doch Vasily will mir unbedingt den Treppenlift vorführen. Also sitze ich nach der Fahrstuhlfahrt auf einem Stuhl, um die letzten paar Stufen zum Horst zu bewältigen, und als ich den Knopf drücke, ringe ich mir ein Lächeln ab. Dann gleite ich wie in einer Seilbahngondel mit leisem Heulen nach oben, nach Hause.

Ich winke wie die alte Dame auf der Anzeige und hasse mich im gleichen Moment dafür, doch Vasily strahlt bis über beide Ohren.

Cecily wirkt nachdenklicher. Sie hat ihre Theaterkompanie, ihre »Performance GmbH«, die in der Szene von Downtown allgemein »Performance Gumby« genannt wird (wobei Cecily selbst findet, dass die deutsche Entsprechung von »Inc.« etwas aufgebläht klingt) – und ich habe die Akademie.

Über die Zukunft haben wir bislang nicht gesprochen. Vor den Anschlägen und vor dem Schlaganfall lief alles wie am Schnürchen. Wir wohnten zusammen, brachten gemeinsam Stücke auf die Bühne. Wir standen kurz vor einer Premiere im Lincoln Center. Und nun?

Ein paar Tage später sitzen wir abends vor der Glastür

des Horsts. Inzwischen weiß ich, dass es sich bei dem, was ich seit meiner Heimkehr riechen kann, um den Gestank des Trümmerbergs handelt. (Die Rettungskräfte nennen ihn nur den »*Haufen*«.) Der bittere Geruch sorgt für ein leichtes Kratzen hinten im Hals. Anfangs fragte ich mich, ob es sich um eine weitere durch den Schlaganfall verursachte sensorische Verwirrung handelte oder ob ich mir im Krankenhaus irgendeinen Bazillus eingefangen hatte. Doch Cecily verneinte und sagte, alle hätten das gleiche Kratzen im Hals.

Wir schauen schweigend durch die Glastür, und schließlich sagt Cecily, dass sie nicht wisse, was sie tun solle.

Ich tappe in die Falle eines jener Missverständnisse, die mir jetzt so oft unterlaufen. Besucher erzählen, wie ungewiss die Zukunft sei, wie sehr sich alles verändert habe, wie besorgt und traurig sie seien, und ich bilde mir ein, sie würden mich meinen. Wie ungewiss *meine* Zukunft sei. Wie sehr *ich* mich verändert hätte. Wie traurig und besorgt sie *meinetwegen* seien. Ich verwechsele den allgemeinen Schock, unter dem alle stehen, mit dem Schock, den ich erlitten habe; ich beziehe alles auf mich. Sehr typisch für einen Schauspieler.

Als wir dasitzen und auf die Dächer des Village blicken – aus diesem Winkel können wir weder das Empire State Building noch die Leerstelle sehen, die die eingestürzten Türme hinterlassen haben –, frage ich sie deshalb zur Sicherheit, was sie meint.

»Die Arbeit«, sagt sie. »Das Theater.«

Aha, wir haben also gar nicht über mich gesprochen. Oder vielleicht doch?

»Worauf willst du hinaus?«, frage ich.

»Wo ist der Sinn?«, antwortet sie. »Der Sinn des Theaters und der ganzen verdammten Kunst überhaupt, wenn ...«

Offenbar will sie nicht weiterreden. Sie winkt ab.

Ich drücke mit der linken Hand ihren Arm und freue mich darüber, dass ausnahmsweise ich es bin, der jemand anderen tröstet. Weswegen, weiß ich allerdings nicht genau.

So sitzen wir eine Weile da, bis das Telefon klingelt. Der erste Anruf seit meiner Heimkehr.

»Ich mag nicht rangehen«, sagt Cecily, und ich bilde mir ein, dass sie nicht aufstehen möchte, weil meine Berührung sie beruhigt und getröstet hat.

Doch ich irre mich schon wieder. Mit mir hat es nichts zu tun.

KLEINES SPOTLIGHT AUF
SCHWARZEN VORHANG
AN DER RAMPE.
Der JUNGE ist gerade noch
zu erkennen, er lugt aus dem
Vorhang. LICHT AUS.

Die Gault-Schwestern hatten sich nie sehr nahegestanden. Meine Mutter, Jane, war fast zehn Jahre älter als ihre Schwester Stephanie.

»Wir wären uns gegenseitig an die Gurgel gegangen«, sagte meine Mutter immer, »wenn wir altersmäßig nicht so weit auseinander gewesen wären. So waren wir einfach nur wie Feuer und Wasser. Wir vertrugen uns nicht.«

Unsere Familie schmolz immer mehr zusammen. Tante Stephanie war meine einzige Verwandte – außer meinen Eltern und meinem Bruder –, und ich war ihr nie begegnet. Auch meine Großeltern hatte ich nie kennengelernt. Als ich sechs wurde, waren sie schon tot. Und ich hatte weder Cousins noch Cousinen.

Meine Mutter war eine brave Tochter gewesen, hatte Bryn Mawr besucht, im Krieg einen Navy-Mann geheiratet und zwei Kinder bekommen. Stephanie dagegen war, wie meine Mutter sagte, stets »unterwegs zu neuen Ufern«. Sie war mit sechzehn von zu Hause abgehauen.

»Die genauen Gründe kenne ich nicht«, sagte meine Mutter. »Irgendein Kerl war im Spiel. Es gab viel Krach mit unseren Eltern. Stephanie sagte, sie würde mit ihrem Freund durchbrennen, doch es kam nie zu einer Heirat. Sie verließ ihn und ging nach Kalifornien. Dann tauchte sie plötzlich bei meiner Hochzeit auf. Sie war die Brautjungfer. Sie kam zu spät und war betrunken, aber sie war die Seele des Fests. Danach ist sie wieder verschwunden, und wir haben jahrelang nichts von ihr gehört. Sie ist nur zur Beerdigung deines Großvaters gekommen. Die unserer Mutter hat sie ausgelassen. Bei Großvaters Beerdigung hat sie deinen Bruder kennengelernt. Du warst noch nicht geboren. Ein Jahr später bekam ich eine Karte aus Paris. Dann wieder langes Schweigen. Ein Besuch und ein paar Anrufe, als sie in Boston lebte und irgendwelche Kurse besuchte. Schließlich Gerüchte über Schauspielerei. Dann New York und der Ausschnitt aus *Back Stage*.«

Meine Mutter brauchte es nicht extra zu erwähnen, denn wir wussten beide, dass Stephanie nicht zur Beerdigung meines Vaters und Gardys erschienen war.

Dorthea Holtz hatte meiner Mutter erlaubt, ihre Arbeit so zu legen, dass sich diese mit den Meisterklassen überschnitt. So gab es eine Chance, dass sich meine Mutter und ihre Schwester über den Weg liefen. Eine andere Möglichkeit, mit ihr Kontakt aufzunehmen, gab es nicht, weil niemand wusste, wo sie steckte.

Wenn jemand einmal nicht im Unterricht erschien, drückte Dorthea oft ein Auge zu. Auf den ersten Blick schien dies ihrer strengen Auffassung von Kunst und Disziplin zu widersprechen, doch sie wusste, dass auch Schauspieler ihre Miete bezahlen müssen. Manchmal nehmen sie deshalb einen Teilzeitjob an. Manchmal ergattern sie auch eine Rolle, müssen zu Proben und sind wochen- oder sogar monatelang nicht in der Stadt. All dies kam auch für Tante Stephanie infrage. Doch es konnte noch andere Gründe für ihre Abwesenheit geben, weniger angenehme, über die die Leute an der Schauspielschule ungern sprachen.

Mit mir schon gar nicht. Andererseits interessierte mich das auch nicht besonders. Die Fülle von Menschen und Aktivitäten an der Akademie schlug mich in Bann. Die Schüler an der MADA deckten die ganze Bandbreite ab: Hauptdarsteller, Charakterdarstellerinnen, Komödien-Typen, Naive, in die Jahre gekommene alte Hasen. Die Fernsehsender drehten Unmengen von Soaps, die alle in New York spielten, und ein paar Schüler kannte ich aus dem Fernsehen. Viele Meisterschüler arbeiteten am Broadway. Ein paar von ihnen, darunter der Mann, der in *Von Mäusen und Menschen* Lennie gespielt hatte, traten in der Premiere von *Unter dem Milchwald* auf, und eine der Frauen probte für das Musical *The Music Man*. Shelley Winters nahm am Unterricht teil, wenn sie in der Stadt war. In den späten Vierzigern war sie eine Schülerin von Dorthea gewesen, wie auch James Dean für einige Monate. Dann gab es noch jemanden – er hatte in *Von Mäusen und Menschen* George gespielt –, den ich nach einigen Stunden als Captain Whistlehorn erkannte, den Moderator von WPIX's Cartoon-Show *Captain Whistlehorn's Trolley*. In der Show trug er einen Bart und eine Kapitänsuniform mit riesigen Taschen, in denen Probierpackungen von Ovaltine und Bonomos

Turkish Taffy steckten, den Sponsoren der Sendung, für die zwischendurch geworben wurde. Zum Unterricht erschien er allerdings bartlos und in der Kluft eines Village-Hipsters: Nietenhose, Pullover, unter dem er nur ein T-Shirt anhatte, spitze schwarze Schuhe. Eines Nachmittags kam er zu mir und stellte sich vor. Er sagte, er heiße Ed Green, und er tanzte den kurzen Hornpipe, den er sonst im Fernsehen als Captain Whistlehorn aufs Parkett legte. Ich wisse hoffentlich, sagte er, dass er nur gespielt habe, als er mit der Pistole auf Lennies Kopf gezielt habe.

»Inzwischen weiß ich das«, erwiderte ich.

»Beste Publikumsreaktion, die ich je hatte«, sagte er.

Da der Unterricht erst eine halbe Stunde später begann, bat er mich, ihn bei einer Szene aus Clifford Odets *Awake and Sing* abzuhören, die er in der Woche darauf für Dorthea spielen wollte. Ich saß da, die kleine, braun eingebundene Theaterausgabe des Stücks im Schoß, las die Zeilen von Odet mit und berichtigte Captain Whistlehorn, wenn er sich versprach. Die Situation befremdete mich, und als ich Ed Green lauschte, der seine piepsige Kindershow-Stimme langsam ablegte, bis er schließlich ganz in der Lower-East-Side-Rolle von Odets Stück aufging, hatte ich ein flaues Gefühl im Magen.

Wir waren die Szene dreimal durchgegangen, als Ed sagte, er wolle beim Telefondienst fragen, ob man ihn am nächsten Tag zum Vorsprechen für Werbespots gebucht habe. Dorthea weigerte sich, einen Münzfernsprecher in der Akademie installieren zu lassen. »Werbung ist für die Straße, meine lieben Mithäftlinge«, sagte sie. (Nicht umsonst hatte sie ihre Schauspielschule nach dem Schuldner-Gefängnis benannt, das Dickens in seinen Romanen verewigt hat – sie war zutiefst überzeugt, dass wir dem Theater etwas schuldeten.) »Hier geht es um die Kunst, und Kunst läuft nicht über das Telefon.«

Deshalb mussten die Schüler zur Telefonzelle draußen an der Ecke gehen.

»Komm mit«, sagte Ed. »Ich kaufe dir eine Cola. Als Lohn dafür, dass du mich abgehört hast.«

Doch ich erwiderte, ich müsse nach meiner Mutter schauen, kletterte hinten von der Tribüne und ging zu dem Geheimgang, der Studio-Theater und Büro verband. Als ich im dunklen Kabuff mit den Vorhängen war, hörte ich jemanden lachen.

Ich spähte durch den Spalt und sah Ike Devoe im Büro bei meiner Mutter. Er vollführte Sprünge und Finten, während er ihr irgendeine Geschichte erzählte, und sie hielt sich beim Lachen eine Hand vor den Mund.

Mir fiel auf, dass beide sehr entspannt wirkten und sich in dem schäbigen Büro richtig wohlzufühlen schienen. Die rußigen Fenster verliehen dem Licht, das in die unordentlichen Räume fiel, etwas Samtiges. An den Wänden hingen Stundenpläne, Zettel, auf denen man sich für den Probenraum eintragen konnte, und Theaterplakate, signiert von Schülern der Akademie, die in den jeweiligen Aufführungen mitgespielt hatten.

Auf jeder verfügbaren waagerechten Fläche – auf Tischen, auf Regalen, auf den breiten Heizkörpern, ja sogar auf dem umgedrehten Behälter des Wasserspenders – lagen Stapel von Lebensläufen und Hochglanzfotos von Schauspielern, die hofften, nach einem Vorsprechen in die Klasse von Dorthea Holtz aufgenommen zu werden. Meine Mutter erzählte mir einmal, wie verblüfft sie darüber war, dass es so viele Fotos, so viele Schauspieler gab.

Unter den Fotos fand sich eines, das meine Mutter beiseitelegte, nachdem sie es entdeckt hatte. Es zeigte meine Tante, Stephanie Gault. Meine Mutter hatte das Hochglanzbild im Stapel der Meisterklasse gefunden. Sie versteckte es unter dem Mimeografen.

Durch den Spalt im Vorhang sehe ich, wie Ike auf das Foto im Schoß meiner Mutter zeigt. Ich kann erkennen, dass es das Foto meiner Tante ist. Ich höre, wie Ike meiner Mutter erzählt, er kenne Stephanie Gault. Er möchte wissen, warum meine Mutter ausgerechnet dieses Bild herausgesucht hat.

»Sie ist meine Schwester«, antwortet meine Mutter und hält das Bild hoch, und Ike Devoe lässt den Mund aufklappen und spielt den Verblüfften.

»Nee!«, sagt er mit künstlich tiefer, schleppender Stimme. »Nee! Steph hat nie etwas davon erzählt.«

»Wie? Sie hat nie gesagt, dass sie eine Schwester hat?«, fragt meine Mutter. Ike zuckt mit den Schultern und nickt.

»Dann hast du also mit ihr geredet?«, fragt meine Mutter.

»Klar. Zum Beispiel, wenn wir eine Szene haben.«

»Meinst du mit ›Szene haben‹, dass sie sich in Szene setzt?«

Ike lacht. »Du bist eine echte Bibliothekarin«, sagt er.

Und ich denke: *Aha, das hat sie ihm also schon erzählt. Was wohl noch?*

Ike sagt: »Nein, mit ›Szene haben‹ meine ich eine Probe für den Unterricht.«

»Für Dortheas Unterricht?«

Ike nickt.

»Wo probt ihr?«

»Hier. Oder in meiner Wohnung. Aber dort geht es nur, wenn mein Mitbewohner nicht da ist.«

»Bei Stephanie habt ihr euch nie getroffen?«

Ike antwortet, er wisse gar nicht, wo sie wohne.

»Vor ein paar Wochen hat sie gesagt, sie sei hier im Village. Davor hat sie von Grammercy Park geredet. Sie ist ständig auf Achse.«

»Und wie bleibt ihr in Verbindung?«

»Ich hinterlasse ihr Nachrichten beim Telefondienst.«

»Hast du ihre Nummer?«

»Die habe ich gerade nicht dabei.« Und Ike tritt einen Schritt von meiner Mutter zurück. Er hatte sich vor dem Regal mit den Textbüchern dicht an sie gedrängt, was ihr nicht zu missfallen schien.

Ike streckt die Arme aus, um zu zeigen, dass er nichts in den Händen hat, dreht seine Taschen zum Beweis dafür um, dass nichts darin ist, und zieht schließlich sein T-Shirt hoch. Ich sehe ein Delta blonden Haars auf seiner Brust und seinen Waschbrettbauch. Meine Mutter lässt das allerdings kalt.

(Rückblickend kommt mir diese Balzerei seltsam kindisch vor; das war jedenfalls nicht der Stil von »King Cool«, wie die Regenbogenpresse Ike Devoe bald nennen sollte.)

Mit einer raschen Bewegung stopft er sein T-Shirt in die Hose.

»War nur ein Scherz«, sagt Ike. Die Gelassenheit meiner Mutter verwirrt ihn. Sie geht seiner Einsamer-Wolf-Masche nicht auf den Leim, und er weiß nicht, woran er mit ihr ist. Eine Bibliothekarin?

Ike albert im Büro herum. Er tänzelt vor dem Spalt zwischen den Vorhängen, hinter denen ich mich verberge, vorbei und lässt die Kurbel des Bleistiftanspitzers am Türrahmen surren. Doch er sieht mich nicht.

»Ist das hier noch ihre aktuelle Nummer?« Meine Mutter hält Tante Stephanies Lebenslauf hoch. Sie zeigt auf die Telefonnummer, die in schwarzen Buchstaben auf dem weißen, unteren Rand des Fotos steht. Das Rubinrot des Fingernagels meiner Mutter hebt sich hell vom Schwarz-Weiß-Bild meiner lächelnden Tante ab.

»Das ist sie«, antwortet Ike, »wenn ich mich richtig erinnere.«

»Aber sie reagiert nicht auf meine Nachrichten«, sagt meine Mutter. »Sie lässt sich hier nicht blicken. Sie hat nicht einmal einen Agenten.« Sie überfliegt wieder den Lebenslauf.

»Noch nicht«, sagt Ike. »Aber sie wird bald einen haben.«

»Der Telefondienst verrät mir nicht, ob sie meine Nachrichten bekommt. Darum weiß ich nicht, ob sie einfach nichts mit mir zu tun haben will.«

Meine Mutter lässt die Arme hängen. Sie hat immer geschäftige Hände gehabt, die arbeiteten, strickten, Karteikarten sortierten, streichelten, Haare bürsteten, meinen Rücken oder den meines Bruders kneteten. So, wie sie jetzt dasteht, habe ich sie noch nie gesehen. Sie wirkt sowohl verletzlich als auch verdrossen.

»Das weiß ich auch nicht«, sagt Ike. Er lässt sich auf einen Stuhl an einem Schreibtisch sinken. Aus diesem Winkel kann ich ihn nicht mehr sehen. Meine Mutter schaut ihn unverwandt an. Nachdem Ike Platz genommen hat, ist die Atmosphäre im Raum eine andere; sie ist irgendwie aufgeladen, und ich habe das Gefühl, als müssten sich die beiden jetzt jede Bewegung genau überlegen. Als Reaktion sucht sich meine Mutter auch einen Sitzplatz, und der einzige Stuhl steht neben Ike. Ob er das so geplant hat?

Sie setzt sich neben ihn, legt die Hände in den Schoß.

»Du hast deine Schwester länger nicht gesehen, hm?«, fragt Ike.

Meine Mutter wischt sich eine Haarsträhne aus dem Gesicht, die vor ihrem rechten Auge hängt. Sie nickt leicht.

»Tja, Steph setzt sich tatsächlich in Szene«, sagt Ike. »Wenn du verstehst, was ich meine.«

Ich kann sehen, dass Ike die Beine übereinandergeschlagen hat; er wippt mit einem Fuß.

»Nein. Wie meinst du das?«, fragt meine Mutter.

»Damit meine ich, dass sie beim Spielen ihre eigenen Regeln aufstellt«, sagt Ike. »Ich würde sie als Avatar bezeichnen.«

»Oha«, sagt meine Mutter. »Das ist neu für unsere Familie.«

»Kommt aus dem Hinduismus«, sagt Ike. »Den Begriff habe ich irgendwo aufgeschnappt. Das Konzept, meine ich.« Er scharrt ein wenig mit den Füßen, tut beschämt.

»Kennst du meine Schwester gut?«, fragt meine Mutter.

»Ja. Klar. In gewisser Weise schon.«

»Geht ihr zusammen?«

Ike lacht. »Steph ist nicht besonders verlässlich, was Termine betrifft. Oder Verabredungen.«

»Du weißt, was ich meine«, sagt meine Mutter leise. Ihr ist sicher bewusst, dass Ike seine Schauspielertricks nicht nur einsetzt, um ihr zu helfen, sondern auch, um sie zu umgarnen.

»Ja«, sagt er genauso leise. »Ich gehe mit ihr.«

»Tja, dann ist das also geklärt«, sagt meine Mutter und trommelt mit den Fingern auf die Tischplatte.

Ike nickt, dann sagt er: »Eines musst du allerdings wissen. Wie lange hast du sie jetzt nicht mehr gesehen?«

»Seit mehreren Jahren.«

»Hat sie damals gern einen gezischt?«

Meine Mutter zuckt leicht verwirrt mit den Schultern.

»Hat sie getrunken?«

»Als ich sie zum letzten Mal gesehen habe, durfte sie noch gar nichts trinken.«

»So lange ist das her?«

»Na ja, nicht ganz«, sagt meine Mutter, rutscht auf dem Stuhl herum, wischt sich wieder eine Strähne aus dem Gesicht, weiß nicht, wohin mit den Händen. »Ja. Sie hat getrunken.«

Ich kann sehen, dass Ike die Beine spreizt und die Unterarme auf seine Knie stützt. Er hat die Hände gefaltet.

»Im Moment trinkt sie nämlich. Ich bekomme sie manchmal wochenlang nicht zu Gesicht«, höre ich ihn sagen.

»Auch jetzt gerade?«, fragt meine Mutter.

Offenbar bejaht Ike diese Frage mit einem Blick, denn ich höre, wie meine Mutter seufzt. Ike hält ihr eine Packung Pall Mall hin. Sie nimmt eine Zigarette.

»Wir rauchen die gleiche Marke«, sagt meine Mutter.

»Na ja, Babe, eigentlich sind es deine.«

»Hast du sie stibitzt?«

»Sie lagen dort drüben.« Er zeigt zum Mimeografen. »Ich dachte, du hättest es gesehen.«

»O Mann«, sagt meine Mutter. Sie klingt belustigt. Ich merke, dass sie nicht ernsthaft wütend ist. Außerdem hat sie eine der Zigaretten genommen. Er hält ihr weiter die Schachtel hin, damit sie sie nimmt, doch sie schiebt langsam seine Hand zurück.

Sie zünden sich ihre Zigaretten an und sitzen eine Weile schweigend da, während der Rauch zwischen ihnen die Luft vernebelt. Hinter mir höre ich die Schritte der Schüler, die ins Studio kommen. Mir fällt ein, dass ich Ed Green vollkommen vergessen habe. Dorthea hat mir untersagt, mich noch einmal ins Studio zu schleichen. Wenn ich beim Unterricht dabei sein möchte, muss ich gemeinsam mit der Klasse kommen und gehen, und zwar – wie sie extra betont hat – pünktlich. Falls ich unpünktlich bin, muss ich allein auf dem blauen Sofa sitzen, bis die Stunde vorbei ist.

Als ich meine Mutter und den kleinen Teil von Ike Devoe betrachte, den ich sehen kann, werde ich auch seinetwegen nervös. Wenn ich zu spät dran bin, bedeutet das für mich, auf dem blauen Sofa zu sitzen. Doch wie ich am Schwarzen Brett gelesen habe, hat sich Ike für eine Einzelprobe eingetragen. Dorthea setzt solche Proben oft zusätzlich an. Dabei geht es um einfache Verrichtungen – einen Tisch decken, einen Schuh schnüren, eine Wunde verbinden –, wenn auch mit ungewöhnlichen Vorgaben: Man ist arm und hat noch nie im Leben ein Salatbesteck gesehen; der Schuh befindet sich an einer Prothese, die man noch nie getragen hat; die Wunde hat man sich selbst zugefügt. Ike hatte auf der Liste notiert: »Einen Vergaser reparieren«.

Ich würde ihn gern auf der Bühne sehen. Ike strahlt etwas aus, das die Leute ins Theater lockt. Meine Mutter hatte einen Eindruck davon bekommen, als er auf dem Sofa meinen Comic durchblätterte: Ike Devoe war jemand, dem man auch dann gern zusah, wenn er nicht spielte.

Den Geräuschen im Studio und im Flur zufolge ist der Unterricht heute gut besucht.

Dann sehe ich, dass Ike gerade etwas ganz anderes probt. Er hat die Hände voneinander gelöst und tippt meiner Mutter mit einem Zeigefinger aufs Knie.

»Ich werde mit Steph reden«, sagt er. »Ich schaue mal, ob ich sie überreden kann herzukommen.«

»Danke«, sagt meine Mutter. Sie zieht an der Zigarette und bläst den Rauch aus dem Mundwinkel, damit Ike ihn nicht abbekommt – aber auch, um seinen Finger im Auge zu behalten, der sanft auf ihr Knie tippt und dann beginnt, kleine Kreise zu ziehen.

Der Lärm hinter mir verebbt. Der Konzertmeister – Dortheas Spitzname für den Schüler, der für die Anwesenheitsliste verantwortlich ist – ist an diesem Tag eine Frau, und sie versucht, für Ruhe zu sorgen, um die Namenliste durchgehen zu können. Ich stelle mir vor, wie Dorthea die Stufen herunterkommt. Meine Mutter sitzt einfach nur da und betrachtet Ikes Finger, der plötzlich innehält. Ich höre, wie sein Stuhl knarrt, sehe, wie er Kopf und Schultern nach vorn schiebt. Auch meine Mutter rutscht ein bisschen nach vorn. Sie sieht Ike nicht an, sondern hat den Blick immer noch auf ihr Knie und auf seine Hand gerichtet, die jetzt auf ihren Rockfalten liegt. Keiner von beiden schaut mich an, obwohl ich mittlerweile hinter dem Vorhang hervorgekommen bin und mitten im Raum stehe.

»Wir sind spät dran«, sage ich, und beide heben ruckartig den Kopf.

»Der Unterricht beginnt«, sage ich. »Wir sind spät dran.«

In diesem Moment knallen im Flur die Türen des Studios zu.

Ike springt auf. »Scheiße!«, sagt er.

»Noah«, sagt meine Mutter.

»Na los, Dad. Kommandounternehmen.«

Er zieht mich durch die Vorhänge, dann eilen wir hinter der Tribüne entlang. In dem Moment, als die Konzertmeisterin »Devoe« ruft, hebt er mich auf die Sitze.

Ike reckt neben mir den Kopf und sagt: »Hier!« Er schwingt sich oben über die Tribüne und geht auf dem Mittelgang zur Bühne.

»›Einen Vergaser reparieren‹«, liest die Konzertmeisterin von der Liste ab.

»Das dürfte lehrreich werden«, sagt Dorthea, die auf ihrem Schaukelstuhl sitzt und lächelt. »Ich weiß gar nicht, wie ein Vergaser überhaupt aussieht.«

Ike steht vorn auf der Bühne, im Licht zeichnet sich seine

Silhouette ab. Er hat die Hände in die Taschen seiner Jeans gestopft; er tritt vor Dorthea von einem Fuß auf den anderen.

»Sieht aus, als müsste ich eine Änderung vornehmen«, sagt er und fährt dann fort, er könne die Requisiten nicht finden. Ob er ein anderes Thema bekommen könne?

»Na schön«, sagt Dorthea. »Nehmen wir etwas Einfaches. Irgendwelche Vorschläge?«

»Ein Brief?«, sagt Ike.

»Hast du Papier und Stift?«, fragt Dorthea.

Ike zieht einen zusammengefalteten Zettel aus der hinteren Hosentasche und zwinkert der Konzertmeisterin zu, als er ihr den Stift aus der Hand nimmt.

»Wir befinden uns im Jahr 1918«, beginnt Dorthea. »Erster Weltkrieg, und du hockst in einem Schützengraben. Du schreibst einen Brief an deine Liebste. Und wir im Publikum wissen – genau wie du, denn du hast es in einer früheren Szene erfahren –, dass deine Liebste tot ist, gestorben an – sagen wir – einer Blutvergiftung, die sie sich durch einen kleinen Schnitt zugezogen hat. Du schreibst ihr trotzdem. Im Winter. Während einer Atempause im Mörserbeschuss der Deutschen. Du willst ihren Tod nicht wahrhaben.«

Ike borgt sich die Jacke einer Frau aus der ersten Reihe, und die Klasse kichert, als er sie anzieht, diese etwas zu kleine Damenstrickjacke. Doch auf einmal sieht er für die Szene passend gekleidet aus. Und von einem Moment auf den anderen sieht man ihn mit Stift und zusammengefaltetem Zettel in einer schlecht sitzenden Uniform auf dem Boden kauern und nach einem trockenen Platz zum Schreiben suchen.

Ike spielt fast zehn Minuten, doppelt so lange, wie es Dorthea normalerweise zulässt. Doch er fesselt alle. Wir spüren die Kälte, die Nässe und die nahen Einschläge der Mörsergranaten, die ihn unbeherrscht erbeben lassen. Und wir sehen seinen Schmerz und seine Konzentration, seine Sehnsucht und Verzweiflung, während er schreibt. Schon bald beschleicht uns das Gefühl, dass der Soldat mit der Niederschrift dieses Briefes entweder seine Seele retten oder dem Wahnsinn verfallen wird.

Nachdem Dorthea die Übung beendet hat, kommt sie auf ein oder zwei Aspekte zu sprechen – Kleinigkeiten wie die, dass man an die Sichtlinien denken müsse –, doch es fällt ihr schwer, Kritik zu üben, und das sagt sie auch so.

Ike, der immer noch mitten auf der Bühne sitzt, nickt, hält den Blick aber auf seine Hände gesenkt. Er hat das Blatt Papier, das er benutzt hat, wieder zusammengefaltet. Was auf dem Blatt zu sehen ist, hat er erfolgreich vor dem Publikum verborgen. Später schaue ich unter dem Mimeografen nach. Der Lebenslauf meiner Tante ist wieder da, doch das Papier weist Knicke auf. Ike hat die Szene mit den Unterlagen gespielt, die er aus dem Büro entwendet hatte; der Brief an seine tote Liebste war der Lebenslauf meiner Tante Stephanie.

In letzter Zeit bekommen wir seltsame Anrufe. Seit meiner Heimkehr haben sich Freunde gemeldet, das Krankenhaus und sogar einige Journalisten, die sich nach meinem Befinden erkundigten. (»Bestens, bestens«, lässt Cecily sie immer wissen. »Trotzdem noch keine Interviews. Danke.«)

Doch es gibt auch den Herrn am Hörer.

Auf diesen Namen haben wir ihn getauft. Die Anrufe haben kurz nach meiner Heimkehr aus dem Krankenhaus eingesetzt, und sie kommen stets am frühen Abend.

Weil ich Probleme mit dem Sprechen habe, geht Cecily ans Telefon. Sie sagt, die Anrufe würden ihr allmählich auf die Nerven gehen. Bis jetzt waren es vielleicht ein Dutzend, und alle sind ähnlich. Wenn der Anrufbeantworter läuft, legt der Herr am Hörer auf. Wenn Cecily abnimmt, schweigt er.

»Ich gehe davon aus, dass es ein Mann ist«, sagt sie. »Kein unheimliches Atmen oder so, aber mir kommt es vor wie ein Mann. Er legt nach kurzer Zeit auf, aber im Hintergrund sind immer die gleichen Geräusche zu hören, ein Radio und Stimmen in einem Flur. Gerede. Kein Streit. Aber lautes Gerede. Er bleibt so lange dran, bis ich die Geräusche hören kann. Als würde er nachdenken. Dann legt er auf.«

Ich schaue sie an und zucke mit den Schultern.

»Na gut«, sagt sie. »Wahrscheinlich halb so wild. Allein hier in der Stadt gibt es bestimmt fünfzigtausend Wohnungen mit einer ähnlichen Geräuschkulisse. Vielleicht ist unser Herr am Hörer eine alte Frau, die ihre Tochter anrufen will und immer die falsche Nummer wählt, weil sie geistig nachlässt. Könnte sein, dass sie verrückt ist. Wer ist das nicht in dieser Stadt? Könnte auch Alzheimer sein. Kannst du es nicht so einrichten lassen, dass die Nummer des Anrufers angezeigt wird, Schatz?«

Das sind so viele Fragen, dass ich kaum mitkomme. Und es ist einer der Momente, in denen ich froh bin, nicht gut sprechen zu können, weil ich so mit gutem Grund schweigen kann.

Cecily hält die Teller vom Abendessen unter den Wasserhahn und räumt sie anschließend in die Maschine.

Ich beobachte sie, als sie sich flink durch die Küche bewegt. Sie hat ihre Karriere als Tänzerin begonnen, und sie besitzt noch die alte Geschmeidigkeit, die im Gegensatz zu ihrer Hartnäckigkeit und Bockigkeit als Regisseurin steht. Sie war zäh genug, um zwanzig Jahre lang die Performance Gumby zu leiten, und hat sich zugleich eine gertenhafte Geschmeidigkeit bewahrt. Und ihr grau-blondes Haar ist noch genauso voll wie in den späten Siebzigern, als wir uns kennenlernten.

Im Augenblick hat Cecily viel um die Ohren. Da bin ich. Da ist ihr Theater im Sperrgebiet, das sie nicht betreten darf. Wie sie mir erzählt hat, leidet sie an »Schlagzeilen-Angst«. Die meisten Nachrichten bekommt sie über den Computer. Jedes Mal, wenn sie sich hinsetze und darauf warte, dass die *Times* oder *Yahoo* auf dem Bildschirm erscheine, sagt sie, überkomme sie die Angst, dass auf einem der Banner eine Schlagzeile wie »San Francisco mit Atomwaffen angegriffen«, »London ausgelöscht« oder »Anthrax-Anschlag in der U-Bahn« auftauche. Sie könne sich weder auf ihr Theater noch auf sonst etwas konzentrieren, sagt sie. Welchen Sinn all das habe, frage sie immer wieder. Sie sagt, alle im Theater würden sich diese Frage stellen.

Beim Abendessen haben wir uns über Stockhausen unterhalten. Der deutsche Avantgarde-Komponist, den Cecily von ihrem Studium in Deutschland her kennt, war in der *Times* mit dem Satz zitiert worden, die Terroristen hätten ein Werk geplant und ausgeführt, das alles übersteige, was er oder irgendein anderer Künstler sich jemals hätte ausdenken können.

Ich erinnere mich daran, dass Cecily nach dem Einschlag des ersten Flugzeugs in die Wohnung zurückgegangen ist, doch dann wieder auf die Straße lief. Warum?

Cecily betrachtet den Wasserstrahl, der aus dem Hahn in die Spüle läuft. Sie sticht ein paarmal den Finger in das Wasser.

Letzte Woche habe ich noch einmal *Rip Van Winkle* gelesen. Ich konnte nicht widerstehen. Ich wusste nicht mehr, dass der große Baum, unter dem Rip vor der Dorfschenke saß, bei seinem Erwachen verschwunden ist. Stattdessen steht dort ein

Flaggenmast, an dem ein »einzigartiges Muster von Sternen und Streifen« weht. Genau wie hier in der Stadt: Auf einmal sieht man überall die amerikanische Flagge.

Das Telefon klingelt. Cecily blickt auf und sagt mir mit einer Geste: *Voilà*. Dann schüttelt sie den Kopf und wendet sich wieder dem Abwasch zu.

Das Telefon klingelt weiter. Ich stehe vom Küchentisch auf, gehe – ohne Hilfe – die vier Stufen zum Wandtelefon hinauf und nehme ab.

Ich sage Hallo. Ich weiß, dass ich nicht besonders deutlich gesprochen habe. Meine L werden von meiner Zunge unter dem Gaumen zerdrückt. Doch in diesem Kontext versteht man das Wort. Jeder Mensch auf der Welt würde wissen, was ich gesagt habe.

Der Anrufer reagiert nicht. Ich kann das hören, was Cecily mir geschildert hat. Gut möglich, dass ich durch ihre Worte beeinflusst bin, aber auch ich bilde mir ein, dass ein Mann am anderen Ende ist. Im Hintergrund höre ich das Radio und wirres Gerede.

Ich sage noch einmal Hallo, und jetzt ertönt eine Stimme. Die eines Mannes, der zu einer Begrüßung ansetzt. Er will mir etwas sagen, spricht eine Silbe, ist aber nicht zu verstehen, und ich habe das Gefühl, auf den Arm genommen zu werden.

Dann legt er auf.

Cecily, die noch neben der Geschirrspülmaschine steht, sieht zu mir herüber. Ihr Blick fragt: »Na?«

IM DUNKELN
GERÄUSCH VON APPLAUS

Ich habe eines meiner alten Textbücher entdeckt. Es stammt von meiner allerersten Aufführung in New York. East 4th Street, New York Theater Ensemble. Gleich neben Phebe's, damals *der* Schauspieler-Treff in Downtown, und ein Stück westlich von La Mama, dem von Ellen Stewart geleiteten, ehrwürdigen Avantgarde-Theater, in dem Sam Shepard, Andrei Serban und Harvey Fierstein ihre Karriere begannen.

Das NYTE war nicht halb so prestigeträchtig wie das La Mama. Es war ein dürftiges Haus – staubig, schäbig, eng und kalt. Hier wurden wie am Fließband zweitrangige Stücke aufgeführt, und das Casting war nicht besonders streng, was in den Sechzigern und Siebzigern einer Vielzahl von Schauspielern die Gelegenheit gab, zum ersten Mal in einer Großstadt aufzutreten.

Meine erste Aufführung war ein schlecht übersetzter Einakter von Günter Grass, eine surreale Komödie über ein Zugteam, das auf Teufel komm raus nach Buffalo, New York, wollte. Natürlich kommt es dort nie an. Ich kann mich kaum noch an das Stück erinnern, schon gar nicht an meinen Text, obwohl meine mit Textmarker angestrichenen Passagen noch gut zu erkennen sind.

Es ist rührend, wie ich damals jede einzelne Seite des Textbuchs in einen Loseblatthefter geklebt und die leere Seite rechts davon in drei Spalten aufgeteilt habe: eine, in der ich die jeweilige Situation und Gefühlslage meiner Figur notiert habe (»Schicksalsfrage!«); eine, in der ich quasi jedem Atemzug und jeder Silbe eine Motivation gab (»Ich bring ihn mit dieser Silbe um« oder »Ich möchte in ihr ertrinken«); sowie eine Spalte für Kostüm, Requisiten und Regieanweisungen (»Auf Hut herumstampfen« oder »Schnüffelnd von links auf die Bühne kommen«). Seite für Seite dieses längst vergessenen Stücks habe ich derart besessen analysiert. Wenn ich mich recht erinnere, war ich in der Inszenierung unglaublich schlecht.

Die »Drei-Spalten-Methode« war das Relikt eines Kurses an der Bostoner Universität, ein College-Testlauf, den ich nach anderthalb Jahren kurzerhand abbrach, um nach New York zu gehen. Dort kam ich im Wohnheimzimmer einer Kunststudentin unter, die im Sommer für ein Repertoire-Theater am Cape die Bühnenbilder gemalt hatte. Die Drei-Spalten-Methode war nicht viel dogmatischer als eine affektive Gedächtnisübung in Strasbergs Actors Studio oder Sandy Meisners Wiederholungsdrill, bei dem man einander ständig die gleichen Textpassagen aufsagt, bis diese nur noch sinnlose Geräuschfetzen sind, die den Schauspielern die Freiheit geben, ihre Rolle neu zu deuten.

Jeder hat seine eigene Methode. Sogar Vasily, der in seiner Kellerhöhle genauso besessen an Charakter, Motivation, Gesten und Requisiten feilte wie jeder beliebige Schauspieler in den Studios auf den Probebühnen der Akademie über ihm.

Ich war gern bei Vasily in seiner Rumpelkammer unten im Heizungsraum. Der Weg zu ihm führte vorbei an Kostümregalen und Requisitenkammern, in denen sich asbestverkleidete Heißwasserrohre unter der Decke ineinander verschlangen wie der Rasende Russenbär bei einem Kampf mit seinem Gegner.

Wenn gerade kein Unterricht stattfand, war ich dort oft ganz für mich allein, weil Vasily irgendwo im Gebäude schuftete, den Linoleumfußboden schrubbte oder Müll wegschleppte – lauter Arbeiten, die während des Unterrichts von Dorthea, bei dem das Gebot absoluter Stille galt, streng verboten waren.

Es war in meinem ersten Jahr an der Akademie an einem warmen Nachmittag Anfang November, als ich in Vasilys Werkstatt die Wrestling-Maske des Rasenden Russenbären auf der Fensterbank über dem Schreibtisch erblickte. Ich stieg auf Vasilys Stuhl und von dort auf seinen Schreibtisch. Ich umging die Zettel und Bleistifte – Vasily benutzte keine Kugelschreiber – und achtete darauf, die Stapel mit Wrestling-Zeitschriften nicht umzustoßen, die er im Kiosk am Sheridan Square gekauft hatte.

Auf dem Tisch war ich auf Augenhöhe mit der Fensterbank und konnte durch das Kellerfenster blicken. Ich wollte gerade nach der Maske greifen, als ich draußen Stimmen hörte – vor der dreistufigen Eisentreppe der kurzen Laderampe an der Rückseite der Akademie gab es einen Streit.

Ich erkannte, dass es sich um die Szene zwischen Johnny und Celia im ersten Akt von *Giftiger Schnee* handelte. Das Stück war vor ein paar Jahren ein Hit am Broadway gewesen, mit Ben Gazzara in der Rolle des drogensüchtigen Johnny Pope und Shelley Winters als seine Frau. Unter Schauspielern war dieses mutige Stück äußerst beliebt. Auf dem Tisch stehend, sah ich, wie Ike Devoe mit einer Frau hinter der Akademie eine Szene daraus probte.

Ike ging auf dem kleinen Hinterhof auf und ab und sprach seinen Text; die Frau saß auf den Stufen und las aus einem Textbuch ab.

Die Frau wirkte älter als Ike. Heute würde ich schätzen, dass sie ungefähr fünfunddreißig war, und sie schien nicht ganz sattelfest in ihrer Rolle zu sein. Sie klebte am Textbuch und wischte sich immer wieder kleine Schweißperlen von Stirn und Oberlippe. Das gab ihr etwas Gehetztes, war aber auch attraktiv.

»Wie viel Zeit haben wir noch?«, fragte Ike.

»Eine gute Stunde«, sagte die Frau.

»Scheiße«, sagte Ike.

Meines Wissens stand das nicht im Textbuch.

»Warum bittest du nicht um mehr Zeit, Ike? Würde Dorthea dir das abschlagen?«, fragte die Frau.

»Nein. Mach schon«, erwiderte er. »Du bist super. Wir schaffen das. Ich will die Sache jetzt durchziehen. In den nächsten Wochen gibt es keine freien Termine mehr.«

Die Frau nickte resigniert. »Ich fürchte, ich bin dir keine Hilfe.«

»Arlene, du bist *super*«, sagte Ike, ging zu ihr und legte ihr die Hände auf die Hüften. »Wirklich super. Komm schon, Babe, noch einmal von Anfang an.«

Sie arbeiteten weiter an der Szene, sprachen den Text und hielten inne, weil Ike Arlene immer wieder sagen musste, wann sie stehen oder sitzen sollte, und sie machte sich hastig Notizen in ihrem Textbuch.

»Das funktioniert doch nicht«, sagte Arlene. »Ich klebe am Text. Ich bin in der Anfängerklasse, Ike, um Himmels willen. Kein Anfänger ist bislang je einfach so in der Meisterklasse aufgetreten.«

»Keine Sorge, Babe«, sagte Ike. »Das nehme ich auf meine Kappe. Ich werde La Holtz sagen, dass du in letzter Minute eingesprungen bist, und das stimmt ja auch.«

»Das wird sie nicht schlucken«, sagte Arlene.

»Hey – das könnte deine große Chance sein. Du machst dich gut. Und wenn Dorthea sieht, wie gut du spielst, beißt sie vielleicht an. Wäre doch super für dich. Falls etwas schiefläuft, halte ich meinen Kopf hin.«

Sie probten die Szene noch einmal. Darin versucht Celia Johnny das Geständnis abzuringen, dass er eine Affäre hat. (Er hat keine. Er ist nur unterwegs, um Dope zu besorgen.)

Die Rollen waren ungleich verteilt. Ike klang gut, sowohl entspannt als auch drängend. Arlene war zwar nicht schlecht, steckte aber die ganze Zeit die Nase ins Textbuch. Sie bemühte sich, las ihren Text jedoch nur ab, während sich Ike Johnny längst einverleibt hatte.

JOHNNY
Ich kann nicht reden. Ich kann offenbar einfach nicht mehr mit den Leuten reden.

CELIA
Ich bin nicht »die Leute«. Ich bin deine Frau. Ich habe dich geheiratet, weil ich mit dir zusammenleben wollte. Ich habe dich geheiratet, um dein Kind in mir zu tragen.

JOHNNY
Meinetwegen, aber ich komm mir vor wie in der Schule.

CELIA
Was findest du an ihr? Ist sie reich? Ist sie hübsch?

Ich überlegte, wer »sie« sein mochte, die vielleicht reich oder hübsch war. Ich merkte nicht, dass sich Ike inzwischen vor die Mauer neben dem Fenster gestellt hatte. Plötzlich streckte er einen Arm durch die Gitterstäbe, schnappte sich die Bärenmaske, schüttelte sie vor meinem Gesicht und stieß ein Brüllen aus.

Ich verlor das Gleichgewicht auf dem Tisch, doch Ike stieß seinen Arm fast bis zur Schulter hinein, packte mich beim Ellbogen und hielt mich fest.

»Ja, was denn? Ein Spion!«, sagte er und brach in Gelächter aus.

Arlene kam herüber und schaute auch durchs Fenster. »Mann, Ike, was ist denn?«

»Das ist der Sohn der Sekretärin. La Holtz hat ihm erlaubt, beim Unterricht dabei zu sein.«

»Die Sekretärin ist deine Mutter?«, fragte Arlene.

»Ja«, sagte ich. Die beiden hockten jetzt vor dem Fenster und schauten hinein.

»Er heißt Noah«, sagte Ike zu Arlene. »Hey, Noah, willst du unser Publikum sein? Diese Szene muss vor dem Unterricht stehen.«

Von meinem Blickwinkel aus konnte ich unter den Rock der hockenden Arlene gucken. »Dreh bitte den Kopf weg«, sagte sie, und ich glaubte zunächst, sie würde mich meinen.

»Diese Augen gefallen mir nicht«, sagte Arlene. »Sie sind so ausdruckslos.«

Sie meinte die Bärenmaske.

»Du hast allerdings hübsche Augen«, sagte sie zu mir.

»Komm, Babe. An die Arbeit«, sagte Ike und ergriff ihre Hand, um sie auf die Beine zu ziehen.

In den kommenden Jahren sollte viel Starrummel um Ike Devoe herrschen, doch er blieb seiner Arbeit treu. Das hatte ihm Dorthea eingeimpft: Man muss immer wieder an die Arbeit. Daran hielt er sich – bis er am Ende doch abhob.

Sie spielten die Johnny-Celia-Szene noch einmal, holperig und kaum besser. Zwischen den Anläufen bat Arlene Ike noch einmal, es gut sein zu lassen, doch er ließ nicht locker, und sie gab nach. Er führte ihr vor Augen, dass Dorthea ihre Bemühungen vielleicht mit einem Lächeln belohnte, aber er dürfte auch seine Chancen im Auge gehabt haben. Ich bemerkte, dass die Art, wie er Arlene bei der Diskussion über eine problematische Stelle eine Hand auf die Hüfte legte, etwas Spezielles hatte. Mir fiel ein, wie er die Kreise auf das Knie meiner Mutter gemalt hatte.

Während ich Ike und Arlene zuschaute und mich daran erinnerte, wie er sich im Büro zu meiner Mutter hingeneigt und sie berührt hatte, meinte ich den Zigarettenrauch meiner Mutter zu riechen. Dann wurde mir bewusst, dass tatsächlich Rauch durchs Fenster trieb, und er stammte weder von Ike noch von Arlene.

Ich sah nach rechts und erblickte eine Frau mit Zigarette, die an der Ecke des Gebäudes vor der Backsteinmauer stand. Sie hatte große, dunkle Augen, die erschöpft und müde wirkten. Ihr Haar war schwarz und so lang, dass ihr Zopf auf der rechten Schulter ruhte. Dieser Zopf war zerzaust und entweder hastig geflochten oder in Unordnung geraten. Die Frau hatte dunkelroten Lippenstift aufgelegt, und ihr Lächeln enthüllte strahlend weiße Zähne.

Dieses Lächeln ist mir in Erinnerung geblieben. Ein bissiges Lächeln, das fast körperlos vor ihrem Gesicht in der Luft zu schweben schien. Dann grinste sie breit und kniff die Augen zusammen, als sie von oben zusah, wie sich Ike und Arlene durch die Szene kämpften.

CELIA
Und – wir haben uns nicht nur geküsst. Der alte Mann hat uns gesehen …

JOHNNY
Als wir gespielt haben. Der alte Mann hat zugeschaut, als wir miteinander gespielt haben.

CELIA

Gespielt haben – das ist ein neues Wort für ...

Bitte, Johnny, liebe mich.

In diesem Moment verstummte Arlene. Ihr Blick erlosch.

»Was ist, Babe?«, fragte Ike, der zu ihr aufsah. Sie blickte über seine Schulter zur Ecke des Gebäudes, wo die Frau stand.

Ike neigte den Kopf zur Seite. Er kratzte sich mit der linken Hand neben dem Ohr in der dichten Kotelette.

»Da bin ich wieder«, sagte die Frau, und für einen kurzen Moment mischte sich eine leise Scham in ihr anfänglich starres und kaltes Lächeln. Sie löste sich von der Wand, schwankte und griff nach der Ecke, um sich abzustützen.

»Spielen wir die Szene heute?«, fragte sie.

Sie sah weder Ike noch Arlene an, sondern fixierte einen drei Meter vor ihr liegenden Punkt auf dem Bürgersteig.

»Wir haben uns gemeinsam für die heutige Szene eingetragen, richtig?«, fragte die Frau.

»Richtig«, antwortete Ike.

»Ich habe deine Nachricht erhalten.«

Die Stimmen hallten im Luftschacht vor dem Kellerfenster, sie klangen hohl, fast metallisch, als wären sie zu lange gegen die Wände geprallt.

»Ich dachte, du lässt mich hängen. Du hast dich nicht gemeldet«, erwiderte Ike.

»Ich gehe«, flüsterte Arlene.

Ike hörte sie nicht.

»Sie möchte gehen, Ike«, sagte die Frau.

Ich fragte mich, wer dieser Störenfried war.

»Du kannst bleiben«, sagte Ike zu Arlene.

Arlene brummte beunruhigt, um zu zeigen, dass sie sich dessen nicht sicher war.

»Steph«, fragte Ike, »alles okay mit dir?«

»Ging mir nie besser«, antwortete die Frau.

Steph. So hatte meine Mutter ihre Schwester genannt. Ich betrachtete die Frau genauer und stellte fest, dass es die auf dem Foto des Lebenslaufs war, der unter dem Mimeografen lag. Nicht ganz so glatt im Gesicht, dafür aber mit noch lebhafteren Augen. An der Ecke des Gebäudes hatte sie kurz geschwankt, vor allem, als sie die Hand von den Backsteinen gelöst hatte. Offenbar konnte sie ihren Blick nur mühsam fokussieren, was ihre Augen vorübergehend in zwei trübe, verschwommene Teiche in ihrem eigentlich beeindruckenden Gesicht verwandelte.

»Wir sollten die Szene zu Ende bringen, Ike«, sagte Arlene.

Ike ließ seinen Blick zu Arlene schnellen. Auch meine Tante sah sie an – ich war mir fast sicher, dass sie es war –, um sich dann mit einem listigen Grinsen Ike zuzuwenden. Ihre Augen leuchteten plötzlich auf, klar und sehr blau. Arlene entging dies nicht, und plötzlich knisterte die Luft vor Spannung.

»Wir haben die Szene vorbereitet«, sagte sie. »Wir haben daran gearbeitet. Während du verschwunden warst.«

»Ah? Du hast dafür gesorgt, dass Ike in Form bleibt?«, fragte meine Tante. »Achtet sie darauf, dass du deinen Biss nicht verlierst, Ike?«

Ike trat einen Schritt zurück und fuhr sich mit dem rechten Daumen über die blonden Augenbrauen. Er versuchte, ein Kichern zu unterdrücken. Offenbar amüsierte ihn die Situation, in die er geraten war.

»Hey! Wir haben nur die Szene geprobt«, sagte Ike.

»Ja, jede Wette«, erwiderte meine Tante. Dann sah sie wieder Arlene an. »Wollt ihr weiterproben?«

»Weiterproben? In deiner Anwesenheit?«, fragte Arlene.

»Ich fühl euch auf den Zahn«, sagte meine Tante. »Besser als La Holtz.«

»Hey, Steph«, sagte Ike, »wieso hast du dich nie gemeldet? Ein paar Leute suchen dich dringend.«

»Welche Leute?«

»Zum Beispiel deine Schwester«, sagte Ike.

Nun stand es fest. Es war meine Tante.

Sie schürzte die Lippen. Ihre Augen waren zwar auf Ike gerichtet, schienen aber einen Punkt zwischen ihm und ihr selbst im Blick zu haben, als würde sie über ihre nächsten Worte nachgrübeln.

»Sie arbeitet hier schon seit einer ganzen Weile«, sagte Ike. »Wusstest du das nicht? Sie hat erzählt, sie hätte dir Nachrichten hinterlassen. Hast du sie nicht bekommen? *Ich* habe dir Nachrichten hinterlassen.«

»Alle möglichen Leute haben mir Nachrichten hinterlassen«, erwiderte meine Tante schnippisch. »Hast *du* mir Nachrichten hinterlassen, Süße?«, fragte sie Arlene, die sich mit beiden Händen ans Eisengeländer klammerte. Arlene schwieg.

Meine Tante genoss diesen Moment, aber dann drehte Ike den Spieß um, indem er mich einbezog.

»Ihr Sohn ist hier. Dein Neffe.« Ike zeigte auf mich.

Alle drei schauten in meine Richtung. Ike zwinkerte mir zu. Sein Zwinkern besagte: *Spiel jetzt mit.*

Ich wäre am liebsten vom Tisch gesprungen und aus dem Keller gerannt. Ich hätte meiner Mutter berichten können, dass ihre Schwester in der Gasse hinter dem Gebäude war, doch ich blieb standhaft. Ich schloss die Finger um die Fenstergitter.

Meine Tante ging am Gebäude entlang und trat seitlich

neben das Fenster, genau wie Ike ein paar Minuten zuvor. Sie schob ihr Gesicht dicht an die Gitterstäbe. Der lange schwarze Zopf rutschte von ihrer Schulter. Ich konnte Ike hinter ihr auf dem Hof stehen sehen, wie in einem dieser alten Western – im Vordergrund der Strick des Henkers, in der Ferne vor dem weiten Himmel ein einsamer Mann.

»Noah?«

Sie wusste, wie ich hieß.

»Ja.«

Ich roch eine Mischung aus Parfüm und Alkohol. Ein süßer und zugleich unheimlicher Duft.

»Freut mich«, sagte meine Tante. »Ich bin Tante Stephanie.« Sie wollte mir zwischen den Gitterstäben die Hand schütteln, doch unsere Hände trafen sich nicht richtig, und sie erwischte nur meine Fingerspitzen.

»Bist du oft hier in der Akademie?«

»Nur mit meiner Mom«, antwortete ich.

»Ist sie oft hier?«

»Ein paarmal in der Woche.«

»Sie hat mich gesucht, wie ich höre?«

Warum sollte ich das leugnen? »Ja«, sagte ich.

Tante Stephanie seufzte. Wir sprachen sehr leise. Ich hörte, wie Ike mitten auf dem Hof mit den Füßen scharrte.

»Kannst du den Schauspielern zuschauen, wenn du hier bist?«, fragte mich meine Tante.

»Ja.«

»Besuchst du den Unterricht?«

»Ja.«

»Dortheas Unterricht?«

»Ja.«

»Wow! Ist ja super.«

»Sie hat mich dazu eingeladen.«

»Mich hat sie auch eingeladen«, erwiderte meine Tante. »Und du musstest nicht vorsprechen?«

Ich schüttelte den Kopf. »Sie hat mir erlaubt zu kommen, aber ich darf nicht spielen.«

»Nein? Komisch«, sagte meine Tante.

»Sie mag keine Kinderschauspieler«, erwiderte ich.

»Sie mag auch nur wenige erwachsene Schauspieler«, sagte meine Tante. »Ike gehört allerdings zu jenen, die sie schätzt.« Und sie kicherte. »Mann!«, sagte sie. »Ich mag Ike.«

Ich lächelte.

»Hast du Ike je auf der Bühne gesehen?«, fragte sie.

»Nur kurz«, sagte ich.

»Ich habe ihn auch länger nicht mehr erlebt«, sagte meine Tante. »Irgendwie fehlt mir das. Denn er ist gut.«

Sie zwinkerte mir zu und sprach dann so laut, dass sie auch von den anderen gehört werden konnte. Ich merkte schon an ihrem Ton, dass ihre Worte nicht an mich gerichtet waren.

»Was ist nun mit ihr?«, fragte sie. »Ist sie reich? Ist sie hübsch?«

Arlene starrte meine Tante an. »Was?«, brummte sie.

Meine Tante wiederholte die Fragen. Ein Grinsen umspielte Ikes Mundwinkel.

»Entschuldigt mich«, sagte Arlene.

»Ich hab's doch schon gesagt«, antwortete Ike. »Seit unserer Hochzeit habe ich einer anderen Frau nicht einmal die Hand gegeben. Und das ist vier Jahre her.«

Dann antwortete meine Tante.

CELIA

Ein Jahr, Johnny – länger hat unsere Ehe nicht
gehalten. Nur das erste Jahr. Ich glaube, das habe

ich dir noch nie gesagt, weil ich mich dafür
schäme, aber wenn du weg warst, hatte ich oft
den Wunsch, bei einem Mann zu sein.

Während sie Celias Text sprach, entfernte sich meine Tante vom Fenster und ging am Rand des Hofes entlang, in einem Halbkreis, dessen Mittelpunkt Ike bildete. Inzwischen schien sie fest auf den Beinen zu stehen. Ihre Augen glänzten, als könnte sie ihre Tränen nur mühsam zurückhalten. Besser gesagt: als könnte *Celia* ihre Tränen nur mühsam zurückhalten.

CELIA
Manchmal glaubte ich verrückt zu werden. Ich
wollte einfach nur raus, um Leuten beim Tanzen
zuzusehen. Aber ich bin nirgendwo hingegangen,
sondern habe auf dich gewartet.

JOHNNY
Ich bin auch nirgendwo hingegangen. Man hat
mich immer irgendwo hingeschickt.

»Entschuldigt mich«, wiederholte Arlene, wenn auch viel lauter. Doch ihre Stimme war für Ike und meine Tante nur eine Geräuschkulisse. Sie hatten nur Augen füreinander. Obwohl sie auf Distanz blieb, erweckte meine Tante den Eindruck, als würde sie Ike nachstellen. Sie wirkte aufgewühlt, schien nach Antworten zu suchen, im Dämmerlicht ihrer imaginären Wohnung auf und ab zu laufen. Ich hatte das kleine Zimmer, in dem Celia ihre einsamen Nächte verbracht hatte, genau vor Augen.

CELIA
Ich weiß ja, warum du das getan haben könntest. Vielleicht habe ich dir nicht alles gegeben, was du begehrst – oder brauchst. Gut: Wer ist sie? Warum lügst du mich an?

JOHNNY
Ich lüge nicht.

»Hey, entschuldigt mich bitte!«

Ich glaube, ich war der Einzige, der Arlene hörte.

CELIA
Du hast mich während all der Monate bestimmt für dumm gehalten – doch ich dachte, wenn ich dir keine Vorwürfe mache, dir deine Freiheiten lasse – ich habe mir immer wieder gesagt, dass du mich liebst, nur mich ...

JOHNNY
Ich liebe dich. Nur dich.

Die Tür zur Akademie fiel mit einem dumpfen Knall ins Schloss. Arlene war gegangen.

Ike und meine Tante spielten die Szene zu Ende – erst die Erinnerungen an die junge Liebe von Johnny und Celia; dann Johnnys Monolog, in dem er nicht über die Lippen bringt, dass die Wohnung, die er mit Celia teilt, sein Zuhause ist; dann Celias mahnender Hinweis, *dass* sie ihr gemeinsames Heim sei, sein Versuch, dies zu bejahen, und seine erneute Versicherung, dass er sie liebe; und am Ende Celias traurige, resignierte Worte, die sie fast murmelt.

CELIA

Es hat aufgehört zu regnen. Ich sollte wohl besser
die Fenster öffnen. Hier drinnen ist es so klamm.

Da ich der Meisterklasse zugeschaut hatte, wusste ich, wann eine Szene funkte, wann die dramatische Wahrheit zutage trat. Ich begriff sogar allmählich, was Dorthea meinte, wenn sie von »emotionalem Gedächtnis«, »Aufgaben« und »Überaufgaben« sprach. Dorthea drängte die Schüler ihrer Klasse stets, die Wahrheit einer Szene herauszuschälen, und wenn ich an diesem Nachmittag nicht gänzlich danebenlag, hatten Ike und Tante Steph genau diese Wahrheit gefunden.

Nachdem sie fertig waren, blies Ike Luft aus. Meine Tante schien in Schweiß auszubrechen. Sie schüttelte den Kopf, und ihr Zopf peitschte ihre burgunderrote Bluse. Doch sie ließ nicht zu, dass Ike oder sie auch nur eine Sekunde über das nachdachten, was gerade passiert war. Er wollte etwas sagen, vielleicht ein Lob aussprechen oder sein Erstaunen über das zum Ausdruck bringen, was ihnen hier auf dem Hinterhof gelungen war. Er öffnete den Mund, schwieg aber, weil meine Tante schon wieder an der Ecke stand, an der sie vorhin erschienen war. Ich sah erst jetzt, dass sie dort ihre Schultertasche abgelegt hatte. Sie holte eine Flasche heraus und trank einen Schluck.

»Hey, Steph«, sagte Ike.

Sie trank einen zweiten Schluck und setzte die Flasche dann für einen dritten an.

»Hey! Steph!«, wiederholte Ike.

»Wann beginnt der Unterricht?«, fragte sie.

»Wir können doch nicht«, setzte Ike an. »Zum Teufel, wir können doch nicht ... Lass das, Steph!«

Sie trank einen vierten Schluck. »Wir waren *gut*«, sagte Tante Stephanie lachend. »Oder, Noah?«

Hätte sie mich nicht mit Namen angeredet, dann hätte ich nie gemerkt, dass sie mich meinte. Ihre Augen hatten sich wieder verdunkelt, ihr Blick irrte ziellos umher. Man konnte schwer sagen, wohin sie schaute.

»Oder?«, fragte sie noch einmal.

»Ja«, antwortete ich, war mir aber nicht sicher, ob ich laut genug gesprochen hatte.

»Richtig gut«, sagte sie und klang plötzlich etwas heiser und lallend. »Gut genug, um *sie* zu verjagen.« Meine Tante zeigte mit der Flasche zur Tür. Dann schraubte sie die Flasche zu und ließ sie in ihre auf dem Boden stehende Tasche fallen.

»Los, lass uns auch die anderen erschrecken, Ike«, sagte meine Tante. »Komm schon, Ike.«

Ike rührte sich nicht vom Fleck.

»Ike?«

Doch er schüttelte nur den Kopf.

Tante Stephanie kniff die Augen fest zu, sackte mit der linken Schulter gegen die Backsteinmauer, drehte sich dann halb um die eigene Achse und begann, ihren Kopf gegen die Steine zu schlagen.

Ike rannte hin und zog sie von der Mauer weg. Sie wehrte sich und schlug auf ihn ein, doch es wirkte eher so, als würde sie sich in seiner Umarmung winden. Ich sah, wie Ike beim Versuch, sie zu bändigen, die Armmuskeln anspannte.

»Hey, hey, ganz ruhig«, flüsterte er ihr ins Ohr. Sein Gesicht lag im Nest, das der Zopf auf ihrer Schulter bildete.

Ein paar Augenblicke später hörte sie auf, sich zu wehren.

»Ich möchte so gern, Ike«, stöhnte sie.

»Das geht nicht, Babe«, erwiderte er. »Nicht in diesem Zustand.«

Als er sich umdrehte und einen Schritt von der Mauer zurücktrat, konnte ich sehen, dass sich Tante Stephanie die Stirn aufgeschlagen hatte. Drei dünne Blutfäden liefen über ihre rechte Gesichtshälfte.

»O Gott«, sagte sie, und ich begriff rasch – vermutlich genau wie Ike –, dass sie weder ihre Wunde noch das Blut meinte, sondern alles, was gerade passiert war, alles, was sie gesagt und getan hatte, nachdem sie um die Ecke der Gasse hinter der Akademie gebogen war. Alles, was sie wegen Ike, wegen Arlene und, wie ich bald merken sollte, auch wegen mir getan hatte.

Ike hatte sich umgedreht und ihr einen Arm über die Schulter gelegt. Mit der anderen Hand zog er ein zusammengefaltetes Kopftuch aus der Gesäßtasche seiner Kakihose und legte es auf Tante Stephanies Wunde. Sie schaute unter seiner Hand hervor.

Ihr Blick fokussierte sich plötzlich wieder. Sie sah zu mir.

»Noah«, sagte sie. »Noah?«

»Ja?«

»Dies ist unser Geheimnis. Okay?«

»Okay«, sagte ich, und dann brachte Ike sie weg. Als sie um die Ecke bogen, schmiegte sie sich an ihn.

An diesem Tag führten sie die Szene nicht im Unterricht auf. Sie nahmen gar nicht teil. Ich saß in der hintersten Reihe und hoffte vergeblich auf ihr Erscheinen. Als mich meine Mutter später fragte, ob mir Dortheas Unterricht Spaß gemacht habe, sagte ich, ja, das habe er. Als sie wissen wollte, ob einer der Schauspieler etwas Besonderes geboten habe, antwortete ich, nein, eigentlich nicht.

DREI

Willkommen in Schlaganfallistan. Dieses Land, hoch oben auf einer ehemaligen Schauspielschule in Greenwich Village gelegen, ist die Heimat einer Bevölkerung, die sich langsam und ungelenk bewegt. Und von hier oben blicken wir auf eine Stadt, die sich langsam und ungelenk wieder aufrappelt. Auch in Schlaganfallistan rappeln wir uns wieder auf. Tun wir das wirklich? Schwer zu sagen, um ehrlich zu sein. Auf jeden Fall wird es hier in Schlaganfallistan immer stiller.

Ich muss unbedingt wieder sprechen lernen. Nicht, dass ich überhaupt nicht sprechen könnte. Aber da es mir zurzeit so schwerfällt, spreche ich immer weniger. Ich verfalle in ein neues Schweigen. Ich nicke. Ich zucke mit den Schultern. Ich schreibe Notizen. Dr. Roos hat gesagt, dass Trägheit Atrophie zur Folge haben werde. Er hat gesagt, er wolle mich wieder am Broadway sehen. In dieser Hinsicht kann er eine richtige Nervensäge sein. Doch im Grunde ärgere ich mich nur über ihn, weil ich tatsächlich wieder auf die Bühne will. Die Koma-Szenen erinnern mich immer wieder daran.

Dr. Roos hat mir eine Sprachtherapeutin empfohlen. Also gehe ich jeden Dienstag und Freitag zu Dr. Martha Wing. Vasily ist reizend zu mir. Wenn er einen Wagen erübrigen kann, schickt er mir eine seiner Limousinen, deren Fahrer mich ins West End zu Dr. Wings Praxis in der 100th chauffiert. Vasilys Fahrer kennen die Adresse.

Dr. Wing improvisiert gern. Bei meinem ersten Termin trägt sie ein Arbeitshemd aus Baumwolle und eine viel zu große Jeans.

»Ich erhole mich auch gerade«, sagt sie.

Was sie meint, ist offensichtlich. Ihr Kopftuch und ihr haarloses Gesicht entlarven sie als Chemopatientin.

Schwer zu sagen, wie alt sie ist. Sie hat ein rundes Gesicht, glatt wie Porzellan, und hohe Wangenknochen; ihre Augen sind grün. Aber aufgrund der Chemotherapie wirkt sie alterslos – sie könnte zwischen fünfunddreißig und sechzig sein. Außerdem kann sie sich nur noch schlecht verstellen. Als sie mir erzählt, sie wäre auf dem Weg der Besserung, habe ich das Gefühl, dass sie nicht die Wahrheit sagt.

Dieses Gefühl spornt mich an, und ich lege mich für sie ins Zeug. Ich mache klaglos jede Übung, zweimal oder dreimal, so oft wie verlangt. Ich tue alles, um das Schlaganfallistanisch zu überwinden, meine neue, nuschelnde, vokalverhuschende Muttersprache.

Kortikale Dysarthrophonie lautet die Diagnose Dr. Wings. Wir beginnen meine Behandlung damit, dass ich wie auf einem Geburtstag Kerzen auspuste, um das kontrollierte Atmen zu üben. Dann gehen wir alle Vokale und Konsonanten durch und wenden uns schließlich Zungenbrechern zu, wie sie die Schauspieler vor dem Unterricht in der MADA zum Aufwärmen aufsagen: »Blaukraut bleibt Blaukraut, und Brautkleid bleibt Brautkleid« und: »Klaus Knopf liebt Knödel, Klöße, Klopse« und: »Zwei zischende Schlangen saßen zwischen zwei zwitschernden Zeisigen.«

»Auf den sieben Robbenklippen sitzen sieben Robbensippen, die sich in die Rippen stippen, bis sie von den Klippen kippen.«

Der letzte Spruch stammt noch aus meiner Kindheit. Ich habe ihn von Riordan Mulrooney – Mulley –, einem der Schauspieler, die damals an der MADA waren. Dr. Wing sagt, der Spruch gefalle ihr und sie werde ihn bei anderen »Geschlagenen« anwenden.

Ich blinzele und winde mich auf meinem Stuhl.

»Tut mir leid«, sagt sie. »Diesen Begriff benutzen wir manchmal für Schlaganfallpatienten. Manche nennen sich sogar selbst so.«

»Wir?«, frage ich.

»Ja. Ich habe ihn von Überlebenden gehört«, sagt sie.

»Eigentlich wollte ich wissen, ob das auch unter Therapeuten gängig ist.«

Sie nickt.

Ich gehöre also einem bestimmten Typus an. Großartig. Ein Caster könnte also verlangen: »Besorgt mir einen Geschlagenen. Schafft mir einen Noah-Pingree-Typ ran.«

Dr. Wing merkt, dass mich dies getroffen hat. Sie bietet mir an, für heute Schluss zu machen.

Ich war nicht dabei, als meine Tante und Ike die Szene aus *Giftiger Schnee* in Dortheas Meisterklasse spielten. Es war ein paar Wochen später an einem Tag, als meine Mutter und ich nicht in der Akademie waren. Ich musste gegen Kinderlähmung geimpft werden, und meine Mutter brachte mich draußen in Jersey zum Arzt. Vielleicht hatte Tante Stephanie gesehen, dass der Dienstplan für das Büro geändert worden war, und die Szene absichtlich auf den Nachmittag gelegt, an dem wir nicht da waren.

Ich erfuhr eine Woche später von Oss Newry, einem der Meisterschüler, von dem Auftritt.

Ich ertappte ihn, als er eine der Pall Malls meiner Mutter aus der Schachtel stibitzte, die sie im Büro liegen gelassen hatte. Ich fragte mich, wo meine Mutter steckte. Ich hatte Vasily im Keller geholfen, ein paar Kulissen für den Weihnachtsball der Akademie zusammenzubauen.

Osseo Newry war zwar nicht der älteste Schauspieler in der Meisterklasse, hatte aber länger daran teilgenommen als alle anderen – gut zehn Jahre, also fast die ganze Zeit, die Dorthea bis dahin unterrichtet hatte. Er war ein schlanker, geschmeidiger Mann, und ich traute ihm zu, dass er einmal eine Hauptrolle bekam oder sogar ein Serienheld wurde, vielleicht als ein Staatsanwalt vom Land oder als Verehrer einer der weiblichen Hauptrollen.

Newry lief in Basketballschuhen herum; er trug immer eine Kakihose und ein blaues Button-down-Hemd. Er kultivierte einen welken Glamour. Stets hing ihm eine Strähne ins Gesicht, die er mit dem kleinen Finger seiner Rechten wegwischte, wobei er den Ellbogen anwinkelte und die Hand mit einer fast kabukiartigen Geste vor seinem Gesicht nach oben sausen ließ. Genau das tat er, als er sich umdrehte und mich in der Bürotür stehen sah. Er hielt die unangezündete Zigarette zwischen Mittel- und Zeigefinger.

»Ich habe eine Abmachung mit deiner Mom«, sagte er.

Ich starrte ihn wortlos an.

»Das Rauchen betreffend«, fügte er hinzu und ließ die Zigarette zwischen den Fingern wackeln. »Als Raucherin hat sie volles Verständnis dafür, dass ich auch ab und zu eine Kippe brauche. Hast du Feuer?«

»Nein«, sagte ich.

»Sehr gut«, erwiderte er. »Kinder sollten keine Streichhölzer mit sich herumtragen.« Er durchwühlte die Schreibtischschubladen. »Letzte Woche hast du den Unterricht verpasst«, sagte er.

»Ich musste zum Arzt.«

»Warst du krank?«

»Ich habe eine Spritze bekommen.«

»Oh. Dann hätte ich wohl besser nicht fragen sollen. Was für eine Spritze? Tetanus? Malaria? Speed?«

»Gegen Kinderlähmung«, sagte ich.

»Kinderlähmung ist schlimm. Gut, dass du geimpft worden bist. Auf Kinderlähmung kann man verzichten. Wenn man Kinderlähmung hatte, ist man als Schauspieler nämlich erledigt. Dann steckt man in einer eisernen Lunge.«

Er lachte und fand endlich Streichhölzer. Mir schien die Sache gar nicht komisch. In *Life* hatte ich Bilder von Kindern gesehen, die bis zum Hals in einer großen genieteten Dose steckten, an der ein Autorückspiegel befestigt war, damit sie ein bisschen mehr von der Welt sehen konnten als nur die Zimmerdecke. Ob sie für immer in diesem Ding steckten? Wurden sie in diesen Maschinen zu alten Männern und alten Frauen? Was passierte darin? Trugen sie Kleidung?

All das hätte ich am liebsten sofort gefragt, doch ich ahnte, dass Osseo Newry nicht der Richtige dafür war. Er hatte immer etwas Sarkastisches.

»Du hast eine gute Stunde verpasst«, sagte er.

»Was war denn?«

»Ike und deine Tante haben ihre Szene gespielt. Endlich«, sagte er. »Und sie waren richtig, richtig gut.«

Newry zündete die Zigarette an, wühlte danach aber weiter in den Schubladen, langsamer und gemächlicher.

»Wo ist meine Mom?«, fragte ich.

»Keine Ahnung«, sagte er gedehnt; dann zwinkerte er mir zu und beobachtete meine Reaktion, als wäre der Aufenthaltsort meiner Mutter unser gemeinsames Geheimnis.

Die Vieldeutigkeit seines Zwinkerns, seines Lächelns und seiner Pausen blieb mir unverständlich. Ich trat kurz von einem Fuß auf den anderen und blickte über die Schulter in den Flur und zum blauen Sofa. Dort lasen zwei Frauen ein Textbuch, Schulter an Schulter, und murmelten leise den Text. Sie waren zwei hektische Naive, die in der Schauspielschule von allen nur »die Blondinen« genannt wurden. Ich konnte Vasily im Keller hämmern hören, der Krach drang die Treppe herauf. Newry setzte sich an den Schreibtisch meiner Mutter, lehnte sich auf dem Stuhl zurück und legte seine Füße auf die Kladde. Unter der Sohle eines Basketballschuhs klebte ein schwarzer Halbmond aus Kaugummi, Teer oder Hundekacke.

»Ich wette, du wusstest nicht, dass sie deine Tante ist«, sagte Newry.

»Mir doch egal«, erwiderte ich.

»Ja, ja, schon gut«, sagte Newry. »Sie hat super gespielt. Ein Wahnsinnsauftritt. La Holtz stand der Mund offen. Sie hat versucht, irgendetwas zu kritisieren, aber sie hat sich immer nur wiederholt. Deine Tante hat nach der Szene geweint. Nicht so, dass es alle gemerkt hätten, aber weil ich in den Kulissen meinen eigenen Auftritt vorbereitet habe, konnte ich es sehen.«

»Ike war auch da«, sagte ich. Warum ich mich gedrängt fühlte, ihn daran zu erinnern, weiß ich nicht. Vielleicht glaubte ich, ihm damit einen kleinen Stich zu versetzen.

»Natürlich war er da«, sagte Newry. »Und er war große Klasse. Beeindruckend. Ich sehe ihm unglaublich gern zu. Bei ihm wirkt es immer kinderleicht.« Ein Grinsen breitete sich auf Newrys Gesicht aus, und er hob den Blick und richtete ihn auf irgendetwas hinter mir.

Ich drehte mich um und sah Ike Devoe in der Tür.

»Hey, Dad«, sagte er zu mir und dann, an Newry gewandt: »Ich sehe dir auch gern bei der Arbeit zu, Mann.«

»Dann beruht es ja auf Gegenseitigkeit«, sagte Newry. Er schwang die Füße vom Schreibtisch.

»Arbeitest du gerade?«, fragte Ike ihn. »Hier drin?«

»Willst du zuschauen?«, sagte Newry und bürstete die Kladde ab, auf der er seine Hacken platziert hatte.

Ich wollte, dass meine Mutter wiederkam. In den letzten Wochen war das Büro immer mehr zu ihrer Domäne geworden. Die beiden Männer wirkten etwas fehl am Platz.

»Hier gibt's nicht viel zu sehen. Noah und ich haben nur über Ästhetik und Familienbande gesprochen. Gehst du heute zum Unterricht, Ike?«

Ike schüttelte den Kopf. »Vorsprechen.«

Newry versuchte, sich nichts anmerken zu lassen, doch das Wort hatte einen Widerhaken, an dem er hängen blieb. Das geht fast jedem Schauspieler so, vor allem, wenn man davon kalt erwischt wird: ein Vorsprechen, von dem man nichts weiß, ein Vorsprechen für eine Aufführung, in der es keine Rolle für einen selber gibt, ein Vorsprechen, bei dem jemand anderer gefragt ist.

Ich merkte, dass Newry gern gewusst hätte, wofür Ike angefragt war, aber es wäre nicht cool gewesen zu fragen.

»War ziemlich hart, letzte Woche nach deinem Auftritt auf die Bühne zu gehen«, sagte Newry zu Ike. »Zum Glück hatte ich keine Szene, sondern nur eine Emotionale-Gedächtnis-Übung.«

»Tja. Ist wohl so«, sagte Ike.

»Mir ist aufgefallen, dass du gleich verschwunden bist«, fuhr Newry fort. »Seid ihr durch die Hintertür? Hast du Steph auf einen Drink eingeladen, um die Sache zu feiern? Alle Achtung, dass sie nüchtern aufgekreuzt ist – das war von Vorteil. Glückwunsch.«

Ich stand nahe genug bei Ike, um zu merken, wie er tief Luft holte und die Fäuste ballte. Auch Newry schien dies nicht entgangen zu sein, denn er machte plötzlich große Augen und spielte das Unschuldslamm.

»Weißt du«, sagte er, »hättest du nicht Lust, irgendwann mal eine Szene mit mir zu spielen? Wir beide zusammen? Vielleicht Shakespeare?«

Newry hatte in London studiert – das behauptete er jedenfalls – und beklagte stets, dass die Akademie oder besser Dorthea zu wenig Shakespeare lehre. Seiner Meinung nach war das ein Manko aller Schulen in New York. Ob Stella's, das Actors Studio oder Meisner's, überall seien die Schüler besessen von zeitgenössischem Zeug, und die Schulen würden das fördern. Dorthea am wenigsten, aber Newry drängte ständig darauf, dass die Akademie mehr Shakespeare machte.

»Ja, wir sollten vielleicht mal darüber reden«, sagte Ike.

»Prima«, sagte Newry. »Tja, *ich* gehe zum Unterricht. Kommst du mit, Noah?«

Schauspieler polterten die Treppe hinauf und gingen durch die Doppeltür. Die Uhr zeigte eine Minute vor vier.

»Nein danke«, sagte ich.

Ike schaute auf eine Ecke des Lebenslaufs meiner Tante, die unter dem Mimeografen hervorlugte. Er schob ihn ganz darunter, um ihn vor Newry zu verbergen.

»Wie du willst«, sagte Newry. »Ich schreib für dich mit. Und für dich auch, Ike. Viel Glück beim Vorsprechen.«

Dieses Mal traf Ike das Wort. Er zuckte leicht zusammen.

Nachdem Newry gegangen war, schüttelte Ike den Kopf. Ich hatte das Gefühl, auf einmal freier atmen zu können.

»Wo ist deine Mutter?«, fragte Ike.

Ich zuckte mit den Schultern.

Ike zog den Lebenslauf mit dem Foto wieder unter dem Mimeografen hervor.

»Deine Tante«, sagte er.

Jeder sprach das Wort »Tante« anders aus. Bei Osseo Newry klang es leicht gedehnt und geziert, so als wollte er durch seine Aussprache daran erinnern, dass er in London studiert hatte. In Jersey, wo ich lebte, klang das Wort härter und kürzer. Ike wiederum neigte dazu, es wie Newry in die Länge zu ziehen. Meine Mutter hatte erzählt, dass Ike seinen eigenen Worten nach an der kanadischen Grenze aufgewachsen sei und frankokanadische Verwandte habe. Vielleicht sprach er das Wort deshalb so aus.

»Hast du deiner Mutter erzählt, dass du ihr begegnet bist?«, fragte er.

»Nein«, sagte ich.

»Du hast dein Versprechen gehalten.«

»Klar.«

»Ist wohl auch besser so.« Er schob den Lebenslauf mit dem Foto wieder unter den Apparat. »Deine Tante fürchtet sich vor deiner Mutter«, sagte Ike. »Glaube ich jedenfalls.«

»Mom macht sich Sorgen wegen ihr. Sie trinkt.«

»Deine Mom trinkt?«, fragte Ike völlig überrascht.

»Nein. Meine Tante.« Ich dehnte das Wort wie er. Bei mir klang es komisch.

»Ja, verdammt, glaubst du, das wüsste ich nicht?«, sagte er.

In diesem Moment kam meine Mutter herein. Sie hatte rote Wangen und ihre Augen glänzten. Bestimmt war sie in der Lobby Osseo Newry begegnet, doch sie schien es eilig zu haben, ins Büro zurückzukommen. Beim Anblick von Ike lächelte sie strahlend, doch als sie mich bemerkte, setzte sie eine nüchterne Miene auf.

»Ihr beiden verpasst den Unterricht«, sagte sie.

»Stimmt«, sagte Ike.

»Er muss vorsprechen«, sagte ich.

»Oh! Was denn?« Meine Mutter ging zum Wasserspender und nahm einen Becher. Ich fand es toll, wie die Luftblase in dem Glasbehälter aufstieg und oben zerplatzte. Ich dachte daran, wie meine Mutter sich an den Wasserspender geklammert hatte, als das Empire State Building nach dem Einschlag des Flugzeugs volle fünf Minuten geschwankt hatte.

Sie leerte den Becher, seufzte und schloss die Augen, genoss ihren gestillten Durst so sehr, dass es schien, als hätte sie ihre Frage und sogar uns beide völlig vergessen, obwohl wir in einem Raum mit ihr waren.

»Willst du immer noch deine Schwester treffen?«, fragte Ike und ging über die Frage meiner Mutter hinweg.

Meine Mutter zerknüllte den Pappbecher und warf ihn in den Müll. Sie ging zu ihrem Schreibtisch und blätterte ein paar Papiere durch. »Ja, natürlich«, sagte sie.

Ike nickte nur. Meine Mutter sah auf.

»Hältst du sie von mir fern?«, fragte sie.

»Nein«, sagte Ike.

»Ich weiß, dass ihr letzte Woche, als wir nicht hier waren, eure Szene gespielt habt«, sagte meine Mutter.

»Hat Newry dir das erzählt?«, fragte Ike.

»Dorthea«, antwortete meine Mutter. »Pass auf, Ike, ich möchte sie einfach nur sehen. Um unserer Familie willen.«

»Verstehe«, sagte Ike.

»Unsere Familie ist nicht mehr sehr groß«, sagte meine Mutter.

Sie winkte mir. Ich schlurfte zu ihr. Sie legte mir die Arme über die Schultern und verschränkte die Hände unter meinem Kinn; ihre Unterarme auf meinen Schultern fühlten sich an wie eine große, schwere Kapuze. Sie drückte sich an meinen Rücken, eine Pose, die aussah, als hätte Ike vor, ein Porträt von uns zu malen.

»Ich hab sie gesehen, Mom«, sagte ich. Das schien mir die einzige Möglichkeit zu sein, dem Druck, den ich empfand, zu entkommen. Ich mochte Ike nicht anschauen, und ich wandte mich auch nicht zu meiner Mutter um. Ich redete zum Fußboden. »Ich bin Tante Stephanie begegnet.« Ich sprach das Wort »Tante« so aus, wie wir es immer taten; jedenfalls bei den wenigen Gelegenheiten, wenn sie erwähnt wurde.

»Wann?« Meine Mutter drehte mich behutsam um und sah auf mich herab. Ihre Wangen waren immer noch gerötet, und auch ihre Augen strahlten noch, doch ihre Züge wirkten weich. Dann fiel mir auf, dass sie geschminkt war – nur ein bisschen Rouge und Lidschatten. Sie hatte sich sozusagen in Szene gesetzt. Als wir heute zur Akademie gekommen waren, hatte sie das noch nicht aufgelegt. Sie kam sonst nie geschminkt.

»Ist schon länger her«, sagte ich. »Eine Woche.«

»Drei Wochen«, sagte Ike hinter mir. Meine Mutter sah von mir zu Ike.

»Er hat uns beim Proben gesehen«, sagte Ike. »Im Hinterhof.«

»Sie hat mich gebeten, dir nichts zu erzählen«, sagte ich zu meiner Mutter.

»Und er hat sein Versprechen gehalten«, sagte Ike.

Meine Mutter ließ mich stehen und ging zum schmutzigen Fenster, das zur Straße zeigte. Ein Müllwagen rumpelte mit einem solchen Krach vorbei, dass die großen Doppelfenster wie durchsichtige Trommelbespannungen in ihren Schieberahmen vibrierten.

»Geht es meiner Schwester gut?«, fragte meine Mutter.

»In der Szene war sie atemberaubend gut«, antwortete Ike.

»Das ist nicht das Gleiche«, sagte meine Mutter.

»Manchmal geht es ihr gut«, sagte Ike.

»Sag ihr bitte, dass ich Geld für sie habe«, sagte meine Mutter. Sie klang steif. »Falls sie etwas braucht.«

»Ich richte es aus.«

Meine Mutter nickte ein Dankeschön, und Ike sagte zu mir, wir sollten uns jetzt in den Unterricht schleichen.

»Ich dachte, du müsstest zum Vorsprechen«, sagte ich.

»Das habe ich nur erzählt, um Oss Newry zu ärgern«, erwiderte er.

»Hast du kein Vorsprechen?«

»Doch. Bald. Irgendwann werde ich mich gar nicht mehr retten können.«

VIER

LICHT AN
auf den JUNGEN
zwischen Kulissen des
viktorianischen Londons. Big Ben schlägt.
Ein paar Schneeflocken rieseln.
Der Junge blickt auf.
LICHT AUS.

Der Weihnachtsball der Marshalsea Academy of Dramatic Arts war kein richtiger Ball. Es wurde kaum getanzt. Das änderte sich erst in den Sechzigern, nachdem sich Dorthea in den Horst zurückgezogen hatte, Tanzwütige LPs auflegten und Drogen herumgehen ließen. (Dorthea beschwerte sich nie über den Krach. Vielleicht war er oben im Horst nicht zu hören. Die Sechziger kamen dort oben jedenfalls so gut wie gar nicht an.)

Doch in den Fünfzigern war der Ball nur eine Party mit Punsch und Champagner, mit Stippvisiten einiger Berühmtheiten und viel Theatertratsch. Er brachte die Schauspieler der Schule zusammen und lockte jene, die an der Westküste arbeiteten, über Weihnachten zurück an die Ostküste. Er fand immer am Montag vor Heiligabend statt – so konnten auch all jene kommen, die ein Engagement hatten, denn montags war an den Theatern spielfrei.

Das Besondere an dem Weihnachtsball, das, was die Gäste jedes Jahr von Neuem entzückte, war das Ambiente. Die Party fand im zweiten Stock auf der Studiobühne statt. (Die größere Bühne im ersten Stock hatte feste Sitzplätze.) Vasily rollte die Tribünen weg und schuf so einen freien Raum, in dem er ein altes Bühnenbild aufbaute, das Raoul Brunz, ein ehemaliger Liebhaber Dortheas, entworfen hatte. Es wurde gemunkelt, dass sie mit dem Mann verheiratet gewesen war, doch es gab genauso viele Gerüchte, die das Gegenteil besagten. Ich glaube, dass nicht einmal meine Mutter jemals die Wahrheit über Dortheas Beziehung zu Raoul Brunz herausfand. Man wusste nur, dass er früher einmal Bühnenbildner am Staatstheater im norwegischen Bergen gewesen war.

Nach dem Krieg hatten Dorthea und Brunz gemeinsam an einer Musical-Fassung von *Große Erwartungen* gearbeitet. Dorthea hatte den Roman für die Bühne adaptiert und Regie geführt. Wider Erwarten wurde das Musical zuerst in Bergen und dann in Oslo ein Kassenschlager und lief sogar in London mit einigem Erfolg. Es sollte auch in New York aufgeführt werden. Die Kulissen waren bereits verladen, als Brunz einem Herzinfarkt erlag. Wie man sich erzählte, hatte er Dorthea verlassen oder betrogen. Jedenfalls fand die New Yorker Aufführung nie statt, und die Kulissen lagerten nun im Keller der Akademie, letzte Überreste zweier großer Projekte – der Affäre (oder Ehe) und eines bahnbrechenden Musicals.

Wenn die Kulissen alljährlich zum Weihnachtsball aus dem Keller geholt wurden, erinnerte das an Miss Havisham: Dorthea, die die alten Arbeiten ihres Liebhabers aufbewahrte und alle zum Spielen zusammenführte wie Pip und Estella.

»Ich brauche Zerstreuung«, sagte Osseo Newry auf einem der Weihnachtsbälle und zitierte mit dem Timbre Katharine Hepburns Miss Havisham, »und mit Männern und Weibern bin ich fertig. Spiele! Manchmal habe ich krankhafte Launen, und jetzt habe ich die Laune, jemanden spielen zu sehen. Also los, los! Spiele, spiele, spiele!« Doch für mich war dieses fröhliche Miniatur-London alles andere als eine kranke Laune. Ich fand es toll, durch das Bühnenbild zu schlendern, eine Mischung aus Red Grooms' *Ruckus Manhattan* und den Entwürfen von Wilford Leach aus den Siebzigern für das Shakespeare-Festival im Central Park. Schiefe Perspektiven, knallige Farben und geschwungene Formen, teils kubistisch, teils dadaistisch. An manchen Stellen ragten die Schauspieler wie Riesen aus den Wahrzeichen Londons heraus, die teils wie geschrumpft, teils wie aufgebläht aussahen; an anderen Stellen verschwand man fast zwischen den verschiedenen Fluchtpunkten.

Als ich das Bühnenbild zum ersten Mal sah, verschlug es mir die Sprache. Vasily, der die Zerstörung Stalingrads überlebt hatte, dürfte ein besonderes Vergnügen daran gehabt haben, Jahr für Jahr Dortheas magische Stadt zu errichten.

Ich bat meine Mutter, mit mir zum Ball zu gehen. Sie wollte eigentlich nicht. Obwohl Dorthea uns eingeladen hatte, meinte sie, dass wir dort fehl am Platz wären. Doch ich blieb hartnäckig, und das war gut so, wie sich später herausstellen sollte.

Wir nahmen ein Taxi vom Fähranleger, und als wir die Stufen zur Akademie hinaufgingen, war die Party bereits in vollem Gange. Es war Tradition, dass die Schauspieler sich zu diesem Anlass aus dem Fundus bedienten. (Außer an Halloween. Dafür verkleidete sich niemand in der MADA. »Erwachsene in Halloween-Kostümen«, hörte ich Dorthea einmal verächtlich sagen, »das sind Laien, die die Straßen unsicher machen.«)

Beim Weihnachtsball kamen die Gäste durch die Lobby herein, gingen in den Keller, wo die Kostüme an Bügeln hingen oder in Kisten aufbewahrt wurden, und statteten sich für den Abend aus – mit einer Boa, einer Schwimmbrille, einer Uniformjacke, einer Rettungsweste, einer Strickmütze, wie sie Seeleute tragen, einem Reifrock. Dann stapften sie die Treppen hinauf zum Studio und wurden von den Kulissen des karikaturhaften Londons verschluckt. Vasily hatte Waschzuber mit Wasser und Trockeneis aufgestellt, sodass meine Mutter und ich einen von Nebelschwaden durchzogenen Raum betraten, in dem ein buntes Gewimmel von schräg kostümierten Menschen herrschte.

Die Stimmung war freundlich und ausgelassen, doch ich spürte auch eine hektische Nervosität, als wären die Leute eine Spur zu aufgeregt und außerdem darauf bedacht, nichts und niemandem zu große Aufmerksamkeit zu schenken. Dann hörte ich, wie jemand meiner Mutter leise den Grund dafür erklärte: Montgomery Clift war anwesend; zum ersten Mal seit seinem Autounfall war er wieder in New York.

Clift war für kurze Zeit ein Schüler Dortheas gewesen, hatte danach den Kontakt zur Akademie gehalten und sich weiter für sie eingesetzt. Damals war er mir ziemlich gleichgültig – nur ein dunkelhaariger Typ mit dichten, überlangen Brauen, die sich wie Satzklammern um seine Augen legten. Er trug einen grauen Anzug, dem aus kratziger Wolle ziemlich ähnlich, in den meine Mutter mich gesteckt hatte. Kein Wunder, dass er wirkte, als würde es ihn überall jucken. Er stand in einer Ecke und unterhielt sich mit Dorthea, die sich ebenfalls die Peinlichkeit eines Kostüms erspart hatte und nur ein malvenfarbenes Kleid und eine Pelzstola trug.

Die durch den Raum wabernde Trockeneiswolke reichte mir fast bis zur Brust. Von meinem Standpunkt aus ragten Clift und Dorthea von den Taillen aufwärts aus dem Nebel und schienen ein ernstes Gespräch zu führen.

Clift hatte sich zwar von der Gesichtsoperation erholt, der er sich nach dem Unfall hatte unterziehen müssen, hatte aber schon länger in keinem Film mehr mitgespielt – sein nächster war *Das Leben ist Lüge*, glaube ich –, was für allerlei Getuschel sorgte.

»Die eine Gesichtshälfte funktioniert nicht mehr«, hörte ich Osseo Newry zu den Blondinen sagen, die sich nicht trauten, Clift anzusprechen. Newry, mit Cowboyhut und Toga, sagte, er habe Clift bereits »zu seiner Arbeit« gratuliert.

»Sein Gesicht sieht irgendwie schief aus. Vielleicht können sie ihn von der guten Seite filmen«, sagte Newry, »aber wie soll man im Film nur mit Profilansichten bestehen?«

»Nicht anstarren, Noah«, sagte meine Mutter, die neben mich getreten war.

Sie wirkte zerstreut und sah zwar hin und wieder auch zu Monty Clift, schien den Raum aber nach jemand anderem abzusuchen.

Ike wirkte ebenfalls nervös. Genau wie wir hatte er darauf verzichtet, sich zu verkleiden. Er trug die gleiche Uniform wie immer, Jeans und Sweatshirt.

Obwohl es ringsherum lustig zuging, wirkten die Menschen, auf die mein Blick am häufigsten fiel – meine Mutter, Ike und der seltsame Montgomery Clift –, unruhig und einsam.

Ich ließ meine Mutter an einem Tisch stehen, auf dem sich leere Champagnerkelche zu einer Pyramide türmten, um mir etwas zu essen zu holen. Ich ging durch den Eisnebel, der von den Lichtern der Miniaturstadt gesprenkelt war. Hier war ich unter Freunden. Es war kein Vergleich mit meinem Leben in New Jersey, wo ich mich unsichtbar gemacht und das Schweigen kultiviert hatte.

Von einer Platte mit einem Mandala aus lappigen Sandwiches nahm ich mir ein Thunfisch-Kanapee, kaum größer als ein Hähnchenflügel. Ich leckte mir gerade das Öl von den Fingern, als ich Montgomery Clift durch den Nebel auf mich zukommen sah. Er hatte den gleichen geheimnisvollen, trunkenen Blick wie meine Tante damals hinter der Akademie. Auch er torkelte leicht.

»Schöner Stoff«, sagte er und rieb mit Daumen und Zeigefinger den linken Aufschlag meines Anzugs.

Osseo Newry hatte recht. Clifts Gesicht war schief. Die eine Hälfte sah aus wie versteinert. Seine Augen schienen sich zu öffnen und zu schließen wie Objektive – er nahm mich wahr, dann vergaß er mich wieder.

»Bist du Schauspieler?«, fragte er.

»Nein«, antwortete ich.

»Bist du mit deinen Eltern hier?«

Ich nickte und zeigte auf meine Mutter, die gerade mit Ike sprach. Sie wirkte nervös. Sie fuhr sich ständig durchs Haar.

»Das sind deine Eltern?«

»Nur meine Mutter.«

»Wer ist der Typ?«

»Ike Devoe.«

»Nie von ihm gehört«, sagte Clift. »Müsste ich von ihm gehört haben?«

»Weiß nicht«, sagte ich. Clifts schroffe Art verunsicherte mich, doch er schien weiter mit mir reden zu wollen. Keine Ahnung, ob er mich gezielt angesprochen hatte, ob er auch ein Minisandwich essen wollte oder nur umhergeirrt war. In Anbetracht seiner Augen, die sich abwechselnd öffneten und schlossen, schien mir Letzteres am wahrscheinlichsten zu sein.

»Und du?«, fragte er. »Müsste ich dich kennen?«

»Wohl eher nicht.«

»Möchtest du Schauspieler werden?«

»Weiß ich noch nicht. Vielleicht«, antwortete ich.

»In deinem Alter war ich schon zweimal am Broadway auf der Bühne. Wie alt bist du?«

»Elf«, sagte ich.

»Na ja – vielleicht nicht zweimal«, sagte er. »Vielleicht auch gar nicht.« Er lächelte mit der Gesichtshälfte, die lächeln konnte, schien aber der Anstrengung überdrüssig zu sein, gegen die Unbeweglichkeit der anderen ankämpfen zu müssen. »Kennst du Dorthea?«, fragte er.

»Ja.«

»Sie hat mein Leben verändert«, sagte er. »›Ich muss mein Leben ändern!‹ Hast du sie das mal sagen hören? ›Ich muss mein Leben ändern!‹« Er schüttelte die Faust, als wollte er dem Himmel drohen.

»Ja«, sagte ich.

»Prima Sache«, sagte er, und vielleicht meinte er den Drink, den er in der Hand hielt und betrachtete. Der Nebel ballte sich, floss zurück und umwirbelte uns, als die Blondinen vorbeigingen und Clift verstohlene Blicke zuwarfen. Clift ignorierte sie. Inzwischen nahm er auch mich nicht mehr wahr; er starrte seinen Drink an. Eis und Flüssigkeit auf dem Grund des Glases sahen zwischen seinen Fingern aus wie Schleim.

»Muss los«, sagte er unvermittelt und steckte das Glas in die linke Seitentasche seiner Anzugjacke. Dort ließ er es, während er quer durch den Raum ging, um Dorthea und ein paar anderen Leuten die Hand zu schütteln – darunter Osseo Newry, der es wieder so eingerichtet hatte, dass er Clifts Weg kreuzte –, und verschwand dann durch die Tür.

Dorthea sorgte dafür, dass Clifts Abgang die Stimmung nicht trübte. Irgendjemand richtete ein Spotlight auf den Tisch mit der Pyramide aus Champagnerkelchen. Dorthea stand hinter der Pyramide auf einer Kiste und hielt eine dunkelgrüne, fast schwarze Magnumflasche Champagner in der Hand.

»Ich möchte einen Toast aussprechen«, verkündete Dorthea. Sie beugte sich über die vor ihr stehende glitzernde Pyramide aus Kristall und senkte den Blick auf die Kelche, als wären es Zauberkessel, randvoll mit inspirierenden Ideen. »Einen Toast und eine Bekanntmachung«, sagte sie. »Einen Toast, eine Bekanntmachung und eine Herausforderung. Aber zuerst müssen wir unsere Gläser heben, und dazu sollten unsere Gläser voll sein.«

Die Gäste applaudierten.

Sie hob die Magnumflasche und begann einzuschenken. Ein Raunen ging durch den Raum, als der Champagner von einer Ebene zur anderen schäumte. Osseo Newry reichte Dorthea immer neue Flaschen, bis alle Kelche der Pyramide gefüllt waren. Dann griffen die Schauspieler zu. Sogar mir reichte man einen Kelch. Ich sah kurz meine Mutter, verlor sie in der Menge aber gleich wieder aus den Augen. Der Nebel war nicht mehr ganz so dicht. Er kräuselte sich im Licht und verwob sich mit dem Zigarettenrauch.

Dorthea, die noch immer auf der Kiste hinter dem Tisch stand, von dessen Rändern der Champagner troff, hob ihr Glas. Alle anderen im Raum taten es ihr gleich.

»Dies ist die dunkle Jahreszeit«, sagte sie. »Genau die richtige Zeit fürs Theater.«

»Hört! Hört!«, bellte jemand.

»Auf das Licht!«, sagte Dorthea. »Möge es in jedem von uns und auf jeden von uns scheinen. Mögen wir alle erleuchtet werden.«

Im Raum brandeten Jubel und Gelächter auf.

Ich nippte am Champagner. Er zog mir die Wangen bis zu den Ohren zusammen. Während alle anderen austranken, hörte ich über mir ein Poltern und schaute zur Beleuchterbrücke unter der Decke. Oben auf dem Steg kauerte Vasily Bulgakov, der sich zusammenkrümmen musste, weil der Steg schmal, die Decke niedrig und er so groß war. Er sah durch die Bodenschlitze zu mir herab, und als er merkte, dass ich ihn entdeckt hatte, winkte er mir und hob dann einen Finger, als wollte er sagen: »Pass gut auf!«

Er begann Hebel zu betätigen, die über Drähte mit Behältern am Steg verbunden waren. Vasily pumpte regelrecht.

Dann segelten weiße Flocken ins Licht, und ich begriff, dass Vasily Schnee machte. Zunächst fielen die Flocken sparsam und verstreut, und die Gäste merkten nicht gleich, was geschah. Doch sobald die Flocken dichter wurden, lachten sie, zeigten nach oben und jubelten. Schon bald beklagte sich eine der Blondinen über brennende Augen. Irgendjemand musste niesen. Der Schnee hatte einen vertrauten Geruch. Vasily benutzte Wäscheseife.

Doch die meisten Leute lachten, bedeckten ihren Champagnerkelch mit der flachen Hand, als würden sie Kommunionskelche tragen.

Die Fresnelscheinwerfer oben am Gestänge warfen Teiche aus Licht auf den Boden, und im Teich, der am weitesten von der Party entfernt war, in einem einsamen Lichtfleck dicht vor dem schwarzen Vorhang hinten auf der Bühne, erblickte ich eine Frau in einem roten Kapuzenmantel, der mit Goldbrokat besetzt war. Den Mantel erkannte ich, bevor ich die Frau erkannte. Es war der Mantel, den Vasily als Rasender Russenbär auf seinen Wrestling-Tourneen trug.

Und die Frau war Tante Stephanie. Sie glitt durch die Lichtteiche ins Gewimmel und zog sich dabei die Kapuze über den Kopf, um sich vor dem Schnee aus Wäscheseife zu schützen. Sie nickte und lächelte die Leute an, lachte, wenn sie jemanden begrüßte. Um besser sehen zu können, stieg ich auf einen Sitz in der untersten Tribünenreihe. Meine Mutter konnte ich nirgendwo entdecken, hatte aber das seltsame Gefühl, einen Mann zwischen den Schatten des Vorhangs zu sehen, aus denen meine Tante aufgetaucht war. Wenn ich auf jemanden hätte tippen sollen, dann auf Monty Clift. Er glich fast einer Erscheinung, einem Geist. Bleiches Gesicht, schwerlidrige Augen, lange, geschwungene Brauen, dunkler Anzug. Vielleicht war Clift zurückgekehrt, aber es konnte auch nur Einbildung sein.

Meine Tante durchquerte den Raum. Dorthea lächelte. Ich warf einen Blick über die Schulter und sah meine Mutter, die weiter oben auf der Tribüne neben Ike stand. Sie hatte vor Überraschung eine Hand vor den Mund gelegt. Ihre Schwester ging auf sie zu. Ike lächelte.

In diesem Moment bat Dorthea um Ruhe. Sie klopfte mit ihrem Zigarillohalter gegen einen Champagnerkelch. Vom Tisch ausgehend, wurde der Befehl weitergegeben, still zu sein. Dorthea stieg wieder auf die Kiste.

»Hallo, Gott? Bitte lass es aufhören zu schneien«, rief sie in Richtung Decke.

Vasily hörte auf, an den Hebeln zu pumpen. Der Schneefall ebbte ab. Applaus.

»Habe ich nicht gesagt«, fuhr Dorthea fort, »dass es einen Toast und eine Bekanntmachung geben wird?«

Sie wartete die Antwort nicht ab.

»Ja, das habe ich«, sagte sie. »Und die Bekanntmachung lautet wie folgt.« Sie stellte das Glas auf den Tisch und suchte auf der Kiste nach einem sicheren Stand.

»Ich habe oft gesagt«, begann sie, »dass wir als Schauspieler wissen müssen, wann es an der Zeit ist, unsere Kunst zu vertiefen. Wann wir wieder ›zur Schule‹ gehen oder Unterricht nehmen müssen.

Außerdem habe ich gesagt – und zwar fast genauso oft –, dass wir auch wissen müssen, wann die Zeit des Lernens vorbei ist; wann wir den Schutz unseres Studio-Theaters verlassen und auf die richtige Bühne gehen müssen; wann wir uns ins Chaos der Welt stürzen und spielen müssen.«

Die Gäste steckten die Köpfe zusammen und tuschelten. Sie wirkten besorgt. Vielleicht befürchteten sie, Dorthea würde verkünden, dass *sie* das schützende Studio-Theater verlassen müsse.

»Etwas Ähnliches schwebt mir für die Akademie vor«, sagte sie. »Meiner Meinung nach wäre es zu einengend, wenn wir uns weiter nur als Schauspielschule betrachten. Wir müssen mehr sein als das. Wir müssen *unser* – die Schule muss *ihr* – Leben ändern.

Wir werden immer eine Schauspielschule bleiben. Keine Sorge. Doch von jetzt an werden wir noch mehr sein. Wir werden Stücke produzieren. Wir werden eine *Theatertruppe* sein. Und zwar hier. In diesem Gebäude.«

Danach begann Dorthea, den Partygästen ihre Pläne zu schildern. Sie wolle ein Stück inszenieren. Das erste von vielen, wie sie hoffe. Ein Stück, besetzt mit Schauspielern der Schule, das die ganze Bandbreite an Talenten präsentieren und der Marshalsea Academy of Dramatic Arts eine führende Rolle unter den Konservatorien und Schauspielschulen wie dem Actors Studio, dem Neighborhood Playhouse oder Stella Adler's sichern solle.

Sie wollte William Inges *Picknick* neu inszenieren. Das Stück war vor fünf Jahren ein großer Erfolg am Broadway gewesen; Paul Newman hatte darin mitgespielt. Dorthea kannte Inge und wusste, dass er mit dem Ende des Stücks nie wirklich zufrieden gewesen war. Inge hatte für den Broadway ein versöhnliches Ende schreiben müssen, obwohl ihm eigentlich etwas Düstereres vorgeschwebt hatte.

»Er hat ein neues Ende geschrieben«, sagte Dorthea, »oder das ursprüngliche Ende überarbeitet. Extra für uns. Das sollte uns eine gewisse Aufmerksamkeit garantieren. Dank einiger Freunde der Akademie sind wir auch finanziell in der Lage, das Stück aufzuführen.«

Ich hörte Leute flüstern: »Monty.« Dann applaudierte jemand, und andere fielen in das Klatschen ein. Ich sah wieder zum Eingang hinten auf der Bühne, aber dort war niemand.

Dorthea lächelte und bat mit einem Wink um Ruhe. Um die Partygäste nicht zu sehr auf die Folter zu spannen, sagte sie, wolle sie nun einige Details der Aufführung klären.

»Jene Fragen«, sagte Dorthea, »die Schauspielern stets am meisten auf den Nägeln brennen.«

»Bin ich dabei?«, rief jemand.

»Na, ich dachte«, erwiderte Dorthea und spielte die Pikierte, »ihr würdet als Erstes fragen, wer *Regie* führt.«

Mehrere Leute im Publikum riefen: »Wer?«, und Dorthea machte einen koketten Knicks. »Moi«, sagte sie.

Noch mehr Applaus. Dann teilte Dorthea den Partygästen mit, dass sie über die Besetzung schon entschieden habe.

»Ich wollte euch ein Vorsprechen ersparen«, sagte sie.

»Ihr sollt nicht zu Konkurrenten werden. Eines unserer Ziele besteht schließlich darin, dass wir einander unterstützen.

Trotzdem bedeutet die Besetzung eines Stücks, dass viele berufen, aber nur wenige erwählt sind. Ich habe mit den betreffenden Schauspielern bereits über ihre Rollen gesprochen, und damit ist die Besetzung sozusagen beschlossene Sache. Aber wir können jede Hilfe brauchen, und ich hoffe, dass sich viele von euch einbringen werden.

Für die Marshalsea Academy ist dies Neuland: ein Stück auf die Bühne zu bringen. Für mich ist es die Erfüllung eines alten Traums – Regie zu führen. Und ich hoffe, dass wir damit das neue Jahr zu einem erfolgreichen Jahr machen werden.«

Sie hob ihren Kelch noch einmal wie zu einem Toast, obwohl der Champagner inzwischen alle war. Das Publikum jubelte.

Als Dorthea von der Kiste stieg, erhob sich ein allgemeines Raunen. Heute würde ich vermuten, dass man heiß darüber diskutierte, ob es sinnvoll war, einen fünf Jahre alten Broadway-Hit wieder aufzuführen, ob mit neuem Ende oder nicht; ob die Art, wie Dorthea über die Besetzung entschieden hatte – sozusagen per Erlass –, nicht für böses Blut sorgen würde; und ob die Akademie überhaupt Stücke aufführen sollte.

»Noah.«

Meine Mutter rief mich. Sie stand im Gang zwischen den Tribünen neben meiner Tante, die noch den roten Mantel trug. Ike hielt sich in ihrer Nähe auf. Auf dem Weg zu ihnen umrundete ich ein Modell von St. Peter und überquerte den Trafalgar Square. Da Vasily London nicht kannte, war seine Anordnung der Sehenswürdigkeiten ziemlich chaotisch.

»Ich wollte euch einander vorstellen, aber Tante Stephanie hat mich daran erinnert, dass ihr euch schon begegnet seid«, sagte meine Mutter.

Ihr Satz hing in der Luft wie eine Aufforderung an mich, das Gespräch fortzusetzen. Doch ich brachte kein Wort heraus. Ich konnte nur nicken.

Jahre später erzählte mir meine Mutter, dass meine Tante zu diesem Zeitpunkt nüchtern gewesen sei. Sie hatte nichts getrunken, weil sie wusste, dass Dorthea die Aufführung von *Picknick* ankündigen würde. Sie wusste auch, dass sie für die Rolle der Madge und Ike für die Rolle von Hal Carter vorgesehen war. Als Liebespaar sollten sie die Zugpferde des Stücks sein.

»Außerdem wusste sie, dass ich auf der Party sein würde«, sagte meine Mutter. Wie sie erzählte, war Stephanie nach Dortheas Toast zu ihr gekommen und hatte einfach nur gesagt: »Janey. Da bin ich.«

Von allen Schwierigkeiten abgesehen, die meine Mutter und meine Tante miteinander hatten, hatte Steph das Bedürfnis, zu zeigen, dass sie es geschafft hatte. Darum hatte meine Mutter zunächst nur durch den Ausschnitt aus *Back Stage* etwas über sie erfahren und dann erst wieder auf dem Weihnachtsball, nachdem Dorthea verkündet hatte, dass Stephanie Gault die Hauptrolle in *Picknick* spielen werde.

»Noah hat Ike und mich beim Proben überrascht. Oder, Noah?«, sagte meine Tante. Sie zog einen Arm unter Vasilys rotem Mantel hervor und gab mir einen freundlichen Knuff auf die Schulter, ähnlich, wie Ike ihn gelegentlich austeilte.

Vasily ließ es wieder schneien. Ich bekam noch mehr Champagner. Neben dem Londoner Tower erzählte Oss Newry den Blondinen und ein paar jüngeren Schauspielern aus der Anfängerklasse etwas über Richard III. und die Ermordung der kleinen Prinzen. Während er erzählte, begann er, mit den Armen zu fuchteln. Er deklamierte:

»›Mein Inneres hat tausenderlei Zungen
Und jede Zunge spricht ihr eignes Zeugnis.‹«

Im nächsten Moment klatschte ein Schneeklumpen von der Größe eines Hockers vor ihm auf den Boden, explodierte in alle Richtungen und bespritzte die ganze Gruppe von oben bis unten mit weißen Sprenkeln.

»Tut mir leid«, rief Vasily von oben. »Ist kaputt.«

Ich schaute zu meiner Mutter und Tante Stephanie, die die Köpfe zusammengesteckt hatten und miteinander sprachen. Meine Mutter wischte sich Tränen aus den Augen. Das fiel den anderen Partygästen vermutlich nicht auf, doch Stephanie war es nicht entgangen, denn ihre Hand tauchte unter dem pelzbesetzten Mantelsaum auf und streichelte den Oberarm meiner Mutter. Diese nickte und legte ihre Hand auf die von Stephanie.

Ich hielt Ausschau nach Ike, konnte ihn aber nirgends entdecken. Die Party nahm wieder Fahrt auf, und obwohl niemand den auf der Tribüne sitzenden Schwestern Beachtung schenkte, schienen sie den Mittelpunkt der Feier zu bilden.

Ich wünschte, ich könnte mich noch besser an diesen Abend erinnern, aber damals war ich zum ersten Mal betrunken. Nachdem Dorthea die Kelche der Pyramide gefüllt hatte, hatte Ike noch eine Kiste besorgt. Er kannte einen Spirituosenhändler oben in der Greenwich Avenue, bei dem er nach seiner Ankunft in New York gejobbt hatte.

»Topqualität!«, rief Ike, als er die Korken knallen ließ.

Er öffnete vier Flaschen und füllte vier Gläser auf einmal, indem er jeweils zwei Flaschenhälse mit einer Hand hielt. Er lachte im Scheinwerferlicht, und der auf den Getränketisch spritzende Champagner glitzerte. Die Leute drängelten sich um ihn. Jeder hielt ihm seinen Kelch hin. Und jeder bekam etwas, auch ich.

Der Champagner schmeckte wesentlich besser als jener, den Dorthea ausgeschenkt hatte. Ike hatte tatsächlich Topqualität besorgt, und ich kehrte wiederholt an den Tisch zurück, um mir nachschenken zu lassen.

Irgendjemand legte Platten auf – Presley, Coltrane, The Weavers, eine krause Mischung –, und die Leute begannen zu tanzen oder versuchten, die Musik mit Gebrüll zu übertönen.

Ringsumher bogen und wanden sich die Partygäste und brachten ganz London ins Wanken. Man tanzte den Jitterbug und vollführte Schritte, die mich an die Soldaten und Matrosen in Fernsehfilmen nach dem Zweiten Weltkrieg erinnerten. Manche legten einen flotten Rock 'n' Roll hin. Die älteren Schauspieler an der Akademie tanzten anders als die jüngeren. Der Schnee mischte sich mit verschüttetem Champagner, und schon bald war der Boden mit einem schaumig-glitschigen Matsch bedeckt. Die Gäste schlitterten und rutschten, lachten und fielen einander in die Arme.

Ich beschloss, mir die Schneemaschine aus der Nähe anzuschauen, und stieg auf der Leiter zur Beleuchterbrücke empor, die vielleicht einen knappen Meter hoch war. Wie Vasily sich hier durchgequetscht hatte, war mir ein Rätsel.

Ich kroch über einen der Stege und vermied es, nach unten zu schauen. Um mich herum rankte ein Kabelgewirr, und ich atmete den heißen, staubigen Geruch der Scheinwerfer ein, während ich das Gefühl hatte, über einen gefrorenen Teich zu kriechen, unter dessen Eisdecke eine wimmelnde, glitzernde Welt zu bestaunen war.

Ich befand mich direkt über dem Getränketisch. Meine Tante stand unter mir. Sie hielt in jeder Hand ein Glas und warf mit schallendem Lachen den Kopf zurück. Osseo Newry und eine Schar anderer Schauspieler standen um sie herum. Irgendjemand hatte etwas gesagt, das meine Tante freute. Sie trug noch Vasilys Mantel, aber sie hatte den Gürtel gelöst. Unter dem Mantel trug sie eine plissierte Hose und einen Kaschmirpullover. Sie sah todschick aus. Ihr schwarzes Haar schimmerte im Schein der Bühnenbeleuchtung.

In ihrer Freude über die Worte, die man an sie gerichtet hatte, trat sie einen Schritt zurück und drehte in dem pelzbesetzten Mantel eine Pirouette. Jahre später trat ich auf einer der Kanalinseln bei einem New-Age-Theaterfestival auf, an dem auch eine Truppe wirbelnder Derwische aus dem Iran teilnahm. Ich fand es großartig, wie sie ihre Gewänder wehen ließen, und musste an den Weihnachtsball denken, bei dem ich direkt über meiner Tante hockte und Zeuge ihrer Heiterkeit und ihres ausgelassenen Lachens wurde. Für einen Moment sah sie aus wie eine sich im Kreis drehende Blume. Dann hielt sie unvermittelt inne, und Mantel und Arme fielen an ihre Seiten. Die Schauspieler, die sie umringten, klatschten. Doch vor meinen Augen drehte sich der Raum weiter. Allmählich zeigte der Champagner Wirkung. Ich hob den Kopf.

Als ich den Blick wieder senkte, sah ich, wie Dorthea meiner Tante und einigen Schauspielern die Hand gab. Dann ging sie zur Hinterbühne, an der Leiter vorbei und durch die Tür zur Treppe, die zu ihrem Penthouse führte.

Unten hörte ich Vasilys Stimme. Er sprach laut. Dann begann er, etwas auf Russisch zu singen. Ich kroch weiter Richtung Bühnenmitte, als mir noch etwas ins Auge fiel – zwei Menschen. Sie saßen rechts von der Bühne auf einem Laufsteg und beobachteten genau wie ich die Party von oben.

Meine Mutter und Ike. Sie ließen die Beine vom Gitter

baumeln, und die Bühnenbeleuchtung erhellte ihre Gesichter. Sie hätten ebenso gut nachts am Rand eines Swimmingpools sitzen und das glitzernde Wasser betrachten können.

Meine Mutter lehnte ihre rechte Schulter sanft an die von Ike. Dieser zeigte mit der rechten Hand auf etwas, das unten vor sich ging. Seine andere Hand war nicht zu sehen, vielleicht hatte er den Arm um meine Mutter gelegt.

In diesem Moment fühlte ich mich ruhig und klar. Nüchtern, nehme ich an. Alles kam mir gut und richtig vor. Und ich weiß noch, dass mir gefiel, was ich da sah, und dass ich mir wünschte, dass es für immer so sein möge wie bei diesem Weihnachtsball.

Nach der ersten Stunde bei Dr. Wing trete ich aus dem Haus mit der Praxis in die kalte, klamme Luft – es ist Mitte November. Vasilys Limousinen sind komplett ausgebucht, weil heute irgendein Rap-Star unter die Erde gebracht wird. Also winke ich nach einem Taxi. Am Steuer sitzt ein Sikh.

Wahrscheinlich spreche ich zu laut und monoton, als ich dem Fahrer meine Adresse nenne. Dr. Wing hat noch viel Arbeit vor sich.

»Sie müssen nicht so reden, *Sir*«, sagt der Fahrer. »Englisch ist meine Muttersprache.«

Zum ersten Mal kocht in der Öffentlichkeit die Wut auf den Schlaganfall in mir hoch. Im Krankenhaus oder zu Hause ist mir das bereits passiert. Meist, wenn ich allein bin, doch zwei- oder dreimal habe ich auch Cecily unverständliches Zeug ins Gesicht gebrüllt. Ein kleines Missgeschick oder ein falsches Wort genügt, um einen dieser Ausbrüche auszulösen, die Ausdruck einer tiefen Frustration über meine Befindlichkeit und den Verlust all dessen sind, was ich einmal hatte, was ich einmal war. Ich wollte im Lincoln Center vor einem großen Publikum meinen Monolog aufführen. Jetzt bin ich ein Krüppel, der sich ständig die Zunge verrenkt und der seine Wutanfälle am Ende immer bereut.

Aber diesmal bin ich nicht allein, sondern sitze in einem Taxi und fahre durch das West End nach Süden. Am liebsten würde ich die Plexiglasscheibe einschlagen, die mich vom Fahrer trennt, und meinen Stock auf seinen Hinterkopf dreschen, genau dort, wo die schwarzen Locken unter dem rotbraunen Turban hervorlugen. Ich stelle mir vor, wie ich seinen Schädel bei einem Halt vor einer roten Ampel gegen die Windschutzscheibe knalle und ihn so brutal aufs Lenkrad drücke, dass die Hupe dröhnt; das feine Netz der Scheibe beult sich dort aus, wo sein Kopf das Sicherheitsglas zertrümmert hat; sein Bart ist blutdurchtränkt; sein Kiefer mahlt, als er um Gnade winselt, doch ich drücke ihn noch brutaler nach unten und schlage weiter auf ihn ein, während ich brülle: Ich hatte einen Schlaganfall, einen Schlaganfall, einen Schlaganfall, ich rede so, weil ich einen Schlaganfall hatte, einen Schlaganfall, einen Schlaganfall, du Arschloch, einen Schlaganfall.

Doch als wir vor der Ampel halten, sehe ich nur nach draußen, betrachte die schmale Schlucht der Backsteingebäude, folge mit meinem Blick dem geschwungenen Auf und Ab der Avenue, die die Konturen der Insel nachzeichnet, und dann schaue ich nach oben und sehe den gelb-braunen Rauch vor dem grauen Himmel. Offenbar fällt es auch dem Fahrer auf, denn wir sitzen beide einen Moment lang wie erstarrt da. Ich bin starr vor Wut auf das, was mir zugestoßen ist. Er dagegen glaubt, von einem Fahrgast beleidigt worden zu sein. Beide sind wir wie gebannt, blicken auf etwas, das zart an den Himmel gemalt worden ist, auf einen fahlen Fleck in den Wolken.

Keine Ahnung, woran der Fahrer dabei denkt. Auf mich

stürzt bei diesem Anblick alles ein, was ich während meines Komas verpasst habe. Alles, was der Welt zugestoßen ist. Ich war nicht dabei.

»Tut mir leid«, sage ich zum Fahrer. Ich entkrampfe Zunge und Kiefer. Ich lasse die Luft in meine Nasennebenhöhlen strömen. Ich tue genau das, was Dr. Wing mir während der ganzen letzten Stunde austreiben wollte. Die Silben klingen wie drei Gänserufe. Doch der Fahrer versteht mich.

»Schon gut«, sagt er, und er gibt Gas, denn inzwischen ist Grün, und der Taxifahrer hinter uns drückt auf die Hupe.

Am Morgen nach dem Weihnachtsball erwachte ich nicht in meinem Bett, sondern auf einem Sofa. Ich bildete mir ein, das Empire State Building sehen zu können. Als ich mich aufstützte, drehte sich mir der Magen um und der Wolkenkratzer draußen geriet ins Wanken. Ich stöhnte und sank zurück aufs Kissen. Als ich meine Augen ein paar Sekunden später wieder öffnete, erblickte ich meine Mutter, die vor dem Sofa auf dem Fußboden lag. Sie hatte sich in eine Steppdecke gewickelt und wurde langsam wach.

Ich sah mich um. Wir befanden uns im Horst.

»Der Junge hat nichts im Theater verloren«, sagte Dorthea, die in einen Kimono gehüllt aus ihrem Schlafzimmer kam. »Und auf Partys wohl auch nichts. Hast du etwa auf meinen Teppich gekotzt?«

»Nein«, antwortete meine Mutter für mich. Sie strich mir über die Stirn, und ich wimmerte.

»Irgendwann«, sagte Dorthea, »wirst du mit einem Lachen an diesen Tag zurückdenken.« Sie kam zu mir und tätschelte mir die Schulter. »Und falls du Schauspieler werden solltest, was, wie mir eine innere Stimme sagt, durchaus im Bereich des Möglichen liegt, wirst du bei der Regieanweisung ›Ihm ist übel‹ auf einen wertvollen Schatz an emotionalen Erinnerungen zurückgreifen können.«

Bevor wir aufbrachen, holte meine Mutter ein wenig Tee und Toast für mich aus der Küche. Sie schien sich im Horst auszukennen. Wir sprachen wenig, wir drei. Mir war immer noch zu übel; meine Mutter war nachdenklich und drückte sich die Teetasse gegen die Brust, als wollte sie sich damit wärmen; Dorthea brütete am Esszimmertisch bereits über dem Textbuch von *Picknick*.

Ich hatte noch anderthalb Tage Kopfschmerzen. Meine Mutter verabreichte mir doppelte Dosen dieser kleinen, orangefarbenen Aspirin-Kautabletten für Kinder, so viel, dass ich Ohrensausen bekam, was fast genauso nervig war wie die Kopfschmerzen.

Ich weiß nicht, was noch auf der Party geschah, nachdem ich umgekippt war. Vermutlich holten mich Vasily und Ike von der Beleuchterbrücke. Irgendjemand musste ein Wort bei Dorthea eingelegt haben, damit meine Mutter und ich über Nacht in der Stadt bleiben konnten.

Ike und Tante Stephanie waren nicht da. Sie waren wohl in der Nacht verschwunden, als sich die Party auflöste, lange nachdem ich in den Horst gebracht worden war. Ob sie allein oder gemeinsam gingen, weiß ich nicht. Ob dies für meine Mutter oder Dorthea von Bedeutung war, weiß ich auch nicht. Die Verhältnisse waren kompliziert – zwischen all diesen Erwachsenen –, zu kompliziert für einen Elfjährigen, der außerdem noch zu viel Schampus intus hatte. Trotzdem fragte ich mich, was es zu bedeuten hatte, dass meine Mutter und Ike zusammen auf dem Steg gesessen hatten. Ich konnte das nicht in Worte fassen, und ich konnte meine Mutter unmöglich danach fragen.

Was meine Mutter und Ike getan hatten, wäre vielleicht für meinen Vater von Bedeutung gewesen. Doch mein Vater war tot. Und vielleicht wäre Ike nun öfter bei uns. Diese Vorstellung gefiel mir, und ich malte mir immer häufiger aus, wie das sein würde – zum Teufel mit meinem Vater. Tatsächlich wünschte ich meinen Vater zum Teufel. Er war tot. Und Gardy auch. Tot. Alle beide. Aber vielleicht wäre Ike bald öfter bei uns.

Der Weihnachtsball glich dem Ende des ersten Akts eines Theaterstücks, wenn die Hauptdarsteller auf der Bühne sind und das Stück einen Sog entwickelt, dem sich das Publikum nicht mehr entziehen kann. Man schaut nicht nur zu, wie auf der Bühne gelacht wird oder wie sich düstere Wolken zusammenbrauen. Nein, da ist mehr. Denn an diesem Punkt begreift das Publikum, dass es ein Teil des Dramas ist. Dieses Phänomen gleicht dem Sog der Gezeiten. Im Theater kann einen Freude erfüllen, obwohl man weiß, dass die Ereignisse auf der Bühne eine schlimme Wendung nehmen. Schauspieler spüren, wenn das Publikum mitgeht. Manchmal ist das an einem Keuchen oder einem Seufzer zu erkennen, aber meist wird die Luft im Zuschauerraum spürbar dicker. Das ist kein Geruch, hat aber die gleiche atavistische Wirkung wie gewisse Düfte. Genau das lässt die Zuschauer reflexartig lächeln oder große Augen machen, wenn nach dem Ende eines Akts die Lichter im Saal angehen. Genau das lockt die Menschen nach der Pause wieder hinein.

FÜNF

LICHT AN.
DIE PRÄRIE VON KANSAS.
Der JUNGE geht über die Bühne,
er hat eine brennende Zigarette im Mund
und trägt Pappbecher mit Kaffee.
LICHT AUS.

Kürzlich habe ich noch einmal *Picknick* gelesen. In einer Ausgabe des *Dramatists Play Service*. Wie so oft bei Stücken aus den Fünfzigern verblüffte mich die Unschuld; eine Geschichte, die von den Träumen von Kleinstadtmädchen und der Verzweiflung von Kleinstadterwachsenen erzählt. Die Dialoge klingen gelegentlich wie für Mickey Rooney geschrieben, doch einiges ist durchaus gewagt. Natürlich geht es auch hier um die großen Themen der Fünfziger: Rebellion und Vergeltung.

Heute bin ich der Meinung, dass Dorthea mit *Picknick* eine seltsame Wahl für das Theaterdebüt der MADA getroffen hatte. Auf den ersten Blick war es kein Stück, das zu ihr passte. Sie war eine gebürtige Dänin, ihr Vater war ein norwegischer Physikprofessor, der in Kopenhagen gelehrt hatte, ihre Mutter, eine Engländerin, hatte mehrere Gedichtbände veröffentlicht. 1927 reiste die fünfzehnjährige Dorthea von Kopenhagen nach Moskau, um bei Konstantin Stanislawski Schauspiel zu studieren. Stella Adler kam erst ein Dutzend Jahre später aus Amerika, um bei diesem Meister zu lernen.

In meinen ersten Jahren an der Akademie wurde gemunkelt, Dorthea hätte eine Affäre mit Stanislawski gehabt. Auf der Reise nach Moskau wurde sie von ihrer Mutter begleitet, und sie blieben ein halbes Jahr. Stanislawski, der mit Tschechow und Gorki zusammengearbeitet hatte, war damals schon über sechzig. Dorthea machte mir einmal unmissverständlich klar, dass sie nicht mit dem großen Mann geschlafen habe.

»Aber es kann gut sein«, sagte sie, »dass meine Mutter es getan oder wenigstens versucht hat.«

Der Moskau-Aufenthalt prägte die junge Holtz und bildete die Grundlage ihres Spiels und ihrer Lehre. Stanislawski brachte ihr bei, wie man eine Figur über den Text und durch die Kraft eigener emotionaler Erinnerungen entdeckt; er lehrte sie, bei jedem ihrer abendlichen Auftritte eigene Erfahrungen abzurufen; und er impfte ihr ein, dass das Theater eine große soziale und politische Macht hatte. Sie verfeinerte all dies, bildete und formte es auf ihre eigene Art um. Sie war eine brillante Lehrerin, doch Regie zu führen ist etwas völlig anderes.

Wenn es etwas in *Picknick* gab, das Dorthea faszinierte, dann vermutlich die unheilvolle Leidenschaft, die gegen Ende des zweiten Akts plötzlich zwischen der jungen Madge und dem Tunichtgut Hal aufflammt. Dorthea gab mir in ihren reiferen Jahren zu verstehen, dass ihr mehrmals im Leben etwas Ähnliches widerfahren war.

Nach ihrer Rückkehr aus Moskau studierte und arbeitete Dorthea in Kopenhagen, Stockholm und Oslo und zog mit Anfang zwanzig nach London. 1938 spielte sie die Emily in der britischen Uraufführung von *Unsere kleine Stadt*. Sie reiste nach New York und arbeitete in der dortigen Off-Broadway-Szene mit Schauspielern des Federal Theatre Project.

Den Krieg verbrachte sie in New York und Los Angeles. Sie war die Hauptdarstellerin in einer Broadway-Inszenierung von *Antigone* und feierte einen großen Erfolg als Nora in *Das Puppenhaus*. Außerdem war sie mit John Garfield für ein Hollywood-Spionagedrama vorgesehen, doch das Projekt platzte, was ihr durchaus zupasskam; sie wollte nicht wegen ihres Aussehens und ihres leichten Akzents auf Nazi-Rollen festgenagelt werden. Vielleicht war es nicht verkehrt, dass ihr Hollywood versagt blieb, denn sie hatte die einzigartige Gabe, auf der Bühne wie elektrisiert zu wirken. Im Film sieht so etwas gezwungen aus, doch im Theater kann es das Publikum von den Sitzen reißen.

Nach dem Krieg nutzte sie die erste Gelegenheit, um nach England zurückzukehren und mit der Arbeit an der Musical-Fassung von *Große Erwartungen* zu beginnen. Sie sollte Regie führen und Miss Havisham spielen.

In der Akademie erzählte man sich allerlei Geschichten über Dortheas Londoner Jahre. Es war auch von einem zweiten Gatten die Rede, einem etwas älteren Mann aus Seattle, angeblich ein Holz-Tycoon, der sie auch nach der Scheidung finanziell unterstützte, als sie sich in New York durchschlug und schließlich das Haus in Greenwich Village kaufte, um ihre Schauspielschule zu gründen.

Hilfe hatte sie gewiss nötig, weil das *Große Erwartungen*-Musical in den Staaten nie aufgeführt wurde. Außerdem fand sich Dorthea nach ihrer Rückkehr in die USA als mutmaßliche Kommunisten-Sympathisantin auf einer »grauen Liste« wieder, die in den *Red Channels* veröffentlicht worden war. Immerhin hatte sie in Moskau gelebt und mit Schauspielern des Federal Theatre Project zu tun gehabt. Deshalb stockte ihre Schauspielkarriere. Doch es gelang ihr, ihren privaten Schauspielunterricht durch die Marshalsea Academy auszuweiten.

Gleich zu Beginn von *Picknick* tritt ein junger Mann in der Anwesenheit von mehreren Frauen mit nacktem Oberkörper auf. Sogar als Kind spürte ich, dass in dieser Szene eine besondere Kraft lag.

In *Picknick* wird alles bis zum Ende des zweiten Akts gedeckelt, aber dann entfesseln Tanz und Alkohol das, was bis dahin in Hal und Madge geschwelt hat. Bei der Lektüre des Stücks, das ich mit der gesunden Hand halte, spüre ich sogar noch jetzt seine Kraft. Kitschig, ja, aber als die beiden Verliebten zueinanderfinden, strahlen sie etwas so Reines und Getriebenes aus, dass man ihnen alles Glück dieser Welt wünscht.

Bei der ersten Probe im Studio-Theater saßen alle an hufeisenförmig aufgestellten Tischen. Stühle und Tribünen standen immer noch an der Wand; die London-Kulissen waren abgebaut.

Ich war zu Dortheas Assistent ernannt worden. Um bei den Proben dabei sein zu können, schwänzte ich sogar die Schule.

Bei der ersten Probe sprach Dorthea davon, wie stolz sie auf das Ensemble sei und wie groß die Hoffnungen seien, die sie in diese Aufführung setze. Dann erinnerte sie an das Ende der Broadway-Version des Stücks: Madge reist nach Tulsa ab und lässt Hal, den polizeilich gesuchten Herumtreiber, in der verschlafenen Prärie-Stadt zurück.

Dorthea fuhr fort: »Mr Inge meint, dass das Ende des

Stücks, wie es vor fünf Jahren aussah, ein verlogener Kniefall vor dem Broadway-Publikum war.«

Wie Dorthea erläuterte, habe Josh Logan, der Regisseur und Produzent, diese Richtung einschlagen wollen. William Inge habe geschwankt, dann aber mitgezogen. Gegen den Erfolg lasse sich schwerlich etwas einwenden; und das Stück gewann den Pulitzer-Preis.

»Doch Mr Inge hat das Stück weiter bearbeitet«, ließ Dorthea das Ensemble wissen, »und auf das ursprüngliche Ende zurückgegriffen, bei dem Madge nicht abreist, sondern in der Falle sitzt. Und er möchte, dass wir das Stück mit diesem Ende aufführen.« Sie schob den Stapel Textbücher in meine Richtung und signalisierte mir, sie an die Schauspieler zu verteilen.

»Wir werden«, sagte sie, »dem Stück neues Leben einhauchen – und damit der ganzen Akademie. Legen wir los.«

In der ersten Woche wurde laut aus dem Textbuch vorgelesen. Man erledigte die sogenannte Tischarbeit. Dorthea und die Schauspieler begannen, die Szenen zu analysieren. Es wurde eifrig über die Figuren diskutiert. Was wollen sie? Was hindert sie daran, es zu bekommen?

»In Dramen geht es um die Überwindung von Hindernissen«, teilte Dorthea den Schauspielern mit. »Je reizvoller und größer die Hindernisse, desto besser das Stück. Das gilt auch im Kleinen. Wenn ihr euch mühelos eine Zigarette anzündet, merkt das Publikum nichts davon. Wenn ihr eure Figur aber mit dem Feuerzeug kämpfen lasst, kann das ein Mini-Drama sein. Wobei die Entscheidung, welche dieser Mini-Dramen aufgeführt werden, letzten Endes beim Regisseur liegt.«

Die Proben für *Picknick* waren meine schönste Zeit an der Akademie. Auf jeden Fall zu Anfang, als meine Mutter und meine Tante wie Schwestern miteinander umgingen; Tante

Stephanie blieb nüchtern, war mit Eifer bei der Sache und machte große Fortschritte, denn Dortheas Regiearbeit war straff und zugleich einfühlsam und motivierend – in den Pausen sprachen die Schauspieler immer davon, wie gut alles lief. Sie sagten, es sei wie in ihrem besten Unterricht, nur dass es jetzt um eine Aufführung gehe.

Gegen Ende der ersten Woche standen die Schauspieler dann mit dem Textbuch in der Hand auf der Bühne. Dorthea hatte die Seiten- und Hinterbühne und die Wände und Türen des Bühnenbilds, das Vasily im großen Theater im ersten Stock zusammenzimmerte, mit Klebestreifen auf dem Boden markiert.

Die Proben waren ein einziges Herumtasten. Ich hatte noch nie Erwachsene erlebt, die so viel Mist bauten und solche Gedächtnislücken hatten. Andererseits hatte ich noch nie so hartnäckige Menschen erlebt wie diese Schauspieler. Dorthea ließ sie manche Szenen ein halbes Dutzend Mal wiederholen. Nach einer kurzen Pause wurde die Szene erneut ein halbes Dutzend Mal geprobt, und jedes Mal wurden bestimmte Bewegungen und Betonungen gestrichen oder es kamen neue hinzu. Manche Schauspieler riefen nach dem Text, wenn sie aus dem Gedächtnis zu spielen versuchten. Dorthea bat mich gelegentlich, bei der Probe das Textbuch zu lesen, damit ich den Schauspielern soufflieren konnte, wenn diese, wie sie es ausdrückte, wieder einmal »einen Hänger hatten«.

So ging es tagelang, und ich begriff allmählich: Durch dieses Herumtasten, durch dieses Suchen, durch diese gnadenlosen Wiederholungen entstand eine Aufführung.

In den Pausen war es mein Job, Kaffee und Zigaretten zu besorgen. Ike hatte mich in einem Coffeeshop in der Greenwich Avenue dem Griechen vorgestellt. (So – und nur so – wurde er von den Schauspielern genannt.) Er war ein nervöser Typ mit dunkel behaarten Wurstarmen. Seine Miene war grimmig, und mit dem glänzend schwarzen, an den Seiten glatt nach hinten gekämmten Haar sah er aus wie ein sauertöpfischer Jerry Lewis.

Als ich zum ersten Mal beim Griechen war, stand Ike hinter mir, die Hände auf meine Schultern gelegt, und schob mich vor die riesige Messingkasse, die an den Seiten mit einem verschlungenen Muster aus Trauben und Weinlaub verziert war. Der Grieche ließ den Geldkasten immer offen, und im Fenster der Kasse hing stets ein Wimpel mit der Aufschrift »Kein Rabatt«.

»Dies ist der Dad, der für die Schauspielschule Kaffee und Zigaretten holt, Grieche«, sagte Ike. »Ich gebe dir mein Wort darauf, dass er das Zeug weder rauchen noch trinken wird, denn wenn er es tut, werde ich ihn so zusammenstauchen, dass er keinen Millimeter mehr wächst. Außerdem werde ich ihn umbringen, und dann wächst er sowieso nicht mehr.«

Der Grieche schnaubte. Mit dem Daumen ließ er einen Ring mit einem roten Granat am kleinen Finger kreisen. Dann hob er den Einsatz aus dem Geldkasten und gab mir einen Quittungsblock für Kellner mit weißen und gelben Seiten und einem Blatt Kohlepapier. Ich sollte alles anschreiben, was das Ensemble während der Woche trank und rauchte, und jeden Samstag würde Ike das Geld von den Schauspielern kassieren und die Rechnung begleichen.

Es dauerte nicht lange, bis ich eine extra Schachtel Camel – Ikes Marke – auf die Wochenrechnung setzte. Niemand bekam etwas davon mit, weder Ike noch der Grieche noch die Schauspieler. Das Ensemble und die Crew rauchten meistens beim blauen Sofa vor dem Büro. Sogar meine Mutter rauchte in der Akademie. Das Rauchen gehörte an der Schauspielschule einfach dazu.

Ich versteckte meine Camels unter einem Fenstersims in Vasilys Kellerwohnung. Wenn ich zum Griechen musste, ging ich vorher immer nach unten und holte mir eine Kippe. Beim ersten Mal wurde mir auf der Greenwich Avenue so schwindelig, dass ich um ein Haar vor ein Auto gelaufen wäre. Ich klammerte mich an eine Straßenlaterne, bis Manhattan aufhörte, sich zu drehen.

Doch ich lernte schnell. In den Pausen spähte ich die Schauspieler beim Rauchen aus: Ike ließ die Kippe von der Lippe baumeln, wenn er sein T-Shirt in die Hose stopfte oder sich Notizen machte. Oss Newry drückte sich die zwischen Zeige- und Mittelfinger steckende Zigarette beim Inhalieren mit der flachen Hand vors Gesicht, während Ed Green die Zigarette innen in der hohlen Hand hielt, als befürchtete er, dass irgendjemand – etwa ich – Captain Whistlehorn beim Rauchen ertappen könnte.

Tante Stephanie hatte keine festen Rauchgewohnheiten. Sie qualmte auf jede nur denkbare Art. Genau wie ich, wenn ich zum Griechen unterwegs war. Ich probierte alle Methoden aus. Eine Schauspielübung.

In der zweiten Probenwoche tauchte eine Journalistin auf, die für Zeitschriften schrieb. Sie war Ende zwanzig und hatte eine raue Stimme, die aus ihrer Brust nach oben zu rollen schien und so fröhlich klang, als wollte sie jeden Augenblick in Gelächter ausbrechen. Beim Lächeln kniff sie die Augen zusammen. Sie hieß Liesl Lyle und wollte für einen der »Talk of the Town«-Artikel im *New Yorker* recherchieren.

Als ich Liesl Lyle zum ersten Mal in der Akademie sah, befragte sie gerade meine Mutter. Sie saßen im Büro. Ich hatte eben den Probenraum gefegt, wie das Studio-Theater neuerdings genannt wurde, und war schon eine halbe Stunde vor dem Eintreffen der ersten Schauspieler fertig geworden.

Es war ein warmer Nachmittag Ende Januar, und die Sonne schien in das rußgraue Fenster neben dem Schreibtisch meiner Mutter. Es stand einen Spalt offen, und ein leichter Wind raschelte im Stapel von Bewerbungsfotos auf der Fensterbank. Draußen gurrten Tauben auf einem Mauervorsprung.

Meine Mutter saß an ihrem Schreibtisch, und Liesl Lyle lehnte mit überkreuzten Beinen an einem der anderen Tische, nickte und hörte zu. Sie klammerte sich an die Tischkante, als wollte sie sich wie bei einer Gymnastikübung hochstemmen.

Meine Mutter klärte sie darüber auf, was die Arbeit als Sekretärin an der Akademie mit sich brachte, und berührte die entsprechenden Gegenstände, wenn sie vom Tippen, von der Ablage oder vom Telefonieren erzählte.

Liesl Lyle machte sich zwar keine Notizen, wirkte aber ernsthaft interessiert.

Meine Mutter stellte mich Miss Lyle vor, die mir die Hand gab und sich leicht verbeugte.

»Kräftiger Händedruck«, sagte sie.

Sie schien zu wissen, wie man einen Elfjährigen für sich einnahm.

Dann wandte sie sich wieder meiner Mutter zu. Wie zu hören sei, sagte sie, habe Dortheas Akademie etwas Radikales mit Inges *Picknick* vor.

»Radikal?«, erwiderte meine Mutter. »Davon weiß ich nichts.«

»Was haben Sie – Sie persönlich, meine ich – denn vor?«

»Oh«, sagte meine Mutter lachend. »Ich habe gar nichts vor. Ich arbeite hier einfach nur.«

Miss Lyle nickte und lächelte.

»Noah weiß besser Bescheid als ich«, sagte meine Mutter. »Er ist Dortheas Assistent.«

Miss Lyle musterte mich mit zusammengekniffenen

Augen. Während ich den zwei Frauen zugehört hatte, hatte ich meine Hüfte müßig gegen den neben mir stehenden Tisch prallen lassen. Jetzt stand ich still.

»Welche Aufgaben hat ein Assistent?«, fragte Miss Lyle.

Ich zuckte mit den Schultern. »Ich räume auf. Ich helfe hier und da aus. Ich hole Kaffee vom Griechen.«

»Da habe ich auch immer meinen Kaffee geholt«, sagte sie. »Früher habe ich hier in der Nähe gewohnt.«

»Außerdem souffliere ich meiner Tante«, sagte ich.

»Deiner Tante?«

»Meine Schwester spielt in der Aufführung mit«, sagte meine Mutter.

»Ohhh«, sagte Miss Lyle. »Dann ist sie wohl die ...«, und sie blinzelte, während sie im Geist die Hauptpersonen durchging.

»Madge«, sagte meine Mutter. »Sie spielt Madge.«

»Und sie heißt ...«

»Stephanie Gault.«

»Ah ja, aber Ihr Name lautet doch ...«

»Pingree.«

»Dann arbeitet hier also eine ganze Familie.«

»Das hat sich durch Zufall so ergeben«, sagte meine Mutter.

»Weil wir hier meine Tante gesucht haben«, sagte ich.

Miss Lyle drehte sich zu mir um, lächelte und nickte leise. Ich schaute zu meiner Mutter.

»Das ist eine lange Geschichte«, sagte meine Mutter. »Dorthea muss jeden Moment kommen.«

»Du hast erzählt, du würdest deiner Tante soufflieren. Was heißt das?«, wollte Miss Lyle von mir wissen.

»Ich helfe ihr dabei, ihren Text zu lernen«, antwortete ich. »Ich helfe ihr bei den Proben. Ich lese die anderen Rollen, und wenn die Dialoge zu lang sind, springe ich einfach zu den letzten paar Sätzen vor ihrem Text, damit sie weiß, wann sie dran ist.«

»Dann hast du das Stück also gelesen?«, fragte Miss Lyle.

»Noah ist eine echte Leseratte«, sagte meine Mutter.

»Gefällt dir das Stück?«, fragte Miss Lyle.

Um ehrlich zu sein, hatte ich nie darüber nachgedacht, ob mir das Stück gefiel oder nicht. Das Textbuch gehörte für mich dazu wie die Fahrten in die Stadt, die wir nun jeden Nachmittag unternahmen, und meine Pflichten – die richtige Aufstellung der Klappstühle, das Fegen und die Botengänge, der Kaffee und die Zigaretten in den Pausen. All das war Teil des Abenteuers. Das Stück gefiel mir gut. Mir gefiel alles gut. Mehr als gut. Und wir – denn ich gehörte ja inzwischen zum Ensemble – brauchten alle diese Dinge, einschließlich des Textbuchs, für die Arbeit.

»In welcher Hinsicht unterscheidet sich die neue Fassung des Stücks von der alten?«, wollte Miss Lyle von meiner Mutter wissen. »Nach allem, was ich gehört habe, ist sie anders.«

»Das weiß ich nicht genau«, antwortete meine Mutter.

Ich wusste, dass sie die Unterschiede kannte, denn sie hatte Matrizenabzüge abgetippt, um den neuen Text, den William Inge per Kurier geschickt hatte, vervielfältigen zu können. Die zögernde Antwort meiner Mutter veranlasste mich, erst zu ihr und dann zum Grund für ihr Zögern zu schauen: Osseo Newry stand in der Tür.

Osseo Newry hatte die Gabe, sich lautlos wie eine Katze anzupirschen. Seine Bewegungen waren so markant und einprägsam, dass ich ihn in den frühen Achtzigern einmal in einer dekonstruktivistischen Aufführung von *Hedda Gabler* imitierte, in der ich Richter Brack spielte. Cecily verwendete dabei erstmals Videokameras. Die Kameras zeichneten mein

Oss-Newry-Pirschen auf und projizierten es auf Monitore, die am Beleuchtungsrig hingen. Jedes Mal, wenn ich auf der Bühne war, *immer*, wenn ich auf der Bühne war, sah das Publikum Wiederholungen dieser Bewegungen. Ein Kritiker schrieb, es sei »zu viel des Guten« in einer Aufführung gewesen, in der es »zu viel des Schlechten« gegeben habe.

»Das Ende ist neu«, sagte Newry. Er ging zu Miss Lyle, um sich vorzustellen, wobei er nicht vergaß, darauf aufmerksam zu machen, dass er in der MADA-Inszenierung von *Picknick* Alan Seymour spielte, wie vor ihm Paul Newman in der Aufführung am Broadway.

Newry tat überrascht, als Miss Lyle ihm erzählte, sie sei Journalistin, doch ich glaube, er wusste es längst.

»Ich nehme an, dass Sie schon mit Dorthea ausführlich über die Inszenierung gesprochen haben«, sagte er.

»Nein«, erwiderte Miss Lyle. »Noch nicht, um ehrlich zu sein.«

Irgendwann nach Newrys Eintreten hatte sie, ohne dass es mir aufgefallen wäre, ihr Notizbuch aus der türkis-schwarzen Tasche gefischt.

»Na, es sollte wohl spannend bleiben«, sagte Newry, »und Dorthea möchte vielleicht nicht, dass ich Überraschungen ausplaudere. Nicht, dass es *echte* Überraschungen geben würde.«

»Auf der Straße erzählt man sich aber, dass hier ziemlich aufregende Sachen passieren«, sagte Miss Lyle.

Newry wiegte den Kopf hin und her und stieß einen übertrieben lauten Seufzer aus, als wollte er sagen, dass niemand von uns, schon gar nicht er selbst, kontrollieren könne, was man auf der Straße an wundersamen Sachen über uns erzähle.

Meine Mutter stand auf. »Entschuldigen Sie«, begann sie,

an Miss Lyle gewandt, und wollte gerade um Nachsicht dafür bitten, dass Dorthea noch nicht erschienen war, als diese durch die Tür mit dem Vorhang trat.

»Ah, *hier* sind Sie«, sagte Dorthea, sah von einem zum anderen und ließ ihren Blick schließlich auf Miss Lyle ruhen. Man stellte sich einander vor, entschuldigte sich, und Newry wurde rot, weil er davon ausging, dass Dorthea hinter dem Vorhang gelauscht hatte. Sogar Miss Lyle wirkte, als wäre sie ertappt worden. Gut möglich, dass Dorthea *tatsächlich* hinter dem Vorhang gelauscht hatte. Sie ging immer auf Nummer sicher, bevor sie irgendwo erschien.

Dorthea erzählte begeistert von der anstehenden Probe. Sie ging quer durchs Büro, legte meiner Mutter kurz eine Hand auf die Schulter und kehrte dann zum Vorhang zurück, diesmal mit Oss Newry und Miss Lyle im Gefolge.

»Anfangen bitte!«, rief Rhonda Sanger, die Inspizientin, ins Foyer hinein. Durch die Tür konnte ich sehen, wie sie sich über das Geländer beugte und ins Treppenhaus hinabrief.

»Tut mir sehr leid«, sagte Dorthea zu Miss Lyle, »aber wir müssen jetzt an die Arbeit.«

Ich wollte Dorthea folgen, doch meine Mutter hielt mich zurück.

»Noah, vielleicht ...« Sie runzelte die Stirn, holte tief Luft, fegte sich eine Strähne aus der Stirn und wartete dann, weil sie sah, dass Miss Lyle und Dorthea an der Vorhangtür miteinander flüsterten. Dorthea verschwand im Theater; Miss Lyle wartete kurz, dann folgte sie ihr.

Meine Mutter schien ihr etwas zurufen, sie vielleicht sogar zurückhalten zu wollen. Die Art, wie Miss Lyle verschwand, hatte etwas Verhuschtes.

Dann sah meine Mutter wieder mich an. »Noah«, sagte

sie, »vielleicht sollten wir von Stephanie nicht als unserer – deiner – Tante reden. Oder meiner Schwester. Vielleicht sollten wir einfach nur sagen, dass ich hier arbeite.«

Ich wechselte das Standbein. Ich wollte zur Probe. Dorthea duldete keine Verspätung. Außerdem war ich neugierig, wie es mit Miss Lyle weiterging.

»Ach, ich weiß auch nicht«, sagte meine Mutter. »Du wolltest einfach nur hilfsbereit sein, oder?«

Ich antwortete, ja, so sei es gewesen. Es war die höflichste Antwort, die mir einfiel. Meine Mutter wirkte aufgewühlt und verwirrt. Sie stand auf, zog eine Zigarette aus der Schachtel, zündete sie an, setzte sich wieder.

Sie schnippte die Asche in einen Aschenbecher aus Ton, den ich in der Schule gebastelt hatte. Wahrscheinlich war es kaum zu erkennen, doch der Aschenbecher sollte ein kleines Theater darstellen. Ich hatte versucht, W.S. Gilberts Modellbühne nachzuformen, die ich in Dortheas Horst gesehen hatte, aber das Ergebnis erinnerte eher an eine Holzhütte mit eingestürztem Dach.

»Du fändest es bestimmt schade, wenn du nicht mehr hierherkommen könntest, oder?«, fragte meine Mutter.

»Ja, klar«, sagte ich, von der Frage überrascht. »Du etwa nicht?«

Sie nahm die Zigarette aus dem Theater-Becher. Mit der anderen Hand rieb sie sich die Augen.

»Ich mache mir viele Gedanken über dich und über – na, du weißt schon – die Schule und so weiter«, sagte sie.

»Ich gehe gern zur Schule.«

»Ja, sicher. Aber ich nehme dich immer mit zur Akademie, und jetzt sind wir täglich hier. Du hast keine Freunde.«

»Doch, ich habe Freunde.« Ich nannte die Namen einiger Kinder aus unserer Straße, mit denen sie mich zur Schule hatte gehen sehen – auf jeden Fall war ich *neben* ihnen zur Schule gegangen. Außerdem nannte ich einen Jungen aus meiner Klasse, der irgendwo in der Linden Avenue wohnte. Sein Name war mir gerade eingefallen.

»Das sind meine Freunde«, sagte ich. Doch die Wahrheit war, dass ich mich in der Schule erfolgreich unsichtbar gemacht hatte. Meist blieb ich am Rand des Schulhofs für mich und machte einige der Übungen, die Dorthea ihren Schülern aufgab. Sie riet ihnen, den Brotjob zur Verfeinerung ihrer Kunst zu nutzen: Sie sollten Verhaltensweisen studieren, Charaktere ergründen, Menschen beobachten. Mein Brotjob war die Schule. Ich ahmte den Gang des Schuldirektors nach und erzählte allen, die mich darauf ansprachen, ich hätte mir einen Knöchel verstaucht, doch der Arzt hätte gesagt, es sei nicht so schlimm. (Der Schuldirektor hatte einen Schuss ins Bein bekommen, als er mit dem Fallschirm über Frankreich abgesprungen war.) Morgens kämmte ich manchmal mein Haar wie der Hausmeister und nachmittags wie der Grieche. Ich versuchte, den Dialekt eines Mädchens nachzuahmen, das aus Maine zugezogen war. Dabei war ich vorsichtig, denn ich wollte keine Aufmerksamkeit erregen, sondern einfach nur den Tag überstehen, bis ich mit meiner Mutter im Zug in die Stadt zur Marshalsea Academy of Dramatic Arts fuhr.

Ich befürchtete, dass mein Lehrer mit meiner Mutter gesprochen haben könnte. Vielleicht war ich doch nicht so unsichtbar, wie ich glaubte. Andererseits fand ich, dass meine schulischen Leistungen in Ordnung waren. Ich lag im Mittelfeld. Und genau dort wollte ich in meinem Brotjob sein.

Doch als ich meine Mutter anschaute, ahnte ich, dass es ihr nicht um die Schule, ja vielleicht nicht einmal um mich ging. Sie reckte sich und schloss das Fenster. Die Sonne war im

Westen hinter einem hohen Gebäude verschwunden und es hatte sich abgekühlt. Das Fenster war grau. Ich stellte mir die Eisschollen vor, die der Bug der Fähre, auf der wir über den Hudson gefahren waren, krachend zerteilt hatte. Ich stellte mir vor, dass der Fluss auf dem Rückweg dann schlammig und ein bisschen furchteinflößend sein würde und wie ich mich im Eisenbahnwagen, der von kugelförmigen Lampen erhellt wurde, an den Tweedmantel meiner Mutter kuschelte. Ich fuhr gern mit meiner Mutter in die Stadt. Ich war gern mit ihr unterwegs. Der Gedanke, dass sie keine Freude daran haben könnte, war mir nie gekommen, doch jetzt begann mir zu dämmern, dass sie unglücklich oder durcheinander war und deshalb überlegte, die Akademie zu verlassen. Ich fragte mich, welche Rolle Ike Devoe dabei spielte. Ich musste ständig an ihn denken. Ich ahmte ihn in der Schule, meinem Brotjob, immer wieder heimlich nach. Und ich ging davon aus, dass meine Mutter auch an ihn dachte.

Sie drückte ihre Zigarette schon nach ein oder zwei Zügen im Theater-Aschenbecher aus.

»Willst du nicht mehr herkommen?«, fragte ich.

»Vorerst«, sagte sie, »will ich weiter herkommen. Außerdem möchte ich die Aufführung sehen.«

»Ich auch«, sagte ich.

»Noah«, sagte sie. »Ich möchte, dass du glücklich bist.«

»Bin ich doch.«

»Gut«, sagte meine Mutter. Sie sah zum Aschenbecher. »Machen wir weiter.«

Sie hatte ihre Zigarette nicht ganz gelöscht, und aus dem kleinen Theater aus Ton schraubte sich ein Rauchfaden in die Höhe.

Obwohl Miss Lyle ursprünglich über die Akademie und die Aufführung schreiben wollte, hatte ihr Artikel am Ende einen ganz anderen Schwerpunkt. Dorthea leugnete stets, dass sie Miss Lyle an jenem Tag ins Theater gelassen hatte. »Sie muss sich eingeschlichen haben«, behauptete sie immer, doch meine Mutter und ich hatten gesehen, wie sie mit Miss Lyle tuschelte, und ich nehme an, dass sie der Journalistin erlaubt hatte, heimlich zuzuschauen, weil sie sich gute Publicity versprach.

Der Artikel, der schließlich im *New Yorker* erschien, war jedoch ein ausführliches Porträt meiner Tante Stephanie mit dem Titel: »Der Faun der Metropole«.

Über die ganze Inszenierung oder gar über beide Stars zu schreiben, Ike und Stephanie, hätte den Rahmen des Artikels wahrscheinlich gesprengt.

Ike hatte eindeutig Charisma. Das war von der ersten Szene des Stücks an klar, aber Stephanie hatte etwas anderes. Wenn Ike auf der Bühne stand, flirrte rings um ihn die Luft. Doch wenn Stephanie auftrat, flirrte das *Licht*.

Ich ließ meine Mutter im Büro, schlich auf Zehenspitzen ins Theater und stieg die Leiter zur Lichtregie hinauf, wo Rhonda Sanger mit den Scheinwerferreglern hantierte. Rhonda wollte unbedingt Theaterregisseurin werden – als Einzige in Dortheas damaliger Klasse –, und sie hatte sich freiwillig als Inspizientin gemeldet.

»Miss Sanger? *Bitte*. Die Beleuchtung ist gut so.«

Dorthea saß unten an ihrem Tisch. Die Schauspieler hatten sich kurz aufgewärmt, bevor sie mit dem »Durchstolpern« des ersten Akts begannen, wie Dorthea es nannte. Das Ensemble saß verstreut auf Stühlen am Rand des Raums. Miss Lyle saß hinter der Tribüne verborgen in einer Ecke und machte sich Notizen. Dortheas Tisch war im Licht einer Schwanenhalslampe gebadet.

Genau wie Popeye in den alten Zeichentrickfilmen von Max Fleischer hatte Rhonda Sanger zwei Stimmen. Erstens ihre normale Rhonda-Stimme, die jetzt erwiderte: »Sicher, Miss Holtz, tut mir leid. Beleuchtung ist eingestellt«, und zweitens Popeyes *sotto voce*-Murmeln, das tief aus ihrer Kehle kam, eine Art von leiser, hipper Bebop-Stimme, mit der sie häufig das kommentierte, was sie gerade mit ihrer normalen Stimme gesagt hatte.

»Versuche nur zu helfen, edle Dame. Kalibriere bloß den Rheostat, um die Darsteller besser ins Licht zu setzen, capito?«

Rhonda glich einem Radio, das zwischen zwei Sendern eingestellt war. Sie schien sowohl im Hier und Jetzt als auch in einem weiblichen Lord-Buckley-Paralleluniversum zu leben, das um eine Dimension von der Welt versetzt war, in der ich mich befand.

Obwohl wir nur den ersten Akt sahen und obwohl einige der Schauspieler – darunter meine Tante – gegen Ende immer noch in ihren Text schauen mussten, war jedem im Raum klar, dass hier etwas Großartiges im Gange war, etwas, das sich vor allem der knisternden Spannung zwischen Ike und Tante Stephanie verdankte.

Neulich sah ich mir ein paar Fotos von den Proben an, die ich all die Jahre aufbewahrt habe. Ich fand sogar die alte Ausgabe des *New Yorker* mit Miss Lyles Porträt meiner Tante. Die Bilder und der Text geben eine Ahnung dessen, was sich damals bei den Proben anbahnte. Nur eine Ahnung, weil sich die Erotik und die Sinnlichkeit nicht einfangen lassen, die die beiden ausstrahlten. Und dann war da meine Tante. Wenn ich ihre Fotos heute betrachte, habe ich den Vorteil des Abstands vieler Jahre. Sie sitzt in ihrem Kostüm, einem Strandkleid, auf der Veranda im Bühnenbild, und ich erkenne die Weichheit ihres Gesichts, die Stellen, wo sich ihre Haut straff über den verblüffend hohen Wangenknochen spannt, die zauberhaft winzigen Falten in den Winkeln ihrer blauen Augen. Das Kleid bauscht sich leicht unter ihren Armen, und ein feiner Schatten verrät die Kurven unter dem Stoff, sodass man ihr am liebsten in den Ausschnitt schauen würde. Sogar mein Blick wird von dieser verführerischen Stelle magisch angezogen. Miss Lyle dürfte erkannt haben, auf was für eine Story sie da gestoßen war, sobald Rhonda das Licht nach dem Durchlauf wieder hochgezogen hatte. Am Ende des Akts sagt Alan, Madges Freund, gespielt von Oss Newry, zu meiner Tante, sie sei das Schönste, was er je gesehen habe. Dann ruft der hinter der Bühne stehende Ike – beziehungsweise Hal – Alan zu sich, und Madges Mutter ruft Madge herein. In dieser kurzen Folge von Dialogen werden alle widerstreitenden Kräfte sichtbar, die an Madge zerren. Kurz bevor das Licht verdimmt, ertönt der Pfiff einer Lokomotive – bei den Proben pfiff Rhonda leise mit dem Mund –, dem Madge in der schwindenden Helligkeit lauscht. Doch schon vorher, kurz bevor Madge zu ihrer Mutter sagt: »Ich komme, Mom«, erreichte das Spiel meiner Tante eine atemberaubende Kraft, obwohl es sich nur um ein »Durchstolpern« handelte. Man konnte es kaum hören, aber ich glaube, dass sie irgendwie summte oder leise stöhnte. Sie tat *irgendetwas*. Man konnte es spüren. Natürlich wussten wir, dass sich Madge auf ein riskantes Abenteuer mit Hal – Ike – einlassen und diese Häuser, diese Veranden, diese Prärie hinter sich lassen würde, vermutlich für immer. Doch zugleich liebte sie all dies. Sie war auf mitleiderregende Weise hin- und hergerissen, und in diesem einen kurzen Moment offenbarte sie sich durch einen leisen Laut, der erotisch, ja fast klagend klang. Wie der Laut eines Tiers – eines Tiers, das vor Schmerzen stöhnt. Hatte das jemand außer mir gehört? Ich weiß es nicht. Vielleicht war es auch nur Einbildung. Doch es war der

Moment, als wir alle im Raum ganz bei Madge, will heißen: bei meiner Tante waren. Kurz bevor sie sagte: »Ich komme, Mom.«

Nach diesen Worten stand sie da und horchte, und das war das Zeichen für das Pfeifen der Lokomotive. Doch es war nicht Rhonda, die bei dieser Probe pfiff. Als ich durch das Fenster der Kabine nach unten schaute, erblickte ich meine Mutter, die vor dem Vorhang des Durchgangs zum Büro stand und ihrer Schwester zusah. Von den Lippen meiner Mutter kam ein leises, fernes Pfeifen, ein Pfeifen, das dem Mädchen auf der Bühne galt.

SECHS

»Der Faun der Metropole« war ein guter Titel für den Artikel im *New Yorker*, der Tante Stephanies Aura treffend beschrieb.

Sobald nach dem »Durchstolpern« wieder frische Luft in den Probenraum wehte, bemerkte ich Miss Lyle ganz hinten an der Wand hinter der Tribüne. Noch bevor Rhonda die Arbeitsbeleuchtung einschaltete, huschte sie davon. Dorthea stand auf.

»Fünfzehn Minuten Pause. Nein, dreißig«, sagte Dorthea und sah zu Rhonda, die die Leiter der Lichtregie hinabstieg.

»*Bei fünf kriegst du zehn. Sieben ergeben elf*«, murmelte Rhonda und sagte dann mit ihrer lauteren Stimme: »Gut, Leute, dreißig Minuten Pause. Und zieht euch um vor der Kritik.«

Miss Lyle verschwand geduckt durch den Vorhang und verließ das Gebäude, bevor sie irgendeiner der Schauspieler sah. Meine Mutter war bereits wieder im Büro.

Ich hatte genug Zeit, um beim Griechen Kaffee für das Ensemble zu holen. Die Bestellung war nicht groß, denn der Bedarf an Koffein war nach dem nervenaufreibenden Durchlauf gering. Kurz nachdem Dorthea die Pause ausgerufen hatte, lief ich los, nahm auf der Treppe immer zwei Stufen auf einmal und rannte auf die Straße. Ich war aufgeregt und stolz, weil ich plötzlich erkannt hatte, dass ich bei etwas Großem dabei war.

Verblüfft stellte ich fest, dass es draußen schon dunkel war: In der Akademie war für mich die Zeit stehen geblieben.

Da ich auf dem Weg zum Griechen eine Zigarette rauchen wollte, ging ich die Treppe hinunter, um mir eine zu holen. Ich war schon halb unten, als ein Checker-Taxi auf der Straße durch ein Schlagloch rumpelte. Das Scheinwerferlicht glitt gerade in dem Moment über mich hinweg, als ich unter dem Vorsprung aus kaltem braunem Sandstein nach meiner Schachtel Camel tastete. Ich hatte das Gefühl, als sei ich auf der Flucht und von einem Suchscheinwerfer erfasst worden. Ich erstarrte. Eine Frau in einem unförmigen Mantel ging gerade mit ihrem Dackel vorbei. Der Dackel trug einen Pullover. Die Frau starrte mich an.

»Was machst du da unten, junger Mann?«, fragte sie. »Zieh dir eine Jacke an.«

Sie hatte recht. Ich war im Flanellhemd aus der Akademie gerannt.

»Was du da machst, habe ich gefragt.«

»Ich habe einen Handschuh verloren«, antwortete ich. Eine glaubhaftere Lüge fiel mir gerade nicht ein. »Meine Mutter hat gesagt, ich soll ihn suchen.«

»Deine Mutter? Wo ist deine Mutter?«

»Drinnen. Sie arbeitet hier.«

Die Frau blickte zum Akademiegebäude auf. »Ist sie Schauspielerin?«, fragte sie.

»Ja.« Keine Ahnung, warum ich das sagte. Es schien mir gerade das Schlaueste zu sein.

Der kleine Hund im Pullover, der Dackel der Frau, hatte die ganze Zeit an der Leine gezerrt. Nun stellte er sich plötzlich auf die Hinterbeine, um die Aufmerksamkeit der Frau zu erregen. Beide sahen wir dem Hund zu, der herumhüpfte und das Gleichgewicht zu halten versuchte, als würde er in einem Zirkus auftreten.

»Werde ja kein Schauspieler, junger Mann«, sagte die Frau. »Sonst endest du wie *er*.«

Die Frau zog sanft an der Leine, und der Hund sank wieder auf alle viere. »Du«, sagte sie zu ihrem Dackel, »Contenance!«

Sie ging weiter und verschwand oberhalb der Treppe auf dem Bürgersteig. Ich tastete wieder nach meinen Kippen. Nichts.

Da sah ich in den Schatten unter dem Mauervorsprung die rote Glut einer Zigarette.

Es war Tante Stephanie. Sie trat ins Licht der Straßenlaterne, das durch einen Baum fiel und die Schatten von Ästen und Zweigen auf ihre Gestalt warf. Sie trug Ikes Kolani-Jacke.

»Ich muss mich wohl bei dir entschuldigen«, sagte Tante Stephanie, »weil ich deine Kippen geklaut habe.«

Sie legte die Schachtel wieder in die Nische unter dem Vorsprung von Vasilys Fenster.

Ich zuckte mit den Schultern. Langsam wurde mir kalt. Ich schob die Hände in die Taschen meiner Bluejeans.

»Nimm's mir nicht übel«, sagte sie. »Aber du solltest eine Lehre daraus ziehen. Und die Lehre lautet: Sei vorsichtiger. Hast du geglaubt, es wäre niemandem aufgefallen, dass du deine Kippen hier versteckt hast?«

Ich nickte.

Tante Stephanie hob eine Hand und zeigte hinter mich. Ich drehte mich um und sah die Feuertreppe am westlichen Ende der Akademie.

»Da oben stehe ich oft während der Pause«, sagte Tante Stephanie. »Ich bin gern mal allein. Von dort kann man viel sehen. Unter anderem, wie ein Junge seine Kippen versteckt.«

Ich schaute zur Camel-Schachtel, die in der Nische unter dem Mauervorsprung lag. Tante Stephanie überkreuzte die Arme, lehnte sich auf einem Bein stehend zurück und sah mich aus zusammengekniffenen Augen an. »Und?«, fragte sie. »Wie hat dir der erste Akt gefallen?«

»Super«, sagte ich.

»Nur ›super‹?«, erwiderte sie. Sie zog an der Zigarette und blies aus. Der Rauch und ihr Atem erinnerten mich an den Dampf, der bei Straßenbauarbeiten manchmal aus den aus der Erde ragenden Rohren wölkt.

»Hast du alles verstanden? Hat es für dich einen Sinn ergeben?«, fragte sie. »Darum geht es in erster Linie: Wir müssen dafür sorgen, dass das Stück einen Sinn ergibt.«

»Klar«, antwortete ich. »Total.«

Sie nickte. »Gut.«

»Ich soll Kaffee vom Griechen holen«, sagte ich.

»Ich begleite dich«, sagte Tante Stephanie.

Wir gingen durch die wilden Schatten, die die Straßenlaternen warfen, Richtung Greenwich. Wegen der Mülltonnen, die für den nächsten Tag auf den Bürgersteig gestellt worden waren, der Eisenzäune vor den Treppenaufgängen der Gebäude und der Bäume mit den niedrigen Umzäunungen war es fast zu eng, um nebeneinanderzugehen. Ich stieß immer wieder gegen den Arm oder die Hüfte meiner Tante, was sie nicht weiter zu stören schien. Deshalb verlor ich bald meine Befangenheit und begann, die Nähe zu genießen. Sie ließ mich die Januarkälte vergessen.

»Deine Mutter ist also Schauspielerin«, sagte meine Tante. »Das hast du jedenfalls dieser Frau erzählt.« Sie lachte und gab mir einen Knuff. Ich gab ihr einen Knuff zurück, und dann schwiegen wir für ein paar Schritte.

»Möchtest du Schauspieler werden, Noah?«

»Ja«, antwortete ich.

Das hatte ich noch nie laut ausgesprochen, doch ich fand es richtig, es meiner Tante zu gestehen, zumal nach ihrer Leistung in der Probe.

»Ich drücke dir die Daumen«, sagte sie.

Wir hatten die Ecke bald erreicht, und bevor wir den Laden des Griechen betraten, zog Tante Stephanie eine Flasche aus ihrer Handtasche und trank ein paar Schlucke.

»Wenn ich rauche, muss ich trinken«, sagte sie mit einem verschmitzten Grinsen. »Und wenn ich trinke, muss ich rauchen.« Sie ließ die Flasche wieder in ihre Tasche gleiten. »Und alles wegen der Schauspielerei. Pass auf, dass dir das nicht passiert, wenn du groß bist.«

Wir kauften ihr eine Schachtel Camel, die wir auf die Wochenrechnung setzen ließen. Offenbar hatte Tante Stephanie genug getrunken, um ihre Nerven nach der intensiven Probe zu beruhigen. Sie half mir, die Kaffeebecher zu tragen.

Wir waren kurz vor dem kleinen Park am Hudson und warteten darauf, dass die Ampel umschaltete, als Stephanie mich fragte: »Wie lange ist der Unfall jetzt her, Noah?« Sie klang so beiläufig, als wollte sie wissen, wann ich Geburtstag hatte.

»Zwei Jahre«, antwortete ich. »Knapp zwei Jahre.«

»Dein Bruder ist nach deinem Dad benannt worden«, sagte Stephanie. »Du bist nach meinem Dad benannt worden. Meinem und dem deiner Mom.«

»Stimmt«, erwiderte ich und fragte mich, wann es endlich Grün würde.

»Du warst dabei, als es passiert ist. Oder?«

»Ja.«

»Erinnerst du dich daran, wie es war, vom Blitz getroffen zu werden?«, fragte sie.

»Ich wurde nicht vom Blitz getroffen«, erwiderte ich. »Gardy und Dad wurden getroffen.«

Die Ampel war jetzt auf Grün gesprungen, doch wir rührten uns nicht vom Fleck.

»Ja, klar«, sagte sie und drehte mir den Kopf zu, sah mich aber immer noch nicht an. »Du warst bewusstlos.«

»Würde ich mal vermuten. Ja, ich schätze, ich war bewusstlos.«

Hätte mich jemand anderer gelöchert, dann hätte ich wahrscheinlich dichtgemacht. Aber Tante Stephanie strahlte diese Autorität aus – eine Autorität, die ich neulich hinter der Akademie und jetzt wieder bei den Proben erlebt hatte. Sie wollte, dass ich darüber sprach. Und ich wollte ihr davon erzählen.

Erst viele Jahre später, in einem Workshop der Performance GmbH, erzählte ich die Geschichte noch einmal, und als Cecily sie hörte, erkannte sie darin den Stoff für ein Stück. Tante Stephanie sah sich die Aufführung nicht an. Aber sie hatte die Geschichte ja auch schon in ihrer frühesten Version an dem Abend gehört, als wir vom Griechen zur Marshalsea Academy of Dramatic Arts zurückgingen.

Gardy, Dad und ich tobten draußen in einem Graupelschauer herum. Dad hatte unserer Mutter einen Zettel geschrieben. Er war gerade zwischen zwei Flügen zu Hause, musste aber bald wieder nach Übersee aufbrechen. Er sagte, wir sollten uns mal den Wind um die Nase wehen lassen.

Später erzählte mir meine Mutter, dass sie und mein

Vater schon seit Längerem Beziehungsprobleme gehabt hatten.

»Ich wollte, dass er nur noch im Inland fliegt. Dann wäre er nicht immer so lange fort gewesen«, sagte sie.

»Inlandsflüge«, sagte Dorthea oft. »Als ob dein Dad in seiner Ehe nicht sowieso ständig auf dem Abflug gewesen wäre.«

Es war Ende Januar. Unsere Mutter war in der Bibliothek. Wahrscheinlich war es ein Mittwoch, denn an diesem Tag arbeitete sie immer bis abends.

In den Straßen tanzten die Graupeln im Schneematsch, der sich im kalten Regen gebildet hatte. Dad schien es nicht eilig zu haben. Es machte ihm nichts aus, dass es bald dunkel wurde. Wir schlenderten durch die Nachbarschaft, und als wir den Golfplatz erreichten, war der Nachmittag schon in die Abenddämmerung übergegangen. Das letzte graue Licht stahl sich durch die Äste der Bäume. Die Luft war erfüllt vom Zischen der Graupelkörner.

»Schaut mal! Schnee!«

Gardy hatte recht. Gerade als wir durch die Hecke auf den Platz schlüpften, wurden die Graupeln zu Schneeflocken. Auf einmal war alles still. Sogar unsere Stimmen klangen gedämpft. Durch den Schnee wirkte die Welt entrückt und wie in Wolle gehüllt.

Vielleicht, sagte ich, sollten wir besser wieder zurück.

Ich wünschte, das hätte ich öfter gesagt. Ich wünschte, ich wäre hartnäckig geblieben.

»Keine Sorge, Noah«, erwiderte mein Vater. »Heute Abend spielt hier niemand.«

»Kommt, Leute!« Gardy rannte an uns vorbei. Der Sturm versetzte ihn in Hochstimmung. Gardy lief über das Fairway und hinterließ dabei Fußabdrücke im nassen Gras, auf dem sich die Flocken sammelten.

An jenem Abend braute sich zusammen, was Meteorologen »Gewitterschnee« nennen, wie ich heute weiß. Dabei handelt es sich um eines der seltenen Gewitter, die während eines Schneesturms ausbrechen. Die Voraussetzungen sind eine kalte Luftmasse direkt über dem Boden und eine starke Strömung feuchtwarmer Luft, die über die kalte wegfegt. In New Jersey war es seit einer Woche kalt gewesen, als von der Ostküste eine Warmfront heranzog. Mein Vater, der Pilot, hätte die meteorologischen Grundlagen dessen, was geschah, bestimmt gekannt. Ich erläuterte das Phänomen im wissenschaftlichen Teil meines *Gardy*-Monologs, der den Kritikern so gut gefiel, mithilfe von Wetterkarten und dem Van-de-Graaff-Generator.

Als wir uns irgendwo mitten auf dem Golfplatz befanden, war der Schnee schon anderthalb Zentimeter hoch und es schneite immer weiter. Wir hörten ein Grummeln am Himmel.

»Flugzeuge!«, sagte Gardy.

»Volle Deckung!«, schrie ich. Wir warfen uns in einen Haufen Grasschnitt, der in einer Mulde zwischen zwei Fairways lag. Dad stand hinter einer Eibenhecke beim nächsten Tee und ahmte einen Golfschlag nach.

Ich kroch zu Gardy und sprang dann auf den Haufen. Durch das Astwerk dürrer Bäume beim zehnten Tee konnte ich die Lichter des Clubhauses sehen.

Der Schnee wirbelte, und dann flammte der Himmel weiß auf.

»Irre!«, hörte ich meinen Bruder weiter unten rufen. Ich dachte, er hätte den Blitz am Himmel gemeint. Als ich vom Laubhaufen hinunterrutschte, war ein lautes Donnergrollen zu hören.

In einem kleinen Müllhaufen am Rand der Mulde hatte Gardy eine Entdeckung gemacht.

»Zwei Stück!«, rief er und reckte ein Paar verbogene Schläger, L-förmige Opfer der Wut eines Golfspielers, in die Luft.

Ein Flugzeug mit Propellerantrieb flog dicht über uns mit einem ratternden Pfeifen durch den Sturm.

»Was ist das für eine Maschine, Dad?«, rief Gardy im Dunkeln.

»Eine Vickers Viscount. Turboprop. Wahrscheinlich Capital Airlines auf dem Weg von Pittsburgh nach Newark«, rief Dad zurück.

Das Motorengeräusch des Flugzeugs ging im Sturm unter. Das dichte Schneegestöber hatte inzwischen auch die Straßenlaternen und Autoscheinwerfer verschluckt; es waren überhaupt keine Lichter mehr zu sehen.

»Mom wartet auf uns«, sagte ich. Plötzlich überkam mich der Wunsch, zu Hause zu sein.

Später erzählte sie mir, dass sie gewartet hatte. Sie war in ein leeres Haus zurückgekehrt, hatte Dads Zettel gefunden und sich Sorgen gemacht. Sie rief beim Country-Club an und fragte, ob ein Mann und zwei Jungen auf dem Golfplatz spielten.

»Die *Golf* spielen?«, fragte der Mann am anderen Ende der Leitung. »Heute Abend?«

Meine Mutter ahnte nicht, dass sie den Barkeeper der Club-Lounge am Apparat hatte, deren Lichter ich vom Haufen in der Mulde aus gesehen hatte.

Nach der Frage des Barkeepers erscholl im Hintergrund Gelächter. Meine Mutter legte auf.

Gardy, der jetzt oben auf dem Laubhaufen stand, reckte die Schläger in die Luft.

»Ich fange die Funksprüche des Flugzeugs auf!«, rief er.

Ich hockte wieder unten in der Mulde.

»Schaut mal her!«, rief Gardy. »Dad! Noah! Schaut her!«

Zwei blaugrüne Lichtbälle umzuckten die Golfschläger, weich und pelzig wie glühender Schimmel. Gardy bewegte die Schläger, und die Bälle bewegten sich mit.

Unser Vater begann zu brüllen.

Dann sah ich, dass rings um Gardy Fäden aus grünem Licht aus dem Schnee emporzuckten. Unterarmlange Lichtfinger, die nach ihm griffen.

Dad stürmte den Hügel hinauf, um Gardy zu helfen, rutschte jedoch aus. Er nahm einen neuen Anlauf und brüllte wie von Sinnen, Gardy solle die Schläger loslassen und wegwerfen, weit wegwerfen.

All das dauerte nur Sekunden. Seit jener Nacht habe ich so oft daran gedacht. Während des Schweigens und auch in späteren Jahren. Als Elfjähriger versuchte ich es für Tante Stephanie in Worte zu fassen und dann, lange danach, in einem Monolog für ein Publikum.

Ich weiß, dass ich die Sache so erzähle, als hätte sie eine Ewigkeit gedauert. Doch es war nur ein kurzer Moment.

Ich schaute zu Gardy und meinem Vater, und plötzlich waren sie beide von aus dem Boden zuckenden Lichtfingern und blaugrünen Bällen umgeben.

Dann kam das weiße Licht. Das gewaltige, weiße Licht. Als Nächstes erinnere ich mich daran, dass ich auf dem Boden lag. Ich sah den Barkeeper und zwei Clubmitglieder. Als der Blitz uns traf, waren sie nach draußen gerannt, wo mein Dad, Gardy und ich im Schnee lagen.

Eine Gabel des Blitzes war in die höchste Fichte in der Mulde eingeschlagen und hatte Äste und Rinde abgesprengt. Die andere Gabel des Blitzes hatte Gardy und meinen Vater getroffen.

Ich war vollkommen taub. Das war vermutlich der Moment, in dem das Schweigen begann. Ich konnte nichts hören. Ich brachte kein Wort hervor.

Ich lag auf der Erde. Schneeflocken brannten in meinen Augen. Ich hatte das Gefühl, unter einem Berg weicher Steppdecken zu liegen, die irgendjemand einzeln wegzog, bis ich mich aufstützen konnte. In diesem Moment fiel der Lichtschein der Taschenlampe des Barkeepers auf mich, und einer der Männer hob mich hoch.

Jahre später, als ich mit dem *Gardy*-Monolog auf Tour war, stand dieser Mann plötzlich vor der Tür. Das war in Boston, glaube ich. Er stellte sich vor. Er sagte, er habe die Nacht nie vergessen. Es sei so furchtbar gewesen, sagte er. Der Vater und ein Sohn vom Blitz erschlagen. Wir seien noch so klein gewesen, sagte er. Er war es gewesen, der mich auf seinen Armen ins Clubhaus getragen hatte.

»Die anderen sind an Ort und Stelle verbrannt«, sagte der Mann. »Aber Sie sind vom Blitz weggeschleudert worden. Sie lagen einen guten Schlag mit dem Achter vom nächsten Green entfernt auf der Erde.«

Diesen Teil erzählte ich Tante Stephanie nicht. Das kam erst später. Gegen Ende der Geschichte – als ich davon berichtete, wie die Männer mich wegtrugen, dass sie mir nicht sagen wollten, was mit Gardy und meinem Dad passiert war, dass mir noch Wochen danach der ganze Körper wehtat und dass ich etwas hätte sagen sollen, es hätte wissen müssen, darauf hätte bestehen sollen, wieder nach Hause zu gehen und Schutz vor dem Sturm zu suchen – hatte Tante Stephanie ihre Arme um mich gelegt, um mich zu wärmen. Ihr Kinn lag auf meinem Kopf, und wir saßen auf der Treppe zur Schauspielschule, hatten die ganze Zeit dort gesessen, während ich erzählt hatte, ohne ein einziges Mal an die Aufführung, die Probe oder die Pause zu denken, die längst vorbei war.

Cecily packt. In ein paar Tagen wird sie mit einigen ihrer Schauspieler einen Monat lang auf eine Workshop-Tour gehen. Eine sichere Einnahmequelle für die Performance Gumby, sozusagen eine Geldmaschine. Brot und Butter der Avantgarde. Auch ich habe diese Touren oft absolviert, ob mit Cecilys Kompanie oder allein mit meinen Monologen.

Eine Woche wird sie in Pittsburgh sein, danach in Ohio, und an Colleges und Universitäten Schauspiel-Workshops veranstalten. Diese Stippvisiten nennt Cecily die »Elfenbeinturm-Tour«. Wie sie scherzhaft sagt, würde sie gern T-Shirts oder Windjacken mit der Siebdruckaufschrift

PERFORMANCE GmbH
Elfenbeinturm-Tournee

auf dem Rücken besorgen.

»Aber welche Termine sollen draufstehen?«, fragt sie. »Diese Tournee endet ja nie.«

Sie hat das Gästezimmer zu einer Garderobe umfunktioniert. Zwischen offenen Koffern liegen Kleider herum. Ich sitze an Dortheas altem Esstisch und drücke einen Spaldeen-Ball mit der rechten Hand, meiner Schlaganfallhand. Oder besser: Ich versuche, ihn zu drücken. Ich schaffe es kaum, auch nur einen Fingerabdruck im weichen rosa Gummi zu hinterlassen.

Cecilys Laune hat sich während der letzten Tage aufgehellt. Seit Kurzem darf sie wieder in ihre eigenen vier Wände, die für sie zugleich Theater und Zuhause sind. Der zuvor abgeriegelte Sektor, an dessen Peripherie sich die Performance Gumby befindet, ist wieder geöffnet. Beschädigt ist nichts, aber alles ist voller Staub. Und gestern hat sie von einer Stiftung gehört, die ihr mit Geld für den Umzug aushelfen könnte. In letzter Zeit hat sie keine Zweifel am Sinn der Kunst mehr geäußert.

Ich versuche weiter den Ball zu drücken und muss unpassenderweise daran denken, wie Cecily und ich das letzte Mal miteinander geschlafen haben. Jedenfalls versuche ich, daran zu denken. Wann? Nach dem Schlaganfall. Ein einziges Mal. Die Sache war kein völliger Reinfall. Zu Anfang fragte mich Cecily hier im Horst in unserem Bett: »Ist es zu früh?« Ich schüttele den Kopf unmerklich auf dem Kissen und bin froh, dass sie links von mir liegt, auf der Seite, die ich noch gut bewegen kann. Ich drücke mein Bein gegen ihres. Der Eröffnungszug. Auf diese Weise haben wir all die Jahre begonnen.

Und ich erinnere mich, dass Cecily diesmal oben war, ihren Druck und unseren Rhythmus kontrollierte – ihren Rhythmus, besser gesagt –, und dann kam ich. Nur ich. Ein kleiner Erfolg, aber immerhin ein Erfolg. Ich habe das Gefühl, dass Cecily dabei vor allem meine Genesung im Sinn hatte, weshalb es streng genommen keine gegenseitige Sache war. Ich winde mich innerlich bei dem Gedanken daran. Dieser Schlaganfall beherrscht einfach alles.

Gut möglich, dass mich dieser Gedanke veranlasst hat, die Hand zu wechseln und den Ball mit der guten, der linken zu drücken, während ich Cecily weiter beobachte. Sie hält Trainingsklamotten hoch, überlegt, was sie mitnimmt, summt vor sich hin. Sie braucht sie zum Laufen, vielleicht auch für ihre Bewegungs-Workshops.

Zum ersten Mal haben wir in diesem Zimmer, dem Gästezimmer des Horsts, in den späten Siebzigern miteinander geschlafen. Dorthea und meine Mutter machten Urlaub auf Block Island; ich wohnte wieder im East End. Nachdem ich aus Kalifornien nach Osten zurückgekehrt war, hatte ich von den Workshops der Performance GmbH gehört. Damals war ich ziemlich fertig.

Meine Karriere war eine Enttäuschung, ja, im Grunde sogar eine Katastrophe. Ein paar Wochen zuvor hatte ich noch geglaubt, den großen Durchbruch geschafft zu haben – aus heiterem Himmel hatte mich Ike Devoe angerufen und mir eine Rolle in einem seiner Filme angeboten. Das war es, endlich! Aber Pustekuchen. Ich wurde ausgebootet und kehrte geknickt und voller Groll zurück. Die Ideale von Dortheas Schauspielschule waren mir so weit entrückt wie noch nie.

Ich hing vor dem Laden im East Village herum, den die Performance Gumby gemietet hatte, und nahm schließlich an einem von Cecilys Bewegungs-Workshops teil. Ich fühlte mich wie ein Zombie, war aber froh, mich auf einer Bühne bewegen zu können, ohne Worte, ohne Plot, ohne jemanden spielen zu müssen.

Cecily, die sich durch eine krause Mixtur aus künstlerischer Gewieftheit und der Geradlinigkeit einer Frau aus dem Mittleren Westen auszeichnete, war gerade dabei, sich auf den Off-Broadway-Bühnen einen Namen zu machen. Sie sah ein gewisses Potenzial für eine Performance in dem, was wir im Bewegungs-Workshop taten, und der Kurs ging fließend in Proben über. Alles sehr frei. Alles sehr abstrakt. Alles sehr kollektiv. Wie in Downtown üblich.

An einem freien Tag begegnete ich Cecily in der Bank Street. Bis dahin hatten wir ein neutrales Arbeitsverhältnis gehabt. Vollendet professionell. Doch an diesem Tag gingen wir einen Kaffee trinken. Wir sprachen über die Übungen im Geschichtenerzählen, die Cecily ihrem Ensemble verordnet hatte. Leidenschaftliche Kaffeehaus-Konversation. Schauspieler und Regisseurin, die über einem wackeligen Tisch die Köpfe zusammensteckten. Der Rest der Stadt, nicht annähernd so feurig wie wir, schrumpfte in sich zusammen.

Cecily hatte mit erzählerischen Ansätzen experimentiert. Sie wollte den Aufführungen ihrer Kompanie »mehr Handlung geben«, wie sie es ausdrückte. Bei einer ihrer Übungen mussten wir uns immer einzeln vor das ganze Ensemble stellen und möglichst schnell eine persönliche Geschichte erzählen. Wenn einem die Ideen ausgingen, war es wichtig, den Schwung aufrechtzuerhalten, indem man irgendein Wort oder einen Laut einschob, bis einem ein neues Bild oder eine neue Idee in den Sinn kamen. Das fiel mir seltsamerweise gar nicht schwer. Als ich mich erhob, um eine Geschichte zu erzählen, sprudelte der ganze Müll heraus, den ich neulich mit Ike Devoe in der Wüste erlebt hatte. Die Bilder flogen mir einfach zu, eines nach dem anderen und wie von selbst. So etwas hatte ich auf der Bühne nie erlebt. Es gelang mir mühelos, Bilder miteinander zu verbinden, Details hinzuzufügen, auf frühere Erlebnisse zurückzugreifen, die anderen mit einer Pointe zum Lachen zu bringen oder sie betroffen zu machen. Ich war in Fahrt und spürte, wie das Publikum an meinen Lippen hing. Ich hatte das Gefühl, auf einen Zug aufgesprungen zu sein und mich nur festhalten und weiterreden zu müssen – ein Gefühl, dem ich seither nachspüre.

Nachdem ich fertig war, sagte Cecily zu mir, dass es nicht der Sinn der Erzählübung sei, einen vorbereiteten Monolog oder eine Fantasiegeschichte zum Besten zu geben. Ich erwiderte, das sei alles so passiert und die Einzelheiten kämen aus meiner Erinnerung. Ich versuchte herunterzuspielen, wie wütend mich dieses Erinnern gemacht hatte und wie unheimlich ich es fand, dass ich gleich als Erstes diese Geschichte erzählt hatte.

Im Café im Village sprach Cecily davon, Geschichten,

meine Geschichten, in Aufführungen der Performance Gumby einzubauen. Wir redeten, bis es dämmerte. Schließlich sagte ich ihr, dass ich meiner Mutter versprochen hätte, die Pflanzen in ihrer Wohnung zu gießen. Als Cecily hörte, dass es sich um die MADA handelte, wollte sie mitkommen. Sie war noch nie dort gewesen. Sie war so absolut »Downtown«, dass für sie selbst die MADA zum Establishment gehörte.

Das war im August, und die Akademie war gerade für zwei Wochen geschlossen. Wir gingen durch das verlassene Gebäude. Die Fenster waren verriegelt, die Luft war stickig. Vasily würde den Laden kurz vor dem Labor Day wieder öffnen und alles gut putzen und lüften, bevor im Herbst der Unterricht weiterging. Im Moment war der Horst der einzige kühle Ort im gesamten Gebäude. Ich erzählte Cecily von meiner Jugend, die ich hier verbracht hatte. Ich merkte, dass sie eine Aufführung, einen Monolog in dem witterte, was ich ihr erzählte. Außerdem hatten meine Worte, wie ich bald merkte, noch eine andere Wirkung.

Da ich nicht das Bett meiner Mutter benutzen wollte, gingen wir in mein ehemaliges Zimmer, inzwischen das Gästezimmer. Wir waren Partner in Sachen Kunst. Und nun auch noch dies.

»Ich finde, es muss nicht unbedingt schlecht sein«, lauteten, soweit ich mich erinnere, hinterher Cecilys Worte, »wenn eine Inszenierung einen Anfang, eine Mitte und einen Schluss hat.«

In den Siebziger- und in den frühen Achtzigerjahren glich die Performance Gumby einer Tanztruppe mit wenig Dialogen und viel Synchronbewegung. Cecily Wuppertal, die an der Carnegie Mellon ihren Abschluss in den Hauptfächern Tanz und Theater gemacht hatte, studierte im Anschluss mit einem Stipendium in Deutschland, und als sie einige Jahre später heimkehrte, gründete sie ein Performance-Kollektiv.

»Bei unserer ersten Aufführung sind wir zu einer Tonbandaufnahme des Songs *Autobahn* auf der Bühne herumgehüpft«, erzählte sie mir in jener Nacht im Horst, »haben uns ausgezogen und unsere Klamotten angezündet, während auf den Fernsehbildschirmen ein Video lief, das uns beim Kauf der Kleider zeigte, die wir gerade verbrannten.«

Außerdem gab es ein paar dekonstruierte und neu arrangierte Szenen aus *Onkel Toms Hütte* und Sentenzen aus *Mein Kampf*, die mit einem Megafon deklamiert wurden – doch das Herumhüpfen, Verbrennen und Einkaufen war die Schlüsselszene gewesen.

Damals konnte man darauf wetten, dass bei einer Aufführung der Performance Gumby überall Bildschirme hingen, das Bühnenbild aus Maschendraht und Neonlicht bestand, der ganze Saal von Percussion-Gedonner erbebte und elektronisch verzerrte Dialoge in Endlosschleife aus den Lautsprechern schallten. Die Schauspieler hatten immer ein Mikro, sogar wenn sie nackt waren, und wegen des Stands der damaligen Technik zeichnete sich jede Aufführung der Performance Gumby durch schmerzhafte Feedbacks, Geknister und, wenn die Mikroports versagten, durch rauschende Lautsprecher aus. Der Unterschied zu dem, was die Wooster Group oder Mabou Mines auf die Bühne brachten, war gering.

Für mich war Cecilys Kompanie eine Erleuchtung, nachdem ich mich an der Küste beim Fernsehen, gelegentlich auch mit Werbespots durchgeschlagen hatte. Davor hatte ich jahrelang Drei-Monats-Engagements an Provinztheatern, die alte Hüte neu inszenierten: *Alle meine Söhne* in Rochester, *Das Glasperlenspiel* in Cleveland, eine Samurai-Version von *Tartuffe* in Washington oder irgendwelche neuen Stücke, die am

Broadway Erfolg gehabt hatten und nur eine kleine Besetzung brauchten, denn das senkte die Kosten, und außerdem machte sich die Phrase »Broadway-Hit!« immer gut auf Plakaten. So etwas interessierte Cecily und ihre Truppe nicht die Bohne. Die Klassiker waren etwas, das sie am liebsten auseinandernahm. Die Dialoge wurden von den Schauspielern erfunden oder während der stundenlangen Improvisationen aus Szenen kanonisierter Dramen aus aller Welt zusammengestückelt.

»Wir proben unsere Aufführungen nicht«, verkündete Cecily in jener Nacht. »Wir erfinden sie.«

Cecily Wuppertal hatte sogar ihren Namen erfunden. Sie hatte sich nach einer Stadt in Deutschland benannt.

»Ich mochte den Klang des Wortes«, erzählte sie mir.

Sie war in St. Louis aufgewachsen. Ihr richtiger Nachname lautete Whiner. »Klingt entweder nach Heulsuse oder nach Säufer.«

Sie war mit einem Eurail-Ticket durch Deutschland gereist und hatte den Namen jeder Stadt, durch die sie kam, als Nachnamen ausprobiert. Cecily Bonn. Cecily Würzburg. Cecily München. Cecily Oberammergau. Das entsprach ganz genau der experimentellen Improvisationstechnik, die später den Stil ihrer Proben prägen sollte.

»›Wuppertal‹ hat gepasst«, sagte sie.

»Ja, klingt wie ein aufheulender Motor«, erwiderte ich.

»Das passt auch«, sagte sie und schmiegte sich unter der Decke wieder an mich.

Ich bin so in die Erinnerung an jene Nacht versunken, dass ich erschrocken feststelle, den Ball auf den Boden fallen gelassen zu haben.

Cecily hat das Gästezimmer verlassen und streckt mir eine Hand hin. Erst glaube ich, dass sie den Ball aufgehoben hat, doch dann durchzuckt mich der Gedanke, dass sie weiß, woran ich gerade gedacht habe. Doch sie will etwas ganz anderes. Sie reicht mir ein Handy.

»Das ist für dich«, sagt sie. »Höchste Zeit, dass du eines hast. So können wir reden, während ich fort bin. Ich habe einen Vertrag abgeschlossen, mit dem wir nach achtzehn Uhr oder einundzwanzig Uhr umsonst telefonieren können. Probieren wir's mal aus.«

Sie zieht ihr Handy aus der Beintasche ihrer Cargohose und wählt meine Nummer – mit einem Tastendruck. Mein Handy zirpt. Es funktioniert. Wir sagen Hallo. Dann rufe ich sie an. Ich programmiere ihre Nummer ein. Ich kann das Handy mit meiner Schlaganfallhand zwar nicht bedienen, aber ich kann es immerhin halten. Cecily, schon immer ein Technik-Freak, stürzt sich auf die Bedienungsanleitung, studiert Funktionen, vergisst für diesen Abend ihren Koffer.

Ein Telefon klingelt. Weder meines noch ihres, sondern das Festnetz-Telefon.

»Hast du die Nummer gewählt?«, fragt sie.

Ich schüttele den Kopf.

Cecily schaut auf die Uhr.

»Er schon wieder«, sagt sie. »Geh nicht ran.«

Und wir warten und hören, wie der Anrufbeantworter anspringt.

Während der Proben für *Picknick* fuhr ich zum ersten Mal allein nach New York. Es war die dritte Probenwoche, und Dorthea hatte für einen Samstag eine ganztägige Probe anberaumt. Am Samstag musste meine Mutter in der Bücherei von Wychwood arbeiten.

»Ich rede mit Dorthea«, sagte meine Mutter, »und werde dich entschuldigen.«

»Aber ich will nicht entschuldigt werden«, erwiderte ich. »Ich will dabei sein.«

Ich wollte schon mit den Füßen aufstampfen und quengeln, als Tante Stephanie am blauen Sofa vorbeikam.

»Ich hole ihn ab«, sagte sie. »Setz ihn in den Zug. Ich werde in Manhattan die Fähre nehmen und ihn auf der Jersey-Seite treffen, und dann nehme ich ihn mit zur Probe.«

Meine Mutter wand sich, als hätte dieser Vorschlag einen unangenehmen Geruch. Ich wusste genau, welches Gesicht ich ziehen musste, um nicht zu ungeduldig zu wirken, und ließ meinen Blick verstohlen von einer Schwester zur anderen gleiten.

Rückblickend denke ich, dass sich zwischen den beiden so einiges abgespielt, auf jeden Fall aber zusammengebraut haben muss. Da war zunächst einmal Ike. Stephanie wohnte bei ihm, doch sie war unberechenbar; sie führte ein wildes Leben und war sogar für Ike eine Nummer zu groß. Außerdem kam Ike oft zum Plaudern zu meiner Mutter ins Büro. Dort hatte ich ihn oft gesehen. Wahrscheinlich befreite sich meine Mutter langsam von dem Schock, in so jungen Jahren Witwe geworden zu sein, konnte aber nicht glauben, dass ihr ein so attraktiver Mann wie Ike Devoe seine Aufmerksamkeit schenkte. Was dazu führte, dass sie wie geblendet war – jedenfalls ein wenig, wie sie mir später erzählte – und vergaß, dass sie die Aufmerksamkeit des Geliebten ihrer Schwester genoss.

Stephanie lächelte und legte mir schwungvoll einen Arm um die Schultern. »Ich bin seine Tante. Er ist mein Neffe. Ich bringe meinen Neffen in die Stadt. Das ist doch die perfekte Aufgabe für unverheiratete Tanten.«

»Genau deshalb mache ich mir Sorgen«, erwiderte meine Mutter. »Unverheiratete Tante.«

Beide mussten lachen. Meine Mutter konnte Stephanie nicht zeigen, dass sie ihr nicht wirklich traute, jedenfalls nicht zu diesem Zeitpunkt.

»Also gut«, sagte meine Mutter. »Du triffst ihn auf der Jersey-Seite bei der Fähre.«

Doch Stephanie kam nicht. Am nächsten Samstagmorgen setzte mich meine Mutter in Wychwood in der Jersey Central in den Zug, steckte mir ein paar Vierteldollarmünzen in die Tasche und gab mir für den Notfall die Telefonnummer der Bücherei. In Jersey City stieg ich aus, ging an der blau-goldenen Diesellok vorbei und hing im verrußten Bahnhof bei den Gepäckwagen herum, bis nur noch einige Schaffner und Bremser vom Bahnsteig kamen. Da ich ahnte, dass sie mich gleich fragen würden, ob sie mir helfen könnten, trottete ich zum Anleger der Fähre ganz hinten im Bahnhof. Als ich durch die große Wartehalle lief, klimperten die Münzen in meiner Tasche.

Während der Überfahrt suchte ich das Boot nach Tante Stephanie ab. Ich wollte nicht, dass mich jemand fragte, ob ich ganz allein war, und deshalb blieb ich ständig in Bewegung, stromerte über die Decks und durch den Salon, wo Lattenholzbänke vor den Fenstern standen.

Auf dem Wasser sah ich Eis, das in einem Matsch aus halb gefrorenem Brackwasser trieb. Die Luft war feucht und schwer und roch nach Schnee. Ich beugte mich über die Reling und betrachtete wie jedes neugierige Kind die vorbeirauschenden Fluten, hielt dabei aber stets nach meiner Tante Ausschau und blieb auf der Hut vor besorgten Passagieren, die mich fragen könnten, warum ich allein unterwegs war.

Als das Boot am Anleger der Liberty Street festmachte, war Tante Stephanie immer noch nicht da. Ich war oft genug mit meiner Mutter zur Akademie gefahren, um zu wisssen, was zu tun war. Ich ging zielstrebig über die Gangway. Es war ein Samstag, und es waren nicht viele Passagiere an Bord. Einige Geschäftsleute, aber auch Familien. Mütter, Väter und Kinder, die in die Stadt fuhren. Bei ihrem Anblick fühlte ich mich einsam, aber auch mutig. Keines dieser Kinder, dachte ich, würde fertigbringen, was ich gerade tat.

Ich rechnete auch auf der Manhattan-Seite nicht mit Tante Stephanie, und sie ließ sich tatsächlich nicht blicken. Da ich meine Mutter nicht durch einen Anruf beunruhigen wollte und nicht genau wusste, ob ich genug Kleingeld für ein Taxi zur Akademie in der Tasche hatte, beschloss ich zu laufen. Besonders weit war es nicht, zehn Blocks, vielleicht zwanzig. Als ich schließlich die Eingangstür der Marshalsea Academy of Dramatic Arts erreichte, stand die Probe kurz bevor, und es hatte schon angefangen zu schneien.

Ich flitzte die Treppen hinauf, rannte durch die Doppeltür des Studios und legte hinter der Bühne hastig die Requisiten bereit. Ich hörte Dorthea im Zuschauersaal, die mit Rhonda Tonzeichen absprach.

Dann bog ich mit der Schachtel Zigaretten, die Millie auf dem Höhepunkt des Stücks raucht, um einen der Gassenvorhänge. Ich schaute gerade nach, wie viele Kippen noch in der Schachtel waren, weil ich eine für mich abzweigen wollte, als ich im Dunkeln einen rauchigen Geruch wahrnahm. Im nächsten Moment stieß ich mit Tante Stephanie zusammen, die gerade mit einem Badehandtuch um den Kopf auf dem Weg zu ihrem Platz war. Madge tritt zu Beginn des Stücks frisch geduscht auf die Bühne.

»Oh, mein Gott, Noah!«

Tante Stephanie fiel auf die Knie. Erst legte sie mir die Hände auf die Schultern, dann umarmte sie mich, dann stieß sie mich fort, dann zerwühlte sie mein Haar, dann umarmte sie mich noch einmal, dann kniff sie mich in die Wangen, und dann umarmte sie mich ein drittes Mal. Im Dunkeln hinter der Bühne war sie kaum zu erkennen, doch ich konnte sie seufzen und keuchen hören, und ich konnte ihr nasses Haar und den Schnaps in ihrem Atem riechen; er hüllte uns beide ein wie eine Wolke, und ich merkte, dass mir schlecht wurde.

Sie hockte sich vor mich und begann zu weinen.

»Ich hab's vergessen«, sagte sie. »Vollkommen vergessen. Ich habe dich vergessen. Ich ...«

»Ist ja alles in Butter«, begann ich, doch sie legte mir eine Hand vor den Mund.

»Nein«, keuchte sie. »Nichts ist in Butter.«

»Echt«, sagte ich. »Mit mir ist alles in Butter.«

»Nichts ist in Butter«, wiederholte sie. »Ich habe versagt. Ich habe vor dir versagt. Ich habe vor meiner Schwester versagt. Es tut mir so, so, so, so, so leid.« Dann umarmte sie mich ein viertes Mal.

Ich spürte, wie sie im Schatten schwankte und taumelte, als sie mich hielt, und durch das Geschaukel wurde mir noch schlechter. Ich begann mich zu fragen, ob sie überhaupt bei der Probe auftreten konnte.

»Tut mir leid. So, so, so leid«, murmelte sie. »Deine Tante. Deine unverheiratete Tante.« Sie schluchzte laut.

»Hey, Steph?« Das war Ike, der hinter einem Vorhang flüsterte. »Wir müssen auf unsere Plätze.«

»Weiß ich«, sagte Stephanie, schob mich weg, strich mir im Dunkeln Hemd und Haare glatt und bohrte mir dabei einen Daumen ins Gesicht. »Ich weiß«, wiederholte sie. »Wir sind ja schon am Platz. Oder, Noah?«

»Klar«, flüsterte ich.

»Hey«, sagte Ike, der auf der anderen Seite des Vorhangs um die Ecke lugte. »Bist du das, Noah? Wie steht's, Dad?«

»Bestens«, antwortete ich.

Ike trug eine Jeans, aber kein Hemd. Janice Rash, im Stück die Nachbarin Mrs Potts, die Hal einen Job verschafft, starrte Ike von hinter dem Vorhang an. Er juchzte und unterdrückte ein Lachen. Janice Rash huschte in die Schatten davon. Tante Stephanie verfluchte sie halblaut und stand auf.

Draußen vor der Bühne rief Rhonda die Lichtstimmungen aus: »Stückbeginn halb aus, Saallicht ganz aus, Rampenlicht aus, Bühne ganz dunkel. Dann Licht an, Fabriksirene und bellender Hund.«

Ich konnte hören, wie sich Ike hinter dem Vorhang die große Mülltonne auf die Schultern wuchtete, die Hal bei seinem ersten Auftritt trägt. Im nächsten Moment war Ike auf der Bühne, und Janice Rash sagte zu ihm:

MRS POTTS

Du hast gerade gut gefrühstückt. Würdest du vor
der Arbeit nicht gern eine Pause einlegen?

Und das Stück nahm seinen Lauf. Tante Stephanie verschwand, um auf der Bühne wieder aufzutauchen, wo sie auf der Veranda ihres Hauses ihr Haar trocken rubbelte. Ich war allein auf der Seitenbühne, hörte den seltsam hallenden Klang von Schauspielerstimmen in einem leeren Theater und spürte, wie das Stück seinen Sog entwickelte.

Jahre später erzählte Dorthea mir, dass ihr damals noch nicht klar gewesen sei, wie tief Tante Stephanie in Schwierigkeiten steckte.

»Mir ging es wie deiner Mutter«, sagte Dorthea. »Ich glaubte, Stephanie hätte aufgehört zu trinken.«

Ike wusste bestimmt, was Sache war, und auch die anderen Schauspieler dürften es gewusst haben. Doch sie hielten den Mund. Wahrscheinlich war es nicht ganz einfach, einen so überzeugenden Auftritt infrage zu stellen.

»Ich habe erst später gemerkt, dass etwas nicht stimmte«, erzählte mir Dorthea, als wir meine Mutter im Krankenhaus besuchten. »Aber ich fand es nicht unpassend, dass die ganze Produktion schließlich entgleiste.«

»Und wir«, warf meine Mutter, die in ihrem Bett lag und unserem Austausch von Erinnerungen lauschte, mit schwacher Stimme ein, »haben zugesehen. Und als es zum Knall kam, konnten wir nur noch beiseitespringen.«

»Und die Trümmer durchkämmen«, sagte Dorthea.

»Und nach Überlebenden suchen«, sagte meine Mutter.

»Meine Güte, ich war schon eine tolle Regisseurin«, sagte Dorthea.

»Und ich bin eine tolle Überlebende«, sagte meine Mutter. Sie hob den Arm mit dem Schlauch des Tropfs, dessen Kanüle unter einem OP-Pflaster steckte, und zeigte auf ihren im Bett liegenden Körper.

»Oh, sei bloß still, du«, sagte Dorthea.

Meine Mutter zeigte ihr den Stinkefinger. Beide sahen mich an wie Varietéschauspieler, die flehentliche Grimassen schneiden, aber dann merkte ich, dass Dorthea leise weinte und es so aussehen ließ, als müsste sie gleich niesen.

An jenem Samstag lief der Durchlauf wie am Schnürchen. Tante Stephanie hielt alles zusammen. Wie sie das schaffte, ist mir ein Rätsel. Der zweite Akt spielt während der Dämmerung des gleichen Tags, kurz vor dem Picknick. Es wird viel gesoffen. Die Protagonisten trinken und tanzen im Hof zwischen den zwei Häusern. Howard und Rosemary, das ältere, umeinander werbende Paar, beginnt einen Streit. Rosemary bildet sich ein, von Ike – also Hal – beleidigt worden zu sein, und sie schlägt auf ihn ein. Am Ende des Aktes gehen alle zum Picknick, und nur Hal und Madge – Ike und Stephanie – bleiben auf der Bühne. Sie werden sich ihrer Leidenschaft füreinander bewusst. Sie wollen nicht mit den anderen zum Picknick gehen.

Die erste Szene des dritten Aktes spielt spät in der Nacht. Das Picknick ist vorbei, und ein Vollmond steht am Himmel. Hal und Madge kehren verstohlen zurück. Sie haben den Abend allein miteinander verbracht – in den Fünfzigern konnte das nur eines bedeuten – und schmieden Pläne, um gemeinsam durchzubrennen.

Die letzte Szene spielt am folgenden Morgen. Howard und Rosemary wollen heiraten – er hat ihr am Abend zuvor einen Antrag gemacht –, aber man weiß, dass die Ehe zum Scheitern verdammt ist. Hal kommt wieder, doch die Bullen sind hinter ihm her, und er muss verduften. Am Ende des Stücks – jedenfalls in unserer Version – beschließt Madge, nicht mitzukommen. Sie bleibt in ihrer öden Kleinstadt, und man ahnt, dass sich ihre Träume mit den Jahren auflösen und schließlich erlöschen werden.

Dorthea verteilte Kritik an die auf Klappstühlen sitzenden Schauspieler.

Ich räumte die Bühne auf und spitzte die Ohren, um zu hören, was Dorthea den Schauspielern zu sagen hatte. Ich versuchte, zu dechiffrieren, was sie mit »Rhythmus«, »Intensität« und »Motivation« meinte, und zog unterdessen hinten im Theater einen der schwarzen Vorhänge auf, um einen Blick aus dem Fenster zu werfen. Die Straße war verschneit, und die Luft schien nur noch aus Schneeflocken zu bestehen. Während wir ein Stück geprobt hatten, das im Spätsommer in Kansas spielte, war ein Blizzard durch New York getobt. Die gegenüberliegenden Gebäude waren fast unsichtbar. Geparkte Autos hatten sich in formlose, weiße Klumpen verwandelt.

Eine einsame Figur, die ein Bündel trug – vielleicht war es die Frau mit dem Dackel –, ging mitten auf der Straße und duckte sich im Wind. Es fuhren keine Autos. Draußen herrschte Stille.

Auch drinnen war es still. Die Schauspieler waren ebenfalls an die Fenster getreten. Sie hatten den Sturm bemerkt, als ich den Vorhang aufgezogen hatte. Dieser Anblick ließ sogar Dorthea verstummen. »Wie die Stürme im Gudbrandstal«, sagte sie leise. Dann klingelte hinten im Büro das Telefon.

Es war meine Mutter. Sie war fast panisch. Sie versuchte schon seit zwei Stunden, jemanden an der Akademie zu erreichen. Rhonda hatte den Hörer abgenommen, damit die Probe nicht gestört wurde, und sie hatte ihn nach dem Ende des Durchlaufs gerade erst wieder auf die Gabel gelegt.

Nun nahm sie ab und berichtete mir, meine Mutter habe im Radio gehört, dass alle Zug- und Fährverbindungen von und nach New York gestrichen worden seien. Busse fuhren auch nicht mehr. Der New Jersey Turnpike war geschlossen worden. Der Blizzard hatte die ganze Stadt lahmgelegt.

Während Rhonda mit mir sprach, ging Ike ans Telefon. Er begann zu lachen und zu scherzen und meine Mutter zu beruhigen. Dann reichte er den Hörer an Tante Stephanie weiter. Sie wand sich und fummelte an dem Kabel herum. Ich konnte nicht hören, was sie sagte, während sie auf und ab ging und an dem Kabel zerrte. Schließlich hob sie den Kopf, lächelte und gab mir den Hörer.

»Noah«, sagte meine Mutter. Am Telefon klang ihre Stimme leise, matt und erschöpft. »Tante Stephanie und Ike wollen sich heute Nacht um dich kümmern. Wegen des Sturms kannst du nicht mehr nach Hause. Ist das okay?«

»Ja, ist okay«, antwortete ich.

»Ich könnte Dorthea fragen, ob du bei ihr übernachten darfst.«

»Nein«, erwiderte ich. »Darf ich mit zu Tante Stephanie? Bitte.«

Eine Nacht bei Stephanie und Ike zu verbringen, fand ich viel aufregender als die Vorstellung, mit Dorthea in der Akademie zu bleiben. Ich spürte, dass Stephanie ihre Unzuverlässigkeit gutmachen wollte, aber ich konnte meiner Mutter unmöglich erzählen, dass sie mich versetzt hatte.

»Hast du noch das Kleingeld, das ich dir gegeben habe?«, fragte sie.

Ich bejahte.

»Dann kannst du mich ja anrufen, falls nötig. Mit einem R-Gespräch. Weißt du, wie das geht? Das Geld kannst du gern ausgeben. Du rufst mich doch an, oder?«

»Ja, im Notfall«, antwortete ich. Nun gehörte mir das ganze Geld, das ich in der Tasche hatte.

Ich sagte meiner Mutter, ich hätte sie lieb, und verabschiedete mich. Die im Probenraum versammelten Schauspieler alberten herum wie Schulkinder, die sich darauf freuten, einen Schneemann zu bauen.

Sie eilten die Treppen hinunter und drängten mit Jubel und Freudenrufen, die von der Dunkelheit und dem Flockengewirbel verschluckt wurden, aus den Türen der Akademie auf die Straße. Die Männer machten sich daran, aus dem frisch gefallenen, puderigen Schnee Bälle zu formen, mit denen sie die lachenden, kreischenden Frauen bewarfen. Ein VW-Käfer – damals noch ein seltener Anblick – schlitterte ruckelnd über die Straße; er war vollkommen verschneit und sah aus wie ein Marshmallow auf Rädern. Er schaffte es kaum durch die Schneeverwehungen, und die Schauspieler schoben ihn an wie einen Schlitten auf einer Hügelkuppe, bis der

Fahrer auf seine etwas kläglich klingende Hupe drückte und im Sturm verschwand. Die Männer warfen dem VW-Käfer Schneebälle hinterher, die im hohen Bogen ins weiße Nichts sausten.

Das Ensemble lief mitten auf der Straße Richtung Osten, eine ausgelassene Truppe, die lachend durch den Schnee tollte.

Die Stadt hatte sich in ein Bühnenbild verwandelt. Der Sturm verlieh dem Viertel die Atmosphäre eines kompakten Innenraums, als ob die Gebäude Kulissenwände wären, das Licht eine Sturmatmosphäre schaffte und Bühnenarbeiter Flocken aus dem Stellwerk rieseln ließen, so wie Vasily auf dem Weihnachtsball. Ich dachte unvermeidlich an den Abend, als ich mit Gardy und Dad auf dem Golfplatz gewesen war – damals hatte es ähnlich stark geschneit. Doch das laute Lachen der Schauspieler holte mich schnell wieder in die Gegenwart zurück.

An jeder Ecke verschwanden ein oder zwei Mitglieder der Truppe in einer U-Bahn-Station oder Avenue, wo sie einen Bus oder ein Taxi nach Hause zu erwischen hofften. Osseo Newry verkündete schließlich, dass alle, die noch da waren, ins White Horse gehen sollten.

»Warst du schon mal in einer Bar, Dad?«, fragte mich Ike. Ich ging zwischen ihm und Tante Stephanie. Trotz der guten Stimmung hatten die beiden kaum ein Wort gesprochen, während wir uns stolpernd durch den Schnee kämpften.

Ich antwortete, nein, ich sei noch nie in einer Bar gewesen.

»Es gibt immer ein erstes Mal«, sagte Ike, und wenig später betraten wir das White Horse durch die Tür aus Glas und Holz.

An diesem Samstagabend war in der Bar wenig los. Wegen des Sturms waren bloß ein paar Stammgäste da, und so fehlte die übliche Runde von Studenten, Pseudokünstlern und Möchtegernschriftstellern, die hierherkamen, um einen Blick auf Leute wie Kerouac, McQueen oder Pollack zu erhaschen. Unsere MADA-Truppe versammelte sich um einen der freien Tische.

Außer Ike, Stephanie und Oss Newry war auch Ed Green mit von der Partie. In *Picknick* spielte er Howard Bevans, den glücklosen Verehrer von Miss Sydney, einer heiratswütigen Lehrerin, die wiederum von Madeline Barstow gespielt wurde. Madeline war eine temperamentvolle, durchtrainierte Frau, die später an der Akademie lehrte. Zur Zeit der Proben für *Picknick* war sie vermutlich noch unter vierzig, spielte aber oft ältere Frauen, denn ihr sehniger Körper täuschte über ihr wahres Alter hinweg, und ein bisschen Make-up machte sie zur perfekten Besetzung für die Rolle der schon etwas reiferen Miss Sydney. Sie war mit einem Banker verheiratet und lebte in Westchester, hatte aber auch eine Wohnung im Village. Da sie einen reichen Mann hatte, befürchtete Madeline stets, für eine Dilettantin gehalten zu werden. (Wäre sie eine gewesen, dann hätte sie es nicht in Dortheas Klasse geschafft.) Sie neigte dazu, sich vollmundig über ihre Schauspielkunst und die Kunst an sich zu verbreiten.

Und so war es an diesem Abend Madeline, die, sobald es sich jeder mit seinem Drink gemütlich gemacht hatte, über die Einstellung der Bekannten in ihrem Vorort klagte. Auch sie saß in der Stadt fest. Sie hatte ihren Mann angerufen, der sie angepampt hatte, weil sie nicht zu einer Dinnerparty mitgehen konnte.

»Ich bin *heilfroh*, dass ich diese Party verpasse«, verkündete sie allen. »Wirklich. Da draußen in Westchester wollen alle immer nur wissen, wann sie meinen Namen endlich irgendwo in großen Leuchtbuchstaben sehen. Mein Name in großen Leuchtbuchstaben? Also, bitte! Alles andere interessiert sie nicht. Sie kapieren einfach nicht, dass wir Künstler sind. Findet ihr nicht auch?«

Ein paar Leute am Tisch nickten. Tante Stephanie lächelte, stieß mich an und gab mir mit einem Nicken zu verstehen, dass ich Madeline gut zuhören solle.

»Es geht doch nicht nur um *Ruhm*. Wir sind Künstler. *Mein Name in großen Leuchtbuchstaben*«, fauchte Madeline. »Nehmt zum Beispiel einen Banker. Mein Mann ist Banker.«

»Nehmen Sie meinen Mann. Bitte.« Das war Ed Green, der den Komiker Henny Youngman nachahmte.

Madeline überhörte ihn. »Mein Mann ist auf dieser Dinnerparty, wahrscheinlich genau in diesem Moment. Dort verlangt niemand von ihm, dass er durch seine Arbeit in der Bank berühmt wird. Man akzeptiert seinen Job als das, was er ist. So sollte es auch in unserem Fall sein. ›Wann sehen wir deinen Namen endlich in großen Leuchtbuchstaben?‹ Das bedeutet doch, dass unsere Arbeit nichts wert ist, solange wir nicht berühmt sind. Habe ich recht? Wer will noch ein Bier?«

Ohne auf eine Antwort zu warten, stand sie vom Tisch auf und schnappte sich den leeren Bierkrug und mein Colaglas, um es wieder füllen zu lassen. Sie ging zur Bar. Ihre geschmeidigen Arme hingen locker von ihren breiten Schultern, und sie hatte den eleganten Gang einer Athletin. Ich merkte, dass Ike ihr nachsah. Oss Newry auch. Ed Green starrte auf seine Hände, die er vor sich auf dem Tisch gefaltet hatte. Tante Stephanie warf erst Madeline einen Blick zu, dann Ike. Sie verzog das Gesicht und betrachtete durch das Fenster die Schneeflocken, die im grünen Licht der Ampel durchs Halbdunkel wirbelten. Das Licht wurde gelb, dann rot. Die Straßen waren wie ausgestorben.

»Du willst bestimmt berühmt werden, Ike«, sagte Stephanie. »Zum Teufel mit Madelines Gequatsche.«

Ike wandte sich wieder zu der Ecke um, in der wir saßen. Stephanie zeigte ihm die kalte Schulter.

»Und du auch, Oss«, sagte sie, ohne Newry anzusehen.

»Ich weiß nicht«, erwiderte Ike.

»Liebe Madeline«, sagte Newry. »Es liegt doch in der Natur dessen, was wir tun, dass wir berühmt sein wollen. Wir sind Schauspieler. Unser Ziel besteht ja nicht darin, *nicht* bemerkt zu werden.«

»Das meine ich gar nicht«, sagte Madeline. Sie war zurück und knallte den Bierkrug auf den Tisch. »Rück mal, Junge.«

Ich rutschte zur Seite, um ihr Platz zu machen.

»Ich meine diesen ›Dein Name in Leuchtbuchstaben‹-Quatsch«, sagte sie. »Hört ihr das nicht auch von euren Freunden und Verwandten? Fahrt ihr an Weihnachten nicht auch nach Hause, nur um diesen Blödsinn zu hören? Ike?«

»Ich fahre an Weihnachten nicht nach Hause«, murmelte Ike.

»Gut. Dann kannst du froh sein. Mal ehrlich: Wer von euch hat diesen Berühmtheits-Mist noch nicht zu hören bekommen?«, fragte Madeline und verschmierte ihren Lippenstift, als sie sich Bierschaum von der Unterlippe wischte. Um sie darauf aufmerksam zu machen, schürzte Stephanie den Mund und schob ihr eine Papierserviette hin. Madeline tauchte eine Ecke der Serviette in ihr Glas und wischte den Fleck weg.

»Bewertet nicht jeder außerhalb des Theaters unsere Arbeit nur danach, wie berühmt wir sind?«, fragte Madeline.

»Wenn man berühmt ist, verdient man mehr Geld«, sagte Ike.

»Ja, und wenn man nicht berühmt ist«, fuhr Madeline fort, »ist man in jeder Hinsicht ganz unten.«

»Ich könnte die Knete gut gebrauchen«, erwiderte Ike.

»Amen«, sagte Ed Green.

»Du hast doch deine Kindershow, Captain Geldsack«, sagte Newry. »Wieso jammerst du? Ich sollte eigentlich Shakespeare lehren. Und was tue ich? Ich beantworte Anrufe. ›Hallo. Schauspielertelefon. Box 272? Keine Nachrichten.‹«

Ed Green beugte sich über den Tisch. Er sprach langsam. »Ich habe ›Amen‹ zu ein bisschen Knete gesagt, weil ich glaube, dass sie den Captain aus dem Programm nehmen werden.« Er sah mich an. »Das wusstet ihr sicher nicht.«

»Wie meinst du das?«, fragte Madeline.

»Damit will ich sagen, dass sie schon an die nächste Saison denken, und möglicherweise nehmen sie meine Show aus dem Programm. Darum habe ich ›Amen‹ zu ein bisschen Geld gesagt. Bis jetzt ist noch keiner von uns auf der sicheren Seite, Oss.«

»Dazu müsste man berühmt sein«, sagte Stephanie.

»Steph, das ist Quatsch, und das weißt du«, erwiderte Madeline. »Oh, Ed, das sind schlimme Neuigkeiten.«

Ed ließ den Kopf hängen. »Beschlossene Sache ist es nicht. Noch nicht.«

»Na, du wirst bestimmt nicht vor die Hunde gehen«, sagte Madeline. »Du nicht.« Und sie tätschelte seine Hand.

»Einmal ist das passiert. In meiner ersten Woche beim Schauspielertelefon«, sagte Oss Newry.

»Was ist da passiert?«, fragte Stephanie.

»Da ist ein Schauspieler vor die Hunde gegangen«, antwortete Newry. »Besser gesagt, eine Schauspielerin. Gleich zu Beginn meiner Zeit in New York ist eine vom Telefondienst total abgedreht. Sie hatte seit Monaten kein Engagement mehr.

Ihr Freund hatte sie verlassen. Sie hockte allein in einer Bude ohne warmes Wasser drüben in Hell's Kitchen. Sie hatte mir mal erzählt, ihr Arzt habe ihr geraten, immer eine Dose Thunfisch und ein Bier in der Wohnung zu haben. Die Notration für Schauspieler. Wenn man kein Geld für Essen mehr hat, bekommt man durch den Thunfisch jede Menge Nährstoffe, und das Bier schmeckt gut und ist auch eine Art Nahrung. Trotzdem sah sie mit jedem Arbeitstag fertiger aus. Zog an ihren Haaren. Trug ihren Mantel, wenn sie am Telefon saß, obwohl der Raum sogar im Winter der reinste Backofen war. Eines Tages fiel mir auf, dass sie eine leere Thunfischdose als Aschenbecher benutzte. Und sie sprach immer lauter. Wir kapierten ziemlich schnell, dass sie ihre eigenen Anrufe beantwortete: ›Hallo, Hell's-Bells. Wie kann ich Ihnen helfen? Oh, Box 287? Ihr Agent hat angerufen. Sie haben Leberkrebs. Oh, Ihr Mann ist mit einer anderen Frau durchgebrannt. Oh, ich kann gerade Ihre Gedanken lesen und möchte Sie dringend bitten, die Hand von Ihrem Schwanz zu nehmen, junger Mann.‹«

Newry schwieg und trank einen Schluck Bier. Solche Worte hatte ich noch nie von Erwachsenen gehört. Schon gar nicht ein Wort wie *Schwanz*. Ich war mir nicht sicher, ob ich wusste, was es genau bedeutete. Doch zu wissen, dass es auf jeden Fall schlüpfrig war und dass draußen ein Blizzard tobte und dass ich so spät noch mit Schauspielern in einer Bar saß, war großartig.

»Der Abteilungsleiter musste sie abholen lassen«, fuhr Newry fort, »von einem Rettungswagen. Wir sahen alle von den Fenstern aus zu, während im Hintergrund die Telefone klingelten.«

Madeline stieß einen aufgewühlten Seufzer aus. »Das wird Ed nicht passieren.«

»Du hast recht, Mad. Das ist ein wahres Wort«, sagte Ike und wischte mit der Kante der rechten Hand Bierschaum vom Tisch. Er zwinkerte ihr zu.

»Danke, Süßer, aber du brauchst mir nicht zu schmeicheln. Ich bin immun gegen deine Verführungskünste. Auch wenn sie ziemlich verlockend sind«, sagte Madeline. Sie tat so, als wollte sie Ike unter dem Tisch treten. Er lächelte und wurde sogar ein bisschen rot.

»Ike wird jedenfalls berühmt werden. Oder, Ike?«, sagte Stephanie. Sie hatte nicht wie alle anderen aus dem Krug getrunken, sondern sich mehrere Gläser mit Eis und einer bernsteinfarbenen Flüssigkeit bestellt, und sie hatte sie schnell geleert. Bisher war sie eher gedämpft gewesen, sogar auf dem Weg von der Schauspielschule, aber jetzt war eine Veränderung mit ihr vorgegangen. Sie wirkte auf einmal so wie auf der Bühne: Sie strahlte. Allerdings kam hier in der Bar nicht ihr schauspielerisches Können zum Ausdruck – sondern eine leuchtende Wut.

»Erzähl es ihnen, Ike«, sagte sie.

»Was denn?«, fragte Ike.

»Der ›Rückruf‹«, sagte sie.

»Ach so, ja«, sagte Ike. Seine Stimme wurde leiser, als er mit einer Hand wedelte, als wollte er den Rauch vertreiben.

»Na, was ist?«, fragte Ed Green.

»Ich habe einen Rückruf bekommen«, sagte Ike.

»Er hat also einen *Rückruf* bekommen«, sagte Stephanie.

»Und worum geht es?«, fragte Ed Green.

»Um einen Western«, sagte Stephanie. »Eine Fernsehserie. Über eine Art Glücksritter im Wilden Westen. Wie heißt sie gleich, Ike?«

»Der Glücksjäger.«

»Ein Rückruf«, sagte Newry und gab sich alle Mühe, möglichst desinteressiert zu klingen – und nicht hochgradig neidisch.

Ike nickte.

»Und wann ist es so weit? Mit dem Rückruf?«, fragte Ed Green.

Ike zog eine Schulter hoch, ließ sie wieder absacken. Stephanie ließ ihn zappeln. Sie sprach für ihn.

»Nächsten Montag«, antwortete sie.

»Junge!«, sagte Ed Green.

»Ach, ist halb so wild«, erwiderte Stephanie. »Jedenfalls für Ike.«

Ike rieb sein Gesicht.

»Ike hat die Rolle schon«, sagte Stephanie.

»Was?«, sagte Ed Green. »Er hat sie schon?«

Madeline beugte sich vor. Ihr Kinn schwebte über der Bierlache auf dem eingedellten Tisch, und sie sah zu Ike auf, als wollte sie dieses Exemplar der Gattung Mensch aus einem radikal neuen Blickwinkel betrachten.

Oss Newry kniff die Augen zusammen. »Also kein richtiger Rückruf.«

»Nein, sondern die Vertragsunterzeichnung«, sagte Stephanie. »Denn nächste Woche beginnt der Dreh in Los Angeles.«

»*Nächste Woche?*«, riefen mehrere Schauspieler wie aus einem Mund.

»Aber was ist mit unserer Produktion?«, fragte Ed Green. »Was ist mit *Picknick*?«

»Das muss auch so gehen«, sagte Stephanie, und sie stürzte ihren Drink hinunter, zerbiss das Eis, das sie dabei in den Mund bekam, und spuckte die Stückchen auf den Fußboden.

Alle starrten Ike an.

»Ich weiß auch nicht, was aus der Produktion wird«, sagte er.

»Aber du hast mit Dorthea geredet, oder?«, fragte Madeline.

Ike schüttelte den Kopf.

»Willst du damit sagen«, schaltete sich Oss Newry ein, »dass ihr beide den Durchlauf heute – der zugegeben ziemlich großartig war – durchgezogen habt, und beide, du und Stephanie, während des ganzen Stücks von diesem *Rückruf*, dieser Vertragsunterzeichnung wusstet?«

Stephanie nickte so heftig, dass ihr Pony mit herrischem Schwung nach oben flog. »Ja, genau. Du hast es kapiert, Oss. Spendier mir einen Drink, Ike. Das ist das Mindeste, was du tun kannst«, sagte sie und winkte dem Barkeeper.

Ike befummelte die Knöpfe seiner Seemannsjacke. Er lehnte sich nach vorn, stemmte die Ellbogen auf den Tisch und versuchte uns allen mit stockenden Worten zu erklären, dass er ratlos gewesen sei und nicht gewusst habe, ob er die Rolle tatsächlich bekommen würde. Dann habe man ihm aber – nun ja – zugesagt. Man habe ihm mitgeteilt, man werde ihm einen Vertrag ausstellen, und ihn gefragt, ob er einen Notar habe und ob die Sache gleich am Montag über die Bühne gehen könne.

»Also scheint es zu klappen«, sagte er. »Nehme ich an.«

»Nehme ich auch an, Scheiße noch mal«, sagte Madeline.

»Du bist ein Arsch, Ike«, sagte Stephanie. Der Barkeeper hatte ihr den Drink gebracht, und sie hatte ihn so schnell geleert, dass sie dem Mann das Glas gleich wieder in die Hand drückte und ihn bat, ihr noch einen Schnaps für den Weg nach draußen auf die Bar zu stellen.

Sie stand auf und wickelte sich den Schal um Hals und Kinn. Der Alkohol und die Wut ließen sie schwanken. Sie drehte sich auf den Hacken um und marschierte zur Tür, wobei sie einen großen Bogen schlug, um den Schnaps zu holen, den ihr der Barkeeper auf die Ecke der Bar gestellt hatte. Als er merkte, wie unsicher sie auf den Beinen war, griff er nach dem Glas, vielleicht, damit sie es sich noch einmal überlegte, doch sie schnappte ihm den Schnaps vor der Nase weg, leerte ihn und stapfte mit dem Glas durch die Tür in den Sturm.

Alle in der Bar sahen ihr zu. Draußen im grün-gelb-roten Licht der Ampeln drehte sie sich um und schleuderte das Schnapsglas, das sie geklaut hatte, in unsere Richtung. Wir zuckten alle zusammen und duckten uns.

Das Glas knallte gegen den Mittelpfosten des Fensters und ging in Scherben, die sich mit den Myriaden von Schneekristallen vermischten.

Als wir wieder nach draußen sahen, stieg Tante Stephanie in ein Taxi, das wie aus dem Nichts aufgetaucht war. Das Taxischild erlosch. Der Wagen verschwand, und im nächsten Moment gab es draußen nichts mehr außer dem Sturm, der Greenwich Village und damit all das, was Ike und die anderen Schauspieler »die Szene« genannt hätten, unter Bergen von Schnee begrub.

Ich sah zu Ike. Madeline wollte ihn etwas fragen, doch er schüttelte nur abweisend den Kopf.

Diese Nacht verbrachte ich in Ikes Wohnung. Wir hatten das White Horse eine gute Stunde nach Stephanie verlassen. Wahrscheinlich hatte Ike gehofft, sie würde anrufen oder sogar zurückkehren, wenn sie sich beruhigt hatte. Jeder in der Akademie kannte die Telefonnummer des White Horse – das White Horse und der Grieche waren für die MADA-Schauspieler die wichtigsten Anlaufstellen in ihrer freien Zeit. Doch Tante Stephanie kreuzte nicht mehr auf; sie rief nicht einmal an.

Alle tranken noch einen. Ed Green spielte in der Telefonzelle auf zwei Bongos. Unter dem Beifall der Schauspieler und der Stammgäste an der Bar rauchte ich eine Zigarette. Ike rang mir das Geständnis ab, dass ich mir beim Griechen auf Kosten des Gemeinschaftskontos Kippen abzweigte. Erst wollte ich es nicht zugeben, aber ich glaube, er hatte mich längst durchschaut und wollte nur die Bestätigung, dass ich »trickste«. Er sagte immer, man müsse tricksen. Nur so komme man durch in New York. »In Amerika«, sagte er.

Vielleicht hätte an diesem Abend jemand Tante Stephanie folgen sollen. Das wäre wohl Ikes Rolle gewesen: Er rennt in den Sturm und brüllt ihren Namen, wie Stanley in *Endstation Sehnsucht* nach Stella brüllt, während wir anderen durch die gelblich erhellten Fenster der Bar zuschauen wie Figuren auf einem Gemälde von Hopper. Dann hätten Stephanie und Ike sich umarmt, vielleicht hätte sie ihn auch geschlagen oder sie wären gemeinsam im Sturm verschwunden, und danach wäre die Bühne ins Dunkel getaucht worden.

Doch das Taxi, das wie durch Zauberhand erschienen war, hatte dem Ganzen einen völlig unerwarteten Schlusspunkt gesetzt. Ja, dieses Ende ließ uns alle wie Idioten aussehen: Eine Kürbiskutsche erscheint aus dem Nichts, um die Prinzessin abzuholen. Tante Stephanie hatte uns alle an die Wand gespielt.

Doch sie bezahlte ihren Preis dafür. Erst im Laufe der Jahre wurde mir bewusst, wie sehr es sie belastete – und in eines ihrer tiefen Löcher stürzen ließ –, dass Ike in Kürze aus der Aufführung und aus ihrem Leben verschwinden würde. Wir konnten es an dem Abend in der Bar weder sehen noch hören, doch sie weinte draußen im Sturm. Sie wandte uns, ihrem Publikum, den Rücken zu, während ihr die Tränen über die Wangen rannen.

Ich stapfte mit Ike durch den Schnee, fort vom Village und in Richtung Hell's Kitchen. Die Schneewehen reichten mir bis zu den Knien.

»Hast du kalte Füße?«, fragte Ike.

»Nee, noch nicht«, antwortete ich, denn ich wollte um keinen Preis der Welt jammern.

Ike erzählte mir, dass ihn der Sturm an eine Zeit aus seiner Kindheit erinnere, die er im Norden von Vermont verbracht hatte.

»Wir sind aus dem nördlichen New Hampshire dorthin gezogen. Ins Königreich, wie die Leute es nennen«, sagte er. »Das Königreich des Nordostens. Heißt so, weil die Gegend so einsam und schön ist.«

Während wir uns durch den Schnee kämpften, erzählte Ike von seinem Leben wie von einem Märchen. Er berichtete von einem Ort namens Fourth Lake, in New Hampshire, wo Seile zwischen den Häusern und den Scheunen gespannt waren, damit sich die Farmer nicht in den Blizzards verirrten; von Eiszapfen, die wegen des starken Winds schräg zur Seite wuchsen; von Schneewehen, die sogar am vierten Juli noch nicht getaut waren; von Waisenhäusern, Prügelstrafen und davon, wie er ausgerissen war, von Jobs in einem Zirkus und einem Laden, den er »Bordello« nannte, von Wölfen und Rumschmugglern an der Grenze zu Kanada und von Tannen, die mit ihm geredet hatten.

All das sprudelte nur so aus ihm heraus, während wir durch den Sturm stapften. Er kam vom einen zum anderen, und ich vermute, dass er mir so ausführlich von seiner Jugend erzählte, damit ich nicht an die Kälte dachte. Wir mussten gut fünfzig Blocks weit laufen, und er hatte wahrscheinlich wenig Erfahrung im Umgang mit Kindern und wollte wohl einfach die Zeit verkürzen.

Zu der Stunde war niemand außer uns beiden in der Stadt unterwegs. Sogar die Lieferwagen im Fleischdistrikt, die sonst immer während der Nacht fuhren, standen verlassen vor den Laderampen der Speicherhäuser an der West Side, während der Schnee durch die Luft peitschte und wirbelte und die Räder der Wagen bis über die Naben begrub.

Ich bezweifele, dass Ike je zuvor so viel von seiner Kindheit erzählt hatte, und ein Großteil war bestimmt erfunden. Es war ein rumpelnder, ungestümer, mitreißender Monolog, kraftvoll genug, um uns weiter gegen den Sturm ankämpfen zu lassen. An diese Nacht habe ich immer wieder zurückgedacht – der Sturm, der lange Weg, der Zauber von Ikes volltönender Stimme. Ein großartiges Lehrstück in Sachen Solo-Auftritt.

Nachdem Ike als Handlanger im Zirkus gearbeitet und all sein Geld für ein Motorrad verpulvert hatte, kam er irgendwann nach New York.

»Damals wohnte ich mit einer Barnard-Mieze oben in der 114th«, sagte er. »Meine Bewerbung an Dortheas Akademie war ihre Idee. Sie meinte, ich sei begabt. Ja, die Kleine sagte, ich hätte Talent. Dorthea sah das anders. Sie sagte: ›Du musst dich entwickeln.‹ Ich sagte: ›Wird gemacht.‹ Dorthea ist genial, Dad. Wenn jemand begabt ist, dann sie.«

Wir erreichten Ikes Wohnung, und in dem Moment, in dem er aufhörte zu erzählen, merkte ich, dass meine Füße – die in halbhohen Keds steckten – fast erfroren waren. Wir stiefelten zur Wohnung hinauf, eine Bahnarbeiterbude im dritten Stock eines Gebäudes im Westen der Stadt, die sich Ike mit einem Puppenspieler und Gelegenheitsschauspieler namens Wilbur Jens teilte. Die Haus stand direkt am Fluss, und in der Küche gab es eine Badewanne, für mich ein vollkommen neuer Anblick.

»Wilbur wird dir gefallen«, sagte Ike.

Doch Wilbur war nicht da.

Es war niemand zu Hause, und die Wohnung war ein einziger Trümmerhaufen.

»Sieht aus wie nach einer Party«, sagte ich. Überall lagen Kleidungsstücke und Bücher herum, Zettel waren auf dem Fußboden verstreut, Lampen umgekippt, Vorhänge heruntergerissen.

»Nein«, erwiderte Ike. »Das war keine Party.«

Ich fragte mich, ob es sich um einen Einbruch handelte. Ich hatte in der Bücherei gehört, wie eine Frau meiner Mutter geschildert hatte, was Diebe bei einem Einbruch in ein Nachbarhaus angestellt hatten. Sie hatten sogar auf das riesige Doppelbett des Ehepaars gekackt.

Ike mochte nicht sagen, was er dachte – dass meine Tante hier getobt hatte. Er ging in eines der hinteren Zimmer. Ich hörte, wie er »Mist!« brummte.

Ich folgte ihm durch den Flur und warf einen Blick auf die aufgeschlitzte Matratze, die zerrissenen Kleider, den umgestoßenen Schreibtisch und den zerbrochenen Spiegel.

»Unser Zimmer«, sagte Ike. »Offenbar hat sie ihre Sachen geholt.«

Dann riss er plötzlich in einem Anflug von Schrecken die Augen weit auf, stieß sich vom Türrahmen ab und rannte durch den Flur ganz nach hinten zur letzten Tür. Er schaute ins Zimmer und stieß einen Seufzer der Erleichterung aus.

Als ich auch einen Blick riskierte, war ich mir nicht sicher, ob das Zimmer verwüstet oder aufgeräumt war, denn der Anblick war bizarr. Es sah aus wie ein Schlachthaus für Stofftiere und Zeichentrickfiguren. Dutzende von losen Puppenköpfen, hölzernen Torsi und Beinen hingen an Balken unter der Decke. Durch eine Schar fertiger Marionetten schlängelte sich ein glitzernder, chinesischer Drache, der nur bedient werden konnte, wenn mehrere Leute hineinkrochen. Mit seinem aufgerissenen Maul sah das Ungeheuer aus, als wollte es die Puppen verschlingen. Das einzige Fenster stand einen Spalt offen, und die steife Brise, die hereinwehte, ließ die Marionetten tanzen.

Unter anderen Umständen hätte ich dieses Zimmer vielleicht länger bewundert. Doch in jener Nacht, als ich auf fast erfrorenen Füßen in einer verwüsteten Wohnung von Zimmer zu Zimmer humpelte, zuckte ich wimmernd von der Tür zurück.

Durch das offene Fenster wirbelte Schnee, der sich auf dem Fußboden zu einer kleinen Wehe sammelte. Ike bahnte sich elegant einen Weg durch den Wald aus herabhängenden Marionetten und schloss das Fenster. »Immerhin hat sie dieses Zimmer verschont«, sagte er.

Er knipste eine Lampe über der Werkbank an, auf der sauber aufgereihte Puppenköpfe und Gliedmaßen lagen. Im Licht wirkte das Zimmer ordentlicher. Die Werkbank war aufgeräumt, die Puppen hingen in Reih und Glied von der Decke und auf Wandregalen lagen Handpuppen – fröhliche Tiere, ernste Ritter und Drachen, tölpelhafte Figuren mit Clownsköpfen.

In einer Ecke rechts von mir erblickte ich ein kleines Puppentheater. Es hatte rote Samtvorhänge, das Portal war mit vergoldeten Rokokoranken verziert, und es schien sowohl für Handpuppen als auch für Marionetten konstruiert zu sein. Ich wollte es gerade genauer betrachten, als wir in der hintersten Ecke ein Stöhnen hörten.

Die Matratze war mir anfangs gar nicht aufgefallen, weil sie im Schatten lag. Unter mehreren Army-Decken bewegte sich jemand.

Ike riss die Decken weg, und eine Gestalt in einem längs gestreiften Flanellpyjama kam zum Vorschein, groß und hager wie eine Skulptur von Giacometti. Der Mann – es war Wilbur Jens – würgte, als müsste er sich gleich übergeben. Unter Ikes Schuhen knirschte es trocken, und Glas knackte. Ike war auf eine Spritze und einen Gürtel getreten. Er schob das Zeug beiseite und hievte Wilbur von der Matratze, fluchte und befahl ihm zu reden. Doch Wilbur konnte sich nicht einmal allein auf den Beinen halten.

Beim Anblick von Ike, der verzweifelt versuchte, Wilbur zu stützen, vergaß ich, wie stark meine halb erfrorenen Füße schmerzten.

»Hör zu, Dad, wir haben ein Problem«, sagte Ike. Er hatte sich einen Arm Wilburs über die Schulter gelegt, sodass der Mann an seiner Seite hing. Wilburs Kopf sackte nach unten, aus seinem Mund baumelte ein silbernes Speichelnetz.

»Wilbur geht es nicht gut«, sagte Ike.

»Was hat er denn?«

Ike runzelte ungeduldig die Stirn und sagte: »Drogen. Zu viel Shit.«

»Shit?«

»Das ist eine Droge.«

»Die Droge heißt Shit?«

»Ist nur ein Spitzname.«

»Wie heißt sie richtig?«

Inzwischen drehte Ike mit Wilbur eine kleine Runde. Für drei seiner Schritte machte Wilbur einen. Ike schleppte ihn durch den Flur ins Wohnzimmer, in die Küche und wieder zurück.

»Heroin«, sagte Ike. »Schon mal davon gehört?«

Wir waren beide etwas gereizt. Ich spürte, dass meine Füße auftauten und immer stärker schmerzten. Außerdem war ich hundemüde, denn es war fast drei Uhr früh. Was Ike betraf, so hatte er eine tobende Freundin am Hals, einen halb komatösen Junkie und einen elfjährigen Jungen.

»Ich habe schon mal von Heroin gehört«, erwiderte ich.

Ich ging ins Wohnzimmer, setzte mich auf das unförmige braune Sofa und zerrte an meinen Schuhen. Bei seiner nächsten Runde sagte Ike: »Gute Idee. Wärm deine Füße.«

»Mache ich doch schon.«

»Prima.«

Ich legte die Hände um meine nackten Füße. Meine Zehen glichen zehn weißen Kieselsteinen. Am liebsten hätte ich geheult. Meine Füße schmerzten, und beim Auftauen begannen sie zu jucken. Ike drehte mit Wilbur Runde um Runde durch Wohnzimmer und Flur und wieder zurück. Auf dem Küchenfußboden hatte er eine Flasche Orangensaft entdeckt, den er Wilbur gewaltsam einflößte. Dieser sabberte und bekleckerte dabei seine Brust und Ikes Arm. Ike fluchte und schleppte ihn weiter.

Das Letzte, was ich sah, bevor ich zusammengerollt unter einer dünnen gelben Wolldecke einschlief, war Ike, der in der Wohnung seine Runden drehte und von dessen Schulter der Puppenspieler hing wie eine Marionette, der die Fäden gerissen waren.

»Dad.«

Ike weckte mich durch sanftes Schütteln.

»Dad, ich habe einen Plan.«

Ich richtete mich auf. In der Wohnung herrschte das gleiche Chaos wie zuvor, nur dass es nun vom hellen Morgenlicht beschienen wurde. Der Himmel war klar und blau. Ike sah erschöpft aus und sein Atem roch säuerlich. Er trug immer noch die Kleider vom letzten Abend; offenbar hatte er kein Auge zugetan.

Wilbur Jens saß in der Küche in einem Rohrstuhl aus Aluminium mit Vinylpolster und aß Müsli. Er hatte gebadet, die Haare gekämmt und trug einen sauberen Blaumann aus Drillich. Er saß nicht am Tisch, sondern hielt die Schale in der Hand, und seine Schuhe standen mitten im Durcheinander aus Nahrungsmitteln und Besteck, das immer noch den Fußboden bedeckte. Er zwinkerte mir zu und schwang seinen Löffel wie einen kleinen Taktstock.

Dann stellte er die Schale weg, griff nach unten zu seinen Füßen und fischte eine flache, an ein Lineal erinnernde Leiste aus dem Müll. Er suchte weiter herum und fand eine Holzpuppe mit Gelenken und einem Pflock auf dem Rücken, an dem man sie halten konnte. Er schob sich die Leiste wie ein Sprungbrett unter den Oberschenkel, stellte die Puppe auf das Ende und klopfte mit den Fingerknöcheln darauf, sodass die Puppe zu tanzen und zu hüpfen begann.

Ike trat zwischen mich und Wilburs kleine Vorführung.

»Mein Plan ist«, sagte Ike, »dass ich dich mit Wilburs Jeep nach Hause bringe.«

»Er hat einen Jeep?«, fragte ich. Damals hatte kaum jemand – schon gar kein Zivilist – einen Jeep. Diese Autos konnte man eigentlich nur aus Restbeständen der Army erwerben, und das hieß in den meisten Fällen, dass sie in Einzelteilen angeliefert wurden, die wiederum gut eingefettet in Kisten verpackt waren. Tatsächlich hatte Wilbur seinen Jeep auf genau diese Art bekommen.

Wilbur ließ die Puppe hinter Ike hervortrapsen und eine Verbeugung machen.

»Er hat ihn eigenhändig in der Werkstatt in der Twelfth Avenue zusammengeschraubt«, rief Ike.

Wir fuhren auf dem Pulaski Skyway. Der Jeep hatte eine Segeltuchabdeckung, und die Seitenwände knatterten im Wind. Hinter den schwarzen Brückenträgern erstreckten sich die Meadowlands unter dem blauen Himmel, bedeckt vom frisch gefallenen Schnee. Schmelzwasserbäche schlängelten sich durchs Gras, das von einem starken Westwind gepeitscht wurde. Dieser Wind hatte den Sturm aufs Meer abgedrängt und den Himmel blankgefegt. Auf den Flüssen, die Ebbe und Flut ausgesetzt waren, tanzten weiße Gischthauben. Über das Marschland zogen sich Hochspannungsleitungen, aus den Fabrikschornsteinen quoll kaum Rauch, und die Straße war so gut wie leer. Nur eine zerfurchte, von hohen Schneewällen gesäumte Fahrspur war geräumt.

»Ein Glück, dass wir Allradantrieb haben«, sagte Ike.

Wir hatten den Jeep bei einer Taxi-Werkstatt in der Twelfth Avenue abgeholt, wo Wilbur in einem Nebengebäude parken durfte. Müllwagen mit Schneepflügen hatten die West Street geräumt, und so konnten wir den Holland Tunnel nehmen. Ich hatte die gelbe Wolldecke mitgenommen, fror aber trotzdem. Und wieder lenkte mich Ike durch sein Gerede ab.

»Spitz die Nase, Dad. Selbst hier oben kannst du die Secaucus-Schweinefarmen riechen. Sogar nach einem fetten Sturm. Der Gestank dringt durch die dickste Schneedecke. Ich habe mal auf einer Schweinefarm gearbeitet.« Ike rumpelte rasant auf der Straße entlang, redete genauso laut, wie der Motor dröhnte, kurbelte am Lenkrad und hielt uns in der schmalen, halb vom Schnee geräumten Rinne auf Kurs. Schließlich fuhren wir vom Skyway hinunter ins Marschland. Ich fragte mich, was gerade in meiner Mutter vorging. Wahrscheinlich saß sie am Fenster und wartete auf mich. Ike hatte sie mit einem R-Gespräch aus einer Telefonzelle in der Taxi-Werkstatt angerufen. Sie sagte, wir sollten mit dem Geld, das ich dabeihatte, tanken. Dass meine Mutter die Sache in die Hand nahm und dass ich in ihre Umlaufbahn zurückkehrte, gab mir ein besseres Gefühl. Hauptsache, der Jeep schaffte es durch die verschneiten Meadowlands und bis in die Vororte.

»Eine Schweinefarm draußen in Iowa. Vielleicht war's auch in Nebraska. Auf jeden Fall roch sie genau wie Secaucus. Ich habe es gehasst. Im Königreich hatten wir auch Schweine, allerdings nicht so viele, und unsere Schweine waren pfiffiger als die in Iowa oder Nebraska.« Ike warf mir immer wieder prüfende Blicke zu. Ich sah ihn über den Saum meiner Decke hinweg an; er grinste über dem aufgeklappten Kragen seiner Seemannsjacke. Wir trugen beide blaue Wollmützen.

»Weißt du, wie es dort läuft? Sie halten ihre Schweine in riesigen Mastställen, und sie treiben sie von einem Stall in den anderen. Wenn ein Maststall frei war, musste ich mit dem Bulldozer rein und die Scheiße wegräumen. Außerdem musste ich regelmäßig die Rücken der Schweine inspizieren. Das war wichtig, weißt du, weil die Biester regelrechte Wadenbeißer sein können. Schon mal davon gehört, dass sich Schweine beißen?«

Den Begriff Wadenbeißer hatte ich tatsächlich schon gehört. Meine Mutter hatte Oss Newry einmal so genannt.

»Wenn man zu viele Schweine zusammenpfercht, Dad«, fuhr Ike fort, »werden sie zu Wadenbeißern. Wortwörtlich. Sie spielen verrückt und beißen sich gegenseitig. Ist eigentlich nicht schlimm. Ein bisschen Beißen geht in Ordnung, denn es zeigt, dass der Maststall voll ist und dass man keinen Platz verschwendet. Aber zu viel Beißen? Das ist übel. Denn die Wunden infizieren sich, und die Schweine werden krank oder sterben, und dann verliert man Geld, verstehst du?«

Ich sagte, das würde ich verstehen. Ich konnte die Schweinefarmen nicht mehr riechen. Wir hatten Secaucus längst hinter uns gelassen.

»Mit Schauspielern ist es im Grunde das Gleiche«, sagte Ike. »Wir drängen uns alle in einem riesigen Maststall. New York. Wir beißen einander in die Waden. Wenn wir zu viel beißen, schaden wir uns selbst. Aber wenn wir aufhören zu beißen, machen wir es uns wohl zu leicht. Ich weiß auch nicht. Was meinst du?«

»Keine Ahnung«, antwortete ich und zuckte übertrieben stark mit den Schultern, falls ich unter meiner Wolldecke nicht laut genug gesprochen haben sollte.

Dann stellte ich eine Frage, die ich gar nicht stellen wollte. Ich hatte nicht einmal darüber nachgedacht, weil seit dem letzten Abend so viel passiert war, aber wir fuhren zu meiner Mutter, und plötzlich sah ich sie und Ike in Gedanken zusammen, sowohl bei der Party oben auf der Beleuchtungsbrücke als auch bei uns zu Hause in Jersey. Ich spürte wieder dieses Brennen in der Brust. Dieses Mal war ich aber nicht wütend auf meinen Vater. Ich vermisste ihn. Ich wollte nicht, dass sich Ike in unserer Wohnung aufhielt. Auf jeden Fall wollte ich nicht, dass er bei uns wohnte. Ich wollte, dass alles anders war. Irgendwie stimmte gar nichts. Doch ich fror nicht mehr. Mir war heiß und ich war aufgewühlt, und die Frage platzte einfach aus mir heraus: »Unterschreibst du den Vertrag für die Fernsehserie?«

Ike sah mich an. Seine blauen Augen leuchteten plötzlich. Er war die ganze Nacht wach gewesen, und das nach einer langen, anstrengenden Probe, nach einem Streit mit meiner Tante, nach all den Bieren im White Horse und dem Bemühen, seinen Mitbewohner vor den Folgen einer Überdosis zu bewahren, und er war müde und erschöpft. Seine

Augen hatten nur während des Telefonats mit meiner Mutter geleuchtet. Und sie leuchteten jetzt im Jeep, kurz bevor er meine Frage beantwortete.

»Ja«, sagte er. »Ja, ich werde unterschreiben. Und das wird alles verändern.«

Ich hätte meiner Mutter gern erzählt, was Ike gesagt hatte. Nicht das mit den Schweinen, sondern das mit dem Vertrag und der Fernsehserie. Doch ich war zu müde. Wir hielten vor unserem Haus in der Oak Avenue, und Ike brachte mich zur Tür. Ich musste durch Schnee waten, der mir bis zu den Schenkeln reichte, weil unser Weg noch nicht geräumt worden war. Meine Mutter war zu Hause. Es war ein Sonntag. Trotz Sonnenschein und blauem Himmel wirkte das Viertel wie eingesargt. Das einzige Geräusch waren die im Wind knarrenden Eichenäste über unseren Köpfen und das gelegentliche Kratzen der Schaufel irgendeines Nachbarn, der den Weg zu seinem Haus freischippte.

Meine Mutter öffnete uns die Tür und drückte mich fest. Ich sank in ihre Arme und lehnte mich gegen ihre Oberschenkel. Sie bat Ike herein. Er sagte, er könne nicht lange bleiben.

Nachdem ich mir trockene Kleider angezogen hatte, hörte ich auf dem Weg nach unten, dass Ike draußen die Einfahrt schippte.

»Er wollte unbedingt«, sagte meine Mutter. »Er meinte, es sei zwar dein Job, aber du hättest eine lange Nacht gehabt und könntest ein bisschen Ruhe gebrauchen.«

Ich weiß nicht mehr genau, was noch alles passierte, während Ike da war. Jahre später erfuhr ich es. Sein Besuch war nicht ganz unwichtig. Doch ich sah die beiden – Ike und meine Mutter – nur am Küchentisch Kaffee trinken, während ich im Wohnzimmer auf dem Sofa lag. Eigentlich war es nicht viel gemütlicher als das, auf dem ich in Ikes Wohnung geschlafen hatte wie ein Stein, aber es gehörte zu meinem Zuhause. Ich dämmerte bald ein.

Sie saßen sich am Tisch gegenüber und redeten. Vermutlich erzählte Ike meiner Mutter von dem Job, der alles verändern würde. Außerdem tat er das, was er üblicherweise tat, um eine Frau zu verführen. Denn genau das geschah, wie ich Jahre später von meiner Mutter erfuhr. Sie erzählte es mir und Dorthea, als wir sie wieder einmal im Krankenhaus besuchten. Dorthea war nicht überrascht. Auch sie habe ihre Gelegenheiten mit Ike Devoe gehabt, sagte sie. Beide Frauen mussten kichern und ergriffen sich bei den Händen.

»Ich hatte solche Angst, dass du es herausfinden könntest«, sagte meine im Bett liegende Mutter zu mir. »Ich mochte ihn nicht einmal mit nach oben ins richtige Bett nehmen, weil wir dann durchs Wohnzimmer hätten schleichen müssen, wo du auf dem Sofa geschlafen hast. Deshalb sind wir in die Vorratskammer gegangen, in der ich Wäsche gestapelt hatte. Wir machten es auf alter Wäsche. Ike Devoe und ich.« Sie lachte, aber das löste Hustenreiz bei ihr aus, und deshalb begann sie zu weinen, was aber nicht lange anhielt. Schließlich lachte sie wieder.

Dorthea und ich saßen einfach nur da und sahen ihr zu.

Als ich an jenem schneehellen Sonntag wieder erwachte, war Ike schon weg. Meine Mutter faltete Wäsche zusammen. Als ich in die Küche kam, hob sie den Kopf, lächelte mich an und fragte, wie die Probe gelaufen sei.

SIEBEN

Ich will niemanden schlechtmachen, verrate aber ganz bestimmt kein Geheimnis, wenn ich sage, dass es nicht besonders schwierig ist, einen geistig Behinderten zu spielen. Viele Schauspieler behaupten trotzdem, das sei eine hohe Kunst, eine Meinung, in der sie durch den Beifall der Öffentlichkeit bestärkt werden; außerdem ist eine solche Rolle in einem großen Film immer für einen Oscar gut.

Kann sein, dass ich gemein bin, aber so sehe ich die Sache. (Und ich in meiner Lage mache mich hier bestimmt nicht über Behinderte lustig.)

Deshalb fühle ich mich auf den Arm genommen, als ich schließlich mit dem Herrn am Hörer spreche. Ich halte ihn zunächst für einen befreundeten Schauspieler, der eine dieser Behinderten-Rollen veralbert. Oder sich über meine neue Sprechweise lustig macht. Vielleicht will er mir sagen: Nimm's nicht so schwer, Mann. Lach darüber. Natürlich hast du deine Probleme, aber schau mal, was ein paar Blocks weiter in Downtown los ist.

Ich bin allein zu Hause. Es ist Anfang Dezember. Cecily ist für ein Wochenende aus Oberlin, wo sie gerade mit ihren Schauspielern Station macht, nach New York geflogen, aber jetzt ist sie schon wieder in Ohio. Seit kurz vor Thanksgiving bin ich allein. Mein erster Solo-Auftritt in Schlaganfallistan, und ich freue mich, sagen zu können, dass er recht erfolgreich war. Ich habe meinen eigenen Pfleger und Versorger gespielt. Ein paarmal hat Vasily vorbeigeschaut, doch die meiste Zeit war ich im Horst allein.

Die alte MADA-Bühne unten liegt im Dunkeln, und weil kaum jemand die Probenräume nutzt, ist es still im Gebäude.

Hin und wieder wage ich einen Spaziergang. Das hat mir Dr. Roos nahegelegt. Ich gehe mühsam die Treppen vom Horst hinunter, um auszuprobieren, wie weit ich es ohne Fahrstuhl schaffe.

Ich nehme den Weg, den ich immer mit meiner Mutter von der Fähre gegangen bin. Der Anleger in der Liberty Street muss irgendwo in der Nähe des Katastrophenorts gewesen sein. An diesem Uferabschnitt gab es früher mehrere Landungsbrücken für Transatlantikdampfer, dort machten die großen Schiffe fest: die *United States*, die *Queen Mary*, die *Queen Elizabeth*, die *Isle de France*. Sie lagen an ihren Kais im graubraunen Wasser, über dem die Höchstlademarken zu sehen waren; ihr Bug überragte die Straße, Fahnen wehten, Trossen und Taue spannten sich kreuz und quer durch die Luft. Dazu das Gewimmel auf den Landungsbrücken: Auf Straßenebene gab es großräumige Hallen, in denen Lieferwagen und Gabelstapler mit Frachtballen für die Ladebäume der Schiffe herumsausten, und darüber befanden sich die Abfahrtshallen mit den Gangways für die verschiedenen Klassen, die schräg nach oben führend den Abgrund zwischen Schiff und Pier überbrückten.

All das ist längst Geschichte. Inzwischen ist das Ufer frei. Die Landungsbrücken sind abgebrannt, in vielen Fällen durch

Brandstiftung, und ihre einzigen Überreste bestehen aus den Pfahlstümpfen, die aus dem Wasser ragen.

Heute ist das Ufer wunderschön, denn man hat es in einen langen, durchgehenden Park verwandelt. Man kann gemütlich zu Fuß oder mit dem Fahrrad von der Battery hinter der George Washington Bridge bis nach Spuyten Duyvil ganz oben in Manhattan gelangen. Nur der Abschnitt beim Katastrophenort ist gesperrt – und wird es noch einige Monate sein.

Ich schaue in Richtung Downtown. Aus dem Krater steigen immer noch Staubfahnen auf. Allmählich gewöhnt man sich an die verstümmelte Skyline, und die Leerstelle zwischen den Gebäuden überrascht nicht mehr so stark. Die riesigen Kräne schwingen langsam zwischen den Lastwagen und den Schuttkähnen hin und her.

Jeden Tag gehe ich in Richtung der Menschen, die sich dort versammeln, wo die Christopher Street in den West Side Highway mündet, eine Stelle, die man »Point Thank-You« nennt. Dort sehe ich die Sternenbanner und Plakate, die stets ein wenig wilder flattern, wenn Polizeiautos oder Kipplaster vorbeifahren.

Point Thank-You war für mich immer etwas zu weit weg auf diesem windigen Abschnitt des Highways. Ich musste umkehren, müde und wackelig auf den Beinen, während die Leute dort immer noch standen und jubelten.

Doch heute schaffe ich es. Auf der Verkehrsinsel halten sich ein gutes Dutzend Leute auf. Ich stehe an einer nahen Straßenecke, stütze mich auf meinen Stock und beobachte sie. Die Krakeeler stehen in der Kälte dicht zusammengedrängt und pfeifen und jubeln. Sie sind seit kurz nach dem Anschlag dort, Tag und Nacht, halten sich gegenseitig bei der Stange und feuern die Rettungs- und Aufräumarbeiter an. Ich frage mich, wie lange sie noch durchhalten.

Ein Rettungswagen mit zwei Polizeimotorrädern als Eskorte verlässt den Katastrophenort durch das Tor im Sicherheitszaun, und am Point Thank-You nehmen sie ihre Mützen ab und stehen stumm da.

Nachdem noch ein paar Autos vorbeigefahren sind, jubelt die Truppe weiter.

»Hey, Mann!«, ruft einer, als er mich gegenüber am Highway stehen sieht. »Ein Hurra für die Helden!« Ich winke mit meinem Stock.

Er winkt zurück und bläst in seine Polizeipfeife.

Heute habe ich noch kein Wort gesprochen. Ich bleibe stumm. Jemand aus Dr. Wings Büro hat vorhin angerufen, um meinen Termin abzusagen, und das beunruhigt mich ein wenig. Der Ärztin gehe es nicht gut. Mehr hat die Sekretärin mir nicht mitgeteilt, doch ich mache mir Sorgen.

Ich verlasse Point Thank-You.

Zu Hause breche ich mein Schweigen, um die Übungen zu machen, die mir Dr. Wing für diese Woche aufgegeben hat.

Pittje Pitt.

Hottentotten-Trott.

Ein paarmal sage ich laut: »Ein Hurra für die Helden.« Als am frühen Abend das Telefon klingelt, gehe ich ran, weil ich denke, dass es Cecily sein könnte.

Doch ich vernehme das vertraute Gerede und Gelärme im Hintergrund und höre, wie jemand in einem abgehackten Singsang meinen Namen nennt.

Ich versuche zu erraten, wer dieser Witzbold sein könnte. Ich sage: »Na los – wer ist dran?«

Ich gehe ein paar Namen durch. Ich fordere die Person, wer immer es sein mag, dazu auf, die Anrufe zu unterlassen. Doch mein Schlaganfallistanisch klingt nicht besonders autoritär. Ich höre mich eher so an, als würde ich den Anrufer imitieren.

»Noah«, sagt der Anrufer. »Noah Pingree. Ich bin nicht diese Leute. Ich bin nicht diese Leute. Ich kenne diese Leute nicht. Ich bin nicht diese Leute.«

Der Mann klingt ein wenig wie ein Roboter: ein monotones, aber hastiges Stakkato. Die Redeweise des Herrn am Hörer hat etwas Klagendes und Einfaches, aber zugleich klingt er so, als wäre er meinetwegen ungeduldig und verärgert. Genau deshalb bezweifele ich, dass es sich nur um einen Witzbold handelt, der Rain Man imitiert.

»Na schön«, sage ich. »Tut mir leid. Wer sind Sie?«

»Ich bin dein Cousin. Wir sind uns nie begegnet.«

Mir kommt es zwar eher vor wie eine durch den Schlaganfall bedingte Zuckung als eine bewusste Tat, und ich weiß nicht, ob ich es absichtlich tue oder nicht, doch ich lege auf.

Zwei Tage später, bei der nächsten Probe, schwieg sich Tante Stephanie über die Nacht mit dem Blizzard aus. Ich sprach sie auf dem Weg zur Garderobe, die sie sich mit den anderen Frauen des Ensembles teilte, darauf an. Tante Stephanie, bleich und fahrig, ließ ihre Handtasche auf den Schminktisch fallen, kramte nach Aspirin und schickte mich dann los, um ein Glas Wasser zu holen.

»Ich bin durch den Sturm gelaufen«, sagte sie bei meiner Rückkehr, lachte rau und schnaubend, schüttelte den Kopf und schluckte die Tabletten, die ich ihr reichte.

»Hast du Ike gesehen?«, fragte ich, als sie mir das Wasserglas reichte.

»Nein.« Sie nahm mir das Glas wieder ab und schlürfte die letzten Tropfen.

»Ich kann dir noch mehr holen«, sagte ich.

»Nein«, sagte sie, und als sie aufstand, begann sie das Wort zu singen, tätschelte meinen Kopf und verließ die Garderobe. »Nein. Nein. Nein. Nein. Nein.«

Das Ensemble traf sich zur Probe im Studio. Dorthea kam die Hintertreppe herunter und betrat den Saal durch die Hinterbühnenvorhänge. Alle wussten, dass Ruhe geboten war.

Dorthea blieb mitten im Raum stehen und verkündete, dass sie mit Ike Devoe gesprochen habe und dass er aus dem Ensemble ausscheiden wolle.

»Er ist schon weg«, sagte sie. »Nach Hollywood.«

Sie klang, als würden ihr die Worte beim Aussprechen im Hals kratzen. Sie hatte diesen Moment nicht gründlich genug geprobt.

Meine Tante saß vorn auf der Tribüne, die man an die hintere Wand des Raums geschoben hatte. Sie hatte die Arme vor der Brust überkreuzt, die Beine übereinandergeschlagen und zog ein gleichgültiges Gesicht. Allem Anschein nach betrachtete sie die Kabel im Beleuchtungsrig über ihr.

In der Nacht des Sturms hatte Tante Stephanie das wie durch Zauberhand aufgetauchte Taxi angehalten. »Der Fahrer war ein Russe, ein Bekannter von Vasily. Unglaublich, oder? Wie klein die Welt doch ist«, erzählte sie meiner Mutter und mir später. Hiervon war sogar teilweise in ihrem im *New Yorker* erschienenen Porträt die Rede.

Als der Taxifahrer hörte, dass meine Tante an der Akademie war, wo auch Vasily wohnte, schaltete er das Taxameter aus.

»In der Nacht hat er mich durch die halbe Stadt kutschiert«, erzählte meine Tante. »Sogar seinen Wodka hat er mit mir geteilt. So etwas passiert bei einem Blizzard. Vor allem mit Russen.«

Sie hielt zuerst bei Ikes Wohnung, wo sie ihre Sachen holen wollte. Tante Steph wusste nicht, dass Wilbur Jens in seinem Zimmer schon halb im Koma lag. Sie habe nie vorgehabt, sein Zimmer zu betreten oder irgendetwas zu beschädigen, das ihm gehörte, sagte sie.

»Nicht, dass ich in der Lage gewesen wäre, ihm zu helfen«, erzählte sie uns.

Nach dem Verlassen von Ikes Wohnung ging sie weinend hinunter zur Straße. Sie hatte völlig vergessen, dass sie den Taxifahrer gebeten hatte zu warten, doch er stand noch da. Er riet ihr, einzusteigen und lieber im Auto zu weinen. Drinnen sei es wärmer, sagte er.

Meine Tante wusste nicht, wo sie übernachten sollte. Sie fand die Visitenkarte mit Liesl Lyles Adresse in ihrer Tasche und ließ sich vom Taxifahrer zu ihr fahren.

Und zu dem Zeitpunkt, als wir uns wieder zur Probe von *Picknick* versammelten, wohnte Tante Steph – vorübergehend – in einem SRO-Hotel am Upper Broadway. Miss Lyle hatte ihr die Kaution für das Zimmer vorgestreckt; ein Detail, das nicht in ihrem Porträt auftauchte.

Osseo Newry wurde der neue Hal; ein Aufstieg von seiner Rolle als Alan. Er war nicht annähernd so charismatisch wie Ike, aber gut gebaut, und hatte einen üppigen, rotblonden Schopf. Ikes Haar war blond, dicht und sehr kurz geschnitten, und manchmal sah er auf eine unheimliche Art wie ein Affe aus. Sein gutes Aussehen hatte etwas Beunruhigendes. Er wirkte gehetzt. Newry sah gefälliger und in gewisser Weise beruhigender aus.

Zum Glück hatte Oss Newry eine rasche Auffassungsgabe, denn genau das brauchte die ins Stocken geratene Produktion von *Picknick*. Er lernte die Rolle des Hal und konnte schon nach zwei Tagen frei sprechen.

Newry wiederum wurde durch Riordan Mulrooney ersetzt. Mulley war der Draht der Akademie zur Avantgarde New Yorks. Später spielte er vornehmlich Typen – Barbiere, Ladenbesitzer, aufgeregte Banker –, aber damals war er der radikalste Schauspieler an der MADA. Er trieb sich vorzugsweise in der Lower East Side herum und arbeitete mit einer Schar von Schauspielern zusammen, die schließlich im Living Theater aufgingen.

»Falls man nackt spielen und in einer Fantasiesprache grunzen muss«, sagte Newry immer, »ist Mulley genau der Richtige.«

Mulley war Feuer und Flamme für Dortheas Unterricht, entwickelte auf der Bühne aber eine nach innen gekehrte verzehrende Energie, die andere Schauspieler wie ein schwarzes Loch aufsaugen konnte. Dorthea trug ihm regelmäßig Entspannungsübungen auf.

»Mr Mulrooney«, sagte Dorthea, »wenn ich Ihnen zusehe, frage ich mich, wann über Ihrer Stirn wohl Blitze auftauchen wie bei diesen Comicfiguren.«

»Ich werde mich um mehr Lockerheit bemühen, Mum«, erwiderte Mulley. Er nannte Dorthea immer »Mum«, und sie ließ es sich gefallen.

Ike war schon eine ganze Weile weg, als Dorthea eine der Proben mitten im ersten Akt unterbrach. Erst bat sie Rhonda, eine Pause auszurufen, dann bat sie Tante Stephanie um ein Gespräch unter vier Augen. Die beiden schlängelten sich durch das Gewirr der Klappstühle, über die Markierungslinien aus Klebeband und schoben sich durch die schwarzen Vorhänge auf der Hinterbühne.

Sie ahnten nicht, dass ich dort war und alles mitbekam. Sobald sie vom Rest des Ensembles nicht mehr gesehen werden konnten, ergriff Dorthea meine Tante beim Handgelenk.

Tante Stephanie schlurfte gehorsam wie ein Schulkind hinter ihr her.

Im Treppenhaus flüsterte Dorthea schroff: »Wie wichtig ist dir das, meine Liebe?«

Meine Tante sagte: »Was?«, und stammelte dann: »W-wie wichtig ist mir was?«

Im Treppenhaus hörten sich ihre Stimmen hohl an, doch jede hatte ihren eigenen Klang. Dorthea sprach nachdrücklich und scharf, ihre Worte ähnelten Schlägen auf einem Tamburin. Meine Tante klang so weich und verschwommen, als wenn man flüchtig über die Öffnung einer leeren Flasche pustete.

»Wie wichtig«, fragte Dorthea, »ist dir das Trinken?«

»O Gott«, erwiderte Tante Steph.

»Im Augenblick«, sagte Dorthea, »ist es dir wichtiger als die Rolle. Wichtiger als deine Kunst. Das jedenfalls teilst du mir mit, wenn du in diesem Zustand zu den Proben erscheinst. Glaubst du, ich wüsste von nichts? Glaubst du, ich würde nichts *riechen*? Ihr jungen Leute bildet euch immer ein, ihr hättet alles Elend selbst erfunden. Tja, aber das haben auch schon andere vor euch erlebt.«

Tante Stephanie weinte jetzt. Mit kleinen, schluckaufartigen Schluchzern. Sie kämpfte darum, die Fassung zu bewahren. Das wusste ich, obwohl ich sie nicht sehen konnte. Jedes Kind weiß, wie es ist, wenn man den Drang zu weinen unterdrückt.

»Ich bin nicht betrunken«, sagte Tante Stephanie.

»Ich bitte dich«, erwiderte Dorthea.

»Ich habe nur einen ganz kleinen Schluck getrunken.«

»Oh, ich bitte dich!«

»Nein, wirklich, ich ...«

»Lüg dir nicht in die eigene Tasche«, sagte Dorthea scharf.

»Es geht schon.«

»Nein, es geht nicht«, erwiderte Dorthea. »Heute probst du nicht. Wir werden an den Szenen ohne Madge arbeiten.«

»Bitte – nein.«

»Hör zu, Liebes, ich weiß, was mit dir los ist. Ich weiß, dass er dir fehlt. Er fehlt mir auch. Und er wird der Aufführung fehlen. Aber das können wir nicht ändern. Und eines ist ganz bestimmt keine Lösung: betrunken zur Probe zu kommen.«

Bei dem Wort »betrunken« wimmerte meine Tante und wollte schon wieder protestieren. Doch Dorthea legte ihr die Finger auf die Lippen, um zu verhindern, dass sie ihr weiter etwas vormachte.

Draußen im Probenraum wärmte sich Mulley auf, heulte und ließ seine Stimme die Tonleitern hoch- und runterrumpeln. Dann brüllte er: »Muh-muh-muh-muh.«

Ich hockte auf allen vieren und wollte mich gerade rückwärts aus dem Treppenhaus entfernen, als meine Tante sagte: »Da ist noch etwas.«

»Ja?«, sagte Dorthea.

Vielleicht hauchte meine Tante die nächsten Worte, vielleicht mimte sie etwas, um zu verdeutlichen, was sie meinte, und vielleicht war sie auch in Dortheas Arme gesunken und murmelte ihr etwas ins Ohr.

Ich konnte nur hören, dass Dorthea sagte: »O Gott.«

Daraufhin begann Tante Stephanie richtig zu weinen. »Ich habe Angst«, sagte sie.

»Das kann ich verstehen«, erwiderte Dorthea.

»Ich weiß nicht, ob ich es haben will«, sagte meine Tante.

»Hast du es ihm erzählt?«

Die Antwort war Schweigen.

»Hast du es deiner Schwester erzählt?«

Wieder Schweigen.

»Na gut«, sagte Dorthea, die jetzt weniger barsch klang. »Ich werde dir helfen. Geh nach oben in meine Wohnung. Hier sind die Schlüssel.«

Irgendetwas wechselte klimpernd die Hände. Meine Tante schniefte und beruhigte sich langsam.

»Du gehst nach oben, und du rührst meinen Schnaps nicht an«, sagte Dorthea. »Wenn du mein Vertrauen enttäuschst, werde ich das merken. Du wirst schlafen. Wenn du aufwachst, wirst du immer noch Angst haben und immer noch nicht wissen, was du tun sollst, aber eines *wirst* du tun. Du wirst morgen zur Probe kommen, und du wirst am Stück arbeiten. Was die andere Sache betrifft, so werden wir eine Entscheidung treffen. Geh jetzt.«

Ich hörte zögernde Schritte auf der Treppe, und kurz darauf rauschte Dorthea an mir vorbei. Die Vorhänge blähten sich, als sie ins Theater stürmte.

»An die Arbeit!«, rief sie und klatschte laut in die Hände. »Wir haben viel zu tun!«

Weiter vorne war Riordan Mulrooney immer noch mit seinen Sprechübungen beschäftigt: »Buh-buh-buh-buh-luh-luh-luh-l…«

»Mr Mulrooney!«, rügte ihn La Holtz. »Höchste Zeit, dass Sie aufhören zu stottern und anfangen zu *spielen!*«

Im Laufe der Wochen begriff auch ich, dass die Inszenierung auseinanderfiel. Dortheas Anweisungen wurden harscher: »Konzentrierter!« Oder: »Intensiver!« Oder: »Nein, so nicht! Noch einmal, aber besser.« Und sie fluchte häufiger.

Ich konnte mir vorstellen, wie sich die Schauspieler fühlten. Ich weiß, wie quälend ein schlechtes Stück für Außenstehende sein kann – für Regisseur, Team, Produzenten und

Publikum. Doch aus eigener Erfahrung weiß ich auch, wie es den Schauspielern dabei ergeht. In einem schlechten Stück zu spielen ist eine Hölle ganz besonderer Art.

Im Ensemble hatte sich herumgesprochen, dass Oss Dorthea gefragt hatte, ob er sein T-Shirt anbehalten dürfe. Sie hatte erwidert: »Mr Newry, Sie erbitten das Unmögliche«, und hinzugefügt, dass Christus ihrer Meinung nach wohl nie über das Wasser gegangen sei, seinen Jüngern aber genau dies *weisgemacht* habe.

»Und genau das ist Ihr Job, Mr Newry. Sie sollen uns weismachen, dass Sie – wie heißt es so schön im Text? – ein ›außergewöhnlich hübscher Bursche‹ sind, auch wenn Sie sich nicht so fühlen. Spielen Sie wie Christus, Mr Newry. Machen Sie uns zu Gläubigen.«

»Wie Christus, Oss. Ganz einfach«, sagte Janice Rash hinter der Bühne zu ihm. »Aber pass auf, dass wir nicht alle gekreuzigt werden.«

Man muss Oss zugutehalten, dass er versuchte, seinen Körper in Form zu bringen. Er ließ sich von Vasily zeigen, wie man Gewichte stemmte, und er hatte ein Paar Hanteln im Treppenhaus liegen.

Trotzdem fingen die Leute an, sich über Newry zu beschweren (»Irgendwie stimmt sein Timing heute nicht«, »Nur heute?«, »Nur sein Timing?«), und Newry begann sich bei Rhonda, der Inspizientin, über ausgelassene Sätze, verpasste Einsätze und verspätetes Auftreten zu beschweren. Bald darauf dehnte sich diese Stimmung auf das ganze Ensemble aus, und jeder meckerte herum.

Einige Beschwerden waren begründet, andere waren aufgebauscht. Der Grund für alles war jedoch zweifellos der, dass die Aufführung auf einmal keine Seele mehr hatte.

Sogar Dorthea wirkte gut eine Woche nach Ikes Verschwinden überfordert. Ihr Teint wurde zusehends grauer. Ihre Augen wirkten stumpf und ihr einst blondes Haar hatte seinen Glanz verloren und sah aschfarben aus. Statt des gelegentlichen Zigarillos rauchte sie jetzt wahllos Zigaretten. Sie war immer in Rauch eingehüllt. Während sich die Schauspieler durch die Szenen arbeiteten, saß sie am Regietisch, den Kopf über das Textbuch gebeugt, als würde sie darin nach der rettenden Idee suchen. Vielleicht ertrug sie auch einfach nicht den Anblick dessen, was sich vor ihren Augen abspielte.

Tante Stephanie musste zugutegehalten werden, dass sie nie wieder betrunken ins Theater kam. Allerdings traf sie sich nun mit Wilbur Jens. Damit begann ihre Zeit als Fixerin. Es war ein moderater und diskreter Beginn. Vielleicht war es ihre Methode, den Verlust von Ike und das Scheitern des Stücks zu verarbeiten. Sie wirkte die ganze Zeit unglaublich ruhig.

Alle anderen Mitglieder des Ensembles drehten durch. Newry und Mulley hätten sich fast wegen einer Positionsfrage im dritten Akt geprügelt; Madeline Barstow predigte so ausdauernd über Kunst sowie darüber, welche Mitglieder des Ensembles nie auf einen grünen Zweig kommen würden, dass keiner mehr Lust hatte, nach den Proben ins White Horse oder anderswo hinzugehen; jeder verschwand nach Hause und brummte beim Verlassen des Gebäudes ein mürrisches Tschüs. Nachdem man Janice Rash vorgeworfen hatte, ihr Gesicht in Puder zu ertränken und überall in der Damengarderobe Flecken zu hinterlassen, rauschte sie zornig ab und baute sich im Treppenhaus Spiegel und Stuhl auf. Dorthea war so zerstreut, dass sie die Hanteln, das Make-up, den Stuhl und den Spiegel gar nicht bemerkte, die auf der Treppe zu ihrer Wohnung standen.

Und dann, in der Woche, als die Technik geprobt wurde, erschien der Artikel im *New Yorker*. Er handelte nur von Stephanie – dem »Faun der Metropole«. Die Aufführung von *Picknick* und die MADA wurden zwar erwähnt, und die Proben mit Stephanie und Ike wurden in glühendsten Farben geschildert, aber es tauchte kein anderer Schauspieler darin auf. Nicht einmal Dorthea wurde erwähnt. Im Grunde ging es nur um meine Tante, die als Göttin des Beat gefeiert wurde. Der Artikel präsentierte sie als leidenschaftliche Künstlerin, die ein wildes Leben im Zwielicht der Halbwelt des Village führte.

Liesl Lyle hatte in der zweiten Person geschrieben. Gut möglich, dass dies im *New Yorker* zum ersten Mal geschah.

Mitten in einem Blizzard taucht Stephanie Gault in deiner Wohnung auf, ein bisschen high von – ja, von was? – Wein, vielleicht nur unter anderem. Sie drückt sich da nicht genau aus. Was man auch nicht von ihr erwartet. Ihre Augen tanzen Cha-Cha-Cha, während sie dir erst von der existenziellen Erfahrung einer Diskussion mit einer Runde von Künstlerfreunden in einem der Szenetreffs des Village erzählt, die sie abrupt verlässt, um ihre Integrität als Schauspielerin zu wahren, nur um sich gleich darauf in einem Blizzard wiederzufinden, der die ganze Stadt in Schnee erstickt. Dann taucht im wirbelnden Weiß das einzige Taxi auf, das in Greater Metropolitan New York in jener Nacht noch unterwegs ist, und sie, erzählt sie dir, sitzt in seinem Scheinwerferlicht in der Falle wie ein Faun …

Der Artikel wirbelt weiter wie der Sturm an jenem Abend und bezieht sich immer wieder auf einen Abend von zweifelhafter Authentizität, an dem Tante Steph in »deiner« Wohnung ist und von ihren Abenteuern erzählt. Im Grunde enthüllt er wenig – nichts über das Ausmaß ihrer Sauferei oder ihres Drogenkonsums, nichts über ihre Probleme mit Ike –, vermittelt aber Tante Stephs hippes Lebensgefühl. Wenn ich sie damals beim Lesen nicht schon gekannt hätte, hätte ich sofort alles stehen und liegen lassen und wäre in die Stadt aufgebrochen, in der Hoffnung, dort während eines Blizzards einzutreffen und dem Faun der Metropole über den Weg zu laufen, der in diesem Sturm metaphorischen Ausmaßes von einem Ort des Geschehens zum anderen springt. Jede Wette, denn alles klang so hip und cool.

Doch der Artikel isolierte Tante Steph. Die Mitglieder des *Picknick*-Ensembles lächelten freundlich und gratulierten ihr, doch ich wusste, dass sie sich insgeheim verraten fühlten. Die beste öffentliche Werbung, die man sich für das Stück hatte wünschen können, hatte sich schließlich als Lobgesang auf Stephanie Gault entpuppt, eine Beat-Künstlerin vor dem großen Karrieresprung.

Die Resonanz auf das Stück war unwirsch. Die *Times* schickte nicht einmal ihren drittbesten Kritiker, aber vielleicht war das gut so, denn so blieb uns ein Verriss in dieser namhaften Zeitung erspart.

Die Kritiker, die trotzdem kamen, hatten ihre Messer schon gewetzt. Die Rezensionen waren durch die Bank schlecht. Manche drückten ihr Unverständnis darüber aus, dass Dorthea ein Stück auf die Bühne brachte, das vor nicht allzu langer Zeit am Broadway gelaufen war. Offenbar hatten sich diese Kritiker vorgenommen, William Inges neues Ende auszublenden, oder sie waren nach der Pause verschwunden.

Während des Stücks standen immer wieder Leute auf und gingen. Ich sah sie, weil ich draußen vor der Doppeltür des Theaters an einem Tisch Erfrischungen verkaufte.

Wer herauskam, schwieg, kniff die Lippen zusammen, neigte den Kopf zur Seite, versuchte, aus den Augenwinkeln die Reaktion anderer Leute aufzufangen. Hinter den angespannten Gesichtern wuchs der Druck, etwas sagen zu müssen – irgendetwas. Nach einem kurzen Blicktausch oder Geflüster mit Begleitern holte man seinen Mantel und ging. Nicht, dass die Aufführung schlecht gewesen wäre, nein. Zum Teil war sie sogar ausgezeichnet, und Tante Stephanie wurde durchgehend lobend erwähnt.

Am Freitagabend vor dem letzten Wochenende rief Dorthea alle im Theater zusammen. Es war erst vier Uhr nachmittags. Die Doppeltür war zu und draußen im Foyer war es still. Die Schauspieler saßen in den ersten zwei Zuschauerreihen. Rhonda glitt hinter der Scheibe der Lichtregie im Dämmerlicht hin und her. Wie ich feststellte, wartete meine Mutter dort oben mit ihr.

Dorthea war schon im Theater. An diesem Nachmittag verzichtete sie auf einen großartigen Überraschungsauftritt. Sie saß vollkommen reglos auf einem Hocker mitten auf der Bühne. Sobald alle saßen, hob sie den Kopf.

»Ich kann nur hoffen, dass keiner von euch die Kritiken gelesen hat«, sagte Dorthea. Sie riet ihren Schülern immer, ja keine Kritiken zu lesen.

»Ein paar von euch werden es natürlich getan haben. Das lässt sich nicht vermeiden, ist aber bedauerlich, denn«, sagte sie, »wenn ihr an Lobeshymnen glaubt – und das wollen wir ja alle –, müsst ihr auch Verrisse ernst nehmen. Obwohl ihr eigentlich beides ignorieren solltet, denn es lenkt nur ab.«

Sie saß eine Weile schweigend da. Wahrscheinlich wollte sie etwas ganz anderes sagen.

Dorthea wartete auf ihren nächsten Gedanken.

»Ich bin stolz auf euch alle«, sagte sie. »Sogar auf jene von euch – von uns –, die nicht anwesend sind.«

Meinte sie Ike? Unter anderen, nehme ich an. Dorthea wusste, dass Ike für immer in der Schuld ihrer Schauspielschule stehen würde. Und sie wusste, dass ihm dies bewusst war.

Doch sie meinte auch jemand anderen.

Tante Stephanie werde an diesem letzten Wochenende nicht in *Picknick* auftreten, erzählte Dorthea uns. Stephanie sei krank. Die letzte Aufführung von *Picknick* falle aus.

In Wahrheit fuhr Tante Stephanie nach Pennsylvania. Sie hatte strikte Anweisung, allein und mit dem Bus zu kommen. Sie sollte zu einer Kleinstadt südlich von Harrisburg fahren und keinen Koffer mitbringen. Alles, was sie für eine Nacht brauchte, sollte sie in ihre Handtasche stecken. Sie sollte Bargeld mitbringen. Fünfhundert Dollar.

Stephanie hatte den Kontakt zu dem Arzt über jemanden hergestellt, dessen Namen ihr Dorthea genannt hatte. Sie kannte sich mit so etwas aus, wie sie meiner Mutter erzählte, »weil Schauspielerinnen – wie soll ich sagen? – ein interessantes Leben führen. Das Theater ist eine Gemeinschaft, und wenn die Dinge zu interessant werden, müssen sich die Mitglieder dieser Gemeinschaft gegenseitig helfen.«

Meine Tante fuhr mit dem Bus nach Harrisburg und stieg dort in einen Nahverkehrsbus. Sie hatte Anweisung, erst nach Anbruch der Dämmerung einzutreffen. Sie würde die Nacht in einem kleinen Ort verbringen, sich am nächsten Tag dem Eingriff unterziehen und am Nachmittag wieder im Bus nach Hause sitzen. Nach der Abtreibung durfte sie sich nicht mehr in der Kleinstadt aufhalten.

Tante Stephanie saß hinten im Bus, den Kopf an die Scheibe gelehnt, und betrachtete die Kette der Blue Mountains, die in der Aprildämmerung tatsächlich blau aussahen. Die Täler waren flach und sauber in frisch bestellte Felder aufgeteilt; die Bergrücken fielen nach Südwesten hin anmutig ab. Während der Bus über die Betonplatten der Route 11 rumpelte, konnte Stephanie sehen, wie sich über einer vor ihr liegenden Stadt Regenwolken sammelten.

Der Arzt, den sie aufsuchte, war ein Allgemeinmediziner, der einst der Tochter eines örtlichen Polizei-Sergeants aus der Patsche geholfen und danach beschlossen hatte, auch andere Frauen vor zwielichtigen Quacksalbern zu bewahren. Der Sergeant zeigte sich erkenntlich, indem er ihn warnte, wenn die Behörden wieder einmal durchgreifen wollten. Schließlich hatte der Arzt beschlossen, keine Abtreibungen mehr vorzunehmen – es wurde ihm zu riskant –, aber dann stand die Tochter des Sergeants erneut vor seiner Tür, und er machte weiter. Stephanie habe genau zur richtigen Zeit angerufen, sagte der Arzt.

Wie angewiesen, traf sie nach Einbruch der Dunkelheit in Harrisburg ein. Sie hatte ihre Instruktionen am Telefon von einer Frau erhalten, wahrscheinlich die Sprechstundenhilfe des Arztes. Eine nette Frau, erzählte meine Tante später meiner Mutter, jedenfalls so nett, wie es unter diesen Umständen zu erwarten gewesen sei.

Laut Anweisung sollte sich meine Tante zu einem kleinen Fachwerkhaus in der Nähe des Rangierbahnhofs am westlichen Ende der Stadt begeben. Die Wolken ließen einzelne Tropfen fallen, konnten sich aber nicht zu einem richtigen Regen aufraffen. Stephanie glaubte, Donner zu hören, doch als sie in eine Seitenstraße schaute, erblickte sie den von Flutlichtern erhellten Rangierbahnhof, wo eine Diesellok Güterwagen zusammenschob.

Im Bus hatte sie am Wodka genippt, und in Harrisburg

hatte sie eine der blauen Pillen geschluckt, die sie von Wilbur Jens bekommen hatte – eine von mehreren, die er ihr für die Reise besorgt hatte. Wilbur bewahrte die Pillen in einem Puppenkopf auf, den er Stephanie als Glücksbringer schenkte. Es war der lächelnde Kopf eines jungen Fuchses, den Wilbur ausgehöhlt und mit einem Korken verschlossen hatte. Der Puppenkopf war weder abgeschmirgelt noch angemalt; ein blasser, glücklich lächelnder Fuchs aus Kiefernholz. Stephanie hielt den etwa baseballgroßen Kopf auf dem ganzen Weg von New York in der Hand, rieb über die weichen Rillen, die Wilburs Messer ins Holz gekerbt hatte, und lauschte dem Klackern der Pillen. Als sie ihr Ziel erreichte, war der Fuchskopf glatt, und sie war zugedröhnt.

Als sie das Haus suchte, merkte sie, dass ihr jemand folgte. Sie hörte die Schritte, doch die Wirkung der Pillen sorgte dafür, dass das Krachen auf dem Rangierbahnhof und die Schritte hinter ihr gleich laut waren. Offenbar handelte es sich bei der Person um einen Riesen mit Schuhen, groß wie Güterwagen. Stephanie umschloss den in ihrer Manteltasche steckenden Fuchskopf mit der Hand. Als sie um eine Ecke bog und dabei einen Blick über die Schulter riskierte, konnte sie sehen, dass ihr Verfolger nur eine kleine Frau mit Mantel und Handtasche war.

Als sie das Haus erreichte, lief die andere Frau neben ihr her. Sie bogen auf den Hof des Hauses ab, vermieden es, einander anzuschauen, gingen gemeinsam die drei Stufen hinauf und blieben wortlos Schulter an Schulter stehen.

Stephanie stand reglos da, als die Frau auf die Klingel drückte. Ihr Arm steckte in einem grauen, rot und blau gesprenkelten Wollärmel, ihre Hand in einem weißen, gestrickten Fäustling – ein Fäustling, dachte Stephanie, Kinder tragen Fäustlinge. Im Haus ertönte ein fernes, leises Bimmeln.

An dem Abend waren noch fünf andere Frauen da, darunter die Tochter des Sergeants. Stephanie und die Frau mit den Fäustlingen trafen als Letzte ein. Eine kleine Mittfünfzigerin mit karottenrot gefärbten Haaren führte sie zu einem Zweibettzimmer im ersten Stock. Sie sagte, der Arzt werde gleich zur Untersuchung kommen.

»Wir sollen ihn untersuchen?«, fragte die andere Frau.

Die rothaarige Frau lächelte – vermutlich war sie an alle Formen von Nervosität gewöhnt – und antwortete: »Nein, Schätzchen, andersherum.«

Dann ging sie, und die Frau, die Stephanie gefolgt war, warf Fäustlinge, Mantel und Handtasche auf ihr Bett.

»Irma heiße ich«, sagte sie.

Stephanie hatte überlegt, sich anders zu nennen, vielleicht Madge, und Stellen aus ihrer Rolle in *Picknick* zu verwenden, falls die Rede auf Zuhause und Familie kommen sollte.

Sie hatte ihre Zimmergenossin bis dahin noch nicht richtig angeschaut. Da die Frau Fäustlinge trug, war sie davon ausgegangen, dass sie jung war, zu jung für ein Kind, und dass sie deshalb hierhergekommen war. Doch im Licht der Wandleuchte zwischen den Betten konnte Stephanie jetzt sehen, dass Irma fast so alt war wie die rothaarige Frau, die sie zu ihrem Zimmer geführt hatte.

»Ich heiße Stephanie«, sagte meine Tante. »Möchten Sie einen Drink?«

Irma lehnte ab, sagte, das sei jetzt wahrscheinlich nicht das Richtige für sie, und setzte sich aufs Bett. Stephanie fiel auf, dass Irma einen Ehering trug.

Irma testete die Drahtfedern des Betts, und Stephanie kam der Gedanke, dass Irma all dies schon früher getan hatte, in anderen Häusern, bei anderen Ärzten – oder bei wem auch immer.

Auf einmal wurde ihr schwummerig. Sie entschuldigte sich und ging durch den Flur zum Bad, vorbei an zwei anderen Schlafzimmern mit angelehnten Türen, in denen Frauen murmelten. Im Bad leerte sie den Flachmann mit Wodka, der in ihrer Handtasche steckte. Das ging in Ordnung, denn sie hatte noch zwei Flaschen Wodka in ihrem Mantel, beide ins Futter eingenäht.

Wie ihr der Arzt bei der ersten Begegnung im Behandlungsraum sagte, sei der Ort bekannt dafür, dass es ständig regnete.

»In Boiling Springs kann der Himmel wolkenlos sein«, sagte der Arzt, »aber hier: hundertprozentig Regen!«, und er schwenkte gleichgültig eine Hand in Richtung des Wetters hinter den geschlossenen Fensterläden.

Wie Stephanie meiner Mutter später erzählte, fand sie den Arzt sympathisch. Er sei jedenfalls nicht der Grund gewesen, warum sie ihre Meinung damals änderte. »Unter den Umständen«, sagte sie, »hätte man wohl keinen besseren finden können.«

Der Arzt humpelte, und einer seiner Schuhe hatte einen hohen, klobigen Absatz. Er trug eine randlose Brille und hatte einen strengen Seitenscheitel unmittelbar rechts von der Kopfmitte. Das Hemd, das er unter seiner Weste trug, war so gestärkt, dass es knisterte, wenn er sich bewegte. Seine marineblaue Krawatte wies ein Muster aus Fliegen auf, die man beim Angeln als Köder benutzte. Stephanie hielt sie zunächst für ganz normale Insekten; bunte, haarige Fliegen – niedlich. Während des Gesprächs mit dem Arzt fixierte sie diese Insekten. Niedliche Insekten zu betrachten half ihr, Ruhe zu bewahren, denn sie war nervös, und sie war high.

Sie gestand dem Arzt, im Bus etwas getrunken, aber nichts gegessen zu haben. Sie befanden sich in einem Alkoven, der durch einen Vorhang von der Küche getrennt war und als Esszimmer des Hauses diente. Auf einer kleinen, mit einem blauen Frotteehandtuch bedeckten Anrichte lagen chirurgische Instrumente. Die schwarze Tasche des Arztes stand vor der Wand auf einem Holzstuhl.

Der Arzt sagte, er gehe davon aus, dass Stephanie bis zum Eingriff am folgenden Morgen nichts mehr trinke. Ob er sich darauf verlassen könne?

Sie nickte.

Die rothaarige Frau stand neben dem Vorhang, während der Arzt Stephanie untersuchte. Er sprach kaum ein Wort. Ein Hauch von Pfeifentabak umwehte ihn. Er hatte die Jacke ausgezogen. Die Weste umschloss seinen Oberkörper wie ein Korsett. Im Zimmer war es heiß. Stephanie befürchtete, ohnmächtig zu werden.

Der Arzt sagte, er werde ihren Gebärmutterhals mit etwas Kokain betäuben, und sie hätte fast gelacht und erwidert: »O Mann, an der Stelle sollten Sie es nicht vergeuden.« Doch sie blieb still.

Sie konnte die Schritte der anderen Frauen über sich hören. Das Haus glich einem Wohnheim. Dieser Gedanke war irgendwie angenehm, und Stephanie hielt daran fest. Sie dachte an den Kopf des kleinen Fuchses. Sie wusste, dass sie noch ein paar Pillen hatte. Außerdem zwei Flaschen Wodka.

Der Arzt bat darum, gleich bezahlt zu werden. Stephanie reichte ihm den Umschlag mit dem Geld. Wie meine Mutter mir später erzählte, hatte sie ein bisschen dazu beigetragen, doch das meiste stammte von Dorthea.

Der Arzt fragte Stephanie, ob sie etwas zum Einschlafen brauche. Sie bejahte, und die rothaarige Frau gab ihr einen Becher mit zwei gelb-roten Pillen, brachte sie dann auf ihr Zimmer und nahm Irma mit zur Untersuchung. Stephanie sprach mit keiner von beiden. Sie saß einfach nur auf ihrem Bett.

Sie zog den lächelnden Fuchs aus der Handtasche und betrachtete ihn. Sie fuhr mit dem Daumen über die Konturen, die Wilbur Jens ins Holz geschnitzt hatte, ein meisterhaft modelliertes Lächeln.

Stephanie glaubte, erst mit der Bezahlung wäre die Sache ein für alle Mal besiegelt. Doch das Gegenteil war der Fall. Eine Tür hatte sich aufgetan. Auf einmal wusste sie, dass sie sich der Operation nicht unterziehen musste. Die Überreichung des Geldes hatte sie befreit. Das Geld und die Freundlichkeit der Leute.

Später meinte sie, dass sie die Sache wohl durchgezogen hätte, wenn alles zwielichtig und schäbig, der Ort dreckig und der Arzt kein Arzt, sondern ein Hochstapler gewesen wäre. Während der Busfahrt war ihr bewusst geworden, dass sie kurz vor einer Tat stand, über die sie nie hinwegkommen und die sie, da sie sie vertuschen musste, ihr restliches Leben verfolgen würde. Diese Tat würde ihr ganzes Dasein überschatten, was vielleicht gar nicht schlecht wäre, denn sie würde sie mit allen Seelen verbinden, die ein dunkles Geheimnis hatten, eines, das sie am liebsten ungeschehen machen würden. Ja, diese Sache würde sie, dachte sie, sogar als Künstlerin stärken, und etwas Wichtigeres als ihre Kunst gab es für sie nicht.

Doch der Ort und der Arzt – ja, die ganze Situation – waren völlig anders als erwartet. Die überraschende Freundlichkeit überwältigte Tante Stephanie.

Der lächelnde Fuchs stimmte zu. Der lächelnde Fuchs wusste Bescheid.

Gegenüber auf dem Bett lagen Irmas Fäustlinge. Stephanie fand diese Fäustlinge wunderschön. Sie brauchte einen

Drink. Sie erwog, eine der Pillen zu nehmen, die der Arzt ihr gegeben hatte. Sie trank die Hälfte des Wodkas, der in ihrer linken Manteltasche steckte. Sie wusste, dass sie vorsichtig mit den Pillen sein musste, wenn sie trank. Sie überlegte, eine von Wilbur zu nehmen, deren Wirkung sie mittlerweile genau kannte.

Doch sie entschied sich vorerst dagegen. Sie trank noch einen Schluck Wodka und verschloss die Flasche. Sie hatte bezahlt. Nun würde sie ihre Entscheidung treffen.

Der Grund, redete sie sich ein, war der, dass alle so nett waren. Darum verschwand sie. Das würde jeder verstehen. In ihrem betrunkenen Zustand ging sie davon aus, dass »jeder« alle einschloss, egal wo, ob Dorthea, Jane oder Ike, sogar mich, sogar das Baby.

Sie wusste, dass sie vor Irmas Rückkehr verschwinden musste. Sie nahm ihren Mantel, steckte den Fuchskopf ein und trank sich, bevor sie die Flasche ins Mantelfutter schob, noch einmal Mut an. Als sie leise die Treppe hinunterging, klatschten die Flaschen gegen ihre Oberschenkel.

Die Dielenbretter knarrten, doch zum Glück lief in der Küche ein Radio. Stephanie konnte das Gemurmel des Arztes hinter dem Vorhang hören. Oben hustete jemand.

Sie drehte behutsam den Haustürknauf. Da die Tür klemmte, musste sie kräftig ziehen. Als die Tür aufsprang, knallte der bronzene Türklopfer. Stephanie wartete nicht, ob man sie gehört hatte, sondern glitt durch die Tür auf die Stufen und rannte zum Rangierbahnhof, wo das Krachen verstummt war. Kein Regen, aber Sterne waren auch nicht zu sehen.

Sie ging zielstrebig zum Busbahnhof und nahm den letzten Bus nach Harrisburg. Dort änderte sie ihre Pläne und tauschte ihre Rückfahrkarte nach New York gegen eine Fahrkarte nach Westen ein. Sie hatte noch Geld übrig, weil sie gegenüber Dorthea die Kosten für den Eingriff um einige Hundert Dollar übertrieben hatte. Ein Schmiergeldfonds, den sie nun gut gebrauchen konnte.

Sie musste eine Stunde in einem Coffeeshop warten, aber schließlich kam der Bus. Irgendwo bei Pittsburgh nahm sie zwei von Wilburs Pillen und schlief ein, den Kopf an die Fensterscheibe gelehnt und die Hände im Schoß gefaltet. Sie trug die weißen Fäustlinge.

ACHT

Wieder ein Anruf von Dr. Wings Büro. Inzwischen hat sie eine ganze Reihe von Sitzungen absagen müssen.

Die Sprechstundenhilfe teilt mir mit, dass der schon fast besiegte Krebs wieder ausgebrochen ist. Dr. Wing ist am Wochenende gestorben.

»Oh, mein Gott«, sage ich. »So schnell?«

»Es tut mir leid ...«

Im ersten Moment denke ich, dass sie mich auffordern will, meine Worte zu wiederholen, doch sie hat verstanden.

Am Samstag, sagt sie, finde in Connecticut, in der Heimatstadt von Dr. Wing, am Strand ein Gedenkgottesdienst statt.

Ich würde mir gern einbilden, es wäre Dr. Wings Verdienst, dass ich meine Sprache wiederfinde und die Konsonanten nicht mehr gleichsam im Mund verflüssige, ja, dass ich alle Laute, die ich für den Rest meines Lebens von mir geben werde, ihr zu verdanken habe. Die Frikativ- und Labiallaute, die Hauch- und Gaumenlaute, die sie mit mir trainiert hat und die ich inzwischen wieder aussprechen kann. Ich verdanke Dr. Wing meine Sprache genauso wie Dorthea Holtz und der Marshalsea Academy, jenem Ort, an dem ich zum ersten Mal aus dem Schweigen heraustrat.

Aber jetzt hat Dr. Wing mich verlassen, und zwar noch bevor ich bereit bin zu sprechen.

Cecily ist der Meinung, ich solle am Gottesdienst teilnehmen. Und ich möchte hin, doch als es so weit ist, kann ich nicht. Ich weigere mich. Ich stehe in einer Ecke des Horsts, verschränke die Arme vor der Brust und umschlinge mich mit beiden Armen wie ein störrisches Kind oder ein Irrer in einer Zwangsjacke.

Ich spüre, dass Cecily mich betrachtet, und ich fühle, dass sie innerlich umschaltet, eine Kursänderung vornimmt und – so empfinde ich die Sache jedenfalls – wieder die gönnerhaft Herablassende spielt.

»Na gut«, sagt sie. »Kein Problem.«

Heute ist er nicht ganz bei sich, denkt sie vermutlich. *Er hat ja auch so einiges durchmachen müssen. Ein Schlaganfall hat Stimmungsschwankungen zur Folge, und wir, die Gesunden, müssen das eben ertragen.*

Natürlich bin ich nicht mehr der Alte, verdammt.

Hat er sich seit dem Schlaganfall verändert?

Wie fühlt sich Rip Van Winkle?

Tja, ich bewege mich ruckartig und zuckend und mit den schwankenden Stelzschritten einer Marionette. Meine Knie schießen hoch und sausen wieder nach unten. Wenn ich einen Blick zur Seite werfen will, dreht sich mein ganzer Oberkörper. Ich komme mir vor wie ein dämlicher Pinocchio im Rückwärtsgang. Wie ein Mensch, der sich in eine Puppe verwandelt hat.

Ich stehe am Fenster, betrachte das Empire State Building und stecke im Säurebad meiner Gefühle. Deshalb wiederhole ich meine Weigerung, den Gedenkgottesdienst für Dr. Wing zu besuchen.

»Warum nicht?«

»Darum nicht.«

Ich stehe mit verschränkten Armen da und Cecily geht. Sie nimmt nicht den Fahrstuhl, sondern die Treppe.

Sie *will*, dass ich ihre Schritte höre.

Ich flüstere, und mein Atem beschlägt die Fensterscheibe und verfliegt wieder: »Ein Hurra für die Helden. Ein Hurra für die Helden. Hurra.«

LICHT AN.
JUNGE in löcheriger Hose
und zerrissenem Hemd
auf dem Fußboden.
LICHT AUS.

Gegen Ende ihres Lebens fragte mich meine Mutter im Krankenhaus, ob sie sich für irgendetwas entschuldigen müsse.

»Bei wem entschuldigen?«, fragte ich.

Dorthea wand sich.

»Bei dir«, antwortete meine Mutter.

»Nein. Warum?«

»Eine Sache fällt mir ein«, sagte sie.

Dorthea und ich rutschten auf unseren Stühlen herum. Weder sie noch ich wussten, was meine Mutter meinte.

»Diese Schule«, sagte meine Mutter. »Es tut mir leid, dass ich dich damals auf diese Schule geschickt habe.«

»Newcomb?«

Meine Mutter nickte.

Dorthea hob abwehrend die Hände, als wollte sie sagen: *Was hätte ich sonst tun sollen?*

Newcomb war Dortheas Idee gewesen. Meine Mutter hatte

sich Sorgen wegen meiner Schulbildung gemacht, doch sowohl sie als auch ich wollten aus jeweils eigenen Gründen an der Marshalsea Academy bleiben. Deshalb nahm ich immer unregelmäßiger am Unterricht an der Volksschule in Wychwood teil. Mein Lehrer hatte meiner Mutter gegenüber angedeutet, dass ich wahrscheinlich nicht in die siebte Klasse versetzt werden würde.

Newcomb war eine private Ganztagsschule für Jungen und bekannt für kleine Klassen, hohe Ansprüche und einen klassischen Lehrplan. Latein war Pflicht.

Durch Dortheas Vermittlung (sie kannte den Fachleiter für Deutsch) und auf Bitten meiner Mutter wurde ich in die sechste Klasse von Newcomb aufgenommen. Das bedeutete, dass ich ein Schuljahr wiederholen musste.

»Das ist bestimmt besser«, sagte meine Mutter. »Außerdem weiß niemand, dass du wiederholst.«

Newcomb lag ein paar Meilen östlich unseres Zuhauses in New Jersey. Meine Mutter konnte mich dort auf dem Weg nach New York absetzen und nach ihrer Arbeit an der MADA wieder abholen. Inzwischen wurde sie von der Akademie bezahlt.

Ich fand Newcomb schrecklich. Die Schule hatte dreihundert Schüler, alles Jungen, von der ersten bis zur zwölften Klasse, und allesamt Sprösslinge von Akademikern. Die höheren Klassen hießen »Stufen« und waren römisch nummeriert. Die zwölfte Klasse hieß Stufe VI. Ich war in der sechsten Klasse, und ich schaffte es nicht einmal in die Stufe I.

An meinem ersten Tag sah ich, wie ein Lehrer einen Schüler an der Nase durch den Flur zog. Was der Junge angestellt hatte, erfuhr ich nicht, denn ich war den Tränen nahe. Die Schule war ein Labyrinth. Man musste für die Fächer den Raum wechseln. Wohin ich mich auch wandte, überall liefen

Jungen mit Sakko, Krawatte und Aktentasche herum. Das war die Schuluniform von Newcomb.

Meine Mutter setzte mich jeden Morgen vor dem Säulenportikus der Schule ab. Schon bald schleppte ich mich mit einer eigenen Aktentasche ab. Sie hatte sie in der Stadt gekauft, weil ihr aufgefallen war, dass alle anderen Jungen auch eine hatten. Jeden Nachmittag traf ich sie um fünf Uhr am Eingang unter dem Glockenturm, die Aktentasche unter dem Arm. Wenn ich wieder zu Hause war, weinte ich.

Wie sich bald herausstellte, kam ich im Unterricht nicht mit. Ich versuchte, mich unsichtbar zu machen, damit man mich in Ruhe ließ. Ich sehnte mich nach der MADA. Ich sehnte mich sogar nach der Zeit vor der MADA. Ich sehnte mich nach einer weit entrückten Zeit, als ich noch einen Bruder und einen Vater gehabt hatte, der in silbergrauen Luftschiffen am Himmel gekreuzt war.

»Noah«, sagte meine Mutter, »bleib an der Schule. Bitte.«

Wenn mich Dorthea bei einem meiner seltenen Besuche in der Akademie fragte, wie es an der Schule sei, und ich mit »Gut« antwortete, musterte sie mich stets mit einem strengen, forschenden Blick, weil sie wusste, dass ich Probleme hatte. Dann sagte sie: »Aller Anfang ist schwer.« Das sagte sie auf Deutsch, und sie sagte es fast das ganze Jahr hindurch, wie mir schien.

Zu Beginn des Winters, an einem ungewöhnlich milden Samstag, ermutigte mich meine Mutter, allein zur MADA zu fahren. Sie hatte die Samstagsschicht in der Bücherei. An dem Tag fand an der MADA keine Meisterklasse statt. Es gab nur Unterricht für Anfänger und Fortgeschrittene, und in den Klassen saßen Schauspielstudenten aus Jersey und Westchester. Oben im Studio unterrichtete Oss Newry Shakespeare.

Ich beklagte mich über die vielen Schularbeiten.

»Erledige sie im Zug«, erwiderte meine Mutter.

Ich hatte schon vergessen, wie gern ich zur Schauspielschule fuhr. Auf dem Weg nach New York war ich so erleichtert, weil ich wieder im Zug saß, dass ich in kein einziges Buch schaute.

Bevor ich zur MADA ging, sah ich beim Griechen vorbei, der gerade mit seinem Küchenfreund die Bratkartoffeln auf dem Backblech wendete. Als ich eintrat, warf er den Kopf zu mir herum.

»Lange nicht gesehen«, sagte er. »Was zum Teufel hast du da?« Er zeigte mit dem Spachtel auf meine Aktentasche.

»Ein Requisit«, erwiderte ich, »für ein Theaterstück.«

»Trittst du in einem Stück auf?«

»Ja.«

»An der Schauspielschule?«

»Ja«, sagte ich.

»Dann lassen sie dich also endlich spielen. Welches Stück?«

»*Tod eines Handlungsreisenden*«, antwortete ich. Wir hatten es in Newcomb im Englischunterricht gelesen und endlose Stunden darüber diskutiert, ob Willy Loman ein tragischer Held war oder nicht.

»Hey«, sagte der Grieche. »Das Stück kenne ich. Glaubst du etwa, das würde ich nicht kennen?«

Der Grieche angelte ein Ei vom Blech, ließ es auf einen Teller zu Kartoffeln und Speck gleiten und brachte das Essen einem hinten am Tresen sitzenden Busfahrer, der dienstfrei hatte.

Als der Grieche zurückkam, rief er: »Wen spielst du? Den toten Handlungsreisenden?«

»Nein«, antwortete ich. »Einen Nachbarsjungen.«

»Und das Ding schleppst du im Stück mit dir herum?« Der Spachtel zeigte wieder auf meine Newcomb-Aktentasche.

»Klar«, sagte ich.

»Dann übst du also gerade.«

»Genau.«

»Ich komme zu der Aufführung, um dich zu sehen.«

»Ich brauche so einiges«, sagte ich, um das Thema zu wechseln. »Für die Schauspieler.«

Ich kaufte ein paar Donuts, einen normalen Kaffee, zwei Schachteln Camel und eine Schachtel Lucky Strike, um so zu tun, als wäre ich während einer Probenpause unterwegs. Die Zigaretten fegte ich in meine Aktentasche.

Damals gab es noch keine Plastikdeckel für einen Kaffee zum Mitnehmen, aber manchmal bekam man Pappdeckel wie die auf Eisbechern. So auch beim Griechen.

Er sah mir zu, wie ich ein kleines Loch in den Rand des Pappdeckels riss, um am Kaffee nippen zu können.

»Hey, Handlungsreisender, wo steckt Ike?«, fragte der Grieche. »Habe ihn ewig nicht gesehen.«

Offenbar hatte der Grieche an Ike denken müssen, als ich das Loch in meinen Deckel gerissen hatte, denn das hatte Ike mir beigebracht. »Er ist weg«, sagte ich.

»Wohin?«

»Das wissen Sie nicht?«

»Ich hab seine Flamme gefragt. Die Dunkelhaarige. Sie war mal hier, ist lange her. Diese – na, du weißt schon.« Und er deutete mit seinem Spachtel einen runden Bauch an.

»Sie hat geheult, als ich sie gefragt habe«, sagte der Grieche. »›O Mann, ich glaube, ich habe Mist gebaut.‹ Aber sie war auch ein bisschen blau.« An dieser Stelle tat er, als nehme er einen Schluck aus einer unsichtbaren Flasche. »Dann ist sie gegangen ...« – er schwankte wie ein Betrunkener – »... und ich habe sie nie wiedergesehen. Hey, wenn du Ike triffst, sag ihm doch, dass er hier arbeiten kann. Falls er wegen des Babys einen Job braucht.«

»Er ist in Hollywood«, sagte ich und nippte am Kaffee. Seit Wochen, ja seit ich zuletzt in der Akademie gewesen war, hatte ich keinen Kaffee mehr getrunken. Weder Kaffee getrunken noch geraucht. Ich war froh, wieder hier zu sein.

»Hollywood!«, sagte der Grieche.

Der Busfahrer am anderen Ende des Tresens schwenkte seine leere Tasse. Der Grieche setzte sich in Bewegung, rief mir aber auf dem Weg zu der riesigen Stahlurne mit den Glaszylindern über den Hähnen zu: »Und was treibt er da in Hollywood?«

»Er arbeitet als Schauspieler«, antwortete ich.

»Ja, klar, was denn sonst. Aber was spielt er? Einen toten Handlungsreisenden wie du?«

»Einen Cowboy. Im Fernsehen.«

»Das sehe ich mir an. Hey, sag ihm, er soll dem Griechen einen Job besorgen. Einen Hollywood-Job.«

Auf dem Weg zur Marshalsea rauchte ich eine Zigarette. Ein Cop warf mir einen Blick zu, als ich über die Greenwich Avenue ging – ein Kind mit Kaffee, Zigarette und Aktentasche. Ich aß einen der Donuts und nippte noch ein paarmal am Kaffee, dann warf ich den Becher in den Müll. Wenn mich in diesem Moment jemand aus Newcomb gesehen hätte, hätte er seinen Augen nicht getraut. Wahrscheinlich hätte er mich nicht einmal erkannt, zumal ich mich an der Schule unsichtbar machte. Aber hier, auf der Straße der Schauspielschule, fühlte ich mich zu Hause. Ich begann zu rennen, und die Aktentasche klatschte gegen mein Bein.

Dorthea war im Büro, als ich endlich da war.

»Na«, sagte sie, »du siehst ja richtig glücklich aus.«

Ich lächelte und warf die Aktentasche vor die Tür des Studios. Der Unterricht an der Newcomb School dauerte bis fünf Uhr nachmittags, und deshalb war ich seit Wochen nicht mehr in der Akademie gewesen. Ich hatte vieles vermisst: die Geräusche von Aufwärmübungen, das Geklapper von Vasilys Mopp und Eimer, den Zigarettenrauch, das Parfüm der Schauspielerinnen und den Staub, der sich hinten auf der Bühne in den Falten des Vorhangs sammelte.

»Setz dich«, sagte Dorthea milde. »Bring das mit.« Sie zeigte auf die Aktentasche. »Bitte.«

Ich ging zu ihr. Sie saß auf dem Schreibtisch meiner Mutter, und ich setzte mich auf den Stuhl.

»Deine Mutter sagt, an der Schule läuft es nicht gut. Stimmt das?«

Bei jedem anderen Erwachsenen hätte ich versucht, der Frage auszuweichen, aber ich hatte ja Dorthea Holtz vor mir.

»Stimmt«, sagte ich.

»Was lernst du gerade?«, fragte sie. »Was hast du in der Tasche?«

Ich hätte meine Mathe- oder Lateinbücher herausholen können, aber meine Leistungen in diesen Fächern waren so miserabel, dass ich mich geschämt hätte, Dorthea die Bücher zu zeigen. Dann entdeckte ich neben den zwei Schachteln Camel das Buch, das wir im Englischunterricht lasen. Ich fischte die Schwarte heraus. Dortheas Augen leuchteten auf.

»Dickens!«, sagte sie.

»*Nicholas Nickleby*«, sagte ich.

Als der Englischlehrer, Mr Miffing, das Buch in der Klasse verteilt hatte, waren sogar die besten Schüler angesichts des Umfangs des Romans erblasst. Was mich betraf, so war ich regelrecht verzweifelt, denn ich war kein schneller Leser. Doch Mr Miffing sagte, er werde uns durch den Roman führen und die »Längen« auslassen. Er sagte, wir müssten nicht alles von Dickens lesen, um ihn schätzen zu lernen. Dorthea hätte ihm da vehement widersprochen.

Sie blätterte das Buch durch. Von ihrem Unterricht wusste ich, dass sie Textbücher mit handschriftlichen Notizen liebte. Pfeile, Fragezeichen, Sternchen, Markierungen, Randnotizen; all das mochte sie so sehr wie den eigentlichen Text. So etwas, sagte sie stets, sei wie Fotos in einem Familienalbum und dokumentiere die Fortschritte, die man in der »Ehe« mit einem Text mache.

»Kommst du mit?«, fragte sie.

Meine Ausgabe hatte kaum Notizen.

»Halbwegs«, antwortete ich, und das entsprach durchaus der Wahrheit. Ich hinkte dem Rest der Klasse nicht allzu weit hinterher. Doch das Problem war, dass mir der Roman gut gefiel und dass ich sogar manche der Längen las.

»Die Crummles? Gefällt dir die Familie Crummle?«, fragte Dorthea. Das ist die Theater-Familie, der Nicholas begegnet. Mr Miffing sprach immer von der »Dynamik« dieser Familie und von der Rolle, die jeder Crummle innerhalb ihrer Struktur spielte, schien aber überhaupt nicht zu merken, wie sehr Dickens die Welt des Theaters gefiel. Die Crummles sind lächerlich, schrill, tollpatschig, überzeichnet und wahrhaftig. Immer, wenn sie im Roman auftauchten, merkte ich, wie sehr Dickens das Theater gemocht hatte. Ich wusste, dass er sich am liebsten in dieser Welt verloren hätte. Das wusste ich so, wie ich es auch von mir wusste.

»Die Crummles sind super«, sagte ich zu Dorthea.

Sie beugte sich zu mir hin und flüsterte: »Findest du hier ein paar von ihnen wieder?«

Ich nickte, und wir mussten beide lachen.

Wir unterhielten uns über unsere Lieblingsstellen, jedenfalls soweit ich das Buch kannte. Als Dorthea von der Handlung erzählte, wirkte sie befreit. Sie erinnerte sich an mehr als ich, obwohl ihre letzte Lektüre, wie sie sagte, lange her war. Sie fragte mich nach meiner Lieblingsperson, und nach kurzem Nachdenken nannte ich Smike, den körperlich behinderten Jungen, mit dem sich Nicholas an der Dotheboys School anfreundet. Nicht, dass ich Mitleid mit Smike gehabt hätte; stattdessen empfand ich einen ähnlichen Schmerz. Zumal Smike nicht weiß, wer sein Vater ist. Das hätte ich für Dorthea vermutlich nicht in Worte fassen und ganz bestimmt nicht in einem der Aufsätze ausdrücken können, die wir jede Woche für Mr Miffing schrieben und in denen wir vergleichen und gegenüberstellen, erklären und analysieren sollten. Die Gefühle, die Smike in mir weckte, konnte ich nicht beschreiben. Ich behielt sie für mich. Das Schweigen hatte mich eingeholt.

Dann wollte Dorthea wissen, welche Note ich in Englisch hatte.

»Eine Drei«, sagte ich. »Drei minus.«

»Und Englisch ist dein bestes Fach?«

Ich nickte.

Sie nickte auch. Und sie seufzte.

Im nächsten Moment stand sie auf, lief durch den Raum und begann, das Buch genauer durchzublättern.

»Ich habe eine Idee«, sagte sie. »Ja. Ich glaube, es ist höchste Zeit, dass du auf der Bühne stehst.«

Sie neigte erwartungsvoll den Kopf zur Seite und sah mich an. Ich verengte die Augen. Wie meinte sie das? Zeit, auf der Bühne zu stehen? Wie genau? Mein Mund tat sich auf, ohne ein Wort hervorzubringen.

»Du sollst auftreten!«, sagte sie. »Als Schauspieler!«

Ich versuchte immer noch, die Bedeutung ihrer Worte

ganz zu erfassen; allmählich fiel der Groschen, doch sie wurde ungeduldig.

»Du wirst eine Rolle lernen«, sagte sie, erhob sich, ergriff mich bei den Händen und zog mich vom Stuhl. »Ja! Und ich werde dich unterrichten.«

»Oh!«, sagte ich. Sie hob unsere Arme, bis sie eine Brücke bildeten, dann ließ sie los. Dorthea klatschte zweimal laut in die Hände, wirbelte zum Tisch herum und griff nach Dickens' Roman.

»Du wirst eine Szene aus *Nicholas Nickleby* einstudieren«, sagte sie, den Blick auf das Buch geheftet. Dann trat sie in den Raum, in die Mitte der Bühne, wo sie sich wieder zu mir umwandte und mit dem Buch auf mich wies. Sie wiederholte: »Du wirst eine Szene aus *Nicholas Nickleby* proben. Und«, fügte sie hinzu und hob das Buch, »du wirst sie vor der Meisterklasse aufführen!«

»Wow!«, sagte ich.

Und wir mussten beide lachen.

Doch wie sich bald herausstellte, verfolgte Dorthea mit der ganzen Sache ein übergeordnetes Ziel. Sie wollte mit Hilfe von Dickens meine Zensuren verbessern. Auf jeden Fall eine Zensur.

Die Vorstellung, richtig mitmischen zu können und an der Akademie ein Schauspieler und also kein Kind mehr zu sein – denn Dorthea verabscheute Kinderschauspieler und ließ keine Kinder auftreten –, reichte aus, um mein Unwohlsein bei dem Gedanken daran zu dämpfen, dass ich an der Newcomb School irgendetwas aufführen sollte und mich damit alles andere als unsichtbar machte. Ich beschloss, später über einen Auftritt in Mr Miffings Unterricht nachzudenken. Das eigentlich Aufregende war jetzt die Arbeit mit Dorthea. Wir begannen noch am gleichen Nachmittag, sobald

Oss Newrys Shakespeare-Klasse das Studio-Theater verlassen hatte.

Dorthea wählte eine nicht allzu lange Szene aus dem Buch für mich aus: Smikes Tod in Kapitel achtundfünfzig. So erfuhr ich, dass er sterben würde, aber ich hatte sowieso schon etwas geahnt. Da ich mich lange an der Schauspielschule herumgetrieben und Theaterstücke gelesen hatte, war mein Gespür für die Anlage einer Figur geschärft.

Um einen Monolog zusammenzustellen, bediente sich Dorthea jener Szene, in der Nicholas und Smike miteinander reden. Nicholas wäre mein unsichtbares Gegenüber, das Publikum.

Das Publikum. Die Vorstellung, dass meine Klassenkameraden in Newcomb mein Publikum sein sollten, gefiel mir nicht. Meines Wissens hatte noch nie jemand im Unterricht etwas aufgeführt. Wir saßen in Reih und Glied an unseren Tischen, meldeten uns und wurden aufgerufen, wenn wir etwas sagen wollten, wir schrieben Aufsätze. Wir führten nichts vor.

Trotzdem sprang ich auf die Idee an – schließlich handelte es sich ja um eine Idee von Dorthea Holtz.

In ihrem Unterricht begann Dorthea die Arbeit an einer Szene immer mit einer Leseprobe. Sie bat mich, am folgenden Dienstag ihre Meisterklasse zu besuchen und die Szene zu lesen. Ich weiß, dass sie sich zu diesem Zweck mit meiner Mutter absprach, denn diese teilte ihre Arbeit an der Akademie so ein, dass sie nach Jersey kommen konnte, um mich in Newcomb abzuholen und zur MADA zu fahren.

Ich saß einfach auf der Bühne und las die Passage laut vor. Dann bat Dorthea mich, von Smike zu erzählen: von seiner Rolle im Roman, von seinen Ängsten, seinen Wünschen, seinen Sorgen. Ich musste schildern, welche Kleider er trug und wie seine Stimme klang. Dorthea ließ mich das gleiche Programm wie alle anderen in der Meisterklasse absolvieren.

Während der nächsten paar Wochen musste ich den Text auf Geheiß Dortheas in »Takte« aufteilen und jede Veränderung des Denkens und der Redeweise der Figuren in der Szene herausarbeiten. Sobald ich die Takte kannte, arbeitete ich an meiner Atemtechnik und übte den Text wie ein Sänger daraufhin ein, wie ich atmen musste. Von Riordan Mulrooney hatte ich einen Midland-Dialekt übernommen, den ich für meine Rolle benutzte. Ich bat meine Mutter, ein paar alte Kleider für mein Kostüm in Lumpen zu verwandeln.

Dorthea holte mich zum Proben in den Horst.

»Du wirst nicht nur im Studio auftreten«, sagte sie. »Du wirst auch in deiner Klasse auftreten. Du musst Smikes Tod überall spielen können, egal wo, egal, was um dich herum los ist. Es muss fast wie ein Film sein, der in deinem Kopf abläuft. Du musst jeden Takt verinnerlicht haben. Ganz gleich, was geschieht, du musst jederzeit imstande sein, zu deinen Takten zurückzufinden. Das ist deine Technik. Manchmal sind unsere Technik und unsere Hausaufgaben alles, was wir haben. Wenn du auf deine Technik zurückgreifst, hast du vielleicht das Gefühl, nicht ganz in der Szene aufzugehen, aber das Publikum bekommt nichts davon mit. Jedenfalls solange du es mit Überzeugung tust. Das Publikum sieht die Szene zum ersten Mal. Sorg dafür, dass es daran glaubt.«

Also probte ich im Horst, vor der Kulisse der Skyline der Stadt. Dorthea wies mir verschiedene Plätze mit unterschiedlichen Blickrichtungen zu, und sie sorgte für diverse Ablenkungen und Atmosphären, in denen ich die Szene Wirklichkeit werden lassen musste. Ich musste sie in der Küche spielen, ja sogar draußen im Treppenhaus.

Eine Woche später führte ich Smikes Tod in der Meisterklasse auf. Dorthea behandelte mich nicht anders als jeden anderen Schauspieler. Sobald sie nach dem Ende einer Szene mit ihrer Kritik fertig war, nickte sie ihrem Konzertmeister zu – diesmal war es Ed Green –, und dieser las den Namen des nächsten Schauspielers und dessen Szene vor.

»Noah Pingree. ›Smikes Tod‹.«

Als ich aus der Gasse auf die Bühne trat, war im Dunkeln auf der Tribüne ein Rascheln zu hören. Ich trug eine zerschlissene Cordhose und ein altes Anzughemd. Mit dem Lidschatten meiner Mutter hatte ich mir dunkle Ringe unter die Augen gemalt.

Ich ging zur Bühnenmitte. Ich wagte nicht, Dorthea anzuschauen oder meine Augen ans Scheinwerferlicht zu gewöhnen, damit ich die anderen Schüler sehen konnte. Ich versuchte, mich auf meinen Eröffnungstakt zu konzentrieren.

Nicholas ist mit Smike aufs Land gefahren, in der Hoffnung, Smikes Schmerzen dort lindern zu können. Nicholas döst, aber dann weckt ihn Smike mit einem Schrei. Smike bildet sich ein, die unheimliche Gestalt des Mannes gesehen zu haben, der ihn vor vielen Jahren an die elende Dotheboys School gebracht hat. Er bittet Nicholas, ihn nie zu verlassen. Dann gesteht er, dass er Nicholas' Schwester Kate liebt.

»Du wirst mir bestimmt vergeben«, sagt er, »aber ich wäre in den Tod gegangen, um sie glücklich zu machen.«

Smike zeigt Nicholas eine Locke von Kates Haar und bittet ihn, sie ihm um den Hals zu legen, wenn er im Sarg liegt. Er sagt, er sei glücklich. Er erzählt von einem schönen Garten voller Männer, Frauen und Kinder, alle mit strahlenden Gesichtern. Dann flüstert er, was er da sehe, sei der Garten Eden. Und dann stirbt er.

Dorthea gestattete nach einer Szene keinen Applaus –

»Wir sind hier bei der Arbeit, liebe Mithäftlinge; feiern könnt ihr nach Feierabend« –, und deshalb wusste ich, dass ich keine Reaktion zu erwarten hatte.

Das Problem war meine eigene Reaktion, denn nachdem die Szene vorbei war, weinte ich.

Dorthea brach mit ihrem üblichen Ritual, stand von ihrem Stuhl auf, ging zur Bühnenmitte und legte einen Arm um mich.

»Ich denke, die Kritik werden wir uns heute sparen«, sagte Dorthea und klopfte mir auf die Schulter. »Meister Pingree, ich danke dir sehr.«

Den Weihnachtsabend verbringen wir im neuen Sitz der Performance Gumby in Williamsburg. In den frühen Neunzigerjahren hatte Cecily mithilfe eines Kunststipendiums eine ehemalige Autowerkstatt in der Berry Street erworben, kurz bevor die Immobilienpreise in Williamsburg in schwindelnde Höhen schossen. Die Performance Gumby hatte das Gebäude als Theaterwerkstatt und Fundus genutzt. Nun wird es die neue Basis der Kompanie sein. Stipendien und Gelder aus dem Nothilfetopf haben es Cecily ermöglicht, den Umkreis des Bereichs zu verlassen, den die New Yorker nun allgemein Ground Zero nennen. Ich finde ihre Energie bewundernswert.

Die Werkstatt der Performance Gumby ist sechs Blocks von der U-Bahn entfernt. Ich brauche kein Taxi, sondern kann zu Fuß gehen. Im Dunkeln kitzeln uns ein paar versprengte Schneeflocken im Gesicht. Wir unterhalten uns über Cecilys nächstes Projekt.

Sie versucht, an das anzuknüpfen, woran die Kompanie vor den Anschlägen gearbeitet hat. Die Schauspieler bezeichnen das Projekt als »dekonstruktivistisches Akkustik-Theaterstück in Phasen«, das auf Melvilles maritimen Romanen basiert. Die Besetzung besteht aus zwei Frauen und zwei Männern, die jeweils mehrere Rollen spielen; der Text besteht aus abstrakten Versatzstücken; es kommt viel Elektronik zum Einsatz, die Stimmen und Videobilder verzerrt. Um die Technik der Performance Gumby kümmert sich Cecily selbst.

Die Aufführung dreht sich um all jene Werke Melvilles, die schließlich zu *Moby Dick* geführt haben.

»Wir haben den Titel *Melville ohne Moby* erwogen«, sagt Cecily zu mir. »Wie findest du das?«

Ich bin ziemlich schlecht drauf. Für gewöhnlich rede ich gern über die Arbeit der Kompanie und gucke bei den Proben zu. Der Ursprung meiner Monologe ist in der Performance Gumby zu finden. Ich schulde Cecily und ihrer Kompanie sehr viel.

Doch ich finde, dass sie verzweifelt klingt. In letzter Zeit ist so viel passiert, und sie denkt über ein Melville-Stück nach, ein Stück über alles außer seinem Meisterwerk. Das kommt mir sinnlos vor. Zumindest bedeutungslos.

Gut, aber warum sollte sie nicht trotzdem darüber nachdenken? Sie kann sich daran festhalten und weitermachen.

Und dann überfällt mich die Resignation. Ich bin derjenige, der nicht weitermachen kann. Jedenfalls nicht so wie früher. Jeder Schritt fällt mir schwer.

So fühle ich mich seit dem Tod von Dr. Wing. Dr. Roos hat mir Zoloft verschrieben. Bisher hat es noch nicht geholfen, doch er meinte, das sei normal, und gab mir eine seiner Zen-Weisheiten mit auf den Weg: »Jeder, der durchgemacht hat, was Sie durchgemacht haben, macht durch, was Sie jetzt durchmachen.«

»Auch ich«, sagte er. »Obwohl es sich in meinem Fall nicht

um einen Schlaganfall gehandelt hat.« Er betastete einen Plastikstreifen mit Tabletten, eine auf seinem Tisch liegende Probe eines Arzneimittelherstellers.

»Und einen Großteil der Stadt eingeschlossen«, sagte er. »Die Anfrage nach Verschreibungen für bestimmte Serotonin-Wiederaufnahmehemmer ist gewaltig gestiegen. Seit 9/11. Überlegen Sie mal: ein Schlag gegen die Stadt, ein Schlag gegen das Gehirn, verminderte Leistungsfähigkeit, Verlust des früheren Selbstverständnisses, all das geht an die Substanz.«

Gott sei Dank, dass Cecily an meiner Seite ist. In einem ganz allgemeinen Sinn. Im *Leben*, meine ich. Aber auch gerade jetzt. Sie steht vor der Tür der Werkstatt, wartet mit einem leisen, schiefen Lächeln darauf, dass ich ihre Frage bezüglich des Stücks beantworte.

»Wie wäre es mit *Die Qual des Wals?*«, sage ich.

Cecily kichert und schließt die Tür auf.

Das Theater in der Werkstatt ist klein, fast gemütlich. Die Tribünen bestehen aus riesenhaften Sperrholzstufen mit Schaumstoff. Fünfzig Leute haben darauf Platz. Die Technikbude ist ein Küchentresen, auf dem sich elektrische Ausrüstung türmt. Die Wände bestehen aus Backstein. Wir gehen durch Vorhänge aus matten, schweren Plastikstreifen, wie sie in Kühlhäusern vor den Laderampen hängen, damit die Kälte nicht entweicht. Hier umgeben sie allerdings fast den ganzen Bühnenbereich. Diese Vorhänge reflektieren das Licht auf eine interessante Art, und da sie etwas durchsichtig sind, wirken Videos, die man daraufprojiziert, wie Hologramme.

Die im Theater verstreuten Aquarien und Blubberlampen gurgeln leise. Sie sind das, was Cecily als »Atmosphäre« des Melville-Stücks bezeichnet. Die Kompanie pausiert gerade. Tatsächlich wurde seit den Anschlägen und den Workshops im Mittleren Westen nur sporadisch geprobt. Cecily hatte mit Melville, der Elfenbeinturm-Tournee und meinem Schlaganfall alle Hände voll zu tun.

Hinten in der Werkstatt, im einstigen Büro, hat sich Cecily häuslich eingerichtet. Die an Balken montierten Regalbretter, auf denen früher vermutlich Autoteile lagen, dienen nun zur Aufbewahrung von Küchenutensilien. Sie hat ein Schlafzimmer, eine Küchenecke und hinter den Tribünen außerdem das, was sie ihren »Produktionsbereich« nennt. Das Theater selbst dient ihr als Wohnzimmer. Obwohl wir vor langer Zeit zusammengezogen sind, gab es immer zwei Wohnungen: den Horst und einen Privatbereich in dem Gebäude, das die Performance Gumby gerade als Theater nutzte.

Ich gehe ins Bad, das zugleich als Toilette für die Zuschauer dient. Dort gibt es ein Klo, ein Waschbecken, einen Automaten für Papierhandtücher, aber auch eine Dusche, Cecilys Zahnbürste und ihre Shampoos sowie das Make-up für die Schauspieler. Cecilys Koordinaten: Publikum, Schauspieler und ihre Hygieneartikel.

Ich schaue in den Spiegel. Mein Gesicht sieht zwar besser aus, ist aber immer noch schief. Die Schwerkraft scheint sich stärker auf die rechte Seite auszuwirken.

Als ich wieder herauskomme, telefoniert Cecily.

Sie sitzt in der Küchenecke auf einem der Barhocker, die vor dem Tisch mit dem Hackbrett stehen. Sie isst Weihnachtsgebäck, murmelt gelegentlich ein »Ja« oder »Oh« und brummt ermutigend, wenn die Person am anderen Ende der Leitung etwas erzählt.

Dann sagt sie, ich sei jetzt da, und bittet kurz um Geduld.

Sie legt eine Hand auf die Sprechmuschel. Sie sieht mich an.

»Wer ist dran?«, frage ich.

»Der Herr am Hörer«, antwortet sie.

»Hier?«, platzt es aus mir heraus. »Wie hat er denn ...?« Und ich beende den Satz mit Winken und Kopfschütteln.

»Ich habe ihm gesagt, dass wir hier sind.«

»Du ... du hast mit ihm geredet?«

»Ja, kurz. Einige Male. Ich war einfach neugierig. Er hat mir erklärt, wer er ist. In welcher Beziehung er zu dir steht.«

Ich ramme meinen Stock auf den Boden.

»Er heißt Davy«, sagt sie.

»Weiß ich«, erwidere ich barsch, obwohl ich es nicht wusste. Ich habe nur ein einziges Mal mit ihm gesprochen, damals, als ich aufgelegt habe. Cecily weiß mehr über meinen Cousin als ich.

»Er wollte wissen, wo wir heute Abend sein würden«, sagt sie. »Und ich habe es ihm erzählt.«

»Warum, zum Teufel ...?«

»Weil *Weihnachten* ist.«

Sie hält mir das Telefon hin.

Ich nehme den Hörer. Mein Mund ist plötzlich wie ausgetrocknet.

Schön. Meine Redeweise. Ich würde sagen, dass ich immer noch klinge, als würde ich beim Reden mit offenem Mund kauen. Manchmal kommt es mir vor, als hätte man mir die Wörter in den Mund gestopft und als müssten Zunge und Gaumen mit bizarren Fremdkörpern klarkommen.

Mein Cousin spricht anders. Während meine Wörter langsam und rund sind und sich dahinschleppen wie eine Karawane von Packtieren, spricht Davy in einem Nähmaschinen-Stakkato. Er stößt seine Sätze ruckartig hervor, doch wenn er richtig in Fahrt gerät, klingt sein strudelnder Redefluss wie eine alttestamentarische Beschwörung.

Irgendwann zu Beginn des ausufernden Geredes, in dem

er mir seine Lebensgeschichte erzählt, unterbreche ich ihn und bitte ihn dranzubleiben. Dann drücke ich einen Knopf auf Cecilys Anrufbeantworter, um das Gespräch aufzuzeichnen.

»Davy«, sage ich zu ihm, »du lebst also in einem Krankenhaus?«

DAVY

Ich wohne im zweiten Stock von Haus B der Willowbrook Hospital School in Staten Island in New York City im Staat New York. Meine Betreuer sind Bobby Battalino und Clarence Carey. Bobby ist nett. Clarence ist nett. Schwester Sanchez ist nicht nett. Sie schlägt die Jungen. Sie schlägt mich. Ich weine. Schlägst du deine Kinder? Du hast keine Kinder? Warum hast du keine Kinder? Kennst du Schwester Sanchez? Ich weine. Sie bringen mich in den Waschraum. Sie verfolgen mich im Waschraum. Schwester Sanchez tut nichts. Wir gehen raus zu den Bäumen. Clarence sagt, wir machen ein Picknick, wenn der Regen aufhört. Regen hört nicht auf. Also machen wir Picknick im Aufenthaltsraum. Ich kann den Waschraum hören. Im Aufenthaltsraum kann ich den Waschraum hören. Ich kann Wasser im Waschraum laufen hören, und ich kann sie hinter mir herrennen hören, und ich weine, und ich esse Eis beim Clarence-Carey-Picknick im Aufenthaltsraum an dem Regentag in Staten Island in New York City.

Ein Monolog, der an Benjy in *Schall und Wahn* erinnert. Davys Rede geht nahtlos von Kauderwelsch in Klarheit über und versinkt dann wieder in einem Morast aus den Genealogien anderer Patienten oder Betreuer und den alltäglichen Regeln und Vorschriften der Station. Manchmal klingt er dabei, als würde er mir die Leviten lesen.

Nach circa einer Stunde lege ich erschöpft auf. Cecily hat bereits das Licht ausgemacht und ist ins Bett gegangen. Ich sitze vor dem Hackbrett und lausche den Aquarien, die im Theater blubbern. Ich habe Davys Adresse und weiß, wo er arbeitet, und auf kleinen Zetteln habe ich mir notiert, was er erzählt hat. Außerdem habe ich einen großen Teil unseres Gesprächs aufgezeichnet.

Ich fühle mich eher, als hätte ich gerade die Probe einer Szene beendet, in der es plötzlich »Klick!« gemacht hat.

Ich hatte Mr Miffing nichts von meinem Projekt erzählt. Nach dem Erfolg, den ich mit meiner Szene in der MADA gehabt hatte, beschloss ich, alle zu überraschen; ja mehr noch: es ihnen zu zeigen. Ich würde sie alle umhauen.

Dorthea hatte mir geraten, mit der Aufführung der Szene zu warten, bis die Klasse bei der Lektüre bei Smikes Tod angekommen war.

»Oder vielleicht«, sagte sie, »solltest du die Szene an dem Tag aufführen, bevor die Klasse das Kapitel aufbekommt. Dann werden sie deinen Auftritt vor Augen haben, wenn sie die Szene abends zu Hause lesen. Du wirst deinen Mitschülern bei Mr Dickens einen Schritt voraus sein.«

Sie überzeugte sich selbst, dass dies die beste Methode sei.

»Ich bin mir sicher, dass dein Lehrer – wie heißt er noch?«

»Mr Miffing.«

»Ja, Miffing. Er wird bestimmt seine Einwilligung geben. Hast du mit ihm geredet?«

Ich nickte so unmerklich wie möglich; so kam es mir weniger wie Flunkerei vor.

Außerdem hatte sich Dorthea – genau wie ich – überzeugt, dass meine Aufführung meinen Stand an der Schule verändern werde. Meine Zensuren in Latein oder Mathe konnte ich damit zwar nicht verbessern, doch man würde begreifen, dass es an dieser Schule einen talentierten Schauspieler gab, der sich endlich gezeigt hatte.

Der Vergleich ist natürlich schrecklich, aber jedes Mal, wenn ich in der Zeitung Berichte über Amokläufe an Schulen lese, vor allem die ausführlichen Schilderungen der tranceartigen Vorbereitungen des Schützen auf das Gemetzel, muss ich daran denken, wie ich an der Newcomb School Smikes Tod aufgeführt habe.

Am Abend vorher rief mich Dorthea an.

»Hals- und Beinbruch«, sagte sie, als ich ans Telefon ging. »Ich gehöre zwar nicht zu den abergläubischen Theaterleuten, wie du weißt, aber ich wünsche dir trotzdem viel Glück. Ich werde an dich denken.«

»Danke.«

Ich wollte am Telefon nicht zu viel verraten, weil ich wusste, dass meine Mutter lauschte. Ich wollte sie mit meinem Erfolg überraschen.

»Im Klassenraum wirst du dich bei deinem Auftritt ziemlich fremd fühlen«, sagte Dorthea. »Lass dich davon nicht aus dem Tritt bringen.«

»Okay.«

»Konzentriere dich auf deinen Atem, bevor du anfängst.«

»Ja.«

»Hör dir heute vor dem Schlafengehen noch einmal die Aufnahme mit dem Dialekt an.«

»Gut, ja. Danke.«

»Du bist ziemlich wortkarg. Willst du nicht, dass deine Mutter etwas mitbekommt?«

»Genau.«

»Ich werde ihr morgen nichts erzählen.«

»Okay.«

»Deine Mutter macht sich viele Gedanken um dich, weißt du das?«

»Ja. Weiß ich.«

»Und ich auch.«

So etwas hatte sie noch nie zu mir gesagt.

Am nächsten Tag zog ich die zerschlissene Cordhose unter den Chinos an. Die ausgefransten Hosenbeine waren zum Glück so kurz, dass sie über meinen Knöcheln nicht zu sehen waren. Das Hemd war bestens unter dem anderen Hemd, der Krawatte und der Jacke versteckt. Ich beschloss, auf den Lidschatten zu verzichten, zumal Dorthea gesagt hatte, er hätte schon auf der Bühne der Akademie etwas übertrieben gewirkt.

Englisch hatte ich in der zweiten Stunde. Zuerst kam Latein. Ich konnte an nichts anderes als die Szene denken. Außerdem hatte ich Angst, dass irgendjemand das Kostüm unter meiner Schuluniform bemerken würde.

Doch es fiel niemandem auf. Das Schlimmste, was passierte, war, dass mir Mr Bath, der Lateinlehrer, ein Stück Kreide an den Kopf warf, weil ich nicht schnell genug auf seine Aufforderung reagierte, »studio« zu konjugieren. Als ich aus meinem Tagtraum erwachte und murmelte, das könne ich nicht, rief er, ich solle besser tun, was das Verb bedeute, nämlich *lernen*.

Nach der Lateinstunde drückte ich mich ein paar Minuten in einem der Klos der Jungentoilette herum, um nicht zu früh zum Englischunterricht von Mr Miffing zu kommen und in meinen ausgebeulten Kleidern dasitzen zu müssen. Kurz vor dem Klingeln ging ich schnell über den Flur und setzte mich auf meinen Platz.

Mr Miffing, ein hochgewachsener Mann mit Hornbrille und grauem Bürstenhaarschnitt, der ihn noch eine Handbreit größer wirken ließ, saß an der Ecke seines Schreibtischs, das rechte Bein unter den Hintern geschoben. Um für Ruhe zu sorgen, trat er mit dem linken Fuß gegen den metallenen Lehrertisch. Er hatte seine Ausgabe von *Nicholas Nickleby* in der Hand und studierte die Stelle, die wir gerade behandelten. Als Lesezeichen diente ihm stets ein Zweidollarschein, mit dem er denjenigen auszeichnete, der die klügste Frage stellte oder den scharfsinnigsten Kommentar abgab.

»Ich darf wohl die Behauptung wagen«, begann Mr Miffing und hielt sein Buch vor der Klasse hoch, »dass wir mit unserem Freund Nicholas in den Endspurt gehen. Freut sich da irgendjemand?«

Ich meldete mich.

Ich war so fest entschlossen, die Klasse mit meiner Szene zu überrumpeln, dass ich mich gemeldet hatte, ohne zuzuhören. Mr Miffing wirkte verdutzt. Ich hatte mich im Unterricht nie gemeldet. Ich sagte kein Wort, außer wenn er eine Antwort aus mir herausquetschte.

»Sie *freuen* sich, Mr Pingree? Enttäuscht mich ein wenig, das zu hören.«

»Nein, Sir«, sagte ich. »Entschuldigung. Ich wollte etwas fragen.«

»Sie wollen etwas fragen? Sie wollen etwas fragen, noch bevor Sie gehört haben, was ich zu sagen habe?«

»Äh, nein. Doch, ja. Aber so habe ich das nicht gemeint.«

Ein schrecklicher Fehlstart. Dorthea hatte immer gesagt, gute Vorbereitung sei entscheidend für einen guten Auftritt.

Die Vorbereitung durch Proben und die Vorbereitung unmittelbar vor den ersten Schritten auf der Bühne. Meine Mitschüler spitzten die Ohren, rutschten auf ihren Stühlen herum und hoben die Köpfe. Der unsichtbare Junge sprach. Ja, er verwickelte Mr Miffing sogar in ein Gespräch.

Selbst Mr Miffing wirkte neugierig, sobald er merkte, dass er mich eingeschüchtert hatte.

»Und was wolltest du fragen?«

»Darf ich der Klasse etwas vorführen?«, fragte ich. »Es dauert nur ein paar Minuten.«

»Etwas vorführen? Hat es irgendetwas mit dem zu tun, womit wir uns gerade beschäftigen?« Er hielt wieder seine Ausgabe von *Nicholas Nickleby* hoch. Das Ende des Zweidollarscheins hing aus dem dicken Buch.

»Ja, Sir.«

»Schön. Dann führ es uns vor.«

Ich stand von meinem Stuhl auf und ging direkt zur Tafel. Im Rücken spürte ich die Blicke der Klasse, ein gutes Dutzend Jungen. Ich versuchte, mich auf Dortheas Anweisungen in der Meisterklasse zu konzentrieren, auf den »Befehl« oder die nachdrückliche Aufforderung, die sich ein Schauspieler selbst für jeden Takt gibt, vor allem für den Anfangstakt einer Szene. In diesem Fall musste Smike Nicholas mit seinen Worten bestürmen, weil er wusste, dass ihm nicht mehr viel Zeit blieb.

Außerdem riet Dorthea, auf das, was man gerade erlebt hatte oder erlebte, zurückzugreifen. Wenn man in der Nacht zuvor schlecht geschlafen hatte, sollte man seine Müdigkeit benutzen. Kann ja sein, dass die Figur, die man spielt, an diesem Tag müde ist. Oder von Geldsorgen abgelenkt wird. Oder ein bisschen zu spät kommt. Falls möglich, sollte man in seiner Kunst all das benutzen, was gerade im eigenen Leben vor sich ging.

Auf dem Weg zur Tafel spürte ich, dass ich zu schwitzen begann. Ich merkte, dass ich aus Furcht schneller atmete. Ich hörte Dorthea sagen, dass all das nützlich sei. Benutzt es!

Ich nahm ein Stück Kreide von der Ablage und schrieb auf die Tafel:

SMIKES TOD

Dann ging ich zum anderen Ende des Klassenzimmers. In Mr Miffings Klasse saß nicht jeder für sich; stattdessen gab es vier lange Holztische, die jeweils zu zweit hintereinander auf jeder Seite des Raums standen. Mr Miffings Tisch stand am einen Ende des Raums, und ich ging zum anderen Ende, dem offenen, mitten zwischen die langen Tische, und zog beim Gehen meine Schuluniform aus.

Ich weiß noch, dass ich beim Aufstehen dachte: Du musst rasch und gezielt mit der Szene beginnen. Ich konnte nicht zulassen, dass die Aufmerksamkeit der Klasse schwand oder dass jemand erriet, was ich vorhatte. Sie hatten die Szene mit Smikes Tod ja noch nicht gelesen. Es wäre eine Überraschung, wenn auch keine überwältigende, denn immerhin war es Dickens, und wir hatten den Roman fast durch.

Der Anblick eines Klassenkameraden, der sich die Kleider vom Leib riss, war ein Schock, der für zusätzliche Aufmerksamkeit sorgte. Ich ließ meine Sachen einfach auf dem Fußboden liegen. Ich würde sie später einsammeln, wenn sich meine Mitschüler von meinem Auftritt erholten und überlegten, mit welchem Lob sie mich bedenken konnten.

Ich hielt den Blick auf den Linoleumfußboden gesenkt, als ich mich hinten in die Mitte des Raums stellte. Ich spürte, wie Mr Miffing die Stirn in Falten legte, allerdings nicht zornig, sondern eher streng und konzentriert.

Als ich vor der Klasse stand, sah ich vermutlich aus wie einer der verlorenen Jungen aus *Peter Pan*. Ich hielt den Blick weiter gesenkt, schüttelte die Arme aus und entließ einen Schwall Luft aus den Lungen. Im Raum wurde es still.

Ich fiel auf den Fußboden. Ich richtete meinen Blick auf die Stelle, wo die beigefarbene Wand oberhalb der Tafel die Deckenfliesen mit dem Lochmuster erreichte. Die erste Zeile brach aus mir heraus.

»Hilfe, Nicholas, hilf mir!«

Meine Stimme entwich krächzend meiner Brust. Dieses Gefühl kannte ich aus all meinen Proben. Auf einmal fühlte ich mich freier in meinem Spiel, und mein Selbstvertrauen wuchs schlagartig.

Die Sechstklässler in Mr Miffings Englischunterricht hatten natürlich weniger Ahnung vom Theater als die Schauspieler an der MADA. Ein paar schauten verwirrt drein, als ich meine Hände zu Nicholas reckte. Aus den Augenwinkeln konnte ich sehen, dass sie zu der Stelle an der Decke über Mr Miffing schauten, auf die ich zeigte. Dann sahen sie wieder mich an. Ich fuhr fort.

»Nein, nein, nein! Halt mich. Lass mich nicht los. Dort! Dort! Hinter den Bäumen ist etwas. Dort ist ...«

Ungefähr an dem Punkt, als ich Nicholas nach seiner Schwester Kate fragte und ihm erzählte, dass ich eine Locke ihres Haars besaß, kurz bevor ich ihn bat, diese Locke mit in meinen Sarg zu legen, spürte ich, dass mir meine Mitschüler entglitten.

Irgendjemand kicherte.

Dann kam ein Bleistift in meine Richtung geflogen und landete an einer Stelle, wo Smike ihn ganz bestimmt hätte bemerken müssen, wenn er nicht beschlossen hätte, ihn zu ignorieren.

Ich machte weiter.

Als der Bleistift auf das Linoleum klackerte, gab es noch mehr Gekicher. Einige meiner Mitschüler rutschten auf ihren Stühlen herum und husteten, um ihr Gekicher zu vertuschen. Irgendjemand sagte: »Psst!« Vermutlich Mr Miffing.

Ich zeigte auf meine Aktentasche, die am Tisch links von mir neben meinem Stuhl lag, um anzudeuten, wo Nicholas mich begraben sollte. Einerseits war es meine Aktentasche und andererseits eine Kiefer mit dickem, graubraunem Stamm am Rand eines Obstgartens in Devonshire; sie stand auf einem leichten Hang, der zu einem Bach und dahinterliegenden Wiesen abfiel. Der Baum war so hoch, dass sein Schatten im Laufe des Tages einmal rund um den ganzen Obstgarten wanderte. Der Schatten hatte gerade die Stelle erreicht, wo ich mit Nicholas saß. Ich konnte spüren, wie die Luft kühler wurde. Genau das, hatte mir Dorthea auf einer Probe erzählt, als die Rede auf diesen Moment gekommen war, sollte mich zum Zittern bringen und veranlassen, Nicholas meine letzten Geheimnisse zu verraten. Jetzt kam die Sonne wieder hinter dem Baum hervor, und ich blinzelte in das diamantene Licht der ersten, wärmenden Strahlen, als ich zu Boden sank und schwerer zu atmen begann. Ich spürte, wie sich in meinem Augenwinkel eine Träne bildete.

»Ich«, sagte ich, »ich bin ... glücklich.«

Ich lächelte und spürte die Träne. Inzwischen saß ich auf dem Fußboden, den Rücken an die hintere Wand der Klasse gelehnt. Ich saß da und starrte die Aktentasche an, die Kiefer, mein Grab.

Ich hob den Blick.

»Eden«, flüsterte ich, allerdings so laut, dass die Klasse es hören konnte. Das hatte Dorthea mir beigebracht.

Ich schloss die Augen.

Ich hörte, wie irgendjemand sagte: »Mann.«

Dann spürte ich, wie sich die Szene – damit meine ich den Ort, den ich mir vorgestellt hatte, den Obstgarten, die Kiefer, den blauen Himmel, die Brise – in einem Strudel auflöste und wie in einem Abfluss verschwand. Ich stand in Lumpen in einem Klassenzimmer, Krawatte, Jacke und Schuhe in der Hand.

»Ah ja«, sagte Mr Miffing. »Ah ja.«

Jetzt sah ich, dass die Jungen grinsten und hinter Fäusten und hochgehaltenen Kladden mit Spiralbindung und dem Wappen von Newcomb auf der Vorderseite rasche Blicke tauschten.

»Vielen Dank, Mr Pingree«, sagte Mr Miffing. »Das war erhellend. Ich würde sagen – tja, vielleicht sollte ich besser fragen: Hat jemand etwas dazu anzumerken?«

Ich schlurfte zu meinem Platz, Jacke, Krawatte und Hose über den Armen. Die Kleider sahen schlaff und kläglich aus, doch ich bezweifelte, genug Kraft zu haben, um sie anzuziehen. Trotzdem musste ich das schmachvolle Smike-Kostüm wieder verhüllen. Ein Kostüm! Ich stand in einem Kostüm in einem Klassenzimmer der Newcomb School. Wie irgendein Kasper aus der zweiten Klasse. Ich sank auf meinen Stuhl.

»Willst du etwa sagen«, fragte Tommy Micone, der auf der anderen Seite des Zimmers saß und die Seiten von *Nickleby* durchblätterte, »dass Smike stirbt?«

Micone sah auf und blinzelte mit aufgesetzter Verzweiflung in die Klasse. »Oh, nein.«

Ringsumher Gekicher.

»Schon gut«, sagte Mr Miffing. Sein Gesicht war leicht gerötet.

Micone schniefte laut. Noch mehr Gekicher.

Ich saß den Unterricht aus, den Kopf auf eine Hand gestützt, und malte Kreise, Ketten von Kreisen in meine Kladde, während ich hart darum kämpfte, das Beben in meiner Brust zu beherrschen.

Als ich das Poltern von Stühlen und Schritte hörte, wusste ich, dass die Stunde zu Ende war. Ich riss mich zusammen. Ich wollte das Klassenzimmer als Erster verlassen, um mich auf einem der Klos im Waschraum umzuziehen. Aber ich war noch zu benommen und daher zu spät dran. Andere Jungen waren schon an der Tür. Tommy Micone imitierte ziemlich lausig den Akzent, den ich einstudiert hatte, verlieh seiner Stimme aber genau jenen Ton höhnischer Verachtung, den ich vermutlich noch oft hören würde, wenn sich die Sache erst in der Schule herumgesprochen hatte. Er sagte: »Noin, noin, noin, hult mich! Loss mich nicht lu-us.«

Die Wut explodierte in mir, als hätte mir jemand von hinten gegen den Kopf geschlagen und mich auf Tommy geworfen. Ich sprang ihm ins Gesicht, wollte ihn beißen und mit den Fingern zerfetzen. Ich sah, wie er panisch die Augen aufriss, und kurz bevor wir zusammenstießen, durchzuckte mich eine tiefe Freude. Dann war alles nur noch ein Chaos aus Schlägen und Stöhnen, aus Schreien und Blut.

Dorthea war der Meinung, dass wir die Initiative ergreifen sollten. Wir dürften ihnen keine Gelegenheit geben, uns zu demütigen.

Zwei Tage nach dem Vorfall war ich immer noch zu Hause. Meine Mutter telefonierte mit Dorthea. An der Newcomb School wurde gerade über meinen Fall beraten. Wie sich herausstellte, befand ich mich in einer heikleren Situation, als ich geahnt hatte. Meine Noten waren so schlecht, dass ich wie ganz zu Anfang immer noch auf Probe in Newcomb war. Außerdem gab es weitere, weniger konkrete Probleme. Die Schule witterte, dass meine häusliche Situation unorthodox war. Eine alleinerziehende, berufstätige Mutter. Eine Verbindung zu einer Schauspielschule in Greenwich Village. Dazu kam, dass ich mich allen sozialen Aspekten des Lebens an der Newcomb School entzog, was als feindselig empfunden wurde. Dazu kam mein mangelndes Interesse an Sport. Meine fast trotzige Weigerung, mich am Unterricht mündlich zu beteiligen. Und der Eindruck, dass meine Interessen, ja meine Existenz – nun – anderswo ihren Schwerpunkt hatten.

Außerdem die Zigaretten. Man hatte drei Schachteln bei mir gefunden, was neben dem Besitz von einem Flachmann mit Whisky oder einem Päckchen Heroin an der Newcomb School eines der schwersten Vergehen darstellte.

Die Schachteln waren während meines Streits mit Tommy Micone aus meiner Aktentasche gefallen. Er hatte so sehr mit den Beinen gestrampelt, dass meine Bücher und Unterlagen sowie die zwei Schachteln Camel und die eine Schachtel Luckys, die ich beim Griechen gekauft und dann wochenlang ganz unten in der Tasche vergessen hatte, über den Fußboden schlitterten.

Die zehn Stiche, mit denen Tommy Micone genäht werden musste, nachdem ich ihm einen Stuhl über die Rübe gezogen hatte, waren ein weiteres Problem. Doch es waren die Zigaretten, die der Schuldirektor, der Dekan, der Leiter der Hauptschule und mein Tutor immer wieder gegenüber meiner Mutter und Dorthea ansprachen, die auch an den Sitzungen teilnahm, in denen es um meine »Situation« ging. Mir wurde nahegelegt, nicht an diesen Sitzungen teilzunehmen. Wie mir die Schule mitteilte, sollte ich mich erst einmal beruhigen und zu Hause bleiben. Man würde gegen Ende der Woche über meinen Fall entscheiden.

»Wir müssen ihnen zuvorkommen«, sagte Dorthea.

Ich belauschte das Gespräch oben am zweiten Apparat.

»Ich wünschte, der Englischlehrer würde sich für ihn einsetzen«, sagte meine Mutter.

Es verletzte mich, dass Mr Miffing in dieser Situation nichts zu meiner Verteidigung vorbrachte. Er hatte gesagt, ich hätte im Unterricht uneingeplant etwas rezitiert – Dorthea spie das Wort aus, als sie es hörte: *rezitiert* – und auf den Kommentar eines Jungen hin sei ich in die Luft gegangen.

»Wir feuern diese Mistkerle«, sagte Dorthea. »Wir feuern sie sofort. Diese Schule ist nicht gut genug für Noah. Das beweist der gesamte Vorfall.«

Meine Mutter stammelte irgendetwas ins Telefon. Dorthea hatte sie durch ihre Entscheidung überrumpelt, doch mich erfüllte eine tiefe Erleichterung.

»Aber was soll Noah machen? Wo soll er zur Schule gehen?«, fragte meine Mutter.

»Uns wird schon etwas einfallen«, sagte Dorthea. »Feuer diese Leute.«

»Oh, Liebling«, sagte meine Mutter, und zuerst glaubte ich, sie würde mich meinen. Doch ich belauschte sie ja. Mit »Liebling« war Dorthea gemeint.

Am nächsten Samstag fuhren wir zur Newcomb School, um meine Sachen zu holen. Am Morgen nach ihrem Telefonat mit Dorthea hatte meine Mutter beim Schuldirektor angerufen und ihm mitgeteilt, dass sie mich von Newcomb nehmen werde. Sie reichte dem Direktor nicht einmal den kleinen Finger. Sie entschuldigte sich für nichts, weder für meine Handgreiflichkeiten noch für meine schlechten Zensuren, ja nicht einmal für die Zigaretten. Sie sagte zwar nicht ausdrücklich, dass er »gefeuert« sei, riet dem Mann aber, darüber nachzudenken, in welcher Hinsicht sie ihre Verpflichtungen mir gegenüber vernachlässigt haben könnten.

Dorthea begleitete uns nach Newcomb. Sie war mit der Fähre und dem Zug bis Elizabeth gefahren, wo meine Mutter und ich sie abholten, und dann fuhren wir alle zusammen zur Schule. Ich musste sie außerhalb der MADA gemeinsam erleben, in einer Situation, in der ich sie brauchte – sie *beide* brauchte –, um zu begreifen, welche Bindung sich zwischen ihnen entwickelt hatte.

Sie nahmen mich in die Mitte, als wir durch den Portikus unter dem Glockenturm gingen. Dorthea blieb vor der Tür stehen, und meine Mutter und ich drehten uns nach ihr um. Sie zündete sich einen Zigarillo an. Meine Mutter schüttelte den Kopf, lächelte aber leise. Dorthea inhalierte einmal tief, holte uns ein und wartete mit dem Auspusten des Rauchs, bis wir im Gebäude waren.

Abgesehen von einem Hausmeister, der den zur Sporthalle führenden Flur schrubbte, war keine Menschenseele zu sehen.

Es wäre toll gewesen, wenn die ganze Schule gesehen hätte, wie Dorthea mit einem qualmenden Zigarillo im Mund ohne jedes Zaudern den Raum mit den Spinden der Jungen betrat. Ich hatte so eine Ahnung, dass ihr sogar meine schlimmsten Feinde unter den Jungen zugejubelt hätten.

Dorthea und meine Mutter schauten diskret weg, während ich meine Shorts, mein T-Shirt und meinen Genitalienschutz für den Sport in die mitgebrachte Einkaufstüte stopfte. Dann gingen wir zu dem Spind, der sich in einem Flur im mittleren Flügel der Schule befand. Darin bewahrte ich nur ein paar Bücher und Kladden auf. Wir hätten das Zeug ebenso gut dalassen können, fand ich, denn dann hätte die Schule es wegwerfen müssen.

Aber dann hätte ich auch den Brief nicht gefunden, den jemand durch die Luftschlitze der Spindtür gesteckt hatte. Meine Mutter und Dorthea bekamen nichts davon mit. Für sie war der Zettel nur eines der Papiere, die ich in die Einkaufstüte warf. Die Aktentasche hatte ich um keinen Preis mitnehmen wollen, ja, ich hatte sie schon in den Müll geworfen.

Als wir Dorthea am Bahnhof absetzten, drückte sie vor dem Aussteigen von hinten die Schulter meiner Mutter.

»Bald beginnt dein nächster Akt«, sagte sie.

»Danke«, erwiderte meine Mutter, und obwohl sie durch den Rücken des Sitzes vor mir verborgen waren, merkte ich, dass sie versuchten, sich bei den Händen zu ergreifen. Sie saßen einen langen Augenblick da, schauten einander an und hielten Händchen. Ich raschelte mit der Einkaufstüte, und Dorthea sagte, sie müsse los. Der Zug komme gleich.

Sobald ich zu Hause allein in meinem Zimmer war, las ich den Brief. Die Handschrift kam mir bekannt vor. Dieser Brief war ein typisches Beispiel dafür, wie in Newcomb Schüler gelobt wurden.

Trotz allem

war darin zu lesen

fand ich Deine Aufführung von »Smikes Tod« ziemlich gut.
G. W. Miffing

Beigelegt war ein Zweidollarschein.

NEUN

BLAUES FLACKERLICHT
EINES FERNSEHERS.
Der JUNGE sitzt auf dem Fußboden,
starrt ins Licht.
GERÄUSCHE VON PFERDEN,
GEWEHRFEUER, TITELMELODIE
EINES WESTERNS ETC.
LICHT AUS.

Jede Woche guckten Vasily und ich den *Glücksjäger* unten im Keller der Academy of Dramatic Arts. Glücklicherweise war es der einzige Abend in der Woche, an dem er nie einen Wrestling-Kampf hatte. CBS hatte den *Glücksjäger* von Samstag auf Sonntag verlegt, sodass Ike gegen *Bonanza* auf NBC antreten musste. Das war ein harter Brocken, und der TV-Guide brachte sogar eine Titelstory darüber: »Showdown am Sonntagabend«.

Doch *Der Glücksjäger* gewann diesen Kampf mehr als bravourös, und die Kritiker machten ein ziemliches Tamtam darum, wie Ike Devoe die Cartwrights im Duell um Einschaltquoten ganz allein wegschoss. Es hieß, dass die beiden Serien Amerika in zwei Lager teilten: in die Anhänger von »Familien-Western«, die *Bonanza* schauten, und die existenzialistischen »Einsame Reiter«-Fans, die die Streifzüge von Juss Brande im *Glücksjäger* verfolgten. Das *Life Magazine* widmete Ike eine Doppelseite mit dem Titel: »Sexy Camus mit Sechsschüsser«.

Vasily und ich – einsame Reiter in Greenwich Village – machten es uns jede Woche mit einem Teller Borschtsch gemütlich, den Vasily entweder selbst gekocht oder von einem Deli in Avenue A mitgebracht hatte, und schauten uns Ike an.

Vasily klaute sogar Ikes Schlachtruf »Los geht's«, der immer wie »Losgehs« klang, wenn Juss Brande ihn vor dem Aufbruch zu einer neuen Mission wie einem Feuergefecht, der Umgarnung einer hübschen Kleinstadtlehrerin oder der Verhaftung von Desperados nuschelte. Als Rasender Russenbär brüllte Vasily »Looosgeeeehs! Looosgeeeehslooosgeeeehslooosgeeeehs!!!«, wenn er aus seiner Ecke in den Ring sprang. Anfangs konnte man den Schrei unter Vasilys Maske kaum verstehen, und die Ansager wollten dem Publikum weismachen, dass der Russenbär seinen Gegner mit einem Zauberspruch verfluchte, der von Rasputin höchstpersönlich stamme. Später verstanden die Fans den Ruf und sangen ihn mit. Je öfter ich den *Glücksjäger* sah, desto abstrakter wurde Ike Devoe für mich. Mir kam es immer unglaublicher vor, dass der Westernheld auf dem Bildschirm tatsächlich irgendwann durch dieses Gebäude gelaufen war, dass er mich »Dad« genannt und an Dortheas Meisterklasse teilgenommen hatte, dass ich ihn einmal durch Vasilys Kellerfenster dabei beobachtet hatte, wie er mit meiner Tante eine Szene aus *Giftiger Schnee* spielte, oder dass ich ihn mit meiner Mutter gesehen hatte. Jetzt sah ich ihn als einer von Millionen von Fans im Fernsehen.

Meine Mutter gesellte sich nicht zu uns. Ihre Affäre mit Ike war nur von kurzer Dauer gewesen, und es interessierte sie nicht, ihn im Fernsehen zu sehen. Sie schaute sich die Serie kein einziges Mal an, und sie sah auch keinen seiner Filme im Kino. Ich vermutete, dass hinter der Gleichgültigkeit meiner Mutter ein gewisser Groll steckte – wie könnte es anders sein? –, den sie jedoch gut verbarg. Jahre später sagte sie, sie habe gewusst, dass alles, was sie hinsichtlich ihrer Schwester mühsam zu erreichen versucht habe, gefährdet gewesen wäre, wenn sie Ike nicht losgelassen hätte oder umgekehrt.

»Ich habe Ike Devoe abgehakt«, erklärte sie einmal im Beisein Dortheas ausdrücklich.

Nach der Sache in der Vorratskammer hatte meine Mutter vielleicht noch ein- oder zweimal etwas mit Ike, aber das war auch alles.

»Er war eine gute Medizin für eine Witwe«, sagte sie einmal. »Ich konnte mein Glück kaum fassen. Aber er war auch eine schlechte Medizin. Oder kannst du dir vorstellen, dass er zu uns beiden gezogen wäre?«

Um ehrlich zu sein, konnte ich das. Andererseits dürfte ich im tiefsten Inneren genauso gut wie meine Mutter gewusst haben, dass auf Ike kein Verlass gewesen wäre.

Ich konnte mir Ikes Serie oft gemeinsam mit Vasily ansehen, weil meine Mutter und ich nach meinem Abgang von der Newcomb School mehr Zeit an der MADA verbrachten. Meine Mutter zögerte, mich wieder auf die Schule in Jersey zu schicken, da ich so bedrückt war, dass sie wahrscheinlich befürchtete, ich würde erneut in das Schweigen verfallen. Vermutlich dachte sie, dass ich beschäftigt war, solange ich mich an der Schauspielschule aufhielt.

Doch sie hatte auch eigene Gründe dafür, in New York

an der MADA zu bleiben. Zwischen ihr und Dorthea Holtz bahnte sich etwas an.

Ich schätze, dass es Dortheas Idee war, Jersey zu verlassen und bei ihr einzuziehen. Anfangs zögerte meine Mutter. Doch als Witwe hatte sie wenig Geld, und der Umzug in die Schauspielschule wäre eine Erleichterung. Nachdem wir über drei Monate immer mehr Zeit bei Dorthea im Horst verbracht hatten, verkauften wir das Haus in der Oak Avenue in Wychwood, wo wir mit Gardy und Dad gelebt hatten, an eine Familie aus Ohio.

An einem kalten, klaren Abend, kurz bevor die Umzugshelfer kamen, sagte meine Mutter, sie wolle noch einmal auf den Golfplatz gehen. Sie bat mich nicht, sie zu begleiten, und ich zog mir schweigend den Mantel an. Ich wusste, dass ich sie nicht allein gehen lassen konnte.

Wir fuhren zu der Sackgasse, wo der Platz an den Bürgersteig grenzte. Dort parkte sie und fragte mich: »Bist du sicher, dass du mitkommen willst?«

Ich nickte.

»Wir können auch wieder nach Hause fahren«, sagte sie.

»Nein, ich komm mit.«

Wir schlängelten uns durch die gleiche Lücke in der Hecke, durch die ich damals mit Gardy und Dad geschlüpft war. Seit dem Unfall hatte ich den Golfplatz gemieden.

Während unseres Spaziergangs herrschte ein wolkenloses, kobaltblaues Zwielicht. Im Westen, wo Scheinwerfer zwischen kahlen Bäumen aufleuchteten, lag ein fahler Streifen Rot über dem niedrigen Kamm der Watchung Mountains. Das bereifte Gras knirschte unter unseren Füßen. Meine Hose fühlte sich kalt an. Wir gingen über drei Fairways, bis wir schließlich die Mulde mit dem Laubhaufen, dem Eibendickicht und dem Stumpf der vom Blitz gespaltenen Fichte erreichten. Die Platzwarte hatten den Rest des Baums gefällt.

Meine Mutter schien sich genau auszukennen. Sie stand nahe der Stelle, wo ich beim Blitzeinschlag gestanden hatte. Nach dem Unglück hatte sie die Asche von Gardy und Dad im Atlantik verstreut, »unten am Ufer«, und deshalb konnten wir hier auf dem Golfplatz im Grunde nicht viel anderes tun, als uns umzuschauen. Mehr wollte meine Mutter auch nicht.

Ich war froh, dass mich der Abend so gar nicht an die Nacht des Sturms erinnerte. Ich befürchtete, meine Mutter würde mich fragen: »Wo haben sie gestanden? Wo warst du, als es passiert ist?« Doch sie schwieg.

Ich behielt ein paar blinkende Lichter am Himmel im Blick, Flugzeuge in der Einflugschneise Newarks. Der Himmel war noch nicht schwarz, sondern indigoblau. Sterne glitzerten, doch ich hatte das Gefühl, dass mir die Wünsche ausgegangen waren. Schnee fiel nicht, und Blitze waren sowieso nicht zu sehen. Es war einfach nur ein kalter Abend in den Vororten von Jersey, ein dunkler Fleck zwischen zwei Fairways eines Golfplatzes, der mitten in einem mehrere Quadratmeilen großen Wohngebiet lag, und im Osten glühte New York am Horizont. Der Verkehr dröhnte immer und überall. Ich lehnte mich gegen meine Mutter, und sie nahm mich in den Arm.

»Licht aus«, sagte sie leise. »Ende des Aktes.«

So wurde ich ein Großstadtkind. Ich zog in Dortheas früheres Gästezimmer. Ich wusste, dass meine Mutter und Dorthea ein Zimmer teilten. Zwischen Ike und meiner Mutter hatte ich sofort eine gewisse Spannung gespürt – und auch Anzeichen dafür beobachtet –, doch bei Dorthea und meiner Mutter war die Sache subtiler. Um all die Veränderungen in meinem Leben abzufedern, verdrängte ich anfangs einiges. Ich redete mir ein, dass die Aufteilung der Wohnung einfach nur logisch war: Ich bekam mein eigenes Zimmer, und die beiden Frauen teilten sich das andere. Doch ich begriff natürlich bald, was los war.

Derweil begann ich die Stadt zu erkunden und wagte mich immer weiter aus dem Viertel der MADA heraus. Bald kannte ich alle U-Bahn- und Busverbindungen. (Einmal fuhr ich allein zum Times Square, weil Ike irgendwann davon erzählt hatte. Sicherheitshalber unternahm ich diesen Ausflug allerdings an einem freundlichen Sonntagmittag.)

Irgendwann lief ich mitten in der Woche ein paar älteren Jungen über den Weg, die in einem Laden hinter dem Sheridan Square Comics kauften. Sie kicherten und knufften sich gegenseitig, und ich merkte, dass sie ein paar Extrahefte zwischen die Seiten der beiden Bücher geschmuggelt hatten, für die sie bezahlten.

Als sie sich draußen hinter der Ecke des Ladens ihre Beute anschauten, sahen sie, dass ich einen Superman-Comic gekauft hatte. Wir sprachen ein bisschen über Comics und die Gründe, weshalb ihnen Superman nicht mehr gefiel, und dann stellte einer der beiden die unvermeidliche Frage: »Hey, wo gehst du zur Schule?«

Ich zögerte. Ich konnte ja schlecht die hiesige Schule nennen, zumal ich nicht einmal ihre Hausnummer kannte.

»Marshalsea Academy«, antwortete ich.

»Was? Wo soll die Scheiße denn sein?«, fragte der größere der beiden Jungen.

»Hey, pass auf, wie du dich ausdrückst«, sagte sein Freund.

Der große Junge wandte sich von mir ab und sagte zu

seinem Freund: »Scheiße, Mann, was stimmt denn nicht mit meiner beschissenen Ausdrucksweise?«

Beide mussten schallend lachen.

»Also – wo ist die Schule?«, fragte der große Junge und drehte sich wieder zu mir um.

»Drüben in der Morton«, sagte ich. Ich hoffte, dass sie die Straße nicht gut kannten.

»In der Morton gibt es keine Schule.«

»Ist das eine Privatschule?«

»So was in der Art.«

»Was heißt ›so was in der Art‹?«

»Ist es eine katholische Schule?«

»Nee.«

»Eine jüdische Schule?«

Ich schüttelte den Kopf.

»Wie viele Schüler?«

»Nicht viele. Ist einfach eine Schule.«

»›Einfach eine Schule‹?«

»He-e-e-y, warte mal. Das ist eine Sonderschule, wie? Gehst ... du ... auf ... eine ... Sonder ... Schule?«, fragte der große Junge, beugte sich nach vorn und ließ Hände und Unterkiefer schlaff nach unten hängen.

Sein Freund musste wieder lachen.

»Nein, es ist keine ›Sonder ... Schule‹«, äffte ich ihn nach.

»Scheiß drauf. Das hier leihe ich mir mal«, sagte der kleinere Junge und entriss mir den Superman-Comic, den ich gekauft hatte. Als ich ihm das Heft wieder wegnehmen wollte, schlug mir sein Freund mit der Faust ins Gesicht, und ich zuckte zurück. Sie lachten und rannten die Straße hinunter.

»Wir gehen auch auf die Schwachkopf-Academy«, rief mir der große Junge über die Schulter zu. »Das hier kriegst du in der Arschwisch-Stunde zurück.«

Diese Jungen sah ich nie wieder, doch ihre Frage nach der Schule, die ich besuchte, erwies sich als folgenreich. Sogar die Stadt New York stellte sie.

In Wahrheit war die Marshalsea Academy of Dramatic Arts meine Schule. Meine Mutter und Dorthea waren zu dem Schluss gekommen, dass sie besser war als die staatliche Schule vor Ort. Damit ich das Schuljahr nach meinem Abgang von Newcomb zu Ende bringen konnte, stückelten sie einen Unterricht für mich zusammen, und als nach unserem Umzug in die MADA das neue Schuljahr begann, entschieden die beiden Frauen, mich auch weiterhin selbst zu unterrichten.

»Schau dich um«, sagte Dorthea eines Abends beim Essen. »Wir haben hier alle möglichen begabten Leute. Sie suchen nach Möglichkeiten, ihren Lebensunterhalt zu verdienen. Sollen sie doch Noah unterrichten.«

Damals gab es wahrscheinlich noch keinen Namen für das, was Dorthea sich für meine Bildung überlegt hatte. Wenn ich im Studio saß, verfolgte ich den Schauspielunterricht. Dorthea sorgte dafür, dass ich alle Stücke las, die die Schauspieler probten, und so kannte ich mich bald bestens in der dramatischen Literatur Amerikas, ja der ganzen Welt aus. Dorthea gab mir außerdem Stimmunterricht. Madeline Barstow paukte mit mir Latein; sie hatte in Vassar ihren Abschluss in klassischer Literatur gemacht.

Ed Green gab mir Mathematikunterricht. Zu dem Zeitpunkt konnte er das Geld gut gebrauchen, denn man hatte *Captain Whistlehorn's Trolley* aus dem Programm genommen. (Ed hatte Wilbur Jens als Puppenspieler in der Sendung engagiert, und eine Aufnahmeleiterin hatte Wilbur dabei ertappt, wie er sich auf der Damentoilette einen Schuss setzte. Das war das Aus für Wilbur, Ed und *Captain Whistlehorn*.)

Riordan Mulrooney übernahm meinen Englischunterricht. Meine Mutter kümmerte sich um Sozialkunde. Vasily gab mir im Keller Werkunterricht, und wenn er im Fitnessstudio Gewichte stemmte, trainierte ich mit.

Das war natürlich eine ziemlich improvisierte Sache, doch Dorthea meinte, es würde die Atmosphäre an der Akademie auflockern, wenn die Schauspieler wüssten, dass die ganze Zeit ein Kind da war, ein Kind, das sie mit unterrichteten.

»Deinetwegen nehmen sie sogar ihre eigene Arbeit ernster«, sagte sie.

Schließlich kam die Schulbehörde dahinter, dass ich nicht zur Schule ging, und man jagte mir einen schnaufenden, dicken Beamten namens Mr Knoke auf den Hals, der für Schwänzer zuständig war. Vielleicht hatte ihm ein Nachbar einen Tipp gegeben, denn ich hatte mich inzwischen mit ein paar Kindern aus dem Block angefreundet, und eines von ihnen könnte seinen Eltern von meiner unorthodoxen Schulbildung erzählt haben. Oder hatte mich Mr Knoke vielleicht mitten in der Woche an einem Vormittag auf meinem Rückweg vom Griechen gesehen?

Auf jeden Fall platzte er herein, als ich mit Riordan Mulrooney im Englischunterricht *Othello* las. Mulley hatte gerade eine Aufführung des Stücks unten in der East 4th hinter sich. Er hatte Montano gespielt, eventuell auch den Clown, auf jeden Fall eine der Charakterrollen.

Wir waren allein im Studio der Meisterklasse. Ich saß am Tisch, und Mulley, der gerade mitten in einer Abschweifung war, lief umher. Mulley vom Thema abzulenken war ein Kinderspiel. Diesmal waren wir von Othello und Eifersucht irgendwie auf Laurel und Hardy gekommen. Mulley pries Laurels und Hardys Stichwortgeber, den kahlköpfigen, schnurrbärtigen Jimmy Finlayson.

»Er war ein *Meister*«, sagte Mulley. »Ein Meister, der mit Meistern zusammenarbeitete. In Wahrheit war es ein Drei-Mann-Team. Doch das blenden die Leute aus.«

Mulley wies immer auf die Nebendarsteller in Filmen und Theaterstücken hin. Er meinte, es sei eine Ehre, dieser unterschätzten Zunft anzugehören. Wenn die Welt die Arbeit von Stichwortgebern und Charakterdarstellern nicht gebührend zu würdigen wusste, so glich Mulley dies aus, indem er nach einer Aufführung hinter die Bühne ging und die Frau aufsuchte, die die Nachbarin gespielt, oder den Mann, der die Rolle des Postboten gehabt hatte, um sie für ihren einminütigen Auftritt zu loben. Wenn Mulley in einem Stück mitspielte – als Nachbar, Postbote oder Ladenbesitzer –, war seine Garderobe nach der Vorstellung immer gerammelt voll mit anderen Charakterdarstellern. Die Theaterpförtner sagten oft, dass Mulley nach einer Aufführung mehr Besuch bekomme als die Stars.

»Finlaysons Markenzeichen«, erzählte Mulley mir, »war das berühmte stumme Entsetzen samt ohnmächtiger Wut.«

Mulley suchte im Studio nach einer gut beleuchteten Stelle. Er stellte sich unter eine der Arbeitsleuchten und fuhr mit den flachen Händen durch die Luft, als wollte er zur Vorbereitung ein Tischtuch glatt streichen.

»Gut«, sagte er. »Die Jungs ...« – Mulley nannte Laurel und Hardy immer »die Jungs«, als wären sie seine Kumpel – » ... die Jungs treiben in Jimmys Gegenwart irgendeinen Schabernack. Kappen ihm mit einer Schere die Krawatte. Schmeißen eine Zwirnrolle in die Spaghetti. So etwas in der Art. Und Jimmy reagiert. Aber nicht einfach nur mit einem lodernden Blick, den er kurz abwendet, um danach noch einmal hinzuschauen.«

Mulley mimte kurz das stumme Entsetzen, riss den Kopf

hin und her und ließ den Körper zucken, als wäre ein Stromstoß hindurchgefahren.

»Nein, Finlayson hat noch das hinzugefügt, was er immer ›ohnmächtige Wut‹ genannt hat, und beides wurde dann zu Finlaysons berühmtem ›stummen Entsetzen samt ohnmächtiger Wut‹.«

Mulley spielte noch einmal das Entsetzen, kniff danach aber die Augen zusammen, schürzte die Lippen und verzog das Gesicht, in dem langsam die Wut aufstieg. Vom Tisch aus konnte ich den Druck der Erkenntnis, dann der Frustration, dann des Zorns und schließlich den der ohnmächtigen Wut sehen, die von Mulleys Fußsohlen ausgehend durch den ganzen Körper aufstieg, bis man – wirklich wahr, ich schwöre! – den Dampf aus seinen Ohren schießen sah.

Ich lachte und applaudierte.

In diesem Moment erstarrte Mulley und sagte: »Das ist nicht komisch, junger Mann. Denn genau das passiert, als sich der zornige Othello mit ausgestreckten Händen auf Desdemonas Bett zubewegt, um sie zu erwürgen:

›Still, Hure! Weinst um ihn vor meinen Augen?‹«

Ich hatte keine Ahnung, was Mulley meinte oder was auf einmal los war. Plötzlich kroch er wie Bela Lugosi über die Bühne, die Finger wie Krallen gebogen.

»›Runter, Hure!
... du wehrst dich noch –
mal angefangen gibt's kein Halten ...‹«

Dann ließ er die Maske fallen und sagte: »Na, wir machen morgen weiter mit Shakespeare. Wir haben Besuch, wie ich sehe.«

Als ich mich umdrehte, erblickte ich Dorthea und einen pausbäckigen Mann, der einen karierten Freizeitanzug und einen Filzhut trug. Dorthea ließ sich nicht täuschen, Mr Knoke aber schon, denke ich. Vielleicht war er auch nur beeindruckt, weil er an der MADA so vielen Schauspielern begegnete, die er aus dem Fernsehen und vom Broadway kannte. Er wies Dorthea ausdrücklich darauf hin, dass er und seine Frau große Broadway-Fans seien.

»Und auch von anderen Theatern«, fügte er hinzu, zwinkerte Mulley zu und erzählte, dass er ihn in *Arsen und Spitzenhäubchen* gesehen habe. Mulley errötete und scharrte mit den Füßen, ein Musterbild beschämter Dankbarkeit.

Nachdem die drei kurz über meinen Englischunterricht gesprochen hatten, verschwand Dorthea mit Mr Knoke.

Mulley zog eine Grimasse. »*Arsen und Spitzenhäubchen*, ach du Scheiße«, sagte er mit irischem Akzent, damit sein Fauchen grimmiger klang. »In diesem Mist habe ich nie im Leben mitgespielt.«

Mulleys Vorstellung und der Auftritt der ganzen Akademie als Junior High School mit einer aus einer einzigen Person bestehenden Schülerschaft führten dazu, dass Mr Knoke einen Bericht bei der Schulbehörde einreichte, in dem er den Unterricht an der Marshalsea in höchsten Tönen pries. Mein Schulwissen, erklärte er, sei »imposant«.

Je länger wir im Horst wohnten, desto ungezwungener gingen meine Mutter und Dorthea in meiner Gegenwart miteinander um.

Anfangs verhielten sie sich im Horst genauso diskret wie unten in den Korridoren der Akademie. Doch ihre Vorsicht ließ immer mehr nach, und schließlich gestatteten sie sich eine Umarmung hinter dem Ofen oder legten einander einen

Arm um die Taille, wenn sie am Fenster standen und das Empire State Building betrachteten.

Angesichts dieser Zeichen von Zuneigung zog ich mich zurück. Ich wollte nicht dazugehören. Ich hielt Abstand und trieb mich lieber unten in den Studios der Schauspielschule herum als zu Hause im Horst. Was Dorthea und meine Mutter möglicherweise für meine Liebe zum Theater hielten, waren in Wahrheit Verwirrung und Verstörtheit über die vielfältigen Formen der Sexualität und mein Bedürfnis, für mich zu sein.

Immerhin blieb mir durch den »Schulunterricht« an der MADA der Hohn und Spott erspart, den andere Kinder über mir ausgegossen hätten, weil ich der Sohn einer Mutter war, die mit einer Frau zusammenlebte. Das Leben in einer Schauspielschule in Greenwich Village war weiß Gott nicht die Norm, aber wenigstens piesackte mich niemand.

Ich weiß, dass mir meine Mutter von ihrer Beziehung zu Dorthea und von Liebe und Sex erzählen wollte, und ich weiß noch, dass ich mich wand und sagte, ich wisse, was sie meine, und ob sie jetzt damit aufhören könne.

Schließlich sagte mir meine Mutter, dass sie und Dorthea für den Rest ihres Lebens zusammenwohnen wollten.

»Das entspricht den Gefühlen, die wir füreinander haben«, sagte sie.

»Fast so, als wärt ihr verheiratet«, erwiderte ich.

»Ja.«

»Aber ihr seid nicht verheiratet.«

»Nein.«

»Wirst du je wieder heiraten?«

»Du meinst Dorthea?«

Das hatte ich nicht gemeint. Ich dachte eher an eine Heirat, die mir einen neuen Vater verschaffen würde. Zum

Beispiel Ike Devoe. Mein Kopf schwirrte von vagen Sehnsüchten und Ungewissheiten.

»Ich werde Dorthea nicht heiraten«, sagte meine Mutter, »aber ich möchte bei ihr bleiben. Und damit meine ich uns beide, dich und mich.«

Es war schon spät. Sie saß auf meinem Bett. Ich schloss die Augen und tat so, als wäre ich eingeschlafen.

Vasily steigt ins Immobiliengeschäft ein. Ich habe es schon geahnt, als ich sah, wie er Männer in Anzügen durchs Gebäude führte. Vermutlich zeigt er ihnen sogar den Horst, wenn ich nicht da bin. Außerdem hat Vasily Bemerkungen über die Lage des MADA-Gebäudes fallen lassen, über den Immobilienmarkt, darüber, dass die Stadt »in einem großen Umbruch begriffen« sei.

Jetzt, da ich darüber nachdenke, fällt mir ein, dass er schon bei seinem ersten Besuch im Krankenhaus, als er die alte Maske des Rasenden Russenbären trug, irgendetwas von Immobilien erzählt hat. Er sprach davon, dass mein Zuhause zu nahe an Ground Zero liege.

Ich finde nicht, dass es zu nahe ist. Bisher bin ich noch nicht einmal zu den Aussichtsplattformen gegangen, die man dort errichtet hat. Ich habe es nur bis Point Thank-You geschafft. Dort bin ich einige Male gewesen, und die Cheerleader kennen mich inzwischen. Manchmal winken sie mich zu sich, doch ich schwenke immer nur meinen Stock und recke zum Zeichen der Solidarität eine Faust, mehr nicht.

Eines Tages nimmt mich Vasily mit in den Keller. All die Treppen hinunter- und hinaufzugehen gehört zu meinem Training. In der rechten Hand halte ich eine kleine Hantel. Das Ding wiegt vermutlich nicht mehr als eine Banane, stellt aber eine echte Herausforderung für meinen vom Schlaganfall in Mitleidenschaft gezogenen rechten Arm dar.

Im Probenraum über unseren Köpfen rumst eine Tanzklasse. So hält sich die MADA jetzt über Wasser – wir vermieten die Räume. Im Grunde gibt es die MADA nur noch auf dem Papier. Die Schauspielschule gehört längst der Vergangenheit an. Sie löste sich spätestens 1998 auf, in dem Jahr, in dem Dorthea starb, die vorher seit mindestens einem Jahrzehnt nicht mehr unterrichtet hatte. Nach dem Tod meiner Mutter baute Dorthea rasant ab.

Sie hatte immer gesagt, dass sie mir die Schauspielschule vererben wolle, und das tat sie auch. Auf jeden Fall das Haus.

Ich zog in den Horst, und das Gebäude blieb so, wie es in Dortheas letzten Jahren gewesen war. Ich war zu sehr mit meiner eigenen Arbeit und meinen Monologen beschäftigt, um mich um mehr als die Verwaltung zu kümmern. Im Grunde hat Vasily den Laden geschmissen.

Er kümmert sich um die Vermietung der Räume und hält alles in Schuss. Doch ich weiß, dass er auch Leute mitbringt, die sich in anderer Hinsicht für das Gebäude interessieren und denen es nicht um Proben oder Talentwettbewerbe geht.

»Noahshenka«, sagt Vasily, als er nach den Übungen mit der Hantel meinen rechten Arm massiert, »du wirst kräftiger.«

»Gut«, sage ich.

»Aber«, sagt Vasily, der so tut, als würde er sich auf meinen Arm konzentrieren und sich dem Muskelaufbau widmen, »das gilt nicht für dieses Gebäude.«

»Ist es einigermaßen intakt?«, frage ich.

Er antwortet mit einem übertriebenen Schulterzucken, das Zustimmung signalisieren und mir gleichzeitig sagen soll, dass es den einen oder anderen Haken gibt.

»Was stimmt nicht?«, frage ich.

»Das Gebäude hat Macken«, sagt er. »Der Ölbrenner. Die tragende Wand an der Westseite. Nichts Dringendes, aber irgendwann steht es an.«

»Wie steht es mit den Mieteinnahmen?«, frage ich.

»Du schreibst noch schwarze Zahlen«, antwortet er. »In gewisser Weise. Na ja. Schwarze Zahlen. Bis jetzt.«

Wieder ein Schweigen. Am liebsten würde ich Vasily sagen, dass er immer mehr nach Pinter klingt. Schweigen. *Langes* Schweigen. *Sehr* langes Schweigen.

»Aber, Noahshenka, ich glaube, dass ich ein paar Leute für diese Schauspielschule interessieren könnte.«

»Schauspieler?«

»Nein, natürlich keine Schauspieler! Schauspieler sind keine Lösung. Das hier ist ja keine Schauspielschule mehr. Nicht im eigentlichen Sinn. Oder?«

»Nein«, antworte ich. »Da hast du recht.«

»Möchtest du, dass es wieder eine Schauspielschule wird? Irgendwann? Ist es das, worüber du nachdenkst?«

Ich hebe wieder die kleine Hantel. Um ehrlich zu sein, *habe* ich genau darüber nachgedacht. Unsinnigerweise, natürlich. Das ist mir klar. Ich habe darüber nachgedacht, weil mich dieser elende Schlaganfall in die Vergangenheit zurückgeworfen hat. Hier zu sein ist so ähnlich, als würde ich in einem Dämmerzustand leben. Manchmal bilde ich mir ein, die Vergangenheit wiedererwecken zu können. Ich könnte hier unterrichten.

Aber das ist Wahnsinn. Ich, ein Schauspiellehrer? Es ist mehr als zweifelhaft, ob ich jemals wieder auf der Bühne stehen kann. Nach 9/11 ist mein Agent durchgedreht, hat seinen Job hingeschmissen und ist mit seinem Partner nach Toronto gegangen. Niemand aus dem Lincoln Center ruft mich an, um mit mir über eine Neuauflage meiner Aufführung zu reden. Außerdem mache ich mir bei dem Gedanken, die Leute anzurufen, vor Angst fast in die Hose. Wie würde ich klingen? Was würden sie denken, wenn ich zu sprechen beginne?

Ich weiß, wie ich mich anhöre. Ich habe mir Aufnahmen angehört. Die Aufnahmen, die ich immer mache, wenn Davy anruft.

Mir wird bewusst, dass ich jetzt derjenige bin, der an Pinter erinnert.

Sehr langes Schweigen.

»Ich werde mir die Sache überlegen«, sage ich zu Vasily.

Meine Mutter und ich wohnten bereits ein paar Monate im Horst, als Tante Stephanie schließlich wiederauftauchte. Ich war mit Vasily unterwegs gewesen. Er hatte mich zu einem seiner Wrestling-Kämpfe in Perth Amboy mitgenommen. Meine Mutter war zu Hause geblieben. Bei unserer Rückkehr war ich mit Vasily hinten durch die Gasse gegangen und hatte ihm mit seinem Matchbeutel und dem Karton mit den großformatigen Hochglanzporträts geholfen, die er an seine Fans verkaufte. Wir wünschten einander eine gute Nacht, und dann stieg ich auf der Treppe die fünf Stockwerke bis zum Penthouse hinauf. Das hatte Vasily mir verordnet.

»Du stemmst gemeinsam mit mir Gewichte«, hatte er gesagt. »Du willst stark sein, Noahshenka. Und dann fährst du mit dem Fahrstuhl? Njet!«

Also ging ich zu Fuß. Ich hatte noch zwei Stockwerke vor mir, da hörte ich oben schon das Weinen und die wütenden Stimmen.

Ich wollte nicht hineingehen. Deshalb ging ich nur noch bis zum nächsten Treppenabsatz unterhalb des Horsts und setzte mich vor die Fahrstuhltür. Von dort aus konnte ich hören, wie sich meine Mutter und meine Tante stritten. Auf eine schreckliche Art fand ich das faszinierend.

Sie stritten um Geld. Stephanie sagte, sie wolle ja nur einen Kredit und sie werde ihn meiner Mutter zurückzahlen. Meine Mutter weigerte sich, weil sie meinte, das Geld werde nur für Alkohol und Drogen draufgehen und sie werde es sowieso nie wiederbekommen. Ich bildete mir ein, das Weinen eines Babys zu hören.

Irgendwann öffneten sich klappernd die Türen des Fahrstuhls. Ich hatte ihn nicht kommen hören.

»Was machst du denn da?«, fragte Dorthea, als sie mich auf den Stufen sitzen sah. Sie hatte sich gerade eine Neuinszenierung von *Warten auf Godot* angeschaut.

Im Horst flammte der Streit wieder auf, und Dorthea schaute an mir vorbei zur Tür. Die Stimmen waren jetzt ganz nahe. Dann stürmte Tante Stephanie auf die Treppe. In einer Hand hatte sie Geld, in der anderen ein in eine Decke gewickeltes Bündel. Beim Anblick von Dorthea und mir blieb sie wie angewurzelt stehen.

»O Gott«, stöhnte sie.

Mein Cousin war schon immer großäugig und blass gewesen. Seine Augen lagen zu weit auseinander. Jetzt, als Erwachsener, fällt das nicht mehr so auf, doch als Baby sah Davy aus, als wäre er nicht von dieser Welt. Bei den wenigen Gelegenheiten, wenn er einen direkt anschaute, wusste man sofort, dass etwas nicht stimmte.

Als wir uns zu dritt um Tante Stephanie versammelten, bestand ihre erste Reaktion darin, sich das Baby an die Brust zu drücken und vor uns zu verbergen. Dann lehnte sie sich gegen den Türrahmen und sank auf den Boden. Sie lockerte den Griff, mit dem sie das Baby hielt, und das Kind sah zu uns auf. Dorthea und ich sahen den Jungen an, und er erwiderte unseren Blick wie ein Fisch hinter dem Glas eines Aquariums.

Tante Stephanie zerknüllte die Geldscheine in ihrer Faust und schlug sich damit gegen den Kopf. Mit der anderen Hand wiegte sie das Kind.

»Wie heißt er?«, fragte Dorthea.

Der Blick des Babys glitt durch das Treppenhaus und blieb am Fenster hängen. Ich schaute hinaus. Er starrte die Lichter des Empire State Building an.

»Ein Junge?«, fragte Dorthea.

Stephanie nickte.

»Und wie heißt er?«

Stephanie schwieg, drückte das Baby fester an sich und vergrub ihr Gesicht in der Decke.

Dorthea drängte Stephanie, mit dem Kind wieder in die Wohnung zu gehen. Stephanie wollte nicht. Sie rappelte sich hoch und ging die Treppen hinunter.

Dann gab es einen Moment wie in einem der alten *Lone Ranger*-Filme: Während wir den verhallenden Schritten Tante Stephanies lauschten, sagte meine Mutter: »Sie hat uns gar nicht erzählt, wie er heißt.«

Zu dem Zeitpunkt hatte mein Cousin noch keinen Namen. Auf der Geburtsurkunde stand »Gault, Geschlecht männlich«. Stephanie war zu sehr durch den Wind gewesen, um ihrem Kind einen Namen geben zu können. Ein paar Monate später, als er ins Willowbrook Hospital auf Staten Island kam, erhielt er den Namen David Gault. Das war seine erste Station in dem staatlichen System, in dem er als Großstadtjunge seine Kindheit verleben sollte.

ZEHN

Ich will mich mit Davy treffen. Auf Vorschlag von Cecily. Manchmal merkt sie früher als ich, was mich umtreibt. Ich habe ihr erzählt, dass ich die Gespräche mit Davy aufgenommen habe.

Langes Schweigen.

DAVY
»Wo treffen?«

Soweit ich weiß, lebt er in einem betreuten Wohnheim irgendwo draußen auf Coney Island. Ein ziemlich weiter Weg.

»Vielleicht zum Mittagessen? Arbeitest du in Downtown?« Das klingt beiläufig und richtig nett und weltstädtisch. Ich hätte es auch zu einem Agenten oder Regisseur sagen können.

»Ja«, sagt er.

»Und wo?«

»Program Development Services, Nachrichten-Zentrum, Gansevoort Street zwei, Manhattan, New York City, Staat New

York. Bei der Fourth Street. Nimm eine Bahn zur Fourteen Street. Steig dort aus.«

»Gut. Alles klar. Um welche Zeit?«

»Mittags. Zwölf Uhr. Ich warte draußen.«

Nach der Begegnung im Treppenhaus verloren wir Tante Stephanie aus den Augen. Meine Mutter versuchte, sie aufzuspüren, doch ihre Schwester hatte Davy offenbar weggegeben und war durch eine Masche im sozialen Netz in die große, weite Welt entschlüpft. Gelegentlich hörten wir etwas über sie. Schauspieler von der MADA, die an der Westküste gewesen waren, erzählten ab und an, sie seien Steph in Los Angeles bei einem Vorsprechen begegnet oder hätten gehört, dass sie in einem B-Movie mitspiele. Dann wurde gemunkelt, sie sei nach Osten zurückgekehrt, nach New York oder Boston. Es hieß, meine Tante sei jetzt trocken und arbeite an ihrer Karriere. Als ich schließlich selbst Schauspieler geworden war, fragte ich mich, ob ich ihr irgendwann über den Weg laufen würde. Im Abspann von Filmen oder in Artikeln in *Variety* suchte ich immer wieder nach ihrem Namen. Einmal sah ich sie als U-Bahn-Fahrgast – eine namenlose Nebenrolle – in ein paar Szenen von *Stoppt die Todesfahrt der U-Bahn 123*, und eine der Blondinen, frisch von der Küste zurück, erzählte, dass sie mit Stephanie in einer Folge von *Mannix* zusammengearbeitet habe. Aber es gab auch beunruhigendere Gerüchte: Sie sei wieder auf Heroin; sie habe in Chicago eine Rolle verloren, weil sie besoffen am Set erschienen sei. Doch wir hörten nur selten von ihr.

In einem der Gespräche, die ich aufgezeichnet habe, fragte ich Davy, ob er seine Mutter je besucht habe.

DAVY
Nein.

Ob sie ihn jemals besucht habe?

DAVY
Nein.

Ob er sich an seine Mutter erinnern könne?

SCHWEIGEN.

Ob er jemals seinem Vater begegnet sei?

NOCH LÄNGERES SCHWEIGEN.

Auch ich war Ike Devoe seit Jahren nicht mehr persönlich begegnet, doch ich verfolgte seine Karriere. Ich schaute mir jeden seiner Filme an. Ich las Fan-Zeitschriften (oft am gleichen Kiosk, wo mir damals mein Superman-Heft geklaut worden war). An der MADA horchte ich auf Neuigkeiten und Gerüchte, sowohl, als ich dort wohnte, wie auch später, als ich loszog, um meine Karriere in die Hand zu nehmen.

Mitte der Siebzigerjahre hatte Ike Devoe in sechs Filmen die Hauptrolle gespielt – *V-2*, *Run Riot*, *Truckee Range*, *Belladonna*, *Informed Consent* und *Backfire* – und in mehr als einem Dutzend anderer Filme zu den Hauptdarstellern gehört. Seine Karriere lief glänzend, doch er hatte den Ruf, egozentrisch, launisch und ziemlich schamlos zu sein.

Eigentlich gab ich nicht viel auf Oss Newrys Meinung, doch die Gründe, die er für diese Entwicklung nannte, leuchteten mir ein.

»Das ist das uralte Klischee, mein Freund«, sagte Newry. »Hollywood korrumpiert jeden.«

Ich war Oss Newry in der Zentrale der Schauspielergewerkschaft in der Nähe des Times Square begegnet. Oss hing dort oft in der Lounge herum und schwatzte mit anderen Kollegen ohne Engagement. Mir war dieses Sammelbecken für ältere, arbeitslose Schauspieler, die ihre Kriegserlebnisse austauschten, immer etwas unheimlich gewesen. Trotzdem musste ich manchmal hin, um am Schwarzen Brett nach Vorsprechterminen zu schauen.

»Ich schätze, wir haben beide keine Ahnung, wie groß der Druck in Hollywood ist«, sagte Newry. »Ike ist ein Junge vom Land, so eine Art Streuner, und da draußen – tja, da steckt man ihm *alles* in den Arsch.«

Bei diesen Worten wirkte Newry nicht neidisch. Gut möglich, dass er gern etwas von dem gehabt hätte, was Ike erreicht hatte, aber vermutlich nicht alles.

»Ich glaube«, sagte Newry, »dass Ike ein Stück weit unter dem leidet, was auch Brando plagt. An der MADA war Ike großartig. Das wussten wir alle. Und damals hat er richtig hart gearbeitet. Doch es gibt auch etwas an der Schauspielerei, das er verachtet. Jemand zu sein, der man gar nicht ist. Einen fremden Charakter zu deuten. Das Gefühl für das eigene Selbst zu verdrängen. Oder es nie zu haben. Ich würde mal vermuten, dass Ike in seinem tiefsten Inneren all der Aufmerksamkeit, dem Lob und der Schmeichelei misstraut, die er für etwas bekommt, das er nicht wirklich achtet. Genau wie Brando. Das nagt an ihm. Er glaubt nicht an die Kunst. Er glaubt nicht an sich selbst im Rahmen dieser Kunst.«

»Kann sein«, erwiderte ich. Da ich diese Theorie zum ersten Mal hörte, wusste ich nicht recht, was ich davon halten sollte, zumal sie von Oss Newry kam.

»Nicht wie wir, hm?«, sagte Newry. »Wir, die wir unsere Seele gern verkaufen, um unserer Eitelkeit Genüge zu tun.« Mit einer ausschweifenden Geste zeigte er auf mich und das gute Dutzend untätiger Schauspieler, die auf den abgewetzten Sofas in der Lounge plauderten.

Ich verabschiedete mich und floh, doch ich glaube, dass Newry richtiglag. Seit Ike an die Westküste gegangen war, nagte etwas an ihm. Vielleicht hatten die MADA und Dorthea Ike Halt gegeben, doch irgendwann brach sich etwas in ihm Bahn. Vielleicht steckte auch mehr dahinter, als Newry sich zusammenreimte. Vielleicht gab es weitere Gründe, zum Beispiel das, was mit Stephanie und dem Kind geschehen war, das sie geboren hatte, seinem Kind, das er nie zu Gesicht bekommen hatte.

Auf jeden Fall erzählte man sich, dass Ike ein Skript nach dem anderen in den Wind schieße und sich immer öfter auf seiner Ranch draußen in der Mojave zurückziehe, wo er an seinen Geländemotorrädern herumschraube und sich seinem neuesten Hobby widme, der Wind- und Solarenergie, mit der er die Nebengebäude seines Anwesens versorge. Wiederholt war er mit den Produzenten seines letzten Films, *Backfire,* aneinandergeraten; seine Gage war fast so hoch wie die von Newman oder Redford; er brauchte eine ganze Mechanikertruppe für seine Motorräder, für die es einen eigenen Anhänger gab und die stets mit am Set sein mussten; er verlangte, dass eine tragbare Sauna zwischen Set und Hotel hin- und hergeschafft wurde, und es gab vertrauliche Klauseln in seinen Verträgen, die Frauen und Drogen betrafen.

Zu dieser Zeit, um 1975, beschloss Ike unvermittelt, selbst zu produzieren und in seinen eigenen Filmen die Hauptrolle zu spielen – ob er damit seinen Status festigen oder dagegen aufbegehren wollte, war unklar.

1975 lebte ich an der East Sixth, wo indische Restaurants die Straße säumten, in einer Zweizimmerwohnung mit einer Badewanne in der Küche. Ich wohnte über dem »Jewel of Siddhartha«, ein Name, der klang, als wollte das Restaurant als New-Age-Buchladen durchgehen. Wegen des »Jewel of Siddhartha« stanken sowohl ich als auch alles, was ich besaß, nach Vindaloo-Soße. Wenn ich irgendwo ein Vorsprechen hatte – damals bekam ich nur selten eines –, begannen die Regisseure und Casting-Agenten irgendwann während meines Vortrags hungrig ins Leere zu starren. Sie schoben die Fotos und Lebensläufe hin und her, die vor ihnen auf dem Tisch lagen, als wären es Platzdeckchen oder Speisekarten, und wenn ich fertig war, bedankten sie sich hastig, holten tief Luft, klopften sich auf den Bauch und sagten: »Sollen wir uns etwas zu essen bestellen?«

Ich hatte also kaum Engagements. Ich jobbte spätabends bei einem »Grünpflege-Service« und goss Zimmerpflanzen in den Büros von Firmen in Midtown. Ich trug ein T-Shirt mit dem Slogan »Oh, wie grünt es so grün im Büro« und schleppte Sprühflasche und Gießkanne durch Mid-Manhattan. Meine Chefin trug uns auf, mit den uns anvertrauten Pflanzen zu reden – worauf sie stets hinwies, wenn sie mit möglichen Kunden verhandelte, eine typische Nummer der Siebziger –, und deshalb flüsterte ich den Feigen, Aloen und Yucca gloriosas in den Bürozellen, Lobbys und Aufsichtsratsräumen Zeilen von Shakespeare, Williams und Pinter in die blättrigen Ohren, während im Hintergrund Putzfrauen und Hausmeister mit Staubsaugern hantierten oder Papierkörbe leerten.

Diese Monologe vor einem Zimmerpflanzen-Publikum waren monatelang meine einzigen Auftritte. Einen Agenten hatte ich nicht, und in anderthalb Jahren hatte ich nur einmal auf der Bühne gestanden – in einer Toga-und-Sandalen-

Inszenierung von Camus' *Caligula*, bei der der Leiter der Theater-Abteilung eines katholischen Männer-Colleges in Westchester County Regie führte. Ich spielte einen stummen, verkrüppelten Sklaven, der in Camus' Stück eigentlich gar nicht auftaucht, vom Regisseur aber erstens hinzugefügt worden war, um die Umbauten zu machen, und zweitens, um die geschundene Bevölkerung des Reichs zu symbolisieren. »Und der Name Ihrer Figur soll Mutillus lauten!«, verkündete der Regisseur. Zu meiner Schande muss ich gestehen, dass ich ihn mit auf meinen Lebenslauf setzte, wo er dann jahrelang zu lesen war: »Albert Camus, *Caligula*, Rolle des Mutillus«.

Die Schauspielschule besuchte ich selten. Allmählich verlor ich das Vertrauen in mich selbst. Ich lag in der East Sixth auf meinem Futon und erwachte aus Schauspieler-Albträumen in einer Schauspieler-Panik. Nicht, dass ich mir vorgestellt hätte, meinen Text vergessen zu haben, oder träumte, auf der Bühne zu stehen und splitternackt in einem mir unbekannten Stück aufzutreten. Nein, es war eher die Angst, weder Text noch Stück zu haben und niemals eine Rolle zu bekommen.

Im Jahr zuvor war ich an der Küste gewesen – im Februar und März, wenn die Sender für die Pilotfilme der Serien im nächsten Herbst casten und drehen –, hatte aber keinen Erfolg. Das einzig Gute war, dass ich endlich den Curry-Mief aus meinen Klamotten bekam. Doch schon bald saß ich wieder ohne Perspektive über dem »Jewel of Siddhartha«.

Ich war damals mit einer Schauspielerin zusammen, die das Theater (und mich) schließlich verließ, um Psychotherapeutin zu werden. Diese Idee war ihr schlagartig gekommen, als sie eines Abends auf das von mir vorbereitete Kerzendinner starrte. Ich hatte die Idee gehabt, ein zu dem Curry-Geruch passendes Abendessen in der Badewanne in meiner

Küche zu servieren. Plötzlich dämmerte ihr, dass sie ihr ganzes Erwachsenendasein am Theater verbracht hatte und also von seelisch Kranken umgeben gewesen war. Sie hob den Kopf und sah mich über die Kerzen hinweg an. Ich saß da wie ein Idiot, bekränzt von Badeschaum. Das Wasser in der Wanne wurde langsam kalt.

Was wäre, fragte sie sich laut, wenn sie tatsächlich etwas tun würde, um den Neurotikern, Besessenen, Zwanghaften und Egomanen zu *helfen*, statt zu versuchen, sie beim Wettstreit um Rollen auszustechen?

Ich weiß nicht mehr, ob es wirklich so endgültig war, doch in meiner Erinnerung sehe ich, wie sie vor mir in der Wanne aufsteht, ihr junger, schöner Körper bedeckt von Schaumflocken, die an flusige Wolken erinnern, und für immer und ewig aus meinem Leben verschwindet, während ich halb über dem Wannenrand hänge wie ein ermordeter Marat.

Damals bedienten sich Schauspieler noch eines Telefondienstes, und eines Tages hatte ich eine Nachricht. Es war bei einem meiner seltenen Besuche an der Akademie. Ich aß mit Dorthea und meiner Mutter zu Abend und hoffte darauf, dass meine Mutter die Gelegenheit nutzen würde, um mir ein bisschen Geld für die Miete zuzustecken. Ich war so pleite, dass ich es mir nicht leisten konnte, auf meinem Stolz zu beharren und eine Einladung zu einem Essen auszuschlagen, bei dem ich möglicherweise Geld abstauben konnte. Der Preis dafür war, dass ich Fragen über mich ergehen lassen musste, wie es mit meiner Arbeit stehe und warum ich in letzter Zeit nicht mehr am Unterricht an der Akademie teilgenommen hätte – weder bei Dorthea noch bei jemand anderem.

Kurz vor dem Essen erkundigte ich mich beim Telefondienst, und als der Typ am anderen Ende sagte, ich hätte eine

Nachricht von Ike Devoe, war ich so überrascht, dass Ikes Name aus mir herausplatzte.

Dorthea spülte gerade den Salat, meine Mutter deckte den Tisch, und beide hielten inne, um zuzuhören. Dorthea brachte mir Stift und Papier.

»Dort drüben ist es drei Stunden früher«, sagte sie. »Die Leute arbeiten noch. Ruf ihn an.«

Meine Mutter legte eine Serviette neben meinen Teller, strich sie aber viel zu ausführlich glatt. Sie beobachtete jede meiner Regungen. Ich wusste, dass ich mich erst zum Essen setzen konnte, nachdem ich Ike angerufen hatte.

Ich glaube bis heute nicht, dass meine Mutter oder Dorthea bei Ike ein Wort für mich eingelegt hatten. Das wäre bei einem der vielen Gespräche, die wir in späteren Jahren führten, bestimmt herausgekommen. Im Übrigen wäre dann wohl auch eine Entschuldigung fällig gewesen.

Vermutlich hatte Ike von jemandem, bei dem ich während der letzten Pilotfilm-Saison vorgesprochen hatte, erfahren, dass auch ich im Geschäft war, und vielleicht wollte er mir einfach helfen, oder vielleicht beugte er sich auch nur von seinem Thron herab, um sich ein Stück Vergangenheit in die Gegenwart zu holen. Wenn das der Fall gewesen sein sollte, war es seine letzte Geste dieser Art.

»Dad, bist du es?«

Ich hatte zuvor schon mit einigen Frauen gesprochen, die jedes Mal irgendwelchen Rock 'n' Roll übertönen mussten und den Hörer wieder auf die Gabel knallten, nachdem sie mir gesagt hatten: »Warten Sie kurz.« Als ich Ike schließlich an der Strippe hatte, erkannte ich seine Stimme sofort. Ich hatte ja alle seine Filme gesehen. Er dagegen hatte mich seit meiner Kindheit weder gesehen noch gehört.

Ich antwortete, ja, ja, ich sei es.

»Habe gehört, dass du jetzt Schauspieler bist.«

»Ja.«

»Schon länger?«

»So ungefähr sechs Jahre«, antwortete ich.

»Unfassbar. Hey, wieso habe ich nie etwas von dir gehört?«

»Weiß ich auch nicht«, sagte ich. »Weil ich bisher noch keine große Rolle bekommen habe, nehme ich an, und außerdem zählt die New Yorker Theaterszene an der Westküste nicht viel, das weißt du ja.«

»Nein, nein«, sagte Ike lachend. »Ich will wissen, warum ich nichts *von* dir gehört habe. Nicht *über* dich. Du bist im Geschäft. Als Allerallererstes hättest du *mich* anrufen sollen. Gleich zu Anfang.«

»Tja, ich wollte dich nicht belästigen.«

»Vergiss es«, sagte Ike. »Gefallen muss man einfordern. Immer. Jederzeit. Du hättest schon vor *Jahren* anrufen sollen. Kapiert?«

»Klar.«

Ike. Er klang genau wie früher: Bebop-hip, doch er konnte das sogar noch in den Siebzigern bringen. Er erzählte mir, dass er kürzlich seine eigene Produktionsfirma gegründet habe, Limberjack Pictures, seinen ersten Film produziere, die Hauptrolle darin spiele und auch eine Rolle für mich habe.

»Du willst mich verarschen«, sagte ich.

»Nicht die Bohne. Ist ein Western. Seit dem *Glücksjäger* habe ich die Finger davon gelassen, aber wir haben ein super Skript bekommen, und ich glaube, das Genre ist wieder im Kommen.«

Dann erzählte er mir die Story. Ein Viehtrieb um die Jahrhundertwende. Wegen eines Eisenbahnerstreiks muss das Vieh zu einem weit entfernten Bahnhof getrieben werden. Es gibt eine Familienfehde. Der von Ike gespielte Cowboy ist fest entschlossen, das Vieh zum Markt zu schaffen, aber mindestens die halbe Familie ist gegen ihn.

Ike verstummte ein paarmal. Ich konnte hören, wie er am anderen Ende der Leitung schnüffelte. Dann hustete er oder räusperte sich und redete noch schneller, hastete mit schriller Stimme durch den Plot, schilderte, wie er diese oder jene Szene sah. Ich konnte ihm nur mühsam folgen, zumal im Hintergrund die Musik aufgedreht worden war.

Wenn ich die Sache richtig sah, sollte ich einen jüngeren Cousin oder Neffen aus dem gegnerischen Lager in Ikes Familie spielen. Ich stamme aus dem Osten und besuche im Sommer meine Familie. Ich werde in den Streit verwickelt, bin aber insgeheim mit Ike verbündet.

»Ich treibe es mit deiner Schwester«, erzählte Ike mir. »In dem Film.«

»Dann muss ich aber ein weit entfernter Cousin sein.«

»Häh?«

»Wenn du es mit meiner Schwester treibst. Denn sonst wäre es ...«

»Oh! Ja. Klar. Stimmt, so sieht die Verwandtschaft aus. Weit entfernt. Ich schicke dir das Skript.«

»Super.«

»Wenn wir es geschrieben haben. Fertig haben. Wir machen noch daran rum.« Im Hintergrund ertönte Gelächter. »Am Skript«, sagte Ike und brüllte fast. »Und einen Vertrag«, sagte er. »Den schicken wir dir auch.«

»Gut. Toll. Kein Vorsprechen?«

»Quatsch, Dad, ich produziere dieses Ding«, sagte Ike. »Ich tue, was ich will. Außerdem bist du an der MADA ausgebildet worden. Du wurdest geprüft und für gut befunden, das weiß ich.«

Ich wollte ihm mit einem bescheidenen, kameradschaftlichen Kichern danken, aber weil ich zu nervös war, bellte ich fast in den Hörer.

»Was?«, fragte Ike.

»Nichts. Ich meine – das ist großartig. Ich kann es kaum erwarten, dich wiederzusehen.«

Ich fand, dass ich übereifrig und zu sehr nach dem Jungen von damals klang, in dessen Rolle ich wieder verfiel. Gut möglich, dass auch Ike dadurch ein wenig vor den Kopf gestoßen war.

»Hey, wie läuft's bei euch?«, fragte er. »Keult Dorthea immer noch an der Akademie?«

»Na klar«, sagte ich. Insgeheim überlegte ich, ob ich ihm erzählen sollte, von wo ich anrief. Dorthea und meine Mutter wirtschafteten lautstark in der Küche. Sie hatten das Radio aufgedreht und plauderten, wollten mir demonstrativ meine Privatsphäre lassen. Ich hatte das Telefon, das ein Verlängerungskabel hatte, mit in den Eingangsflur des Horsts genommen und saß zwischen an Haken hängenden Mänteln und Schals auf einer Bank.

»Hey, wie geht's deiner Mom?«, fragte Ike, als wäre sie ihm gerade eben in den Sinn gekommen. »Alles okay mit ihr?«

»Oh, ja«, sagte ich. »Es geht ihr prima.«

»Hat sie jemals – na, du weißt schon – jemanden getroffen, irgendwie angebändelt? Ist sie noch allein?«

Ich wollte Ike über alle Ereignisse und Probleme ins Bild setzen – aber erst, wenn ich mit ihm auf dem Set war, wenn wir auf unseren Segeltuchstühlen unter einem Sonnenschirm saßen und darauf warteten, dass die Beleuchter alles für die nächste Aufnahme vorbereitet hatten, wenn wir genug Zeit hätten, um uns bei ein paar Proseccos auf den neuesten Stand zu bringen, wenn wir nach all den Jahren wieder beisammen wären.

»Immer noch allein«, antwortete ich.

»Mannomann«, sagte Ike leise, und das Wort verklang im Rock 'n' Roll an seinem Ende der Verbindung.

Einen Monat hörte ich nichts von seiner Produktionsfirma und überlegte die ganze Zeit, ob ich anrufen sollte oder nicht. Schließlich traf das Skript ein, und ich las es durch. Die Rolle war gut. Es wäre mein erster Spielfilm, und ich hatte sechs Szenen, zwei davon gemeinsam mit Ike, dem Hauptdarsteller. Im Film sollte ich Ike über die Pläne meiner Verwandten aufklären, womit mein Schicksal besiegelt war. Mein Tod war zwar nicht auf der Leinwand zu sehen, aber immerhin.

Doch als es schließlich losgehen sollte, merkte ich, dass es Probleme gab. Es begann mit den Flugtickets. Erst hieß es, ich solle nach L.A. fliegen, wo die Innenaufnahmen gemacht werden sollten. Dann rief man mich an und sagte, nein, ich solle doch nach New Mexico kommen. Dann: Nein, doch nach L.A., auf jeden Fall nach L.A., wo ich mich eine Weile bereithalten solle. Dann war es wieder New Mexico; dann ganz sicher und ohne Wenn und Aber L.A.

Als ich in Los Angeles eintraf, wurde in New Mexico gedreht.

»Änderungen im Skript«, erklärte mir eine Sekretärin. Sie war der einzige Mensch in einem unordentlichen Büro, das sich in einem ehemaligen Laden in einem Einkaufszentrum in Culver City befand. Da die Klimaanlage auf vollen Touren lief, hatte sie Pullover und Rock an, eine enge Hose und Beinwärmer, wie sie Tänzerinnen tragen. Sie hielt sich auch so gerade wie eine Tänzerin. Sie sagte, Ike sei gerade dabei, das Skript zu überarbeiten.

»Niles ist heute nach England zurückgekehrt.«

»Niles?«, fragte ich.

»Der Regisseur. Der Exregisseur.«

Die Zusammenarbeit mit Ike und die Vorstellung, dass er meine schauspielerische Zukunft völlig umkrempeln würde, hatte mich vergessen lassen, dass der Film selbstverständlich einen Regisseur hatte, von einem Exregisseur ganz zu schweigen.

»Dann ist der Exregisseur also nach England zurückgekehrt?«, fragte ich.

Ike habe seinen Platz eingenommen. Nach einem kleinen Streit. Sie führte eine Faustkampf-Pantomime vor.

»Sie haben sich geschlagen?«, fragte ich.

»Ja, genau hier«, sagte sie, kicherte und errötete. In diesem Moment kam mir der Gedanke, dass sie eine Affäre mit Ike gehabt hatte. Ich war mir ganz sicher.

»Vor ein paar Tagen«, sagte sie. »Selbstverständlich wegen künstlerischer Meinungsverschiedenheiten. Dann wurden sie handgreiflich. Ich persönlich finde Niles unerträglich. Mr Devoe hat ihn vermutlich nicht mehr ertragen und gefeuert, nur dass die Sache mit einer Schlägerei endete. Dabei ist die Tür dort hinten zu Bruch gegangen.«

Sie zeigte auf eine dünne Furnierholztür mit einem faustgroßen Loch.

»Ike hat Niles einen Kinnhaken verpasst, und Niles hat gejault: ›In meiner Heimat gilt das als Körperverletzung!‹ Ike hat nur erwidert: ›Körperverletzung? Ich wollte dich umbringen!‹« Dabei musste sie lachen und strich sich übers Haar.

Während sie mit einem Reisebüro wegen meines Flugs nach Albuquerque und der Weiterfahrt in einem Van nach Nacimiento verhandelte, ging ich zum Nachrichtenbrett, an dem die großformatigen Hochglanzfotos der Besetzung des Films hingen. Meines war in der zweiten Reihe, gleich unter den Hauptdarstellern. Die Sekretärin, die sich am Telefon kurz gedulden musste, sah, dass ich vor dem Brett stand.

»Super Besetzung!«, sagte sie.

Ich war erstaunt, dass ich keinen Namen außer dem von Ike kannte. Ein oder zwei Gesichter meinte ich während der Pilotfilm-Saison im letzten Jahr gesehen zu haben, doch es waren keine Stars.

»Ist Ike der einzige Star in diesem Film?«, fragte ich.

»Oh, ja«, antwortete die Sekretärin, die jetzt fleißig tippte. »Der *einzige* Star. Es war Ikes Idee, die Sache mit völlig unbekannten Leuten durchzuziehen. Er wollte nicht, dass die Erwartungen des Publikums seiner Vision im Weg stehen. Er hat Niles sogar davon überzeugt, dass er – Ike – lange Haare und einen Bart trägt. Warten Sie ab, bis Sie ihn sehen. Sie werden ihn nicht wiedererkennen. Niles ist jetzt natürlich weg, und ein Viertel des Films ist schon im Kasten. Deshalb gibt es kein Zurück mehr, aber ich habe ein paar Szenen gesehen. Für völlig Unbekannte echt gut.«

Sie hatte es zweimal gesagt: völlig Unbekannte. Auf einmal sah ich Ikes Einladung in einem ganz neuen Licht.

»Hier ist Ihr Reiseplan«, sagte die Sekretärin und reichte mir den Zettel, den sie getippt hatte. »Ich konnte Ihnen leider nur einen Platz ganz hinten reservieren.«

»Ich sitze ja praktisch im Klo«, sagte ich, als ich die Sitzplatznummer sah.

»Na, kommen Sie«, erwiderte sie. »Ist ja ein kurzer Flug. Da muss niemand auf Toilette.«

Der Arbeitstitel des Films lautete »Limberjack-Projekt Nr. 1«. Ich traf an einem Samstag am Drehort ein. Die Mitarbeiter waren im Wochenende. Produktionsbüros, Unterbringung und diverse Abteilungen befanden sich in einem abgelegenen und verwahrlosten Motel – das die Crew nur das »Rattenloch« nannte – neben der Tankstelle an der Kreuzung in Nacimiento.

Bei meiner Ankunft gab es weder einen Tagesdrehplan für den Montag noch einen allgemeinen Drehplan. Die Hälfte der Crew war nach Taos aufgebrochen, um Pilze zu besorgen, und wie mir der zweite Regieassistent berichtete, war Ike mit seiner Hauptdarstellerin, der Frau, die meine Schwester spielte, draußen in der Wüste, um sich durch eine Peyote-Zeremonie kreativ inspirieren zu lassen. Der Regieassistent rauchte in der Bar des Motels einen Joint, als er mir dies erzählte. Die Kompanie hatte den ganzen Laden mit Beschlag belegt; die Besitzer hatten die Schlüssel dagelassen und waren für einen Monat nach Vegas gefahren.

Vor der Kamera oder auf der Bühne zu spielen ist ein gewaltiger Unterschied. Es gibt zahllose Bücher und Kurse zu diesem Thema. (Auf Dortheas Bitte bot Maureen Stapleton in den späten Siebzigern an der Akademie einen Kurs in Filmschauspielerei an, doch da die MADA vor allem für die Theaterausbildung bekannt war und als sich nicht genug Leute für den Kurs meldeten, ließ Dorthea ihn ohne großes Bedauern ausfallen.)

Natürlich geht es in beiden Fällen um Wahrhaftigkeit, aber man hört immer, dass Filmschauspieler das, was man auf der Bühne mit dem ganzen Körper vermitteln muss, nur mit den Augen ausdrücken. Filmschauspielerei bedeute, sich zu verhalten; doch auf der Bühne müsse man *spielen*. Filmschauspieler erreichen nicht die hinteren Reihen; Theaterschauspieler wirken in Nahaufnahme grotesk. Alle diese Plattitüden enthalten gerade so viel Wahrheit, dass Filmschauspiel-Seminare für die nächsten paar Jahrzehnte ausgebucht sein dürften.

Am auffälligsten an der Filmarbeit fand ich immer, wie wenig die Schauspieler miteinander zu tun haben. Im Theater treffen sich alle zur ersten Probe und sind danach Tag und oft Nacht bis zur letzten Vorstellung zusammen. Die Arbeit beim Film ist viel unregelmäßiger und anonymer. Man kommt irgendwann zum Set, und wenn man keine Berühmtheit ist oder sogar nur an einem einzigen Tag dabei ist, begegnen einem die Leute mit verhaltener Höflichkeit, aber auch mit einer Prise Misstrauen. Wie sieht man vor der Kamera aus? Hat man es drauf? Bringt man den Drehplan durcheinander?

Doch beim Limberjack-Projekt Nr. 1 gab es nicht einmal den üblichen flickwerkartigen Alltag eines Drehs. Der Regisseur war gefeuert, der Zeitplan überzogen, und der Star auf einem Trip. Das waren die Siebziger, und es war das New-Hollywood-Filmemachen in der Version Ike Devoes.

»Ich schätze, dass wir erst Mitte nächster Woche loslegen. Im Augenblick stecken wir in einer Neuorientierungsphase«, erzählte mir der zweite Regieassistent in der Bar. Er zog kräftig an seinem Joint. Dann fügte er ohne jede Spur von Ironie hinzu: »Ike muss erst mal schnallen, dass er jetzt ein Autorenfilmer ist.«

Draußen im Swimmingpool des Motels veranstaltete die Beleuchtungscrew einen Arschbomben-Wettbewerb.

»Ich weiß, wie das bei solchen Filmen läuft«, sagte eine verschleimte Stimme. Am anderen Ende der Bar saß ein Typ, den ich beim Hereinkommen nicht bemerkt hatte. Später erfuhr ich, dass es sich um den Technischen Leiter handelte, der seit zehn Uhr morgens des ersten Neuorientierungsphasentages auf seinem Barhocker gesessen hatte.

»Sobald die Versicherung Wind davon bekommt, dass hier nicht gedreht wird und Ike in der Gegend rumfickt, werden sie uns einen kleinen Besuch abstatten, und dann – o Wunder! – wird der Peyote zu Ike sagen: ›Licht, Kamera, Action.‹ Bis dahin, Muchachos, gibt es nur Sex, Drogen und das Rattenloch.« Er schwenkte sein Glas wie zu einem Trinkspruch.

»Ja, Drogen auf jeden Fall«, sagte der Regieassistent und bot mir über die Bar hinweg seinen Joint an.

Ich nahm ihn dankbar an.

Vielleicht wäre die Sache besser gelaufen, wenn ich schon da gewesen wäre, als Niles noch das Sagen gehabt hatte, oder wenn Ike tatsächlich Regie geführt hätte. Dann hätte ich eventuell die Chance auf ein Wiedersehen mit Ike gehabt, wie ich es mir ausgemalt hatte. Gut möglich, dass alles geklappt hätte, wenn ich nicht zuerst seiner Hauptdarstellerin begegnet wäre.

Im Laufe des Sonntagabends hatte ich im Motel noch einige weitere Leute aus der Crew und ein paar jener Schauspieler kennengelernt, die nicht ins Wochenende gefahren waren. Laut allgemeiner Meinung war noch alles offen. Dieser erste Versuch Ike Devoes, gegen die Konzerne zu rebellieren, die allmählich die Studios ersetzten, konnte ein Low-Budget-Anti-Western mit Kultpotenzial werden.

»Oder er kackt total ab.« So weit die Einschätzung des Technischen Leiters, der auf seinem Barhocker saß. »Die Jury tagt noch«, sagte er.

»Ike tagt auch noch«, sagte ein Mann, der sich mir als Fahrer vorstellte. »Und zwar ein Fahrer, der mit anpackt«, sagte er. »Nicht einer dieser Typen, die hinten auf einem Truck sitzen und zuschauen, wie der Film gedreht wird.«

Ich war in die Bar gekommen, um einen Orangensaft zu trinken. Das Dope, das mir der zweite Regieassistent am letzten Abend angeboten hatte, war mir nicht bekommen, und ich war den ganzen Tag wie benebelt durch das Hotel geirrt und schließlich in die Wüste gelatscht und hatte wieder davon geträumt, dass dieser Job mein Durchbruch wäre: offene Türen, klingelnde Telefone, eine Karriere, Licht, Kamera, Action.

Da niemand hinter der Bar stand, schenkte ich mir selbst ein Glas ein. Draußen vor dem Motel hielt ein Motorrad.

»Der Visionär ist wieder da«, sagte der Technische Leiter.

Der Fahrer schüttelte den Kopf. »Die Böcke von Indian Ike klingen anders. Das ist die Honda. Ihre.«

Sie war groß, schwarzhaarig und von ihrem Motorradausflug in die Wüste etwas sonnenverbrannt. Sie sah toll aus in ihrer Jeans und der staubigen, zerzausten Präriebluse, die ihr sehr gut stand. Es war klar, warum Ike – oder Niles oder beide – sie gecastet hatte, denn vor der Kamera würde sie gut aussehen. Das sah man sofort.

Ich hatte schon gehört, dass sie Jenna Wilcox hieß. Ihr Dad hatte eine Farm in Montana, und sie hatte an der UCLA studiert und war dann Schauspielerin geworden. Einen Teil ihres Treuhandvermögens steckte in dem Film, was dazu beigetragen hatte, dass Niles gefeuert worden war. Nach ein paar Drehtagen hatte Niles hinter vorgehaltener Hand gesagt, dass Jenna »so viel Talent wie eine Wasserleiche« habe.

»Aber sie hat Geld in den Film und ihren Arsch in Ikes Wohnwagen gesteckt«, erzählte mir der Technische Leiter. »Das macht sie in Hollywood unschlagbar, und hier draußen im Motel Rattenloch sowieso.«

Im Raum erklangen ein paar Hallos, als Jenna hereinkam, doch sie erweckte nicht den Anschein, sich zu einer Gruppe gesellen oder an einen Tisch setzen zu wollen. Stattdessen verkündete sie allen, Ike habe ihr gesagt, dass wir die Szene mit dem Viehdiebstahl morgen drehen wollten, beginnend mit einer Aufnahme des Sonnenuntergangs. Danach sollten die nächtlichen Einstellungen gedreht werden.

»So, so«, sagte der Technische Leiter und glitt vom Hocker. »Dann haue ich mich besser aufs Ohr. Wird ein langer Tag.«

»Und eine lange Nacht«, sagte Jenna.

Die Blicke, die man im Raum tauschte, sagten mir, dass der Crew ein großmäuliger Techniker deutlich lieber war als ein Starlet mit Allüren.

Auch Jenna sah sich um und signalisierte allen im Raum, dass sie niemanden eines Gesprächs für würdig befand. Dann fiel ihr Blick auf mich. Ich hatte noch immer die Orangensafttüte in der Hand.

»Bist du Noah?«, fragte sie.

Sie machte keine Anstalten, mir die Hand zu geben, und ich konnte wenig tun, weil ich hinter der Bar stand. »Ja, der bin ich«, antwortete ich.

»Ike hat mir von dir erzählt«, sagte sie.

Sie musterte mich kühl wie eine Casting-Agentin. Ich merkte, dass sie sogar einen Blick in den Spiegel der Bar warf, um meine Rückseite zu taxieren.

»Du spielst meinen Bruder«, sagte sie.

»Ah, du hast das Skript gelesen«, erwiderte ich. Das sollte eigentlich fröhlich klingen, wirkte aber wie eine Stichelei, vielleicht sogar wie eine Beleidigung. Ich versuchte, dies mit einem Lächeln wettzumachen.

»Du bist kleiner als ich«, sagte Jenna Wilcox.

Ich wusste nicht, was ich von dieser Bemerkung halten sollte.

»Ja, vermutlich«, erwiderte ich, »aber Ike Devoe dürfte auch kleiner sein als du.«

»Das ist etwas anderes«, sagte sie. Dann nickte sie leicht – ich wusste nicht, ob es mir oder dem ganzen Raum galt –, machte kehrt und ging.

Später am Abend tobte draußen in der Wüste irgendwo bei Los Alamos ein Gewittersturm. Blitze wie Gabeln und Korkenzieher, aber kein Regen. Ich beobachtete den Sturm von meinem Motelfenster aus, war nervös wegen meiner bevorstehenden Begegnung mit Ike und meiner ersten Szene, wegen der Sache mit Jenna und weil mir das Gewitter wieder einmal in aller Schwere und Deutlichkeit in Erinnerung rief, wie ein Blitz mein Leben verändert hatte.

Ich würde erst schlafen können, wenn ich mir sicher war, dass der Sturm abzog. Ich versuchte, die Sekunden zwischen Donner und Blitz zu zählen, und teilte sie dann durch fünf, um die Entfernung des Sturms in Meilen auszurechnen. Er schien bei fünfzehn stehen geblieben zu sein.

Noch ein Blitz, und dann klingelte das Telefon.

»Da bist du ja, Dad.« Ike war dran. »Entschuldige, dass ich so spät anrufe. *Ist* doch spät, oder?«

»Schon gut«, sagte ich. »Ich bin noch wach.«

Er wolle mich willkommen heißen, sagte er. Er sagte, es tue ihm leid, dass er nicht zum Motel gekommen sei, doch er sei gerade oben in den Jarocitos auf einer Ranch, die die Firma für ihn gemietet habe.

»Wir mussten eine kreative Arbeitsphase einlegen«, sagte er und ließ offen, wen er mit *wir* meinte.

»Na klar«, erwiderte ich.

»Jenna sagt, sie sei dir begegnet.«

»Ja, das stimmt. Wir sind uns begegnet.«

»Cool. Cool.«

Offenbar mochte keiner von uns beiden meine erste Begegnung mit der Hauptdarstellerin des Films weiter kommentieren.

»Hey«, sagte Ike. »Ich bin froh, dass du da bist.«

»Ich auch.«

»Und?«, sagte er träge und leicht erstickt, als würde er den Rauch eines Joints auspusten. »Hast du über deine Rolle nachgedacht? Die Schulaufgaben à la Dorthea gemacht?«

Das hatte ich tatsächlich. Ich hatte mir Daguerreotypien aus dem Westen angeschaut, die um die Jahrhundertwende entstanden waren. Ich hatte ein Buch mit Briefen gelesen, die ein Rancharbeiter 1901 an seine Mutter nach Ohio geschrieben hatte.

All das erklärte ich Ike, wenn auch etwas zu begeistert, wie mir schien, denn am anderen Ende der Leitung herrschte bald Totenstille. Am Himmel zuckten wieder Blitze, und mir fiel ein, dass mir jemand erzählt hatte, es sei gefährlich, während eines Gewittersturms zu telefonieren. Ich stellte mir vor, wie ein gezackter Blitz in einen Telefonmast draußen in der Wüste einschlug und eine geballte Ladung Elektrizität durch die Leitung und direkt in meinen Kopf jagte. Das beunruhigte mich so sehr, dass ich zu schwitzen begann. Ich konnte mich kaum auf etwas anderes konzentrieren. Ich dachte schon, ich würde Unsinn reden. Doch jetzt sprach wieder Ike.

Er ließ sich darüber aus, wie sehr sich alles verändert habe, vor allem die Schauspielerei, und dass ich mir deshalb aber keine Sorgen machen solle. Er erzählte, wie *er* sich verändert habe und dass ich nicht mit dem Menschen rechnen dürfe, den ich damals an der Schauspielschule gekannt hätte.

Ich wollte ihm sagen, das sei nicht der Fall und außerdem hätte ich mich ja auch verändert. Am liebsten hätte ich gesagt, dass ich nicht mehr das Kind von früher sei, obwohl mir das Gespräch mit Ike genau dieses Gefühl gab: Ich kam mir vor wie damals.

Doch er ließ mich nicht zu Wort kommen, und auf einmal argwöhnte ich, dass er Amphetamine genommen hatte und auf einem Quassel-Trip war. Noch ein paar Blitze, und diese zuckende Energie, gepaart mit dem Stakkato von Ikes Stimme, versetzte mich in eine so unruhige, so verzweifelte Stimmung, dass ich ihn unterbrach und sagte: »Hey – weißt du noch, dass du mich nach meiner Mom und Dorthea gefragt hast?«

Er verstummte und schwieg kurz. Dann sagte er so langsam, als wäre er gerade aus einer Trance erwacht: »Ja?«

Ich erzählte ihm, dass meine Mom und Dorthea jetzt zusammenlebten, und bei meinen Worten klang er verwirrt und überrascht und ein bisschen erfreut und dann wieder wie vor den Kopf gestoßen. Mir kam der Gedanke, dass er, egal, was ich ihm über seine Vergangenheit, *unsere* Vergangenheit erzählte, große Probleme hatte, die einzelnen Teile zu einem Ganzen zusammenzufügen.

»Ach ja, deine Mutter«, sagte er. »Ich *mochte* sie. Verstehst du? Sie war so – wie soll ich sagen? – *beeindruckend*. Ich wünschte ...« Er verlor eine Weile den Faden. Der Sturm draußen schien innezuhalten, schien nur noch eine Ansammlung von Wolken im Dunkeln über den Bergen zu sein. Dann setzte Ike seinen Satz nahtlos fort: »Ich wünschte, ich hätte bei ihr eine bessere Rolle gespielt. *Für* sie.« Er lachte kurz und scharf auf. »Ha! Eine bessere Rolle *gespielt*. Geht immer darum, besser zu *spielen*. Oder sich darum zu bemühen.«

Mir fielen meine Tagträume von früher ein, sozusagen lange Theaterstücke über Ike und meine Mutter, die ich in Gedanken verfasst hatte. Vage, aber ernsthafte Fantasien über meine Mom und meinen Helden.

»Hast du gespielt, wenn du mit ihr zusammen warst?«, fragte ich.

Ike summte einen tiefen Ton, während er über meine Frage nachdachte.

»Ich glaube schon«, antwortete er schließlich. »Ja, klar. Ich ... ich wollte auf Augenhöhe mit ihr sein. Ich meine – sie war echt. Sie hatte diese Ausstrahlung. Und ich ... ach, ich weiß auch nicht. Ich ... Scheiße, ich bin Schauspieler. Aber gut, wir hatten unseren Spaß, deine Mom und ich, jedenfalls für eine kurze Zeit.«

Draußen pulste ein schwacher Blitz, tief in den Wolken und fast ungefährlich, wie mir schien.

»Ich habe immer irgendwie gehofft, dass es etwas mit euch beiden werden würde«, sagte ich.

»Verständlich«, erwiderte Ike. »Ich meine – du warst ja noch ein Kind und so weiter.«

Ich wusste nicht genau, ob er meine früheren Hoffnungen als kindlich abtun oder uns daran erinnern wollte, dass es besser wäre, ein wenig Abstand zu den Menschen zu halten, die wir damals gewesen waren.

Dann überraschte er mich mit einer Frage nach Stephanie.

Ob ich von ihr gehört hätte, wollte er wissen.

»Nein«, antwortete ich. »Jedenfalls nicht direkt.«

Ich erzählte ihm von den Nachrichten, die wir im Laufe der Jahre an der Akademie aufgeschnappt hatten: dass Stephanie da oder dort aufgetaucht sei, in dieser oder jener Show oder in irgendeinem Film aufgetreten sei, die Gerüchte, die spärlichen Tatsachen.

»Wann hast du sie zuletzt gesehen?«, fragte er.

»Ist Jahre her«, sagte ich. »Und du?«

Ike antwortete rasch: »Bei mir auch.«

Mir wurde bewusst, dass ich meine Tante zuletzt damals im Treppenhaus vor dem Horst gesehen hatte, als sie mit ihrem Baby verschwunden war, als sie meine Mutter und Dorthea, ihre Schwester und ihre Lehrerin, einfach hatte stehen lassen. Sie hatte auch mich verlassen, ihren kleinen Neffen. Doch in diesem Moment dachte ich in erster Linie daran, dass ich für meine Mutter und Dorthea so viel wie möglich aus Ike herausquetschen musste.

Ich wartete auf den nächsten Blitz oder darauf, dass Ike etwas sagte, je nachdem, was als Erstes kam. Ich fragte mich, ob er draußen in der Wüste war, irgendwo im Sturm. Doch es herrschte nur Schweigen und Dunkelheit. Ich verdrehte das Telefonkabel, das ich in der Faust hielt.

»Ike«, sagte ich. »Was ist mit dem Kind, das sie bekommen hat?«

Diese Frage zu stellen fiel mir schon schwer genug. Ich hätte unmöglich fragen können: »Was ist mit *deinem* Kind?«

Weiter Schweigen am anderen Ende der Leitung.

»Ike?«

»Ich habe keine Ahnung«, sagte er.

»Habt ihr nicht darüber gesprochen?«

»Dad«, erwiderte er, »das ist kein gutes Thema.«

»Nein?«

»Nein. Nicht jetzt. Nein.«

»Na ja, Ike, in gewisser Weise bin ich mit dem Kind verwandt.«

»Hör mal, Dad ...«

»Und deshalb sind wir beide auch irgendwie miteinander verwandt.«

»Wir haben noch viel Arbeit vor uns, okay? Besser, wir ruhen uns jetzt ein bisschen aus.«

Ein unbestimmter Groll begann sich in meinem Inneren

zu regen. Er schnürte mir die Brust zu. Damals verstand ich das Gefühl nicht wirklich. Ich glaubte, ich wäre ängstlich oder nervös oder müde oder so etwas in der Art, weil ich so spät noch mit Ike telefonierte. Vielleicht lag es ja auch an den Blitzen draußen.

»Ja, klar. Sehe ich dich morgen am Set?«

»Natürlich«, antwortete er. »Hundertpro.«

Als ich auflegte, verspürte ich Düsterkeit. Ich stand noch eine Weile am Fenster und betrachtete den hinter Los Alamos tobenden Sturm. Schließlich sagten mir meine Berechnungen, dass er abzog.

Die Crew hatte für die Kamera ein drei Stockwerke hohes Turmgerüst in einem schmalen Canyon errichtet, wo der Viehdiebstahl gedreht werden sollte. Das Limberjack-Projekt Nr. 1 konnte sich keinen Kamerakran leisten, aber Ike wollte eine Aufnahme von oben. Der Kameramann hatte auch andere Lösungen vorgeschlagen, doch Ike beharrte auf dem Gerüst. Die Rinder befanden sich in einem provisorischen Gehege an der Mündung des Canyons, der sich nach Westen hin öffnete. Die Techniker hatten den Boden mit Bleicherde bestreut, damit die Tiere viel Staub aufwirbelten und die Herde vor der untergehenden Sonne größer wirkte.

Die Fahrt vom Motel zum Canyon dauerte gut vierzig Minuten. Die einzigen Aufnahmen, die heute bei Tageslicht gedreht werden sollten, betrafen die Rinder und mich. Die Treiber wären die Doubles von Ikes Verwandtschaft. Ich sollte auf den Felsen dabei gefilmt werden, wie ich beim Anblick der zur Eisenbahn rennenden Rinder reagierte.

Die anderen Schauspieler waren direkt von Taos zum Set gefahren. Sie standen um einen Tisch herum und wirkten ein wenig orientierungslos und verkatert. Niemand kam, um sich vorzustellen.

Als ich aus dem Jeep stieg, hörte ich den Technischen Leiter drüben bei seinem Truck herumfluchen. Er redete mit einem großen Typen, bei dem es sich, wie mir der zweite Regieassistent erzählte, um den Kameramann handelte. Sie hatten den ganzen Morgen damit verbracht, das Gerüst zu errichten, und nun wollte Ike, dass es versetzt wurde.

»Er verpasst den richtigen Moment für die Aufnahme«, klagte der Kameramann. »Er hat den halben Tag mit diesem Gestell verplempert. Vielleicht ist Mister Peyote-Hirn nicht klar, dass die Sonne keine Überstunden macht.«

Die Kamera stand oben auf dem Turm unter einem Sonnenschirm, während der Kameramann unten beim Technischen Leiter stand. Niemand war an seinem Platz. Offenbar wollte Ike allein – oder fast allein – auf dem Turm sein. Auf der Plattform stand ein Zelt, eine Art Pavillon mit Mittelpfosten, als hätte eine Wahrsagerin hoch über dem Set ihr Lager aufgeschlagen. Der Regieassistent flüsterte mir zu, Jenna habe dort oben die Nacht verbringen wollen und Ike deshalb überredet, das Zelt aufstellen zu lassen. Sie war so begeistert davon, dass sie Ike gedrängt hatte, mit ihr hinaufzusteigen, und Ike hatte dem Kameramann mitgeteilt, es werde eine lange Mittagspause geben.

»Talent am Set«, brüllte der Regieassistent. Er musste mich meinen, denn die Rinder befanden sich schließlich noch vor dem Canyon in ihrem Gehege.

Das Zelt tat sich auf, und ich brauchte einen Moment, bis ich kapierte, dass es Ike Devoe war, der ins Freie trat. Sein Oberkörper war nackt, und er breitete die Arme aus und stützte sich aufs Turmgeländer. Er hatte einen blonden Vollbart, sein Haar war fast schulterlang. Er trug eine Hirschlederhose, die entweder zu seinem Kostüm oder zu seinem Outfit am Set gehörte – zur indianischen Peyote-Vision beziehungsweise zur Pose des New-Age-Hollywood-Autorenfilmers. In der Sonne des späten Nachmittags wirkte seine Brustbehaarung, als wäre sie geschmolzen. Sei unserer letzten Begegnung, ja sogar seit dem letzten Film mit ihm, den ich gesehen hatte, war er etwas fülliger geworden. Die paar Kilo mehr standen ihm allerdings gut. Er wirkte dadurch noch präsenter. Als er uns oben von seiner Plattform aus anstarrte, strahlte er die Autorität eines Stammesoberhaupts aus.

Er drehte sich, um den Stand der Sonne zu prüfen.

»Boah«, sagte er und zuckte herum, geblendet vom Licht. Er schlüpfte zurück ins Zelt, und als er wieder zum Vorschein kam, hatte er eine Sonnenbrille von Roger McGuinn auf der Nase. Dann drehte er sich um und sah zu mir hinunter, wobei er den Rauch wegwedelte, den er gerade ausgepustet hatte.

»Dad«, sagte er.

»Ike.«

»Hey, Mann – du bist ja richtig groß geworden.«

Ike wusste, dass diese Bemerkung peinlich für uns beide war, und deshalb schrie er unvermittelt und als hätte ich mich in Luft aufgelöst: »Joe! Können wir drehen?« Er schaute auf sein Handgelenk. Er trug keine Uhr, sondern tat nur so, als würde er die Zeit ablesen. »In fünfzehn Minuten?«

»Wir sind längst startklar, Ike«, rief der Kameramann. Der neben ihm stehende Techniker nickte, konnte sich aber nicht überwinden, zu Ike aufzuschauen.

»Okay. Also fünfzehn.«

»Fünfzehn Minuten bis zum Dreh!«, rief der zweite Regieassistent, und sein Ruf wurde auf dem Set weitergegeben. Die Viehtreiber gingen zu ihren Pferden, die hinter dem Anhänger mit den Garderoben und Klos in einem Verschlag aus Pappelholz standen.

Ich ging zum Gerüst, damit wir nicht brüllen mussten und weil ich annahm, dass Ike zu meiner Begrüßung herunterkommen würde.

Ike beugte sich über das Geländer und sah zu mir herab. »Ich würde dich ja raufbitten, Dad, aber ...« Er zuckte einmal mit den Schultern, dann noch einmal, schaute zum Zelt und legte dann müßig eine Hand auf die Kamera.

»Kein Problem«, sagte ich. »Ich kann mich hier unten vorbereiten und so weiter.«

»Schön. Hör zu«, sagte Ike. »Hör zu.« Er rieb sein Gesicht so heftig, als würde er sich waschen. »Hör zu. Es gab ein paar Änderungen«, sagte er.

Er klopfte mit dem Türkisring, den er an der rechten Hand trug, gegen eine der Gerüststangen, und ich wusste sofort, dass es nicht nur um eine Veränderung in meinem Text oder einer Szene oder um eine Drehplanänderung ging. Nein, in diesem Augenblick dämmerte mir, warum mich niemand zur Garderobe geführt hatte. Warum ich nach meiner Ankunft am Set nicht zu einem Wohnwagen gebracht worden war. Man hatte mir nicht einmal einen schattigen Sitzplatz angeboten. Alle wussten längst Bescheid.

»Wir mussten den Film in mancher Hinsicht verändern«, sagte Ike.

»Den *Film?*«, fragte ich.

»Die Besetzung. Wir legen den Bruder neu an.«

»Ihr legt ihn neu an.«

Ike nickte.

»So ein Dreck« war alles, was ich hervorbrachte, und es war eher ein Keuchen.

»Scheiße«, murmelte jemand. Anfangs glaubte ich, ich

wäre es selbst gewesen, aber dann wurde mir bewusst, dass die ganze Crew zuschaute. Ike schien nichts davon mitzubekommen; vielleicht war er zu dicht, um zu merken, wie er mit der Sache umging. Doch er war der Star. Er stand oben auf dem dämlichen Turm.

»Ja, Mann«, sagte er. »Wir müssen da was anders machen.«

»Mit einem anderen Schauspieler, meinst du.« Ich spürte, dass meine innere Hitze die der sengenden Sonne an diesem Nachmittag in der Wüste zu übertreffen begann. Ja, meine Wut wuchs, doch ich war noch zu verwirrt, um mir dessen bewusst zu sein. Ein Teil von mir stellte die auf der Hand liegenden Fragen, denn was hier geschah, war unfassbar, und ein anderer, verletzter Teil von mir verspürte eine gewisse Genugtuung dabei, Ike die Antworten aus der Nase zu ziehen.

»Dann bin ich also weg vom Fenster?«, fragte ich.

Ike zuckte mit den Schultern. Er beugte sich ein Stückchen über das Geländer und versuchte, die Stimme zu senken, als wäre es plötzlich nur noch eine Sache zwischen uns beiden. »Volle Bezahlung. Ich werde dafür sorgen, dass du voll für – na, du weißt schon – deine Zeit bezahlt wirst.«

Mir wurde schwindlig, als hätte ich hyperventiliert. Vielleicht hatte ich das ja wirklich getan, zum Teufel.

»Das ist unglaublich mies, Ike. Weißt du das?« Ich rang um Atem und konnte kaum sprechen. Er glaubte vermutlich, dass ich meine Stimme genau wie er vertraulich gesenkt hielt, doch ich hätte am liebsten gebrüllt.

»Geht nur um künstlerische Meinungsverschiedenheiten.«

»Klar, klar«, sagte ich. Ich zog ein paar Kreise im Dreck, wie die Stiere oben im Gehege. Dann sah ich den Jeep.

Natürlich steckte Jenna dahinter. Bei unserer Begegnung

in der Bar hatte sie mich auf Anhieb nicht gemocht. Vielleicht schon früher, als Ike ihr von mir und der Schauspielschule erzählt hatte. Wer weiß? Auf jeden Fall wusste ich, dass sie einen Bruder hatte, der auch unbedingt Schauspieler werden wollte. Also hatte sie Ike eingeredet, dass ihr *echter* Bruder in dem Film mitspielen müsse, kein Theaterschauspieler aus New York, der auch noch kleiner war als sie. Das genügte.

Das Limberjack-Projekt Nr. 1 wurde nie fertiggestellt. Die Produktion ging den Bach runter. Nach einer weiteren Woche Verzögerung rückten die Geldgeber Ike auf die Pelle, sahen sich die wenigen Aufnahmen an und zogen dann den Stecker.

Jenna Wilcox' Bruder drehte keine einzige Szene. Nachdem alle nach Los Angeles zurückgekehrt waren, gab Ike Jenna den Laufpass. Sie kehrte nach Montana auf die Farm ihres Vaters zurück. Ikes Ruf litt ein paar Wochen, doch die Geschichten über den gescheiterten Viehtrieb-Film, Ike Devoes erster und letzter Anlauf als Regisseur, wurden bald zu einer Legende, ja fast zum Kult.

Von alledem wusste ich damals noch nichts. Ich wusste nur, dass ich rausgeflogen war. Als ich auf den Jeep zuging, hatte ich ein bestimmtes Bild im Kopf. Am liebsten wäre ich gerannt, zwang mich aber, rasch und zielstrebig weiterzugehen. Ich konnte nichts hören. Mein Kopf dröhnte. Ich sah, dass der Schlüssel steckte. Ich sprang in den Jeep und ließ den Motor an. Irgendjemand brüllte: »Hey!«, aber das kümmerte mich einen Scheißdreck. Ich fuhr aus dem Canyon und geradewegs zum Motel. Während der ganzen Fahrt durch die Wüste hatte ich ein Bild vor Augen – zwei Bilder, um genau zu sein: erstens Ike, der sich vom Kameraturm herunterbeugte und mich feuerte, und zweitens Ike, wie er vor all den Jahren im Treppenhaus der Akademie zu mir hinabgeblickt und gefragt hatte, ob alles in Ordnung sei. Ich hasste diese beiden widersprüchlichen Bilder. Ich hasste sie, weil ich sie nicht aus dem Kopf bekam.

Als der zweite Regieassistent in meinem Zimmer aufkreuzte, hatte ich bereits gepackt. Er sagte, er wolle mich zum Flughafen fahren. Ich sprach kein Wort. Während der Fahrt nach Albuquerque beobachtete ich im Seitenspiegel, wie die Jarocito Mountains immer weiter hinter uns zurückblieben. Bei Anbruch der Dunkelheit schien sich der Regieassistent sicher genug zu fühlen, um das Schweigen zu brechen. Er sagte, es werde sich schon alles finden. Was mir passiert sei, sei oberscheiße. Er sagte, der ganze Film sei wahrscheinlich am Arsch und dies sei ein Zeichen dafür. In gewisser Weise, sagte der Regieassistent, könne sich Ike nicht von seiner Starrolle lösen. Und alles, was passiert sei, sagte er, beweise eigentlich nur, dass man Autorenfilmer weit überschätze.

Davy steht tatsächlich am verabredeten Treffpunkt. Er trägt einen blauen Parka, ein Sweatshirt mit Kapuze, eine gelbe Cordhose und braune Segeltuchschuhe. Er hüpft von einem Fuß auf den anderen, schaut auf eine Armbanduhr, die er an einem Band um den Hals trägt. Ich bin pünktlich, denn irgendetwas sagt mir, dass im Falle Davy Gaults ein Wort ein Wort ist und dass ich mich besser daran halte. Zwölf Uhr mittags heißt zwölf Uhr mittags.

Er sieht mich die Hudson Street heraufkommen, reagiert aber nicht. Weder geht er auf mich zu noch weicht er erschrocken zurück. Weder lächelt er noch wendet er sich ab. Stattdessen behält er mich im Blick, die Arme schlaff an den Seiten.

Ich strecke ihm eine Hand hin, und mit leichter Verzögerung folgt er meinem Beispiel. Wir geben uns die Hand, und ich stelle mich vor.

»Ja.«

Davy ist blond, und er sieht Ike sehr ähnlich. Das gleiche kräftige Haar und die hellen Augenbrauen. Würde er lächeln, würde mich seine Mundpartie vermutlich an meine Tante erinnern. Auch hier kann ich die Ähnlichkeit sehen.

Doch seine blauen Augen stehen etwas zu weit auseinander. Dieses Detail hat sich mir eingeprägt, seit ich ihn damals als Säugling in Tante Stephanies Armen gesehen habe.

»Wir essen hier«, sagt er.

»Hier? An deinem Arbeitsplatz?«

»Hier.«

Unsere unbeholfenen Redeweisen ähneln sich sehr.

Das ehemalige Fabrikgebäude in der Gansevoort beherbergt die Program Development Services, ein städtisches Jobcenter für Behinderte. Im Fahrstuhl steht jeder irgendwie unter Strom. Einige nicken einander zu; manche wechseln zur Begrüßung ein paar Worte; andere wippen stumm auf den Fußballen.

Alle starren auf die Nummern der Stockwerke, die über der Tür aufleuchten. Einige Leute rufen die Nummer laut aus, wenn der Fahrstuhl mit einem Ruck zum Halten kommt. In jedem Stockwerk steigen Menschen ein und aus. Der Fahrstuhl bleibt voll. Das Gebäude brummt wie ein Bienenstock. In der zweiten Etage befindet sich eine große, offene Werkstatt, in der Osterkörbe geflochten werden. Im dritten Stock steigen zwei blinde Frauen aus, und ich erhasche einen Blick auf weitere Blinde, die an langen Tischen Umschläge füllen.

Davy und ich steigen im fünften Stock aus. Wir gehen am Tresen einer Cafeteria entlang, wo eine Frau Lunchpakete verteilt. Davy sagt ihr, er habe Besuch von seinem Cousin, und daraufhin gibt die Frau auch mir ein Päckchen. Wir setzen uns an einen langen Tisch zu einigen anderen Arbeitern.

Ich frage mich, wer hier Aufsicht führt und dafür sorgt, dass alles wie am Schnürchen läuft.

»Was isst du zuerst?«, fragt mich Davy.

Ich habe mein Päckchen noch gar nicht geöffnet.

»Ich esse Apfel«, sagt er.

»Prima.«

Er schüttelt seine Milchtüte. Mein Päckchen enthält das Gleiche: einen Apfel, ein Sandwich mit Erdnussbutter und Marmelade, eine Tüte Chips, einen Hershey-Riegel. Davy beißt in seinen Apfel.

Ich frage ihn, wo er arbeitet, und er antwortet, hier, in diesem Stockwerk.

»In der Cafeteria?«

Er schüttelt den Kopf und zeigt zum hinteren Ende des Raums, wo ein Fenster Einblick in ein Büro gewährt. Männer – allem Anschein nach handelt es sich ausschließlich um Männer mit ähnlichen Behinderungen wie Davy – kommen und gehen mit Kuriertaschen. Ein hochgewachsener Typ gibt hinter dem Fenster Taschen und Zettel aus, die er jeweils laut vorliest. Die Männer nicken, nehmen Zettel und Tasche und gehen zum Fahrstuhl.

»Bist du ein Kurier?«, frage ich Davy.

»Ja.« Nachdem er in den Apfel gebissen hat, greift er zum Sandwich.

»Einer unserer besten!«

Ich drehe mich mühsam um und sehe einen kleinen Mann mittleren Alters. Er merkt, dass ich mich nur mit Mühe bewegen kann, und geht rasch zum Kopfende des Tisches. Er hat einen Diamantstift in der Nase und eine kurze Afrofrisur. Sein Hemd mit dem hohen Kragen sieht aus wie aus Polyester, und man weiß nicht recht, ob er sich bewusst im Retro-Stil kleidet oder einfach nur knapp bei Kasse ist.

Er stellt sich als Mr Watkins vor, Leiter der Kurierdienst-Abteilung. Er sagt, dass Davy schon seit Tagen von meinem bevorstehenden Besuch geredet habe.

»Ja, ich habe mich auch darauf gefreut«, sage ich und merke, dass Mr Watkins aufhorcht, weil ich so ähnlich spreche wie Davy.

Er ist sehr freundlich, aber da ich wegen meines Besuchs hier angespannt und nervös bin, setze ich das Gespräch nicht fort. Ich lächele.

»Davy ist der geborene Navigator«, sagt Mr Watkins. »Davy, ich habe gehört, dass du dein Zimmer auf Coney Island mit Stadtplänen tapeziert hast. Stimmt das?«

»Stimmt.« Davy isst abwechselnd den Apfel, das Sandwich und die Chips. Dieser Reihenfolge bleibt er die ganze Zeit treu.

»Der Kerl ist ein Wunder«, sagt Mr Watkins zu mir. »Er macht nie einen Fehler. Gibt keine Adresse, die er nicht kennt. Er ist ein wandelnder Stadtplan.«

Vom Fenster des Kurierdienst-Büros ruft jemand nach Mr Watkins. Der winkt als Antwort und wünscht uns weiterhin guten Appetit. Kurz bevor er geht, fragt er Davy noch, wo P.S. 187 sei.

»Cabrini Boulevard. Mit dem A-Train bis zur Haltestelle One-Eighty-One-Street. Steig in ersten Wagen. Steig hinten in der Station One-Eighty-Four-Street aus. Fahrstuhl nach oben. Dann rechts. Drei Blocks. Dann links. Ein Block. Dann rechts.«

Mr Watkins vollführt mit beiden Händen die *Presto!*-Geste eines Zauberers.

»Der unglaubliche Ferdinand Magellan der Program

Development Services«, sagt er und schlendert davon, nickt unterwegs einigen Leuten an anderen Tischen zu. Davy mampft weiter in der gleichen Reihenfolge. Unmöglich zu sagen, ob er sich über Mr Watkins freut oder ärgert.

»Du bist nicht mehr krank«, sagt er nach einer Weile zu mir.

»Krank? Nein«, erwidere ich.

»Aber du bist früher krank.«

Was mir passiert ist, habe ich nie als Krankheit betrachtet. Als Bürde, Einschränkung oder Beleidigung, ja, aber nicht als Krankheit.

»Ich bin nicht krank«, sage ich.

»Du bist im Krankenhaus.«

Ich nicke. »Stimmt«, sage ich. »Woher weißt du das?«

»In Zeitung gelesen.«

»Tatsächlich?«

»In der U-Bahn. Neunter September. Lieferung für Three-Forty-Eight, West Thirty-Eighth. Warte auf Unterschrift. Frau in der U-Bahn liest *Times*. Die Zeitung ist direkt vor meinem Gesicht. Da steht, du in Roosevelt. Zug Nummer eins oder neun oder A oder D zur 59th Street, Columbus Circle. Gehe nach Westen. Frage bei Information. ›Er ist mein Cousin‹, sage ich. ›Seine Mutter und meine Mutter sind Schwestern.‹«

»Und du hast mich besucht?«

Davy nickt. »Aber du schläfst. Krankenschwester sagt, dir geht es gut. Krankenschwester sagt, du schläfst. Ich glaube, du bist tot. Ich weine. Aber Krankenschwester sagt, du schläfst. Ich fahre nach Hause.«

Ich denke darüber nach. Davy hat mich besucht, als ich noch im Koma lag. Er war bei mir, während ich bewusstlos war und alles verschlafen habe.

»Davy, wo warst du, als die Türme eingestürzt sind?«, frage ich.

»Elfter September.«

»Genau.«

»Nordturm.«

»Was? Du warst dort?«

»Lieferung für Ashuelot Graphics. Fünfter Stock.«

»Ach du Heiliger! Und was ist passiert?«

»Fahrstuhl kaputt. Ich gehe Feuertreppe runter.«

»Waren noch mehr Leute auf der Treppe?«

»Ein paar.«

»Und was hast du dann gemacht?«

»Nächste Lieferung.«

»Wohin?«

»John Street.«

»Hast du den Aufprall der Flugzeuge gesehen?«

»Nein.«

»Hast du gesehen, wie die Türme eingestürzt sind?«

»Nein.«

»Was hast du gemacht?«

»Nächste Lieferung. Brooklyn.«

»Da sind doch keine Züge mehr gefahren.«

»Ich gehe über Brücke.«

»Hast du zurückgeschaut?«

»Nein.«

Im Sommer 1980 starb meine Mutter an Lungenkrebs.

»Ach ja, die vielen Zigaretten«, sagte sie kurz nach der Diagnose. »Aber das Rauchen hat Spaß gemacht. Jedes Mädchen braucht ein bisschen Spaß.«

»Und was war ich?«, fragte Dorthea.

»Viel mehr als Spaß«, antwortete meine Mutter.

Meine Mutter wusste, dass sie nicht mehr viel Zeit hatte. Trotzdem bestand sie darauf, dass ich mein Leben wie gewohnt weiterführte, und das hieß, aufzutreten. In jenem Sommer waren Cecily und ich für das Theaterfestival in Williamstown gebucht worden, wo wir mit den Geschichten, aus denen sich später der *Gardy*-Monolog entwickelte, eine *work in progress*-Aufführung veranstalteten.

»Ich finde es toll, wenn du auf der Bühne stehst«, sagte meine Mutter. »Dorthea wird mir deine Briefe vorlesen. Ich halte hier die Stellung.«

»Und wenn ich keine Zeit habe, dir zu schreiben?« Eine selten dumme Frage, doch ich zögerte, weil ich nicht wusste, ob ich fahren sollte oder nicht.

Dorthea schaltete sich ein: »Junger Mann, du wirst ganz bestimmt die Zeit haben, deiner Mutter zu schreiben. Du wirst genug Zeit haben, um deinen Text zu lernen, tagsüber zu proben, abends aufzutreten, und danach wirst du feiern und saufen. Du wirst mit den Angestellten ins Bett gehen. Du wirst mit einem Kater aufwachen, und dann geht alles wieder von vorn los. So läuft das bei diesen Festivals. Genau darum nehmen wir diese Jobs an. Aber! Du wirst dir auch die Zeit nehmen, deiner Mutter zu schreiben.«

»Sie hat gesprochen«, sagte meine im Bett liegende Mutter. »Gehorche.«

Doch Dorthea lag falsch, denn abgesehen davon, dass Cecily und ich Arbeitskollegen waren, hatten wir zu dem Zeitpunkt bereits eine Liebesbeziehung. Im Gegensatz zu Dortheas Vermutung würde ich mich bei diesem Sommerfestival zurückhalten. Doch ich gab mir keine Mühe, diesen Irrtum zu korrigieren. Ich sagte, ich würde fahren, und ich versprach zu schreiben.

Als meine Mutter einen knappen Monat später im Sterben lag, mussten wir die Arbeit unterbrechen. Ich fuhr nach Hause, schaffte es aber nicht mehr rechtzeitig. Meiner Schätzung nach befand ich mich zum Zeitpunkt des Todes meiner Mutter irgendwo auf dem Thruway südlich von Albany.

Nachdem ich wieder in New York eingetroffen war, saß ich abends auf der kleinen Veranda des Horsts und betrachtete das Empire State Building. Dorthea saß neben mir. Es war ein betäubend heißer Abend. Der Verkehrslärm klang gedämpft und schien in die Avenues östlich und westlich von uns zurückgedrängt worden zu sein. Auf einem Dach in der Nachbarschaft briet irgendjemand Fleisch auf einem Hibachi. Nach meiner fünfstündigen Fahrt wurde mir bei dem Geruch fast übel.

»Seit du weg bist, war deine Mutter im Grunde durchgehend ohne Bewusstsein«, sagte Dorthea. »Sie ist uns kurz nach deiner Abreise entglitten. Sie hat überhaupt nur so lang durchgehalten, um dich an die Arbeit schicken zu können. Und dann ist sie ganz sanft eingeschlafen. Du hast also den besten Abschied von ihr gehabt, den du dir hättest wünschen können.«

Meine Mutter hatte darum gebeten, eingeäschert zu werden, und ich nahm an, dass ihre Asche wie die von Dad und Gardy »unten am Ufer« des Atlantiks verstreut werden sollte.

»Sie möchte zum Ensemble gehören«, hatte Vasily mir am Nachmittag zuvor gesagt, als er das Theater für die Gedenkveranstaltung vorbereitete. Er hatte ungefähr zehn Klappstühle unter jedem Arm. Ich lief mit einem Stuhl ziellos im Studio herum.

Ich fragte ihn, wie er das meine.

Er stellte die beiden Stuhlstapel ab, verschwand kurz hinter den Kulissen und kehrte mit einer kleinen Brechstange zurück. Er kniete sich hin und hebelte mitten im Raum behutsam eine quadratische Pressspanplatte hoch. Darunter befanden sich alte weiße Dielenbretter aus Kiefernholz mit Dellen und Rissen aus der Zeit, als die Akademie ein Lagerhaus für die Waren der Segelschiffe gewesen war, die damals ein paar Blocks weiter am Hudson vor Anker gegangen waren.

Mitten im freigelegten Quadrat befand sich eine kleine Falltür, auf der ein nagelneuer Messinggriff angebracht worden war. Vasily zog die Tür auf. Ich konnte nichts darunter erkennen, nur Dunkelheit.

»Was soll das sein?«, fragte ich.

»Deine Mama hat sich gewünscht, dass ihre Asche hier aufbewahrt wird«, sagte Vasily. »Dorthea wird hier später auch ruhen.«

Oben auf dem Dach berichtete ich Dorthea, wie Vasily mir den Wunsch meiner Mutter erklärt hatte, »zum Ensemble zu gehören«.

»Oh!«, erwiderte Dorthea, beschirmte ihre Augen mit einer Hand und zögerte kurz, bevor sie etwas erwiderte. »Wir haben beide immer gesagt, dass wir hier in der Akademie unter der Bühne ruhen möchten, wenn wir das Zeitliche gesegnet haben. Dort wären wir dann für immer zusammen, als unser eigenes, kleines Ensemble. Das war ein Scherz zwischen deiner Mutter und mir. So hätte ich sie am Ende zwar nicht *auf,* aber immerhin *unter* die Bühne gebracht.«

Nach diesen Worten begann Dorthea zu schluchzen. Ich half ihr in den Horst. Im Laufe der Jahre hatte ich miterlebt, wie sich ihre Augen getrübt hatten, und gelegentlich, wenn sie durch etwas im Haus oder in der Schule aufgewühlt worden war, hatte sie brüchig geklungen: eine Beleidigung durch Strasberg oder Adler, eine Meinungsverschiedenheit mit meiner Mom, Gereiztheit wegen meiner pubertären Widerworte. Aber das hier war anders. Dieses Weinen zerrte an mir. Hätte sie jemals so auf der Bühne geweint, dann hätte sie das Publikum erschreckt. Sie sank auf das Sofa und gab sich ihrer Verzweiflung hin, bis ihre Tränen in ein Husten und dann in ein lang gezogenes Stöhnen übergingen.

Ich widerstand dem Drang, meiner eigenen Trauer nachzugeben, die ich seit Wochen verspürte. Ich biss die Zähne zusammen und weinte erst später am Abend allein im Gästezimmer des Horsts. In den folgenden Jahren passierte es mir immer wieder, dass ich in Hotelzimmern und Garderoben, auf der Hinterbühne oder in der Gasse, unvermittelt in Tränen ausbrach.

An jenem Abend verdrängte ich mein Leid, damit ich Dortheas Hand halten konnte; sie hatte jemanden verdient, der ihr Trost spendete. Denn jetzt war sie ganz allein.

Die achtzehn Jahre zwischen dem Tod meiner Mutter und dem Tod Dortheas waren auch die Zeit des langsamen Niedergangs der Akademie. Dortheas Alter und Einsamkeit forderten sofort ihren Tribut. Wenn sie in ihrem Schaukelstuhl saß, wirkte sie nicht mehr wie die gestrenge Eminenz von einst. Sie wurde immer grauer. Wenn sie sich unbeobachtet wähnte, ging sie schlurfend. Ihre Klassen, ja alle Kurse an der Akademie wurden immer kleiner. Dorthea selbst wurde immer kleiner.

Die große Ära der New Yorker Schauspielschulen neigte sich ihrem Ende entgegen. Die berühmten Lehrer der Fünfziger – Stella Adler, Lee Strasberg, Sanford Meisner, Bobby Lewis, Uta Hagen, Dorthea Holtz – alterten dem Tod entgegen. Die dogmatischen Grabenkämpfe etwa um die Methode Stanislawskis gehörten der Vergangenheit an und waren bedeutungslos geworden. Die Schauspielwelt hatte sich weitergedreht. Zur Westküste. Zu Fernsehserien. Zu Filmsets und Schauspieltrainern, Privatunterricht und Lebensberatern. Inzwischen grassierte Aids, und der Immobilienmarkt boomte. Die Theaterszene verlagerte sich aus Downtown weiter nach Osten.

Oss Newry trat im Büro der MADA die Nachfolge meiner Mutter an und reduzierte seinen Unterricht. Mit fünfzig hatte er sich endlich geoutet, nur um festzustellen, dass er sich mit HIV infiziert hatte. Die Krankheit wurde bei ihm nie akut, doch er lebte in ständiger Furcht. Als er schließlich wieder einen klaren Kopf hatte, widmete er sich ganz seinen sterbenden Freunden. Aids hatte eine Selbstlosigkeit in ihm geweckt, die er am Theater nicht hatte entwickeln können.

Gelegentlich ging ich bei der Akademie vorbei und besuchte Dorthea. Vasily hatte sich draußen in New Jersey ein Haus gekauft und trug sich mit dem Plan, einen Limousinenservice zu gründen. Er kam zwar noch ab und zu in die Stadt, um sich um das Gebäude zu kümmern, doch es wurde allmählich marode.

Bei einem meiner Besuche fiel mir ein Plakat auf, das in einem neuen Glaskasten neben der Vordertreppe hing. Eine gewerkschaftsfreie Schauspieltruppe warb für die Neuaufführung von John Fords Renaissancestück *Schade, dass sie eine Hure war*. Dorthea hatte begonnen, das Theater der Akademie zu vermieten. Das war eine Zäsur.

»Wir brauchen das Geld«, sagte sie.

»Taugt die Inszenierung denn etwas?«, fragte ich.

Dorthea winkte nur ab. Es war ein Dienstagabend, und sie saß in ihrem Schaukelstuhl im Studio-Theater. Die Anwesenheitsliste auf dem Stuhl neben ihr verriet mir, dass heute nur drei Schüler ihren Unterricht besucht hatten.

Das Stück wurde in dem Raum aufgeführt, in dem

auch der Unterricht stattfand, allerdings von Donnerstag bis Sonntag. Allem Anschein nach kam man ohne Kulissen oder Bühnenbild aus. Auf der Bühne standen nur ein paar schwarze Holzwürfel – Elemente. Ich warf einen Blick ins Programmheft. Die aufgeführten Schauspieler hatten weder viel Erfahrung noch irgendwelche Meriten vorzuweisen. Das Ensemble bestand aus Neulingen und aus älteren Laien, die aus den Vororten hierherpendelten; sie versuchten entweder, beim Theater eine zweite oder dritte Karriere zu starten, oder sahen darin einfach nur ein Hobby.

Dorthea seufzte. »Es ist eine moderne Inszenierung«, sagte sie. »Sehr modern.«

»Modern« war Dortheas Chiffre für eine Inszenierung ohne Budget.

»Solltest du je für ein klassisches Stück vorsprechen und vom Regisseur hören, dass er eine moderne Inszenierung plant, dann nimm dich in Acht«, hatte mir Dorthea zu Beginn meiner Laufbahn eingeschärft. »Denn das heißt, dass es kein Budget gibt. Kein Geld. Keine Bezahlung. Du wirst auf der Bühne deine eigenen Kleider tragen. Deshalb solltest du in einer solchen Situation Schwertkampfszenen mit Theaterblut meiden. Das kriegst du nämlich nie mehr raus.«

In den Jahren vor Dortheas Tod kam mir der Verdacht, dass die Marshalsea Academy of Dramatic Arts selbst zu einer »modernen Inszenierung« wurde: kein Budget, kein Geld, keine Bezahlung. Dorthea hatte ihre Schule noch nie vermietet.

»Die Schauspieler sind Versager«, sagte sie, als sie merkte, dass ich das Programm von *Schade, dass sie eine Hure war* studierte. »Ich habe mir heimlich eine Probe angesehen. Die jungen Schauspieler sind verklemmt und naiv. Die älteren sind ein bisschen schmierig, aber auch naiv. Und alle sind unbeschreiblich schlecht. Keiner von ihnen wird je am Theater Karriere machen. Sie strahlen das Scheitern förmlich aus. Grauenhaft! Kein Agent würde sie jemals unter Vertrag nehmen. Ja, in diese Aufführung wird sich überhaupt kein Agent verirren. Traurig, aber wahr. Und erst der Regisseur! Ich weiß nicht, ob er nur humorlos oder auch verrückt ist. Nach der ersten Voraufführung hat er diese armen Würstchen zwei Stunden lang mit Kritik bombardiert. Zwei Stunden! Das hätte ich nicht einmal in meinen päpstlichsten Zeiten getan.«

So verächtlich hatte Dorthea in meiner Gegenwart noch nie über jemanden gesprochen, der Theater machte. Sicher, sie kritisierte die Arbeit von Schauspielern. Das war ihr Job. Doch es passte nicht zu ihr, jemanden so abzukanzeln, der das Ziel und den Wunsch hatte, ein »Mitgefangener« zu werden. Außerdem gefiel mir nicht, dass sie in ihrem eigenen Theater herumschlich, um heimlich bei Proben zuzusehen.

Wahrscheinlich spürte sie, dass mich beunruhigte, was mit der Schauspielschule und mit ihr geschah, und wechselte deshalb das Thema. »Und du? Wie geht es dir?«, fragte sie. »Wie läuft Cecilys Theater mit dem komischen Namen? Und wann werde ich endlich eine Aufführung von *dir* sehen?«

Dorthea starb, als ich an *Ich zeig's Ike*, meinem Monolog über das Spielfilm-Debakel in der Wüste arbeitete. Ich erhielt Nachricht von ihrem Tod, als ich gerade in der Voraufführung war, um die Produktion als *work in progress* dem damaligen Repertoire der Performance Gumby hinzuzufügen, einer Aufführung von *Drei Schwestern* mit vertauschten Geschlechterrollen. Vasily überbrachte mir die Nachricht am Telefon.

»Sie ist gestorben«, sagte er. »Sie ist gestürzt. Sie ist tot.«

Vasily hatte sie im Bett entdeckt. Am Abend vor ihrem Tod war Dorthea nach unten gegangen, um der Probe einer weiteren Schauspieltruppe beizuwohnen, die das Theater gemietet hatte. Allerdings brachten diese MADA-Mieter gar kein richtiges Stück auf die Bühne. Stattdessen handelte es sich um eine Art Talentschuppen, zu dem Agenten eingeladen waren, denen diverse Szenen vorgeführt wurden.

Dorthea war unbemerkt ins Theater geschlichen und hatte von der hinteren Sitzreihe aus zugeschaut.

Irgendwann hatte sie offenbar beschlossen zu gehen, wobei sie, da ihre Sehkraft nachließ, nicht gleich den Weg fand. Auf der Bühne war plötzlich zu hören, wie irgendjemand hinten im Raum im Dunkeln herumstolperte. Dorthea machte oben auf der Tribüne einen falschen Schritt und stürzte gut anderthalb Meter tief.

»Sie schien sich nicht verletzt zu haben«, erzählte mir Vasily. »Die Leute haben sie in den Horst gebracht. Sie haben mit ihr geredet. Sie hat mit ihnen geredet. Angeblich war sie keine Sekunde bewusstlos. Doch nachdem sie sich schlafen gelegt hatte, ist sie nicht mehr aufgewacht.«

Den Ärzten zufolge war sie mit dem Kopf auf den Boden geknallt, wodurch ein Blutgefäß geplatzt war. Ähnlich wie bei mir. Eine Beleidigung des Gehirns.

Und mir fiel zwangsläufig ein, dass sie das Gleiche getan hatte wie ich als Kind: Sie hatte sich heimlich in die hinterste Reihe des Studio-Theaters der Marshalsea Academy of Dramatic Arts geschlichen, um den Schauspielern bei der Arbeit zuzuschauen. Was mich betraf, so war es in gewisser Weise der Beginn meines Lebens gewesen. Bei Dorthea war es das Ende.

In ihrem Testament überraschte sie uns alle durch ihre nachdrückliche Ablehnung einer Gedenkfeier. Die *Times* brachte einen sehr anständigen Nachruf. Ich setzte ihre Asche in der Krypta unter der Bühne bei. Nun bildeten sie und meine Mutter ihr eigenes Ensemble.

Und ich war der Erbe der Marshalsea Academy of Dramatic Arts. Dorthea hatte mir die Schauspielschule vermacht.

ELF

Eines Abends liege ich im Horst auf dem Sofa. Das Telefon klingelt. Cecily, die über Nacht bleibt, sagt mir, eine Journalistin sei dran. Sie behaupte, mich von früher zu kennen.

»Sie heißt Lyle«, erzählt mir Cecily. »Leslie oder so.«

»Liesl«, versuche ich zu sagen, aber da ich mir nicht genug Mühe gebe, klingt das Wort auf Schlaganfallistanisch wie ein erschöpftes Lallen.

»Ja, genau«, erwiderte Cecily. »Darf sie dich besuchen?«

Manchmal greifen wir auf die Zeichensprache zurück. Sie basiert auf etwas, das Cecily mir während der Tage und Nächte meines Komas zugeflüstert hat.

Damals stand die ganze Stadt unter Schock, und Hunderte von Rettungsarbeitern durchwühlten die Trümmer in Downtown nach Überlebenden. Cecily meint, im Krankenhaus habe sie das Gefühl gehabt, genau das Gleiche zu tun – sie habe nach Lebenszeichen gesucht. Sie beugte sich dicht an mein Ohr und flüsterte: »Wenn du mich hörst, heb einen Finger, Noah. Sag Ja.«

Keine Ahnung, ob ich sie je gehört habe. Ihre Stimme kommt nicht in den Koma-Szenen vor, die ich mit Dr. Roos erörtert habe. Und Cecily hat nie erzählt, dass ich je durch das Heben eines Fingers reagiert hätte. Trotzdem benutzen wir die Finger-Methode gelegentlich noch: Ein gereckter Finger heißt Ja; zwei gereckte Finger heißen Nein. Die zwei Zeichen für die grundlegendsten Bedürfnisse.

Ich recke einen Finger.

Cecily richtet Liesl Lyle aus, sie könne zum Horst kommen, und am nächsten Abend, als Cecily bei einer Probe ist, stattet mir Miss Lyle einen Besuch ab.

Seit ich sie zuletzt gesehen habe (insgeheim nenne ich sie immer noch »Miss Lyle«, obwohl sie nun einen Ehering trägt), ist sie mir als eine Beat-Ära-Intellektuelle in Erinnerung geblieben, als jene Village-Journalistin, die in den Fünfzigern den »Faun der Metropole« erfunden hat. Sie hat sich sehr verändert.

Miss Lyle hat graues Haar, das silbernen Flügeln an ihren Schläfen gleicht. Sie ist vom East Village, wo sie inzwischen lebt, bis hierher geradelt. An ihrem Rucksack baumelt ein Fahrradhelm. Sie wirkt wie eine hippe Großmutter, die sich manchmal noch einen Joint genehmigt.

Ich biete ihr einen Platz auf dem Sofa an. Sie neigt leicht den Kopf zur Seite, als sie mein Schlaganfallistanisch zu entschlüsseln versucht. Sie lächelt zwar, doch als sie merkt, dass sie mich versteht, ist sie sichtlich erleichtert.

Auf dem Weg durch das Zimmer sagt sie, dass sie sich bei mir entschuldigen müsse.

»Ich war die Journalistin, die damals angerufen hat. Kurz nach Ihrem Schlaganfall. Ich habe gefragt, ob ich eine Story über Sie schreiben darf«, sagt sie. »Darüber, dass Sie während der Anschläge bewusstlos waren und erst hinterher aufgewacht sind.«

»Dass ich die Sache verschlafen habe«, sage ich.

»Das tut mir leid«, sagt Miss Lyle. »Der Anruf, meine ich – falls er Ihnen unangenehm gewesen sein sollte.«

»War kein Problem«, erwidere ich.

Miss Lyle erzählt, dass sie vor ein paar Jahren einen meiner Monologe gesehen habe.

»*Im Angesicht Pattons*«, sagt sie.

Das war der Monolog über meine Erfahrungen am Broadway, wo ich mit George C. Scott in einer Inszenierung von *Wer den Wind sät* spielte. Es waren Scotts letzte Auftritte. Gesundheitlich ging es bergab mit ihm, er trank, seine Privatassistentin hatte ihn wegen sexueller Belästigung verklagt, die Aufführung war das reine Chaos, George verhaspelte sich oder fiel ganz aus, weil es ihm zu schlecht ging, und trotzdem konnte er immer noch eine atemberaubende Vorstellung als Anwalt Henry Drummond hinlegen, der Held des Stücks. Spätabends standen die Leute vor dem Bühneneingang Schlange nach Autogrammen. Alternde Kriegsveteranen brachten ihre Stahlhelme mit, die sie sich von ihm mit »Patton« signieren ließen.

Wenn bei *Wer den Wind sät* der Vorhang gefallen war, ging ich zur Performance Gumby und improvisierte Monologe über den Irrsinn, der sich am Broadway hinter den Kulissen abspielte. Ich flocht die Geschichte der Performance-Kunst in Downtown ein und zeigte Videoclips mit Aufnahmen aus Scotts Schauspielkarriere. Es war eine Art verbales Theaterarchiv und zugleich ein nächtliches Bulletin über Klatsch und Tratsch.

»Sie sind aber nie in die Garderobe gekommen, um mir Hallo zu sagen«, erwidere ich und hoffe, dass ich nicht vorwurfsvoll klinge. Ich fühle mich herzlich und heiter, doch es fällt mir schwer, den entsprechenden Ton zu treffen.

»Ja, stimmt. Stimmt. Ich wusste nicht, ob Sie sich an mich erinnern würden.«

»Natürlich hätte ich mich an Sie erinnert.«

»Das konnte ich nicht ahnen. Außerdem war da die Sache mit Ihrer Tante.«

»Sie waren mit ihr befreundet.«

Miss Lyle nickt. »Ich war mit ihr befreundet. In gewisser Weise«, sagt sie. »Und genau deshalb bin ich hier. Haben Sie in letzter Zeit Kontakt zu Ihrer Tante gehabt?«

Das klingt plötzlich gar nicht mehr journalistisch.

Ich schüttele den Kopf. »Nein«, antworte ich. »Schon seit vielen Jahren nicht mehr.«

»Hat sich irgendjemand wegen ihr bei Ihnen gemeldet?«

Ich schüttele wieder den Kopf.

Daraufhin erzählt mir Miss Lyle, dass Tante Stephanie tot ist. Sie sei vor wenigen Tagen gestorben.

Ich sitze gegenüber dem Sofa auf einem Stuhl und ringe um Atem. Als ich zu Miss Lyle schaue, habe ich das Gefühl, in die Vergangenheit zu stürzen wie in ein tiefes Loch.

»Die Cops haben mich angerufen«, sagt Miss Lyle. »Sie wollte, dass ich informiert werde.«

»Dann haben Sie also mit ihr in Verbindung gestanden?«

»Erst seit Kurzem, und das auch nur durch reinen Zufall«, antwortet sie.

»Hat sie hier in der Stadt gelebt?«

Miss Lyle nickt.

»Einmal«, sagt sie, »habe ich Ihre Tante in der U-Bahn gesehen. Ich war mir sicher, dass sie es war. Absolut sicher. In der Columbus-Circle-Station. Sie saß in der Passage, die von den Drehkreuzen zur 57th Street führt, in der Nähe des Friseurladens. Ihre Kleidung war bunt zusammengewürfelt, ja im Grunde trug sie Lumpen. Eine Obdachlose – wortwörtlich unbehaust. Ihre Habseligkeiten befanden sich in ein paar Tüten, und vor ihr auf dem Boden stand ein Becher. Sie bettelte. Na ja, sie bettelte nicht wirklich, denn sie arbeitete. Sie deklamierte etwas. Sie schauspielerte.

Ich hörte sie, bevor ich sie erkannte, und als ich begriff, wer sie war, versteckte ich mich hinter ein paar Blumengestecken, die ein Typ vor dem Friseurladen verkaufte.

Sie trug einen Monolog von Shakespeare vor. Den aus dem letzten Akt von *Antonius und Kleopatra*, in dem es heißt: ›Gebt mir mein Kleid, steckt mir den Reif, ich fühl Unsterblichkeitssehnsucht in mir‹. Ich schlug ihn später nach. Sie bekam ihn nicht einmal ansatzweise hin, doch sie gab sich Mühe. Sie deklamierte immer nur diesen Monolog, und sie wiederholte ihn ständig. Ab und zu warf tatsächlich jemand eine Münze in den Pappbecher. Ob die Leute wussten, dass sie Shakespeare vortrug?

Ich überlegte, ihr zu helfen, doch ich war gespalten. Ich redete mir ein, dass sie jetzt zu jenen Obdachlosen gehörte, die keine Hilfe wollten oder sogar ablehnten, wenn sie ihnen angeboten wurde. Ich lauschte ihr eine Weile, und dann ging ich. Ich war noch tagelang traurig. Schließlich beschloss ich, sie noch einmal aufzusuchen. Ich wollte mich auch bei Ihnen melden, hielt es aber für richtig, zuerst mit Stephanie zu reden.«

Wir schauen durch die gläsernen Terrassentüren des Horsts. Nur das Flugzeugwarnlicht des Empire State Building blinkt, die Flutlichter sind aus Angst vor weiteren Anschlägen ausgeschaltet.

»Sie hat mich im Laufe der Jahre ab und zu besucht«, sagt Miss Lyle. »Bevor sie dann vollständig abgestürzt ist. Heute würde man mich vermutlich als eine Art Sozialarbeiterin bezeichnen. Ich kaufte ihr keinen Alkohol. Ich verbot ihr, in meiner Wohnung zu trinken, und sie trank tatsächlich nichts – jedenfalls nicht, dass ich gewusst hätte. Aber ich war immer für sie da. Sie hatte so eine tragische Aura. Ich hatte sie auf der Bühne gesehen, damals, als sie noch gut war. Sie haben sie ja auch erlebt. Mit der Story über sie begann meine Karriere. Wahrscheinlich hatte ich das Gefühl, ihr etwas schuldig zu sein.

Einmal – zu Frühlingsbeginn – besuchte sie mich in meiner Wohnung, und sie war vollkommen high. Sie wetterte gegen Dorthea und gegen Ihre Mutter, die, wie sie meinte, von Dorthea gegen sie aufgehetzt worden war.

Dann erzählte sie mir, dass sie in den letzten paar Jahren in New Orleans mit einem ›Ölmann‹ zusammengelebt habe. Das konnte alles Mögliche bedeuten – von einem greisen Tycoon, der sie aushielt, denn damals sah sie immer noch recht gut aus, bis zu irgendeinem Proll, der draußen im Golf auf einer Plattform nach Öl bohrte.«

Miss Lyle erzählt, dass sie meine Tante die ganze Nacht beruhigt und ihr zu essen gegeben hatte. Am nächsten Tag war sie mit ihr frühstücken gegangen und hatte ihr ein Zimmer besorgt. Als sie durch die Hudson Street nach Westen gingen, spann meine Tante die New-Orleans-Geschichte weiter.

»Mein Ölmann hat mir das Schießen beigebracht«, erzählte sie Miss Lyle. »Am Ende war ich ziemlich gut. Wir sind nach Lake Pond zu seiner Hütte gefahren, und dort haben wir dann ›geknipst‹. Kennst du das?«

Miss Lyle verneinte.

»Es bedeutet, auf alles Mögliche zu ballern«, sagte meine Tante mit imitiertem Südstaaten-Akzent, »egal, auf was. Er hat mir eine kleine Pistole geschenkt. Süßes Ding. Tschechow hat mal gesagt, dass eine Waffe, die im ersten Akt auftaucht, spätestens im dritten Akt abgefeuert werden muss. Wusstest du das?«

Miss Lyle und meine Tante gingen gegen die heftigen

Böen des Märzwinds an. Miss Lyle wollte, dass Stephanie weiter irgendwie beschäftigt war, damit sie nicht wieder trank oder Drogen nahm.

Ich vermute, dass meine Tante, einer krausen Logik folgend, mit ihrer Rückkehr nach New York einen letzten Versuch unternahm, Ike auszuweichen. Er war in Kalifornien, und darum blieb sie im Osten. Sie wollte möglichst viel Abstand zu ihm haben. Endlich über ihn hinwegkommen, wie ihre verdammte Schwester ihr geraten hatte. Aber dann begann alles schiefzulaufen. Stephanie verlor ihre alten Kontakte in New York und hatte bald keinen Halt mehr. Dorthea hatte sie vor die Tür gesetzt und meine Mutter davon überzeugt, dass sie sich besser von ihrer Schwester fernhielt. Miss Lyle versuchte zu helfen, aber nur sporadisch. Wilbur Jens hatte die Stadt verlassen und unterrichtete Bildhauerei an seinem alten College in Connecticut. Er war seit fast fünf Jahren clean. Stephanie war zu lange nicht mehr in der Stadt gewesen, weil sie mit ihrem Ölmann oder mit wem auch immer zusammengelebt hatte. Ihr soziales Netz hatte sich aufgelöst.

»Sie lebte in ihrer eigenen Welt«, sagt Miss Lyle. »Sie sprach davon, wieder auf der Bühne zu stehen, vielleicht sogar eine eigene Theatergruppe zu gründen. Nachdem sie von Dorthea abgewiesen worden war, meinte sie, dass sie genauso gut selbst unterrichten könnte. Sie sagte, sie könnte ihren Schülern einen reichen Schatz an Erfahrungen bieten. Sie trage ein oder zwei Stücke in sich, sagte sie. Ja, vielleicht werde sie schreiben. Ich hätte ihr am liebsten gesagt: ›Hör erst mal auf, dich zuzudröhnen.‹ Sie redete wirr und es war anstrengend, ihr zuzuhören. Wir gingen durch die Houston Street nach Westen, und Stephanie lief immer schneller. Ich musste regelrechte Sprünge machen, um mit ihr mitzuhalten. Sie schwenkte die Arme.

›Sie hat mich rausgeworfen!‹, schrie sie.

Das war noch vor ihrem ersten Glas, ihrem ersten Joint, dem ersten Schuss des Tages – es waren ihre echten Gefühle. Sie schäumte vor Wut. Es war sozusagen ein unbefleckter Zorn.

Und dann hörte es auf. So plötzlich, als hätte man einen Schalter umgelegt. Wortwörtlich. Denn an der Kreuzung, vor der wir standen, sprang die Ampel auf Rot, und die Autos hielten, und weiter hinten stand ein Schulbus.

Es war einer dieser kurzen, gedrungenen Busse, die die Stadt für behinderte Kinder bereitstellt. Keine Ahnung, woher der Bus kam, doch es waren Kinder darin, die den Kopf schief hielten oder ständig nickten, die einen Helm trugen oder im Rollstuhl saßen. Stephanie sah es auch, das merkte ich. Wahrscheinlich musste sie an ihr eigenes Kind denken. Sie hatte sich aus lauter Überraschung eine Hand auf den Mund gelegt. Sie sah aus, als wäre ihr schlagartig alles Leben entwichen und mit ihm all die Wut. Es war, als wäre sie in ein Vakuum getreten. Und das Vakuum saugte und zerrte an ihr.

Als die Ampel grün wurde, fuhr der Bus weiter. Doch Stephanie rührte sich nicht vom Fleck. Sie kam mir vor wie eine lebende Leiche. Wir waren beim Fluss angekommen und ich konnte die weiße Gischt auf dem braunen Wasser sehen, die Docks und die roten Lagerhäuser drüben in Jersey und dahinter das weite Land. Ich berührte Stephanie am Arm, damit sie weiterging, doch sie stand einfach nur reglos da.«

Nachdem Stephanie aus ihrer Erstarrung erwacht war, fuhr sie zur Westküste.

»Ich glaube, sie hat mir Geld gestohlen«, sagt Miss Lyle. »Ungefähr fünfzig Dollar, die sie wohl bei ihrem letzten Besuch hat mitgehen lassen. Dieser Diebstahl kam mir vor wie ein absichtlicher Bruch, und ich dachte, ich würde sie nie wiedersehen. Dabei hatte ich wirklich das Gefühl, alles Menschenmögliche für sie getan zu haben. Jedenfalls dachte ich das damals. Doch es stimmte nicht. Wenn es gestimmt hätte, wäre ich nach all den Jahren jetzt nicht hier und würde nicht mit Ihnen reden, um irgendetwas für Stephanie zu tun, obwohl sie inzwischen tot ist.

Sie hatte diese unglaubliche Kraft, wissen Sie? Und sie war ein Ausnahmetalent. Allein wegen dieses Talents musste man sie beschützen.«

Miss Lyle sagte, sie habe etwas über Ikes Ausstieg aus Hollywood schreiben wollen.

»Da gab es dieses hartnäckige Gerücht, hartnäckig, aber unbewiesen, dass eine Exfreundin aufgekreuzt war, dass Ikes Verletzung nicht von einem Motorradunfall stammte und dass er niemand anderen in die Sache hineinziehen wollte.

Ike ging gerichtlich gegen diese Gerüchte vor. Und er brachte sie zum Verstummen. Ich habe den Artikel nie geschrieben. Soweit ich weiß, lebt er jetzt an der kanadischen Grenze. New Hampshire. Vermont. Irgendwo da oben.«

Miss Lyle und ich sitzen in der dunklen Wohnung. Ich bin irgendwann von meinem Stuhl aufgestanden und habe mich auf die andere Seite des Sofas gesetzt, sodass wir beide in die gleiche Richtung schauen, durch die Fenster auf die Stadt. Als Miss Lyle kam, begann es zu dämmern, und ich habe mir nicht die Mühe gemacht, das Licht anzuschalten. Sie erzählt ihre Geschichte, doch ich habe das Gefühl, als würde diese Geschichte in einer Dunkelheit treiben. Als würden wir beide in einem Theater sitzen.

»Ich weiß beim besten Willen nicht, wo sie in Los Angeles untergekommen ist. Wahrscheinlich in einer billigen Pension beim Bahnhof. Oder in einem der Parks. So tief war sie schon gesunken, verstehen Sie? Und so ist sie dann ja auch geendet. Tut mir leid, Ihnen das über Ihre Tante erzählen zu müssen, aber genau das ist passiert.

Ich stelle mir vor, wie sie in den Büschen hauste«, fährt Miss Lyle fort, »im Staub unter einer Decke, am Rand des Hancock Park, wo in der Nähe Teerbottiche blubberten. Vielleicht hielt sie sich auch irgendwo im Umkreis von Ikes Haus oberhalb des Runyon Canyon auf. Gut möglich, dass sie weiter unten kampierte, um ihn zu beobachten. Kann auch sein, dass es eine Westküsten-Version von mir gab, eine Frau, die ihr helfen wollte und sie beherbergte. Oder sie fand auch dort einen ›Ölmann‹, bei dem sie unterkriechen konnte. Wer weiß?

Auf jeden Fall weiß ich, dass sie auf der Suche nach Ike war. Sie wusste, dass er im Solar Drive ein Haus mit Blick auf Hollywood besaß, dass er gern mit dem Motorrad zum Strand von Santa Barbara fuhr und manchmal sogar den ganzen Weg bis Malibu, wenn er sich nicht gerade auf seinem Anwesen in der Wüste aufhielt.«

Meine Tante hatte die Waffe dabei, die sie von ihrem Ölmann in New Orleans bekommen hatte, eine kleine, vernickelte Pistole, Kaliber 22. Stephanie war bereits einige Monate in Los Angeles, und inzwischen war es Juni. Sie hatte die Nacht unten in Venice Beach verbracht, wo sie auf der Promenade herumgelaufen war. Nachts war Nebel aufgekommen – Juni-Trübe heißt das dort –, und das Entzücken über den warmen Sand unter ihren Füßen, das sie am frühen Abend erfüllt hatte, war in der Dämmerung, als der Sand eiskalt wurde, rasch verflogen. Die Luft war klamm, und sie blieb die ganze Nacht wach, lief in ihren dicken Hippie-Röcken und Tüchern herum – schon jahrelang aus der Mode und feucht vom Nebel – und wurde langsam wieder nüchtern und ruhiger, als sie Venice Beach in nördlicher Richtung verließ und der Straße nach Santa Monica folgte.

Schließlich verscheuchte die Sonne den Nebel. Es war gegen Mittag an einem Sonntag. Tante Stephanie umrundete den Ocean Park und bog zur Main ab, wo die Leute in Leinenkleidern und bunt bedruckten Hemden auf dem Bürgersteig saßen, die Sonntagszeitung lasen, Säfte tranken, nach einem freien Tisch Ausschau hielten. Der Verkehr rauschte durch die Straßen.

Stephanie sah einen Chevy Nova wegfahren, und einer Laune Folge leistend besetzte sie den freien Parkplatz, indem sie sich auf die Straße stellte. Jeder Fahrer, der vom Gas ging, weil er auf den Parkplatz spekulierte, hätte eine Frau mit zerzausten Haaren, weiten Röcken und Tüchern und brennendem Blick vor sich, die ihren von getrocknetem Speichel gerahmten Mund aufriss und schrie, man solle sich wegscheren.

Die Herausforderung, Autofahrer mit grimmiger Miene zu verscheuchen, und die erfolgreiche Bewältigung dieser Aufgabe erfüllten Stephanie mit neuer Zuversicht. Sie fühlte sich plötzlich zu Großem in der Lage. Im Bewusstsein ihrer neuen, unermesslichen Macht begann sie, den Verkehr mit Gesten zu dirigieren; sie ließ den Strom der Autos stocken und fließen, stoppen und weiterfahren und an der nächsten Ecke nach links oder rechts abbiegen. Das machte ihr eine Weile Spaß, wurde ihr aber bald langweilig. Höchste Zeit, dass sie etwas wirklich Verrücktes tat – immer das Beste für einen allmächtigen Herrscher. Und sie würde Folgendes tun: Die nächste ältere Dame, die sich näherte, sollte diesen Parkplatz haben. Älter. Ja, sie musste älter sein.

Und siehe da: Schon kam eine angezuckelt. Sie saß allein in einem Oldsmobile, und da sie langsam fuhr, konnte Stephanie mit erhobenen Händen vor das Auto treten. Bei dieser Geste rutschte die Wildledertasche an ihrem Arm ab, schob den Ärmel nach unten und enthüllte die Einstichstellen. Stephanie erschrak bei diesem Anblick, denn im Sonnenschein sahen die schwarzen und blauen Flecken aus wie ein Pilzbefall. Sie bildete sich ein, dass sie sich auf ihrem Fleisch hin und her bewegten. Sie schlug auf sie ein und riss am Ärmel. Ihr Magen drehte sich um, als sie die Spuren ihrer Heroinsucht zu verbergen versuchte.

Die alte Frau im Oldsmobile drückte auf die Hupe, und das brachte Stephanie wieder zu sich. Zorn wallte in ihr auf, weil sie überrascht worden war, und sie trat gegen den Kühlergrill und klatschte mit der flachen Hand auf die Motorhaube. Die Tragetasche aus Wildleder rutschte ihr vom Arm und landete unter der Stoßstange des Autos. Sie gab der Fahrerin durch einen Wink zu verstehen, sie solle den Rückwärtsgang einlegen, und die schockierte Frau gehorchte sofort. Noch während sie zurücksetzte, signalisierte Stephanie ihr mit wilden Gesten, nach rechts einzuschlagen, nach rechts, nach rechts! Die Frau drehte das Lenkrad nach rechts, und das Heck des Autos glitt auf den Parkplatz. Dann schrie Stephanie die Frau an, sie solle nach links einschlagen: »Nach links! Nach links!«

Ein paar Schaulustige blieben stehen. Die ältere Frau, die Stephanies Anweisungen getreulich befolgte, parkte perfekt zwischen zwei Autos ein. Die Schaulustigen applaudierten. Die ältere Frau errötete. Sie hatte nicht vorgehabt, hier zu parken, aber nun dachte sie über Gründe nach, an diesem Ort, den sie mit so viel Geschick erobert hatte, aus dem Auto zu steigen. Vorausgesetzt, die Verrückte auf der Straße würde sie in Ruhe lassen.

Stephanie bedankte sich mit einer tiefen, schwungvollen Verbeugung bei ihrem Publikum und ging lachend davon, bis ihr einfiel, dass sie ihre Tragetasche vergessen hatte. Sie lag mitten auf der Straße. Reifen quietschten, als Stephanie in den Verkehr rannte, um sich ihre Tasche zu schnappen, die Autofahrer verfluchte, die Fußgänger verfluchte, die ältere Frau verfluchte, die immer noch verwirrt im Auto saß und das Lenkrad abwechselnd festhielt und losließ.

Als Stephanie die Tasche an sich drückte, einen halben Block nach Norden lief und schließlich in eine Gasse einbog, spürte sie, wie sich die kleine Pistole in ihren Bauch drückte.

Sie war aufgewühlt. Sie hatte sich schon lange nicht mehr so lebendig gefühlt. Das gefiel ihr. Sie hatte auf der Second Street eine richtige Szene hingelegt, und es hatte sich *gut* angefühlt. Sie hatte die ganze Straße beherrscht, den Verkehr, die Fußgänger, vielleicht sogar die Sonne, die auf sie herabschien. Andererseits war es vermutlich nicht sehr klug für eine Frau in ihrer Lage und Verfassung, eine solche Szene zu machen. Vielleicht sollte sie sich besser zurücknehmen.

Sie trat aus der Gasse auf die Main Street. Nach all der Aufregung fühlte sie sich unter Rock, Bluse und Tüchern heiß und stickig. Ihr kam der Gedanke, dass sie sich hier, an einem Sonntagmorgen auf der Main Street in Santa Monica, einfach nackt ausziehen sollte. Sie musste sich selbst ermahnen, dass das keine gute Idee war. Es gab gute Ideen und es gab schlechte Ideen. Das hier war eine schlechte Idee.

Sie stand neben ein paar Verkaufskästen für Zeitungen, schob sich die Riemen ihrer Handtasche in den Mund und biss fest zu. Sie musste diese Gedanken aus ihrem Kopf verscheuchen. Sie schloss die Augen. Hinter den Lidern war alles lila und rosa. Sie hörte sich atmen. Unter dem Wildleder sammelte sich der Speichel in ihrer Mundhöhle und in den Löchern der drei fauligen Backenzähne, die sie sich in einer Klinik in Kansas City hatte ziehen lassen.

Sie dachte daran, sich nackt auszuziehen. Erst vor ein paar Minuten hatte sie mitten auf der Straße herumgekreischt. Sie musste sich zusammenreißen.

Und da, als sie langsam die Augen öffnete, erblickte sie das Motorrad.

Die Indian mit dem Beiwagen. *Seine* Indian. Auf der anderen Seite des Parkplatzes. Er war auch da. Glaubte sie jedenfalls. Sie wusste es nicht genau. Der Chrom der Indian blendete sie mit kleinen Nadelstichen aus Licht, die von den metallenen Oberflächen der Auspuffrohre, Kühlluftleitbleche und Griffe reflektiert wurden. Ja, das war Ike. Er war dort drüben, doch er befand sich in einem Nest, das aus winzigen Lichtnadeln bestand; sie waren überall – auf dem Chrom der vorbeifahrenden Autos, den Spiegelglasscheiben der Läden, den gläsernen Eisbechern auf den Cafétischen, dem Schmuck an den Handgelenken der im Café sitzenden Frauen, ihren Augen, Zähnen und Zuckerlöffeln. Alles war viel zu grell, und nur drei Blocks weiter begann ein ganzer Ozean mit Millionen Wellen, die das Sonnenlicht reflektierten. Diesem Licht würde sie nicht standhalten können.

Sie brauchte Hilfe. Sie rief Ike.

Er warf ihr einen Blick zu und sagte etwas zu einer Frau. Er hatte eine Frau dabei. Eine Frau in T-Shirt und Jeans. Doch Ike versperrte Stephanie die Sicht auf die Frau bei der Indian, weil er jetzt über den Parkplatz auf sie zukam.

Er kam mit federnden Schritten auf sie zu. Er ging immer mit federnden Schritten. Sein Gang machte Stephanie ein wenig Angst, zumal sie überrascht war, Ike hier in Santa Monica an einem Sonntagmittag zu begegnen. Da hatte sie ihn so lange gesucht, und nun lief sie ihm zufällig über den Weg. Ja, da war sie, doch sie war nicht in bester Verfassung, schlug sich mit guten Ideen und schlechten Ideen herum, versuchte, in diesem schmerzhaften Licht irgendeine Ordnung in ihre Gedanken zu bringen.

»Bist du das?«, fragte Ike, als er sich Stephanie näherte. Beim Gehen hob und senkte er den Kopf, drehte ihn hin und her, um sie besser sehen und aus unterschiedlichen Winkeln betrachten zu können.

»Natürlich bin ich's«, erwiderte Stephanie. Sie fauchte, weil sie immer noch die Riemen der Tragetasche im Mund hatte. Sie spuckte sie aus. Sie drückte sich die Tasche fester an die Brust. Gedämpft und wie aus weiter Ferne war ihr bewusst, dass ihre rechte Hand in die Tasche glitt.

»Alles okay mit dir, Steph?« Ike war jetzt ungefähr zehn Schritte von ihr entfernt.

»Okay?«, fragte Stephanie.

»Ja. Habe dich seit einer Ewigkeit nicht mehr gesehen. Was hast du so gemacht?«

»Okay ...«, sagte Stephanie. In weiter Ferne hatte ihre Hand die kleine Pistole unten in der Tasche gefunden. Damit Ike nichts merkte, vielleicht auch, weil sie nervös war, begann sie, unruhig von einem Fuß auf den anderen zu treten und ruckartig zu atmen. »Bestens. Okay. Bestens«, sagte sie. »Ja, bestens.«

»Hast du was genommen, Steph?«, fragte Ike.

Sein Ton war es. Sein Ton machte sie rasend. Ein leises Flüstern, die Vertraulichkeit zwischen alten Freunden.

Ja, der Ton und die Bedeutung seiner Worte. Er hatte kein Recht, sie das zu fragen.

»Ob ich was genommen habe? Scheiße – du hast vielleicht Nerven! Ich habe alles über dich gelesen. Ich weiß, was du auf dem Set treibst. Ich weiß, was in deinen Verträgen steht. Ich weiß von den Drogen. Deiner Sauferei. Deinen Huren. Du hast vielleicht Nerven, Ike!«

Ike fuhr herum und warf einen raschen Blick zur Indian und zu der Frau, die gerade in den Beiwagen stieg. Seine Bewegung war so schnell und gleitend, ja so unmerklich, dass Stephanie sie kaum wahrnahm.

Er drehte sich wieder zu ihr um und sagte: »Hey, Steph – vielleicht können wir uns mal treffen. Können wir uns nicht irgendwann verabreden? Im Augenblick passt es mir gerade nicht besonders gut, aber vielleicht können wir uns mal treffen. Wie wär's?«

»Was?« Stephanie war durcheinander.

»Auf einen Kaffee oder so«, sagte Ike.

Das war verwirrend, und vielleicht war es ein Trick. Ike wollte ihre Wut zerstreuen. Ihre Wut, die so gut und so rein gewesen war. Er wollte ihrer Wut ausweichen, sich davonstehlen. Indem er ihr einen Kaffee anbot. Ihr anbot, sich mit ihm zu treffen.

»Und was ist mit der da?«, fragte Stephanie und nickte in Richtung der Frau beim Motorrad.

»Ich meine auf einen Kaffee, Steph.«

»Ja, aber ich vielleicht nicht.«

»Schön. Und was meinst *du*?«

»Ich meine, dass ich meine Geschichte verkaufen werde.«

Diese Idee war ihr völlig überraschend gekommen. Sie sollte sich, dachte sie, öfter von ihren Ideen überraschen lassen. Wie bei dem Improvisations-Workshop damals im Village. Ein paarmal waren sie vor Publikum aufgetreten. Nennen Sie uns einen Ort, ein Gemüse, eine historische Gestalt und einen Körperteil, und wir improvisieren einen Sketch, der all das beinhaltet.

Doch sie braucht keinen Sketch. Denn sie hat eine Story. Eine verkaufsträchtige Story.

»Ist mir gerade eingefallen«, sagte Stephanie. »Ich werde

meine Geschichte verkaufen – wie ich Ike Devoes kleinen Bastard geboren habe.«

»O Mann, Steph«, sagte Ike, schob die Hände in die Taschen, zog die Schultern hoch, stand angespannt da. Er schüttelte den Kopf.

»›Ike Devoes Bastard ist mein Baby‹«, sagte Stephanie.

Ike verzog das Gesicht und schien im nächsten Moment auf die Straße spucken zu wollen. »Heute heißt das nicht mehr ›Bastard‹«, sagte er.

»Na, und? Autoren sind sowieso nicht für Titel zuständig. Mein Lektor wird schon wissen, wie es heißt.«

»Dein Lektor. Aha. Wovon redest du überhaupt?«

»Von deinem Sohn. Von deinem kleinen Bastard.«

»Stephanie, du liegst falsch.«

Sie holte die Pistole heraus. Ike riss die Hände aus den Taschen. Dann beherrschte er sich – keine plötzlichen Bewegungen – und ließ die Hände anmutig bis auf Schulterhöhe gleiten.

Dass ein so kleines, glänzendes Ding eine so große Wirkung hatte, überraschte Stephanie. Der Glanz. Die Nadelstiche.

»Ich liege falsch?«, fragte sie. »Wieso? Ist es der falsche Zeitpunkt? Das falsche Thema? Ist es falsch, dass du uns sitzen gelassen hast, mich und deinen kleinen Jungen?«

»Na, na. Hey, ich wollte nicht ...«

»Er ist gar nicht mehr so klein«, sagte Stephanie.

Ike senkte die Hände ein Stückchen. »Stimmt«, sagte er.

»Er ist ein junger Mann«, sagte Stephanie.

»Müsste er jetzt sein. Ja, das ist er.«

»Hast du ihn je besucht, Ike?«

»Steph ...«

»Hast du je Geld geschickt? Ein einziges Mal? Jemals?«

»Ich habe versucht rauszufinden, wo du steckst, Steph.«

»Wann?«

»Oft.«

»Wann?«

»Ein paarmal. Damals ...«

»Wann?«

Sie schwenkte die Pistole hin und her. Ike holte Luft, ja, er keuchte fast, blieb aber ruhig. »Ich wollte mit dir reden«, sagte er. »Über ihn. Und darüber, was ich für ihn tun kann.«

»Und?«

»Du warst verschwunden. Das weißt du selbst.«

Tja, damit hatte er recht. Genau das hatte sie auch sein wollen: verschwunden, unauffindbar für Ike Devoe. Zur Hölle mit ihm. Dorthea Holtz war die Aufgabe zugefallen, Ike von dem Kind zu berichten – in einem Brief. Eine Nachricht von der Lehrerin. Und was trieb Mr Filmstar unterdessen?

»Ja, was hast du so getrieben?« Inzwischen sprach sie nicht mehr nur mit Ike, sondern auch mit sich selbst.

Er machte einen verwirrten Eindruck.

»Na? Was?«, wiederholte sie. »Du hattest viel zu tun, hm? Viel zu tun, Baby. Viel damit zu tun, ein Star zu sein.«

»Mir kam es vor, als wolltest du gar nicht, dass ich dich finde, damit ich dir helfe oder was auch immer.«

»Vergiss mich, Ike. Ich meine *ihn*. Was ist mit *ihm*? Konntest du ihn nicht finden? Hast du das ohne meine Hilfe nicht auf die Reihe bekommen? Du, ein großer Hollywood...« Sie sah auf. Der Himmel war strahlend blau. Der vom Meer kommende Dunst hatte sich aufgelöst. Sie kniff die Augen zusammen. »Du hast es doch geschafft, Ike. Du hättest etwas abgeben können.«

Sie sah ihn wieder an. Er hatte sich nicht vom Fleck gerührt. Ein paar Sekunden standen sie schweigend da, und Stephanie bekam das Gefühl, als wären sie wieder auf einer Bühne und würden eine Szene spielen.

»Und du, Steph?«, fragte Ike. »Was hast du so getrieben?«

Ihre Gedanken spalteten sich auf. Wie es auf der Bühne passiert. Man spielt eine Szene und ist sich dessen bewusst, was man tut, doch gleichzeitig bewegt man sich auf einer anderen Gedankenebene. Während Stephanie all dies durch den Kopf ging, kam ihr der Gedanke, dass Ike diese Atempause vielleicht nutzte, um seinen nächsten Schachzug vorzubereiten. Das musste sie unterbinden. Er hatte sie gefragt, was sie getrieben habe. Meinte er das allgemein? War es nur ein joviales: Na, was hast du so gemacht? Oder wollte er ihr damit unter die Nase reiben, dass auch sie den Jungen im Stich gelassen hatte? Sie musste sich wieder als Herrin der Lage zeigen. Außerdem hatte sie eine Pistole. Sie hatte eine Verantwortung für diese Szene. Sie musste spielen. Das war ganz im Sinne Tschechows. Wenn man die Waffe zeigt, schuldet man dieser Waffe etwas. Und dem Publikum auch.

»Weißt du überhaupt, wo er lebt?«, fragte sie Ike. »Weißt du, wer sich um ihn kümmert? Weißt du, wie er heißt?«

»Wie heißt er?«

Stephanie drückte ab.

Ike drehte sich um hundertachtzig Grad und stürzte auf den Asphalt. Beim Motorrad ertönte ein Schrei. Die Frau erhob sich kurz aus dem Beiwagen, ging dann aber sofort wieder in Deckung.

Doch Stephanie rannte bereits in Richtung Second Street. Die Pistole war wie mit ihrer Hand verdrahtet. Sie konnte sie nicht wegwerfen. Dann wurde ihr bewusst, dass das ohnehin besser war. So nahe am Tatort konnte sie keine Waffe mit ihren Fingerabdrücken wegwerfen.

Also verlangsamte sie ihre Schritte und ging mit Tasche und Pistole in den Händen vier Blocks weiter. Sie wusste nicht, wo sie war, aber dann hielt ein Bus, und sie stieg ein. Ein paar Fragen an den Fahrer, ein paarmal umsteigen, und sie war in Downtown.

Sie umklammerte die Waffe in der Tasche den ganzen Weg bis Phoenix, wo sie sie in einen Gully warf. Sie war in einem Greyhound über Nacht von Los Angeles nach Arizona gefahren.

Monate später las sie in irgendwelchen Klatschkolumnen Storys über Ike und die Gerüchte im Zusammenhang mit seinem Verschwinden. Geschichten über einen angeblichen Motorradunfall. Keine verlässlichen Zeugen. Sie las, dass Ike sich erst zurückgezogen und der Westküste schließlich den Rücken gekehrt hatte.

Doch sie hatte kein Bedürfnis, ihn weiter zu verfolgen. Sie hatte ihren Job erledigt, wenn auch nicht so, wie sie erwartet hatte. Andererseits hatte sie an jenem Tag in Santa Monica überhaupt keine Erwartungen gehabt. Sie hatte plötzlich und unvorbereitet auf der Bühne gestanden, bedrängt von den Nadelstichen aus Licht. Sie hatte alles improvisiert.

Ich warte auf Miss Lyle. Cecily ist an diesem Abend wieder bei einer Probe. Inzwischen weiß sie, was mir Miss Lyle über meine Tante und Ike Devoe erzählt hat.

Miss Lyle und ich haben vereinbart, dass sie mir einige der Habseligkeiten meiner Tante übergibt. Die einzige Telefonnummer, die sich unter Tante Stephanies Besitz fand, war eine alte Nummer von Miss Lyle gewesen. Mit ihrer Hilfe hatte die Polizei Miss Lyle ausfindig gemacht.

Ich erzählte Miss Lyle von Davy. Sie sagte, sie würde ihn

gern kennenlernen. Ob ich sie ihm vorstellen könne? Ich schlug ein Treffen zu dritt vor und rief Davy an.

»Ich möchte dir jemanden vorstellen.«

»Wen?«

»Eine Journalistin.«

Und ich bat ihn, bei mir vorbeizukommen, damit er Miss Lyle kennenlernen konnte.

»Für wen schreibt sie?«

»Für Zeitschriften.«

»Über was?«

»Über alles Mögliche. Aber in diesem Fall geht es nicht um einen Artikel. Magst du vorbeikommen? Du warst noch nie hier.«

»Ich habe dein Haus noch nie innen gesehen.«

»Stimmt. Das weiß ich. Jetzt hättest du die Gelegenheit dazu. Möchtest du?«

»Ich bin an deinem Haus vorbeigegangen.«

»Ach? Das wusste ich nicht. Du warst hier?«

»Du wohnst in einem Theater«, sagte er.

»Stimmt. Möchtest du mich besuchen?«

»Meine Mutter arbeitet in einem Theater.«

»Stimmt, Davy. Und die Frau, die zu mir kommt, kannte deine Mutter. Sie möchte dir etwas geben. Und dir etwas erzählen.«

»Okay.«

Miss Lyle kommt zeitig. Sie hat einen Schuhkarton von Adidas dabei.

»Die Sachen seiner Mutter«, sagt sie.

Sie erzählt mir, dass sie in der Nacht, als Davy geboren wurde, bei Tante Stephanie im St.-Vincent-Krankenhaus war.

»Das Krankenhaus rief bei mir an. Stephanie hatte behauptet, niemanden außer mir zu haben«, sagte Miss Lyle. »Deshalb weiß ich Bescheid. Darüber, was mit dem Jungen los ist und so weiter.«

Sie setzt sich aufs Sofa und betrachtet den auf ihrem Schoß liegenden Karton.

»Die Cops hielten mich für die nächste Angehörige. Sie haben mir diese Sachen gegeben.« Sie hebt den Karton, lässt ihn wieder auf ihren Schoß sinken. »Außerdem muss sie beerdigt werden. Wir – oder Sie oder irgendjemand – werden uns darum kümmern müssen.«

Ich stimme ihr zu. Miss Lyle sagt, wenn all das erledigt sei, sollen wir uns noch einmal treffen. Zum Beispiel, um über das Koma zu reden, meinen Schlaganfall, die unglückliche Wendung, die meine Schauspielkarriere genommen hat.

Doch ich komme nicht mehr dazu, etwas zu erwidern, denn es klappert an der Wohnungstür. Cecily kommt von der Probe, und sie ist nicht allein.

»Besuch, Noah«, sagt sie nach der Begrüßung von Miss Lyle, die sich zum Händeschütteln erhoben hat. Ich bleibe sitzen, und als Cecily zu mir kommt, um mir einen Kuss auf die Wange zu geben, höre ich, wie jemand im Flur herumraschelt.

»Er stand draußen vor der Tür«, sagt Cecily. »Wir haben uns unterhalten.«

Als mein Cousin Davy Gault ins helle Wohnzimmer tritt, ist Miss Lyle trotz allem überrascht. Vermutlich wegen seiner Augen, die immer noch weit auseinanderstehen, obwohl er inzwischen Mitte vierzig ist. Er trägt eine Krawatte und einen schlecht sitzenden Anzug, aber die zu weite Hose und die zu kurzen Jackenärmel verleihen ihm etwas vom hippen Downtown-Schick. Seine abgehackten Bewegungen wirken wie choreografiert.

Ich stelle ihn Miss Lyle vor. Davy sagt Hallo und fügt hinzu, er freue sich, sie kennenzulernen. Diese freundlichen Floskeln spult er routiniert ab.

»Sie kennen meine Mutter«, sagt Davy zu Miss Lyle.

»Ja, ich kannte sie«, erwidert sie.

Ich versuche, mein Schlaganfallistanisch so gut wie möglich in den Griff zu bekommen, um Davy zu erklären, was passiert ist: dass wir schlechte Neuigkeiten haben; dass seine Mutter gestorben ist. Ich teile ihm mit, dass wir ihm helfen wollen. Denn wir müssten die Beerdigung seiner Mutter organisieren.

»Dabei helfen wir dir, Davy«, sage ich.

»Okay.«

Ich habe keine andere Antwort von Davy erwartet – denn inzwischen kenne ich ihn gut genug –, doch Miss Lyle hat sich offenbar mehr erhofft. Während des langen Schweigens, das eintritt, fühlt sie sich sichtlich unwohl und greift dann nach dem Schuhkarton, den sie hinten auf den Tisch gestellt hat.

»Das hier habe ich Ihnen mitgebracht, Davy. Es sind die Sachen Ihrer Mutter. Ich dachte, Sie sollten sie haben.«

»Okay.«

Viel ist es nicht. Ein paar Schlüssel. Ein Notizbuch, das irgendwann so nass geworden ist, dass man die Schrift nicht mehr lesen kann. Ein Kopftuch. Fünf Dollar. Ein Glas mit Kleingeld. Und ein Schnappschuss.

Miss Lyle legt das kleine, quadratische Schwarz-Weiß-Foto auf das Kaffeetischchen. Wie in den Fünfzigern üblich, hat das Bild einen gezackten Rand.

Wir versammeln uns um das Foto und betrachten es. Ich erkenne es wieder. Ich habe es mit einer Kodak Brownie aufgenommen, einer dieser unhandlichen Bakelitkisten, die man sich vor den Bauch drücken musste, um in den Sucher schauen zu können. Ein 120er-Kodakfilm mit zwölf Bildern. Ich habe das Foto auf der Vordertreppe der Marshalsea Academy of Dramatic Arts aufgenommen. Die drei Menschen darauf lächeln. Der Tag war kühl, und die zwei Frauen – meine Mutter und ihre Schwester – tragen einen Pullover über der Bluse. In der unteren linken Ecke sieht man einen Hund, irgendeinen Mischling, der aus dem Bild trottet. Eigentlich ist das Foto nicht weiter bemerkenswert, wäre nicht auch ein Mann darauf zu sehen, der höher steht als die Frauen und beiden einen Arm um die Schultern gelegt hat. Es ist Ike Devoe. Er lächelt, sein blondes Haar leuchtet in der Sonne, und er schaut nicht in die Kamera, sondern zur Seite, als hätte er den Blick auf den Hund oder die Person gerichtet, die den Hund ausführt. Dieser Person zwinkert er zu.

»Ist das deine Mutter?«, fragt mich Davy.

Zum ersten Mal fällt mir auf, wie klein Davys Hände sind. Er hat zarte, beuteltierartige Finger, unter deren Nägeln Dreck sitzt. Er drückt einen Finger unter das Gesicht meiner Mutter.

»Ja, das ist sie«, antworte ich.

»Das ist meine Mutter«, sagt Davy und lässt den Finger zu Stephanie gleiten.

Ich frage mich, woher Stephanie das Foto hatte. Vielleicht von meiner Mutter.

Miss Lyle dreht das Foto um, und wir lesen die handschriftlichen Worte auf der Rückseite: »Deine Mutter ... Deine Tante«. Der Mann auf dem Foto wird nicht erwähnt. Es heißt nur: »Deine Mutter ... Deine Tante«.

»Wer hat das geschrieben?«, frage ich.

»Weiß ich nicht«, erwidert Miss Lyle leise. »Aber es könnte eine Botschaft für Sie beide sein – Sie und Davy, die zwei Cousins.«

Gut möglich, dass sie recht hat. Da ich Davy nicht verwirren möchte, sage ich: »Das Foto gehört dir, Davy. Du sollst es haben.«

»Okay«, sagt er.

Er nimmt das Foto und starrt es an, hält es dicht vor seinen Bauch und drückt das Kinn auf die Brust. Er hat immer noch nicht nach dem Mann auf dem Foto gefragt.

Plötzlich merke ich, dass sich jemand in den Schatten beim Gilbert-&-Sullivan-Theater bewegt. Es ist Cecily, die alles mit der Videokamera aufgenommen hat.

Später am Abend, Davy und Miss Lyle sind gegangen und Cecily hat sich schon zu Bett begeben, sitze ich im Wohnzimmer des Horsts und betrachte das verdammte Flugzeugwarnlicht des Empire State Building, ein Blinken, das mich mein ganzes Leben begleitet zu haben scheint und mich daran erinnert, dass der Schaden immer auf der anderen Seite angerichtet worden ist, ja, mein Lieber, immer auf der anderen Seite. Dann spiele ich Cecilys Videoaufnahme ab und schaue zu, wie sich die Gestalten – wir, ich – auf dem Flipscreen der Kamera bewegen. Aus den kleinen Lautsprechern des Camcorders ertönen unsere Stimmen.

Außerdem stelle ich fest, dass Cecily nicht nur die Szene mit Davy, Miss Lyle und mir gefilmt hat. Sie ist durch das ganze Gebäude gegangen. Sie hat überall in der Schauspielschule gefilmt, in den leeren Räumen, auf den Probebühnen und im Theater. Sie hat den Blick aus den Fenstern aufgenommen, die leeren Sitzreihen. Die Leere. Das Echo in den Räumen. Ich schalte die Videokamera aus.

Schließlich fasse ich einen Beschluss. Ich werde Davy dabei helfen, seine Mutter zu begraben, und danach werde ich mich gemeinsam mit ihm auf die Suche nach dem Mann auf dem Foto machen.

Und dann sehe ich, was Cecily längst gesehen hat: den Stoff für ein Theaterstück.

ZWÖLF

LICHT AN.
Der JUNGE überquert die Bühne
zögernd auf einer Hängebrücke,
die auf einer Seite bunt gestrichen
und auf der anderen Seite rostig
und kaputt ist.
WASSERRAUSCHEN.
LICHT AUS.

Wir sind gerade quer durch die Stadt und durch die West Side gefahren. Die alten Industriegebäude dort beherbergen jetzt Galerien und Internet-Start-ups. Ich mache mir mit dem Gedanken Mut, dass unsere Entourage – Cecily, Vasily, Davy und ich –, die in einer weißen Stretch-Limousine nach Norden fährt, so schräg ist, dass Ike Devoe uns vielleicht tatsächlich empfängt.

Irgendwann beginnt Vasily von den Highschool-Bällen im Frühling zu erzählen. Er berichtet von Vätern, die seinen Fahrern Geld dafür bieten, dass sie Jungen, die keine Begleiterin haben, eine Frau besorgen. Die Väter lassen sich nicht lumpen. Vasily versucht den Vätern zu sagen, das sei nicht sein Job, und er schärft auch den Fahrern ein, dass es nicht *ihr* Job sei, aber das nützt nichts. Vasily seufzt und meint, vermutlich sei es eine Initiationszeremonie für die Jungen. Und für seine Fahrer auch, sagt er.

»Einigen dieser Väter in Jersey«, sagt er, »möchte man nicht im Dunkeln begegnen.«

»Jede Brücke ist anders«, sagt Davy.

Zuerst halte ich Davys verschrobene Bemerkung für einen Kommentar zu Vasilys Limousinen, Livreen und den Initiationszeremonien, aber natürlich kommentiert er nur das, was er gerade konkret vor Augen hat.

Wir folgen dem Verkehrsstrom auf dem Merritt-Parkweg in Richtung New Haven, und Davy hat recht. Jede Brücke ist anders. Ein paar sehen aus wie mit Zinnen versehene Burgen, manche wie Steinmauern in New England, manche wie schmiedeeiserne Balkone in der Bourbon Street und manche wie Art-déco-Verzierungen am Hoover Dam.

»Bist du hier schon mal langgefahren?«, frage ich Davy.

Er schüttelt den Kopf.

Vasily hat die Plexiglas-Trennwand zwischen Vordersitzen und Rückbank heruntergefahren, doch er und Cecily sitzen vorne in der Limousine so weit von uns entfernt, dass wir die Sprechanlage angeschaltet haben. Sie verleiht unseren Stimmen einen körperlosen Widerhall, der an den Klang von Stadionlautsprechern erinnert. Mir fällt auf, wie hoch und stockend mein Schlaganfallistanisch klingt. Gut möglich, dass auch Davy gehemmt ist, weil er sich so seltsam anhört. Er hat wenig gesagt, seit uns Vasily mit der Limo von der MADA abgeholt hat.

Davy trägt eine grüne Sportjacke aus gerippter Baumwolle und No-Name-Laufschuhe. Er hat sich einen Sportbeutel hinter die Hacken geklemmt und die Hände im Schoß gefaltet. Er hält das Foto von meiner Mutter, seiner Mutter und Ike an der oberen linken Ecke. Von mir aus gesehen stehen die drei Personen kopf.

Vor einer Woche haben wir seine Mutter in Queens begraben. Vasily hatte seine Kontakte spielen lassen, um die Grabstelle zu bekommen.

»Ist sozusagen auch eine Immobilie«, sagte er mit einem Schulterzucken. »Ich habe ein paar Freunde im Immobiliengeschäft.«

Die Zeremonie bestand nur darin, dass wir Davy die Stelle mit dem kleinen Grabstein zeigten. Ich finde es wichtig, dass es einen Ort gibt, an dem Davy seine Mutter besuchen kann, falls er das nach all den Jahren möchte. Der Friedhof liegt in der Nähe von La Guardia, und die Spitzen der höchsten – der verbliebenen höchsten – Gebäude Manhattans sind gerade eben noch zu sehen.

Davy bekam die Adresse von Vasily und informierte dann Cecily und mich haarklein darüber, wie wir mit U-Bahn und Bus dorthin fahren konnten. Wir nahmen ein Taxi, doch der Fahrer verfranzte sich. Davy wartete schon auf uns.

Als wir hinterher zum Bus gingen, fragte ich Davy, ob er den Mann auf dem Foto treffen wolle.

»Warum?«, wollte er wissen.

»Er kannte deine Mutter. Und ich kannte ihn. Ich würde ihn gern wiedersehen. Vielleicht möchtest du ihn ja auch kennenlernen.«

Cecily zeichnete das Gespräch auf Video auf. Davy war das egal. Er sah sich hinterher sogar gern die Aufnahmen an. Mich dagegen irritierte die Kamera. Ich war mir nicht sicher, ob es wirklich eine gute Idee war, all dies zu dokumentieren, geschweige denn, ob es nicht unmoralisch war.

»Warum willst du ihn wiedersehen?«, fragte Davy.

»Er war wichtig für mich, als ich jung war.«

»So jung wie ich?«

»Du bist nicht mehr so jung, Davy.«

»Ich bin jünger als du. Ich bin dreiundvierzigeinhalb.«

»Ja, stimmt.«

»Wie alt warst du, als du ihn kanntest?«, fragte Davy.

»Da war ich noch ein kleiner Junge.«

»Wie alt?«

»Das weiß ich nicht mehr.«

»Warum willst du ihn wiedersehen?«

»Ich mochte ihn.«

»Wo lebt er?«

»Irgendwo an der Grenze zu Kanada, glaube ich.«

»Kanada? Wie kommen wir dorthin?«

»Weiß ich auch noch nicht.«

»Ich schaue nach Zügen.«

»Ah, gut. Dann möchtest du also hin?«

»Nein. Ich schaue nach Zügen für *dich*.«

»Sehr nett von dir, Davy, aber ich werde nicht hinfahren, wenn du nicht willst.«

»Warum?«

»Weil ich möchte, dass er uns *beide* trifft.«

»Warum?«

»Weil er wichtig für uns beide war und weil wir beide ihm wichtig waren.«

»Ja? Wie?«

»Ich war mit ihm befreundet.«

»Und was war ich?«

»Du warst noch ein Baby, und er ...«

An diesem Punkt löste Cecily das Auge von der Kamera. Sie ließ sie weiterlaufen, hob aber den Kopf, um mit eigenen

Augen und nicht durch den Sucher zu erleben, was ich sagen würde.

»Er ist dein Vater.«

»Okay.«

»Hör zu, Davy: Ich bin dein Cousin ...«

»Unsere Mütter waren Schwestern.«

»Genau.«

»Wer ist mein Vater?«

»Davy ...«

»Der Mann?« Er hatte das Foto hervorgeholt, drückte es gegen seine Brust und starrte es dann an.

»Ja«, sagte ich und merkte, dass er allmählich begriff. Cecily stieß einen Seufzer aus. Diesen Seufzer würden wir später löschen müssen.

»Ich möchte hin«, sagte Davy. »Fahren wir mit dem Zug?«

Als er von unseren Reiseplänen hörte, erbot sich Vasily, uns gratis in einer seiner Limousinen den ganzen Weg bis Fourth Lake, New Hampshire, zu fahren.

»Das wird auch für mich eine Fahrt in die Vergangenheit«, sagte er.

Ich hatte Vasily von unserem Ziel erzählt. Im Grunde war es nur eine Vermutung, die auf dem beruhte, woran sich Miss Lyle erinnerte, dem, was ich im Internet herausgefunden hatte, und dem, was ich noch aus der Nacht des Schneesturms im Gedächtnis hatte, als Ike mir Geschichten über die nahezu mythischen Winter an einem Ort namens Fourth Lake erzählt hatte.

Wir befinden uns kurz vor Springfield, Massachusetts, in einem alten, cafeteriaartigen Restaurant an der Interstate. Wir schieben unsere Tabletts auf den Chromstangen bis zu dem Tresen mit warmem Essen und schauen durch die trapezförmigen Glasscheiben auf die Salate, die klumpigen Hauptgerichte und Nachtische. Vasily sagt, er kenne die Familie, die diesen Laden führe. Er habe hier oft gegessen, als er noch als Wrestler auf Tournee gegangen war, meist mitten im Winter.

Er mustert die Bedienungen und Angestellten hinter dem Tresen und hofft, jemanden wiederzuerkennen – oder erkannt zu werden. Er hat sich die Chauffeursmütze weit in den Nacken geschoben.

Doch die Bedienungen kennen ihn nicht. Sie sind allesamt Teenager. Niemand erinnert sich an einen Wrestler aus den frühen Sechzigern. Die Aufmerksamkeit der Angestellten gilt eher Cecily, die Davy filmt, während er in der Schlange steht. Sie hockt fast auf den Knien, um meinen durch die Cafeteria gehenden Cousin aus der Froschperspektive dramatisch ins Bild zu setzen. Von einem leichten Nicken und seinen weit auseinanderstehenden Augen abgesehen, unterscheidet sich Davy nicht von den anderen Gästen. Wir bezahlen und suchen uns einen Tisch.

»Hast du Ike angerufen, Noah?«, fragt Vasily. Er spricht »Ike« wie »Hike« aus.

Ich antworte, ich hätte keine Nummer gefunden. »Offenbar hat er kein Telefon.«

»Davy?«, fragt Cecily, während ich die Soßenbläschen auf meinem Fleischstück betrachte. »Was wäre, wenn wir deinen Dad nicht finden?«

Die Kamera läuft, aber Davy ist inzwischen daran gewöhnt. Er mag Cecily und versucht, all ihre Fragen zu beantworten. Wir haben ihm unser Vorhaben erläutert – soweit wir uns selbst darüber im Klaren sind –, und er hat sich bereit erklärt, uns zu helfen.

»Nicht finden«, sagt er.

Wir sitzen in einer Ecke an einem der Fenster, die zu einer Einkaufszeile an der Route 5 zeigen, dem parallel zur Interstate verlaufenden alten Highway, und Davy schaut aus dem Fenster, als würde er sich gerade im Anblick eines Ozeans verlieren.

»Ich weiß, was ich dann tue«, sagt er.

»Und was?«, fragt Cecily, und ich stelle mir ihre Stimme auf dem Soundtrack vor, gedämpft und wie eine Fragestellerin aus dem Off, vielleicht auch ersetzt durch meine Stimme, live auf der Bühne, die während unseres multimedialen Stücks die gleichen Fragen stellt. Das Publikum wird zu einer riesigen Leinwand aufblicken, die Davy im Dreiviertelprofil zeigt, ein Winkel, der die Anomalien seiner Gesichtszüge verbirgt und die unverkennbare Ähnlichkeit mit Ike Devoe betont.

»Und was?«, frage ich im Restaurant, genau wie ich später auf der Bühne fragen werde.

»Ich habe ja mein Bild«, verkündet Davy, zieht es aus der Brusttasche seiner Sportjacke und hält es in die Kamera. Cecily zoomt das Foto heran. Ich stelle mir vor, wie die Gesichter auf dem Fünfzigerjahrefoto den Sucher und die Leinwand im Theater ausfüllen. Die zwei jungen Frauen. Der junge Ike. Mehr Anhaltspunkte haben wir nicht.

Vasily, der neben Cecily sitzt, kann über ihre Schulter den aufklappbaren Sucher sehen. Auch er ist an Davys Antwort interessiert. Während des kurzen Schweigens merke ich, dass Cecily die Kamera auf mich gerichtet hat.

»Ich suche weiter«, sagt Davy.

»Ganz allein?« Diese Frage stellt Vasily. Inzwischen machen wir alle mit.

»Ja«, sagt Davy, klingt aber nicht mehr ganz so selbstsicher. Diese Möglichkeit hat er nicht eingeplant. Sie ist ihm nie in den Sinn gekommen. Er wollte Cecily entgegenkommen, und nun hat er das Gefühl, in der Falle zu sitzen.

Ich lege ihm eine Hand auf den Unterarm. Meine Berührung beruhigt ihn. Er wiederholt: »Ja. Ja. Ich suche weiter. Allein.« Er legt das Foto weg. Dann schaut er direkt in die Kamera und sagt: »Oder mit euch.«

Interstate 91, Vermont. Wir haben gerade die Chester-Ludlow-Ausfahrt hinter uns gelassen. Cecily sitzt mit mir hinten in der Limousine; Davy, der vorn neben Vasily sitzt, hat eine Mappe mit Straßenkarten, topografischen Karten und Touristenkarten auf dem Schoß. Karten von New Hampshire.

Ich frage ihn, woher er sie hat.

»Ich habe sie bestellt. Mr Watkins hat geholfen«, antwortet Davy.

»Und du schaust sie alle an?«, frage ich.

»Ja.«

Vor uns liegt ein einzelner Berg, der die Hügel ringsum überragt. Als sich vor uns die graue Wolkendecke teilt, werden auf der Spitze mehrere Funkantennen sichtbar. Vasily probiert sein Handy aus. Er hat wieder Empfang.

Er hört seine Nachrichten ab und beginnt dann hektisch zu wählen. Man hat den Eindruck, als wollte er das Handy bei jedem Anruf durch die Windschutzscheibe schleudern.

Er spricht ausschließlich russisch und gibt seinen Mitarbeitern Anweisungen. Wenn die Verbindung schwächer wird, brüllt er.

Ich höre, wie er die Gespräche mit Adressen in Manhattan und im Umkreis von New York würzt; vermutlich schickt er Limousinen los und treibt Rechnungen ein. Ich bilde mir sogar ein, dass er einmal die Adresse der Marshalsea Academy nennt.

Trotz Vasilys ständigem Gerede ist Davy neben ihm eingenickt. Sein Kopf lehnt am Seitenfenster. Mir fällt auf, dass er extra für die Fahrt beim Friseur war. Bei diesen Dingen helfen ihm vermutlich die Sozialarbeiter oder Mr Watkins. Von der Rückbank aus kann ich ein Tartan-Muster von Falten auf Davys Nacken sehen – mein Cousin wird langsam alt.

Cecily, die links von mir sitzt, hantiert knisternd mit einer von Davys Karten. Ich lese den Namen des Flusses, den wir gerade auf einer Brücke überqueren. »Ompompanusuc«, sage ich, eine harte Nuss auf Schlaganfallistanisch.

Wenn ich mich so höre, frage ich mich, ob ich jemals wieder auftreten kann. Joe Chaikin hat es geschafft. Nachdem er in den Achtzigern einen Schlaganfall hatte, spielte er weiter und brachte gemeinsam mit Sam Shepard ein paar Stücke auf die Bühne. Wenn ich mich recht erinnere, gab es in diesen Aufführungen allerdings sehr viel Percussion und andere Einlagen. Chaikin bestritt die Sache nicht ausschließlich mit seiner Stimme.

»Ich bin mir nicht sicher, ob ich das ganz allein schaffe«, sage ich, und Cecily lässt die Karte sinken. Sie begreift sofort, dass ich die Aufführung meine, über die wir nachgedacht haben.

»Deine Stimme ist sehr sinnlich«, erwidert sie. »Sie hat sich verändert, sicher, und die Leute werden sich erst mal daran gewöhnen müssen, aber deine Intonation hat eine ganz wunderbare, neue Musikalität. Sie überrascht mich immer wieder. Deine Stimme verleiht dem Gesagten ganz neue Untertöne. Wir sollten sie verstärken.«

Sie hört sich an, als würde sie gerade einen Finanzierungsantrag formulieren, doch sie hat mich fast überzeugt. Das schafft sie immer wieder, und dafür liebe ich sie. Manchmal schäme ich mich allerdings für meine Bedürftigkeit. Einerseits möchte ich noch mehr tröstende Worte hören, andererseits nicht. Am liebsten würde ich das Thema wechseln, doch ihr Vorschlag, meine Stimme zu verstärken, lässt mich nicht los.

»Verstärken?«

»Ja. Mit einem Mikro«, sagt sie. »Deine Stimme klingt am schönsten, wenn sie ganz entspannt ist. Aber du könntest noch vertraulicher klingen. Mithilfe eines Mikros könntest du sogar flüstern. Wie ein DJ mitten in der Nacht. Sehr verführerisch.«

»Welches Theater hast du im Sinn«, frage ich, »wenn du von einem Mikro sprichst?«

Cecily runzelt die Stirn. »Weiß ich auch nicht. Irgendeins.«

»Ein großes?«

»Warum nicht?«

»Das Beaumont?«

»Zum Beispiel.«

»Aber nicht unbedingt, oder?«

»Scheiße, Noah, ich weiß nicht, welches Theater. Ich weiß nicht, was ich dir antworten soll. Irgendeines wird es sein. Irgendein Theater. Irgendeines Tages.«

»Klar. Entschuldige.«

»Oh, Mann. Sei nicht sauer.« Sie neigt sich zu mir hin, schaut zu mir auf und schwenkt die Kamera, als wollte sie wieder filmen. Ich stoße sie mit einer sanften Bewegung fort. Mit meiner guten Hand.

Vasily hat am Stadtrand von St. Johnsbury ein Motel entdeckt. (»Wer ist dieser Heilige, dieser Johnsbury?«, will er wissen.) Es handelt sich um einen vierstöckigen, nagelneuen Lizenzbau in der Nähe der Ausfahrt, der wie das Herrenhaus einer Südstaaten-Plantage aussieht und so gar nicht in die Hügel von Vermont passt. Innen riecht es nach Teppichkleber und Rigips. Die in rotbraunen und cremefarbenen Tönen gehaltenen Uniformen der Angestellten sehen aus wie gerade eben ausgepackt, denn alle Falten befinden sich an den falschen Stellen. Wie sich herausstellt, besucht jeder, der hier arbeitet, noch die Highschool.

Vasily hat die Limousine, die drei Parkplätze einnimmt, vor dem Hoteleingang abgestellt.

»Die Leute werden denken, hier wäre irgendeine große Nummer abgestiegen«, sagt er zu dem Angestellten an der Rezeption.

Der Parkplatz des Hotels ist praktisch leer. Der Angestellte sagt zu uns: »Rattenscharf!«

Vasily teilt sich ein Zimmer mit Davy; ich eines mit Cecily.

Davy zieht seinen neuen Rollkoffer durch den mit Teppich ausgelegten Flur und wirft alle paar Schritte einen Blick über die Schulter, um zu sehen, wie sich der Koffer macht, den ihm Cecily extra für diese Reise gekauft hat. Vasily schleppt das restliche Gepäck allein.

Ich frage, ob jemand mit ins Schwimmbecken des Hotels möchte. Cecily und Davy lehnen ab; Vasily sagt Ja. Er wird statt seines Work-outs ein paar Runden schwimmen.

Beim Schwimmen fühle ich mich fast anmutig. Abgesehen vom Schlafen ist es die einzige Aktivität auf Erden, die mir dieses Gefühl gibt. Als ich endlich im Becken bin, das so stark nach Chlor riecht, dass meine Augen tränen, krault

Vasily schon seine Bahnen. Hier sind wir ganz allein. Vasily sieht aus wie eine lebendige Insel: Sein riesiger Körper ist von einem Mangrovenwald aus dichtem grauem Körperhaar bedeckt. Trotz seines Alters hat er immer noch mehr oder weniger die Figur aus der Zeit, als er als Wrestler auf Tournee war. Sein Bauch ist gerundet, aber straff, die Beine sind gebogen, sein Bizeps ist gewaltig.

Ich mache ein paar Züge, und dann taucht Vasily neben mir auf. Er trägt Schwimmbrille und Badekappe.

»Noahshenka, ich bin froh, kurz mal allein mit dir reden zu können.«

Hinter ihm schwappt das Wasser so stark, dass ich mich verschlucke und kurz husten muss. Ich frage ihn, was er auf dem Herzen hat.

»Preise. Ich bin heute unterwegs angerufen worden. Der Markt erholt sich. Wir – du könntest gutes Geld für die Schauspielschule bekommen.«

Wir strampeln durchs Wasser bis zum Beckenrand und halten uns am Abfluss neben der Leiter fest.

»Durch Vermietung?«, frage ich.

»Nein, durch Verkauf.«

»Wie viel?«

»Millionen.«

»Genauer?«

»Ein paar. Drei. Vielleicht sogar mehr. Das Gebäude ist alt, Noah.«

»Was wollen die Leute damit anstellen?«

»Eigentumswohnungen.«

»Ich dachte, alle wollen weg aus New York.«

Vasily schüttelt den Kopf. »Das war einmal. Die Zeiten ändern sich.«

»Dann wollen sie das Gebäude also umbauen?«

Vasily schüttelt wieder den Kopf. »Abreißen.«

»Dürfen sie das? Das Gebäude hat doch einen historischen Wert. Wahrscheinlich steht es sogar unter Denkmalschutz. Und die Nachbarn werden auch ein Wort mitreden wollen. Eigentumswohnungen könnten in diesem Block schwer zu verkaufen sein.«

»Das Gebäude ist doch schon halb verfallen. Es ist ziemlich marode, Noah.«

»Ich weiß.«

»Diese Leute, die ich kenne«, sagt Vasily leise, und seine Stimme vermischt sich mit dem Gurgeln im Abfluss dicht neben unseren Ellbogen, »sie könnten loslegen, während wir weg sind. Oder wann immer es dir passt.«

»Loslegen?«

»Ja. Etwas tun. Mit dem Gebäude. Um den Verkauf anzuschieben.«

»Spinnst du? Nein. Bestimmt nicht. Nein.«

»Sie können alles, was du behalten möchtest, ausräumen. Und dann ...«

»Nein. Nein. Um Gottes willen, Vasily, ich hätte nicht gedacht, dass du ...«

»Hey. Ich habe nichts unternommen, Noahshenka. Und ich habe den Leuten gesagt: Nein. Sie waren noch gar nicht dort. Ich wusste ja, was du sagen würdest. Da bin ich ganz deiner Meinung. Und mach dir keine Sorgen. Nichts wird passieren. Trotzdem ist dies eine super Gelegenheit. Ich will dir einfach erklären, wie die Sache funktioniert. Für diese Leute bist du nur ein Klient unter vielen. Sie können mit jedem Klienten umgehen, egal, wie er drauf ist. Du bist ein Typ, der auf der sicheren Seite sein will. Schön. Du willst, dass keine Katastrophe mit deinem Besitz passiert. Schön. Wenn du eine andere Art von Klient wärst, würden sie auch mit dir klarkommen. Das ist das Immobiliengeschäft in New York. Überall im großen Chaos in Downtown läuft das Gleiche ab. Egal, ob Ground Zero oder eine kleine Schauspielschule. Sind alles Immobilien. Da wirken die gleichen Kräfte. Aber du – du kannst am Ende gutes Geld machen.«

»Klar«, sage ich.

»Der Zeitpunkt ist richtig«, sagt Vasily.

»Meine Mom und Dorthea sind dort beerdigt«, sage ich.

»Ja, stimmt. Aber sie wussten doch von Anfang an, dass nichts bis in alle Ewigkeit gleich bleibt. Das wussten sie schon vor ihrem Tod. Weißt du – egal, was passiert, sie werden zusammenbleiben. Als Ensemble.«

Er gibt mir mit seiner riesigen Pranke einen Klaps auf die Schulter. Er signalisiert mir durch ein Nicken, die Leiter hinaufzusteigen. Da ich die Chromstange mit der rechten Hand nicht gut greifen kann, schiebt Vasily meinen Hintern nach oben, und ich scheine mich wie durch Zauberhand aus dem Wasser zu erheben.

Wir liegen im Bett und lesen. Cecily schläft zuerst ein. Ich gehe pinkeln, und auf dem Rückweg drücke ich mein Ohr gegen die Wand, die uns von Vasilys und Davys Zimmer trennt. Ich kann die beiden Männer schnarchen hören. Dann gehe ich ans Fenster und horche auf den Verkehr, doch alles ist still. Wir sind zu weit im Norden. Morgen werden wir nach New Hampshire fahren und uns dann noch weiter nach Norden in das Land begeben, in das Ike Devoe geflohen ist. Auf einem Hügel kann ich die zerklüfteten Silhouetten von Fichten erkennen.

Ich schalte den Fernseher ein, stelle den Ton aus und zappe mich durch die Sender. Die Rückblicke anlässlich von

9/11, das ein halbes Jahr zurückliegt, sind inzwischen vorbei. Es läuft eine alte Folge von *Law & Order*, die mir bekannt vorkommt. In dieser Folge spiele ich mit. (Im Laufe der Jahre dürfte ich ein halbes Dutzend Gastauftritte in dieser Serie gehabt haben. Sie ist ein solch verlässlicher Arbeitgeber für New Yorker Schauspieler, dass viele meiner Kollegen die Serie nicht mehr in ihren Lebensläufen erwähnen. Das ist ungefähr so, als wollte man sich damit brüsten, dass man sich die Schuhe zugebunden hat.)

In der Folge, die gerade läuft, spiele ich einen durchgeknallten Obdachlosen. Ich werde im Verhörraum von Jerry Orbach in die Mangel genommen. Ich stelle lauter, aber nur so, dass ich eben etwas hören kann. Ich klinge nicht übel. Ich laufe herum, wirke in die Enge getrieben und rede und rede, und es scheint, als hätte ich geahnt, was mir bevorstand. In der Szene höre ich mich an wie jetzt.

»Beruhige dich.«

Das sagt Jerry Orbach. Nein, Cecily sagt es. Sie dreht sich im Bett um und blickt zum Bildschirm.

»Ach so, das warst du gar nicht«, sagt sie verschlafen, und ihre raue Stimme klingt fast wie die von Jerry Orbach. »Das ist der Fernseher. Ich dachte schon, du hättest etwas gesagt.«

»Habe ich in gewisser Weise auch.« Ich zeige auf den Bildschirm. »Und ich dachte, du wärst Jerry Orbach«, sage ich.

Cecily reibt sich den Schlaf aus den Augen, und als sie die Serie erkennt und merkt, dass ich den Obdachlosen spiele, muss sie lächeln.

»Oh, Mann, sieh nur. Da warst du noch so jung«, sagt sie und lässt sich vom Ellbogen aufs Kissen fallen. Vor der Werbepause schläft sie schon wieder tief und fest.

Im Norden von New England ist eine Stretch-Limousine ein höchst seltener Anblick. Nachdem unser weißer Cadillac in Vermont die Interstate verlassen und den Connecticut River überquert hat, um auf Nebenstraßen weiter nach Nordosten zu fahren, sehen wir Menschen, denen wortwörtlich der Mund offen steht. Auf den Höfen halten die Kinder beim Bau ihrer fragilen Schneeburgen inne, um das Auto zu betrachten; Fahrer von Schneemobilen, die Overall und Raumfahrerhelm tragen, rasen auf den Feldern gestikulierend neben uns her; Frauen auf dem Parkplatz eines Supermarkts bleiben mit ihren Einkaufswagen im Schneematsch stehen und starren uns an, als Vasily an einer Tankstelle auf der anderen Straßenseite hält.

Ich bestehe darauf, dass wir nicht nach dem Weg fragen. Ich erzähle den anderen, dass Fourth Lake auf einer von Davys Karten eingezeichnet sei. Wir sollten erst einmal hinfahren und uns umschauen. Ich habe Sorge, dass Ike vor unserer Ankunft Wind von uns bekommt und die Leute bittet, uns in die Irre zu schicken.

Wir fahren durch lange, schluchtartige und von Fichten gesäumte Nebenstraßen und landen auf einem ungeteerten und schlecht geräumten Straßenabschnitt fast im Graben. Vasily gefallen die Trucks mit den zwei Anhängern, die Baumstämme aus den Wäldern schaffen. Diese mit dreizehn Meter langen, schneeverkrusteten Stämmen beladenen Monster, die aussehen, als würden sie in jeder Kurve von der Straße abkommen, beunruhigen ihn nicht die Spur. Er lacht. »Stretch-Limos für Bäume«, sagt er.

Am späten Nachmittag biegen wir dann falsch ab. Wir kommen an einem Farmhaus vorbei, das ich schon einmal gesehen habe, und ich werfe einen Blick auf Cecily. Sie runzelt die Stirn.

Vasily nickt ständig mit dem Kopf, murmelt vor sich hin und schlägt mit der Handkante aufs Lenkrad. Davy studiert seine Landkarten und summt dabei tief in der Kehle. Wir haben uns verfranzt. Nach einer weiteren Biegung stehen wir vor der kanadischen Grenze. Das war nicht geplant. Eine Stretch-Limousine dürfte hier nicht nur Aufsehen, sondern, schlimmer noch, Verdacht erregen.

Die Wolkendecke ist kurz aufgerissen und lässt das schwache Sonnenlicht durch. Auf der linken Straßenseite steht eine kleine US-Grenzstation, und der Polizist ist nach draußen gegangen, um die Fenster zu putzen. Dahinter tut der kanadische Beamte bei seiner Hütte das Gleiche.

»Internationaler Tag des Fensterputzens?«, murmelt Cecily.

»Was für ein Tag ist das?«, fragt Davy.

»War nur ein Witz«, sagt Vasily.

Wir sind alle ein wenig nervös. Der US-Beamte hat uns bemerkt.

Vasily hält kurz vor der Station. Dann steigt er aus.

»Mann, Vasily, bleib hier«, sage ich. »Polizisten hassen das.«

Der Grenzpolizist weicht erschrocken einen Schritt zurück, als Vasilys riesige Gestalt aus dem Auto auftaucht.

»Wir wollen nicht nach Kanada«, sagt Vasily mit lauter und tiefer Stimme.

Der Grenzpolizist richtet reflexartig die Flasche mit dem Fensterputzmittel auf Vasily, der kurz im Hände-hoch-Stil die Arme reckt. Inzwischen mustert uns auch der Kanadier.

»Wir drehen um. Wir drehen um«, ruft Vasily und malt mit einem Finger Halbkreise in die Luft.

»Kann ich Ihnen irgendwie helfen?«, fragt der Mann.

»Nein, nein. Wir suchen nur Ike Devoe.«

Der Name scheint dem Grenzpolizisten etwas zu sagen,

aber dann kommen ihm offenbar Bedenken: eine weiße Limousine, ein Fahrer mit russischem Akzent, die kanadische Grenze, die getönten Scheiben des Autos.

»Verstehen Sie?«, fragt Vasily.

Cecily und ich schauen von der Rückbank aus zu. Davy wiegt sich vorn langsam hin und her und betrachtet die kanadische Flagge über der hinteren Grenzstation.

»Klar«, sagt der Grenzpolizist. Er kommt jetzt auf uns zu.

»Er kann uns helfen!«, ruft Vasily, der sich zum Auto umdreht.

Der Grenzpolizist hat unser Auto erreicht. Vasily versperrt ihm den Blick auf uns, und die Fenster sind zu dunkel. Ich sitze links. Ich öffne das Fenster und versuche, den Mann zu fragen, ob er Ike Devoe kennt, merke aber sofort, dass mein Schlaganfallistanisch ein Problem ist. Er wirkt erst verwirrt, dann misstrauisch. In diesem Moment beugt sich Davy nach hinten und ruft: »Ike Devoe, Ike Devoe, Ike Devoe!«

»Davy! Bitte! Beruhige dich«, sage ich. Wegen meines Schlaganfalls klinge ich wie er. Unsere mangelhafte Aussprache und unsere seltsamen Stimmen vermischen sich miteinander.

Vasily sagt immer wieder: »Schon gut, schon gut«, und wedelt beruhigend mit einer Hand.

Dann steigt Cecily aus, und da sie klar und flüssig spricht, gelingt es ihr, die Situation rasch zu entschärfen. Cecily beginnt mit einer Entschuldigung. Wir seien falsch abgebogen, sagt sie. Wir hätten nicht die Absicht, nach Kanada zu fahren. Wir würden nach einem alten Freund suchen, der hier irgendwo in der Gegend wohne, ein alter Freund namens Ike Devoe.

»Der Filmstar«, sagt der Grenzpolizist.

»Genau«, erwidert Cecily und versucht, begeistert zu klingen, um den Grenzpolizisten zu ermutigen, uns noch mehr zu verraten.

»Der ehemalige Filmstar«, sagt der Mann.

»Richtig«, sagt Cecily.

»Sind Sie vom Film?«

»Nein«, antworte ich. Dieses Wort bringe ich deutlich heraus, und der Grenzpolizist nickt: Diese Limousine voller Sprachbehinderter kommt sehr wahrscheinlich nicht aus Hollywood.

»Tja, ist wohl auch besser so«, sagt der Grenzpolizist.

»Können Sie uns beschreiben, wie man zur Stadt Fourth Lake kommt?«, frage ich.

»Ist eigentlich keine Stadt. Nicht mehr«, antwortet der Grenzpolizist und erklärt, dass Fourth Lake schon vor Jahren von ein paar Nachbarstädten geschluckt wurde, sodass es im Grunde nicht mehr als eigenständiger Ort existiert.

»Eine Art Brigadoon also«, sagt Cecily.

»Bitte?«, fragt der Grenzpolizist.

Der Kanadier putzt inzwischen wieder seine Fenster. Die Lage hat sich beruhigt.

»Ike Devoe lebt in der Seymour Hill Road?«, fragt Davy.

»Ja«, antwortet der Polizist, relativiert seine Antwort aber gleich: »Glaube ich jedenfalls.«

»Wann hat Ike Devoe Geburtstag?«, fragt Davy.

Der Grenzpolizist wirkt verdutzt und antwortet, das wisse er nicht. Er sieht aus wie Mitte zwanzig, und wahrscheinlich hat er nie einen Film mit Ike Devoe gesehen, ja, vielleicht hat er Ike Devoe auch persönlich nie zu Gesicht bekommen, sondern nur von ihm gehört, möglicherweise von seinen Eltern, falls er hier in der Gegend aufgewachsen ist.

»Wäre nett, wenn Sie einfach umdrehen.« Der Grenzpolizist hat entschieden, dass wir keine Bedrohung für die nationale Sicherheit darstellen, und er zeigt auf eine Stelle, wo Vasily wenden kann.

»Wann haben Sie Geburtstag?«, fragt Davy.

»Um ehrlich zu sein«, antwortet der Grenzpolizist, »habe ich gerade gestern Geburtstag gehabt.«

»Und Ihr Geburtsjahr?«, fragt Davy.

»Neunzehnhundertfünfundsiebzig«, sagt der Polizist und zeigt noch nachdrücklicher auf den Wendeplatz. Einerseits scheint er nett zu Davy sein zu wollen, andererseits möchte er offenbar, dass wir so schnell wie möglich verschwinden.

Davy legt für ein paar Sekunden die Stirn in Falten, dann sagt er: »Freitag!«

Der Grenzpolizist lotst die Limousine, bis sie gewendet hat, und teilt uns dann unwirsch mit, dass Fourth Lake ein Stück weiter im Süden an der alten Route 43 liege. Wir sollen die erste links abbiegen. Als wir wegfahren, sagt Vasily, der in den Rückspiegel schaut: »Dieser Cop wird den Rest seines Lebens versuchen auszurechnen, an welchem Wochentag er geboren wurde.«

»Freitag«, sagt Davy.

»Davy, mein Alter, das bezweifele ich keine Sekunde«, erwidert Vasily und gibt dem neben ihm sitzenden Davy einen Klaps aufs Knie.

»Au«, sagt Davy.

Ich frage Davy, woher er weiß, in welcher Straße Ike wohnt.

»Das weiß ich nicht.«

»Aber du hast doch einen Straßennamen genannt.«

»Seymour Hill Road.«

»Genau. Was ist damit?«

»Ist die einzige Straße in Fourth Lake, an der ein Haus

eingezeichnet ist.« Er hält die topografische Karte hoch. »Der Punkt ist ein Haus. Nur ein Punkt. Nur eine Vermutung.«

»Alles klar«, sagt Vasily. »Seymour Hill Road.«

»Hier rechts abbiegen. Nächste links. Dann wieder schräg links«, sagt Davy, ohne auch nur einen Blick auf die Karte zu werfen.

Vasily biegt in die erste Straße links ein.

»Du bist wirklich der Ferdinand Magellan der Program Development Services«, sage ich.

»Wann hat mein Vater Geburtstag?«, fragt Davy.

Wir müssen alle passen.

»Ich frage ihn«, sagt Davy. »Wenn wir ihn sehen.«

Aus dem Schornstein des Hauses kräuselt Rauch. Wir sitzen in der Limousine, die dort, wo sich die Straße in einen Hügel nagt, in einer Haltebucht steht. Wir blicken auf die Bäume am Hang, die in abendliches Zwielicht getaucht sind. Das Haus unten ist dunkel. Der Rauch ist das einzige Lebenszeichen.

»Gibt nicht mal eine Piste zum Haus«, sagt Cecily.

»Dort könnte ein Weg sein«, sagt Vasily und zeigt auf einen weiß gestrichenen Granitfelsen von der Größe eines Truck-Reifens, der weiter hinten an der Straße steht. »Eine Piste würde die Russenbär-Limousine überfordern.«

»Wir wissen ja nicht mal, ob wir hier richtig sind«, sagt Cecily. Sie filmt alles. Wir flüstern wie Verschwörer.

»Ist das einzige Haus«, sagt Davy.

»Sollen wir alle zusammen hingehen?«, fragt Vasily. »Und Hallo sagen?«

»Wir sind den ganzen weiten Weg gefahren«, erwidere ich.

Davy wiegt sich sanft auf dem Beifahrersitz hin und her. »Ist eine schöne Fahrt«, murmelt er.

»Vielleicht sollte Noah zunächst allein hingehen«, schlägt Cecily vor. »Dann wäre Ike nicht gleich überfordert, wenn er tatsächlich da sein sollte.«

Während sie dies sagt, schaut sie durch die Kamera, und mir kommt es vor, als würde sie uns bei einer Probe Anweisungen geben. Offenbar merkt sie das selbst, denn sie schaltet die Kamera aus und senkt sie auf ihren Schoß. »Wenn du allein gehst«, sagt sie, »fühlt er sich vielleicht nicht so bedrängt.«

Ich bin nicht gerade begeistert von dieser Idee, habe aber selbst keine bessere.

Ich nehme meinen Stock mit, denn der Boden ist tückisch, stellenweise dick vereist und holperig, und als ich auf dem Weg in den Wald ein Dickicht aus Schierlingstannen durchquere, kann ich kaum etwas sehen. Wenn alles gut läuft, kann ich Ike vielleicht für seine alten Freunde interessieren, die in einer Limousine zu Besuch gekommen sind. Das ist der Plan, und ich hoffe, dass er aufgeht. Wie ich Ike einen Sohn vorstellen soll, den er noch nie gesehen hat, weiß ich allerdings nicht.

Cecily hat mir geraten, die Kamera mitzunehmen.

»Man weiß nie«, sagte sie. »Vielleicht kannst du wenigstens das Haus filmen, bevor es ganz dunkel wird.«

Ich humpele den Weg entlang und taste den Boden vor mir mit dem Stock nach vereisten Stellen ab.

Plötzlich ertönt mein Name mit einem ohrenbetäubend lauten Quaken. Ich unterdrücke einen Aufschrei und greife mit der gesunden Hand nach dem Funkgerät in meiner Tasche, um die Lautstärke zu drosseln.

Nachdem mir Cecily oben am Highway die Kamera gegeben hatte, lief Vasily um das Auto, kramte im Kofferraum in einer Plastikkiste und holte ein kleines Walkie-Talkie heraus. Er sagte, das solle ich auch mitnehmen. Damit könne ich sie zur Blockhütte rufen. Oder – und er hatte versucht, beiläufig zu klingen – im Notfall um Hilfe bitten.

»Bist du schon da?«, fragt mich Vasily über Funk.

Ich weiß nicht einmal, in welcher Richtung sich das Haus befindet; ich stecke tief in einem Wald aus Immergrün. Statt eines Funkgeräts hätte ich besser eine Taschenlampe mitnehmen sollen.

»Nein«, sage ich möglichst leise ins Walkie-Talkie. Die Wipfel der Fichten ächzen sanft in dem von Kanada kommenden Nordwind, der uns Menschen hier unten nicht wahrnimmt.

»Alles in Ordnung?«, fragt Vasily.

»Ich melde mich später«, erwidere ich. Ich stelle das Walkie-Talkie aus und folge dem Weg bergab. Eine Tasche wird vom Funkgerät nach unten gezogen und klatscht gegen mein Bein, die andere von der Kamera.

Als sich die Bäume schließlich zur Lichtung hin öffnen, erblicke ich am Ende des Wegs einen kleinen, offenen Schuppen. Er besteht aus alten Telefonmasten und Latten und hat ein Dach aus verrosteten Blechschindeln. Unter dem Dach befinden sich ein paar Werkzeuge, etliche Maschinen- und Autoteile, ein Schneemobil und ein altes Motorrad, bedeckt von einer verrotteten Plane. Ich werfe einen Blick darunter. Im Schatten kann ich kaum etwas erkennen, bilde mir aber ein, dass es sich um die alte Indian mit dem Beiwagen handelt.

Zwischen Schuppen und Haus fließt ein Bach, der von einer sechs Meter langen Hängebrücke überspannt wird. Man kann sie nur zu Fuß überqueren. Die Plankenkonstruktion wird von rostigen Kabeln gehalten, die ebenfalls an zurechtgesägten Telefonmasten befestigt sind. Unter den Eisschollen, die den Bach fast ersticken, wirbelt und schäumt das Wasser.

Ich bleibe wie angewurzelt stehen. Vielleicht sollte ich umkehren.

Obwohl es fast dunkel ist, hole ich die Videokamera heraus und filme das Grundstück. Wenigstens das kann ich tun, denke ich. Ich schwenke die Kamera langsam über das Haus, den Bach, die Brücke, den Werkzeugschuppen. Ich flüstere: »Auftritt ein Junge. Allein.«

Das bringt mich auf den Gedanken, dass ich diese Sache als eine Szene betrachten sollte, die ich zu Ende spielen muss. Und ich kann es schaffen. Von der Gasse auf die Bühne und ins Stück treten.

Die Brücke schwankt unter meinen unsicheren Schritten, und auf der Mitte werde ich nervös, ja, mir wird sogar ein wenig übel. Der Geruch des Rauchs, der aus dem Schornstein der Hütte aufsteigt, irritiert mich. Er stinkt, als würde man nicht nur Holz, sondern auch Müll verbrennen.

Die Brücke verstärkt das durch den Schlaganfall bedingte Humpeln. Ich habe das Gefühl, wieder im Krankenhaus bei meinem Physiotherapeuten zu sein, der mir aus dem Bett hilft, damit ich meine ersten Schritte tue. Damals gab die schwankende Welt unter meinen Füßen nach. Ich klammerte mich an den Mann und sagte, mir werde gleich schlecht.

»Nein, bestimmt nicht«, erwiderte er.

Und genau das sage ich jetzt, auf der Brücke, zu mir selbst: »Nein, bestimmt nicht.« Ich umklammere das rostige Kabelgeländer und achte darauf, nicht mit der Hand daran entlangzufahren. Ich lasse los, strecke den Arm aus, greife zu; lasse los, strecke aus, greife zu. Ich denke an Dr. Wing. Ich flüstere die Worte, konzentriere mich auf die Lautproduktion, wie sie es genannt hat. Loslassen, ausstrecken, zugreifen, gehen.

Ich schaffe es. Am anderen Ufer des Bachs, auf festem Boden, ist der Rauchgeruch zwar stärker, aber nicht mehr

Übelkeit erregend. Das Haus ist völlig heruntergekommen. Es hat dringend einen neuen Anstrich nötig; früher scheint es weiß gewesen zu sein. Es fehlen Schindeln, und die Löcher in den Fensterscheiben sind mit Plastikplanen abgedichtet. Auf der Südseite ist der Dachfirst ein Stück eingebrochen und ungeschützt Wind und Wetter ausgesetzt.

Ich erwarte Hundegebell, das meine Ankunft meldet. Ike Devoe hatte zwar nie viel für Hunde übrig, aber ein so marodes Anwesen müsste eigentlich von ein oder zwei Hunden bewacht werden. Doch es bleibt still.

Aus dem Haus dringt ein schwaches Licht, das in der verdreckten Scheibe der Haustür flackert. Ich schaue kurz zurück über den Bach zum Hügel. Die Limousine kann ich nicht sehen, doch die Bäume und Felsvorsprünge pulsieren in einem fahlen Rot auf. Vasily hat offenbar das Warnblinklicht eingeschaltet.

Der Wind, der im Wald durch die Wipfel der Fichten gefahren ist, weht jetzt in die Talmulde, und ich fröstele.

Wie so viele der alten und nicht ganz stilechten Häuser in New England hat auch dieses keine Veranda, sondern nur einen kistenartigen Vorbau vor der Haustür. Er umgibt die Tür wie eine Luftschleuse, die die Kälte dämmt. Das Haus besteht aus Sperrholz und Plexiglas – es wirkt wie zusammengestückelt. Ich drehe mich wieder um, doch anstatt an die Tür zu klopfen, gehe ich zum matt leuchtenden Vorderfenster. Wahrscheinlich lockt mich das Licht an. Vielleicht mag ich aus dieser Entfernung auch nichts auf Schlaganfallistanisch rufen. Hinter mir seufzt der Wald. Ich bilde mir ein, oben auf der Straße ein Auto vorbeifahren zu hören, schaue aber nicht hin. Das Geräusch könnte auch vom Wind stammen.

Ich bewege mich langsam und leise. Ich lehne meinen Stock gegen das Haus und halte mich an der Wand fest. Die

Videokamera klatscht gegen meine Hüfte. Das hier kann ich nicht filmen. Mal davon abgesehen, dass ich durch meine Anwesenheit die Privatsphäre des hier lebenden Menschen verletze, wer immer es sein mag, darf ich nicht vergessen, warum ich hier bin. Wegen Davy, ja, aber auch meinetwegen. Was ich in diesem Haus suche, kann man nicht auf Video aufzeichnen. Deshalb verzichte ich auf die Kamera. Ich selbst werde die Kamera sein.

Vor dem Fenster hängen alte, vergilbte Laken. Als hätte ich vor, ein Bild für die Kamera zu arrangieren, kommt mir der Gedanke, dass diese Vorhänge und das Licht im Haus alles, was ich gleich sehen werde, in einen milden Sepiaton tauchen werden. Ich schiebe mein Gesicht behutsam an die Scheibe, dicht genug, um mit dem rechten Auge etwas erkennen zu können.

In den Schatten regt sich etwas. Ein Mann und eine Frau sitzen sich vor einem Ofen gegenüber; ich sehe sie im Profil.

Natürlich habe ich damit gerechnet, dass die Zeit ihren Tribut gefordert hat, aber das hier verblüfft mich dann doch. Ich erkenne Ike Devoe an seiner vorspringenden Stirn und den strahlend blauen Augen. Sie leuchten sogar in diesem Dämmerlicht. Doch oben auf dem Kopf ist er kahl, und das verbliebene Haar, das er lang trägt und zum Pferdeschwanz gebunden hat, ist von stumpfer, aschblonder Farbe. Er lächelt, und ich sehe, dass ihm etliche Zähne fehlen.

Ike und die Frau sitzen sich gegenüber und lächeln sich an, und der Feuerschein flackert, als die Frau einen Arm ausstreckt, um Ike eine Flasche zu reichen.

Ike Devoe trinkt einen Schluck, gibt die Flasche zurück, und die Frau beginnt zu singen.

Die Frau ist stämmig, ihr Gesicht ist zerfurcht. Sie trägt einen schwarz-rot karierten Jagdmantel aus Wolle und hat sich ein Tuch um den Kopf geschlungen, unter dem die Haare fast waagerecht hervorragen. Auf ihrer Nase sitzt eine mit Klebeband geflickte Brille.

Eine Szene wie in einem Märchen: Greis und Greisin tief im Wald in einer Hütte. Während ich die beiden betrachte, wandern meine Gedanken weit in die Vergangenheit zurück, und ich muss daran denken, wie ich Ike Devoe und meiner Tante durch das Kellerfenster der Schauspielschule bei der Probe zugeschaut habe.

Ich habe mein ganzes Leben damit verbracht, durch Fenster und Vorhänge zu schauen, die gerahmten Ausschnitte unzähliger Theaterportale, durch die »vierte Wand« in unendlich vielen Bühnenbildern, durch Sucher und Linsen. Jetzt bin ich hier und spiele schon wieder den Späher.

Drinnen sehe ich noch etwas: Krücken. Sie lehnen an Ikes Stuhl. Alte, hölzerne Krücken, deren Achselstützen mit Lumpen umwickelt sind.

Ich mustere Ike genauer und sehe, dass er über den schweren Arbeitsstiefeln eine grüne Arbeitshose mit ausgefransten Säumen trägt, und da, zwischen den Säumen und dem Rand der Stiefelschäfte, kann ich die skelettartigen Stahlrohre von Beinprothesen erkennen.

Beide Beine. Ein Unfall? Vielleicht mit dem Motorrad? Kettensäge? Schneemobil? Vielleicht auch Diabetes. Durch das Trinken verursachter Diabetes.

Ich greife nach meinem Stock. Ich muss die ganze Sache überdenken. Wie können mein behinderter Cousin und ich einen Fuß in diesen Raum setzen? Drinnen höre ich leises Lachen. Der Hof liegt jetzt im Mondschein, und es ist kalt. Ich finde den Stock nicht. Ich recke den Arm noch weiter und rutsche plötzlich auf einer vereisten Stelle aus, die sich durch von der Traufe tropfendes Schmelzwasser gebildet hat.

Ich stürze, und als ich auf dem Eis unter dem Fenster herumkrabbele, verstummt das Singen, und aus dem Haus sind ein Schlurfen und ein dumpfes Pochen zu hören.

Ich krieche über das Eis. Ich taste nach dem Stock, den ich anscheinend umgestoßen habe und der wie ich irgendwo im Eismatsch liegt.

Eine Lampe flammt auf, ein greller Lichtstrahl fällt durch das Vorderfenster. Der Strahl zuckt über den Hof, dann wird die Haustür aufgestoßen. Sie entlässt ein mattes Licht und fällt wieder zu, das Licht wird schwächer, und ein Gewehr knallt. Der Schuss ist nicht laut, aber hinter mir höre ich ein blechernes Pfeifen und ein Krachen, das mir verrät, dass tatsächlich eine Kugel abgefeuert worden ist. Das war weder die Fehlzündung eines Autos noch ein Knallkörper oder eine Platzpatrone.

»Wer ist da?«

Das ist Ikes Stimme; er muss gleich im Eingang stehen. Ich kann ihn nicht erkennen. Offenbar steht die Frau am Fenster und richtet den Lichtstrahl direkt auf mich. Da mich das Licht blendet, zucke ich zurück.

»Ike. Ich bin es. Noah Pingree«, sage ich. Meine nächsten Worte kann ich selbst kaum fassen, doch ich füge hinzu: »Nicht schießen.«

»Was?«

Verdammt – er versteht mich nicht.

Ich befolge den Rat von Dr. Wing und hole so tief Luft, als wollte ich Geburtstagskerzen auspusten.

»Nicht. Schießen.«

»Schon kapiert. Wer bist du? Das hier ist Privatgelände.«

»Ich bin Noah Pingree.«

Schweigen. Ike rührt sich nicht. Ich spreche zu einem Schatten, der im Kabuff vor der Haustür steht. Es gleicht einer schmalen Vorbühne, nur dass ich den Schauspieler nicht sehen kann. Das Licht sticht mir in die Augen.

»Noah Pingree«, sage ich noch einmal zu dem Schatten.

»Du klingst komisch«, sagt Ike.

»Ich hatte einen Schlaganfall.«

»Alte Männer haben Schlaganfälle.«

Ich zucke im Lichtstrahl mit den Schultern. Am liebsten würde ich sagen: Tja, du hast einen vor dir.

Ich versuche, mich umzudrehen und auf die Beine zu kommen.

»Nicht bewegen!« Ike brüllt fast.

Ich falle zurück, und mir wird bewusst, dass ich gar nicht genau weiß, um wen es sich bei diesem Mann handelt. Ich war mir anfangs zwar sicher, dass es Ike Devoe ist, aber es könnte ebenso gut ein durchgeknallter Einsiedler mit einer Knarre sein.

»Bist du Ike Devoe?«, frage ich.

»Was, wenn ich es wäre?«, erwidert die Stimme.

»Ich bin gekommen, um dich zu besuchen.«

»Noah Pingree?«

»Ja.«

Ein langes Schweigen. Weiter hinten auf dem Hof kann ich das Rauschen des Bachs hören. Vermutlich hat die Truppe in der Limousine den Schuss nicht gehört, weil er vom Bach übertönt worden ist. Ich würde gern Ausschau nach dem Warnblinklicht halten, aber ich will die anderen noch nicht verraten.

»Besser, du verschwindest«, sagt Ike.

»Ich soll verschwinden?«

»Ja, wäre besser.«

Einen Moment lang bilde ich mir ein, im Haus die Stimme der Frau zu hören, aber wegen des Rauschens des Bachs bin ich mir nicht sicher.

Wieder Schweigen. Dann ertönt Ikes Stimme im Eingang. Sie klingt noch hohler, noch müder. »Besser, du verschwindest, Dad.«

Ich komme langsam auf die Füße. Der Lichtstrahl folgt mir. Mein Stock ist weg. Ich bin wackelig auf den Beinen. Die Videokamera scheint mir aus der Manteltasche gefallen zu sein. Meine linke Seite ist verdreckt. Von meinen Fingerspitzen tropft eiskalter Matsch.

»Ich habe jemanden mitgebracht, Ike.«

Der Lichtstrahl zuckt über den Hof, wird über die Stellen mit Schnee geschwenkt, das Geröll und die Felsbrocken am Ufer des Bachs, er kämmt das Gelände und gleitet dabei ein paarmal über mich hinweg.

»Wen?«, ruft Ike.

Der Lichtstrahl bleibt stehen und wird wie auf ein Stichwort hin wieder auf mich gerichtet.

»Davy«, sage ich.

Noch mehr Schweigen oder, besser gesagt, ein noch lauteres Rauschen des Bachs und ein leises Schmatzen des Matsches, als ich das Standbein wechsele. »Weißt du, wen ich meine?«

»Ja.«

Ikes Stimme klingt, als würde sie schrumpfen oder sich von mir zurückziehen; vielleicht brechen auch Stückchen davon ab und treiben im Bach davon.

»Soll ich ihn zu dir bringen, Ike? Ich kann ihn holen.«

Ich zeige zur Haltebucht. Aber ich mag immer noch nicht hinschauen.

»Nein.« Das Wort ertönt im Hauseingang. Sehr leise.

»Vasily ist auch da, Ike. Klingt verrückt, aber er hat uns bis hierher gefahren.«

»Vasily?«

»Er hat uns gefahren. Er hat jetzt einen Limousinenservice.«

»Ike«, sagt die Frau im Haus. Ihren Unterton könnte ich auf Schlaganfallistanisch nur mit Mühe anschlagen. Sie hebt am Ende des Wortes wie zur Warnung die Stimme.

»Verschwinde, Dad«, sagt Ike, und er klingt so vertraulich, als würde er mir etwas ins Ohr flüstern. Ein schlechtes Zeichen.

»Ich verschwinde erst, wenn du ihn gesehen hast, Ike.«

»Verschwinde von meinem Grundstück«, sagt er.

»Ike, bitte.«

Ich tue einen Schritt auf das Haus zu. Ein komisches Gefühl, mit einem Schatten zu sprechen.

Noch ein Gewehrschuss. Und ein Klatschen dicht vor meinen Füßen.

»Gott!«

Das Wort entfährt mir unwillkürlich. Und ich höre, wie der Schatten flucht. Vielleicht war es gar nicht Ike. Vielleicht hat diesmal die Frau abgedrückt und auch Ike überrascht. Ich weiß es nicht. Aber wer auch immer geschossen hat, ich erstarre.

»Verschwinde!«, sagt die Stimme im Schatten.

Habe ich eine Wahl?

Ich mache kehrt und stolpere durch den Schlamm und die vereinzelten Stellen mit Schnee zur Brücke. Ich versuche, halbwegs elegant zu gehen, was mir gründlich misslingt, denn mir fehlt der Stock. Die Strecke ist tückisch. Als ich mitten auf der Hängebrücke stehe, denke ich: Zum Teufel noch mal! Ich bleibe stehen. Ich drehe mich um und blicke zurück.

Die Frau richtet immer noch den Lichtstrahl auf mich und verfolgt vom Fenster aus meinen Weg. Doch aus dieser Entfernung blendet mich das Licht nicht mehr so stark.

Im Mondschein kann ich sehen, dass Ike aus dem kleinen Vorbau des Eingangs getreten ist. Er steht auf dem Hof im silbrigen Dämmerlicht und sieht aus, als wäre er zwischen seinen Krücken aufgehängt worden.

»Dad, kannst du mich hören?«, ruft er.

»Ja«, rufe ich.

»Ich kann das nicht«, sagt er. »Tut mir leid. Ich habe es nie über mich gebracht. Und jetzt ist es zu spät. Schau mich doch an.«

Später werde ich daran denken, wie er im Treppenhaus der Schauspielschule zu mir herabschaute; dann, wie er in der Wüste von New Mexico oben auf dem Kameraturm stand. Und ich werde diese Erinnerungen mit dem Anblick vergleichen, den er bot, als ich auf der schwankenden Brücke stand und ihn auf seinem heruntergekommenen Hof sah.

»Schau mich doch an!«, wiederholt er.

»Ike ...«, will ich sagen, doch er schneidet mir das Wort ab.

»Verschwinde.«

Im Tunnel des Walds, der zur Straße hinaufführt, stolpere und schwitze ich, obwohl es eiskalt ist. Der Bach, der aufgefrischte Wind und das Adrenalin dröhnen in meinen Ohren. Ich atme schwer. Herrgott noch mal, ich könnte hier mitten im Wald wieder einen Schlaganfall erleiden. Dr. Roos hat zwar immer gesagt, dass das nicht zu befürchten stehe, aber an eine solche Nacht hatte er dabei bestimmt nicht gedacht.

Ich versuche, mich zu beruhigen, und überlege, was ich den anderen berichten soll. Ich werde nichts erzählen. Jedenfalls so wenig wie möglich. Aber wie konnte ich den Stock und die Kamera verlieren? Das werden sie wissen wollen.

Mir schwirrt der Kopf von diesen Gedanken, als mir auffällt, dass oben, wo die Limousine steht, blaue Lichter über die Bäume und Felsvorsprünge tanzen. Obwohl es in meinem Kopf pocht und ich wackelig auf den Beinen bin, beschleunige ich meine Schritte.

Als ich die Straße erreiche, sehe ich zwei Polizeiwagen in der Haltebucht. Die blauen Lichter pulsieren in verrückten Rhythmen, und allem Anschein nach sind mehrere Beamte aus den Autos gestiegen. Ich höre Funkgeräte knistern, Rufe und lange, wolfsartige Stöhnlaute.

Ein Auto der State Troopers und ein Streifenwagen der lokalen Polizei haben die Limousine in die Zange genommen. Zwei Cops drücken einen Mann auf den Kofferraum der Limo. Der Mann hebt den Kopf und heult auf. Es ist Davy. Ich haste schwankend und mit den Armen rudernd den Weg hinauf.

Cecily ruft etwas, und einer der Cops legt eine Hand auf sein Pistolenhalfter, als Vasily einen Schritt in Richtung des heulenden Davy tut.

Ich versuche, mich noch mehr zu beeilen, doch mein Sprint gleicht eher einem Veitstanz, den ich mitten auf der Straße aufführe. Ich brülle, merke aber, dass es wie ein Keuchen klingt.

Der Cop, der Vasily im Blick hat, brüllt laut: »Keine Bewegung!« Sein Ruf übertönt den ganzen Aufruhr, und es tritt genau in dem Moment Stille ein, als ich angehumpelt komme und auf Schlaganfallistanisch rufe: »Nein, warten Sie, verdammt! Er ist behindert!«

Alle wenden mir den Blick zu. Ich bleibe stehen.

»Was?«, fragt einer der Cops, die Davy festhalten.

Ich bin außer Atem, mir ist schwindelig, ich zittere. Ich bringe kein Wort mehr hervor. Ich versuche wieder, wie zum Auspusten von Geburtstagskerzen Luft zu holen, und meine

Brust hebt und senkt sich wild, doch ich bekomme nur eine winzige Prise Luft in die Lungen, die sich anfühlt wie ein Nadelstich. Ich bin wie gelähmt. Ich kann nur winken und mit dem Kopf schütteln.

»Sag das nicht!«

Das ist Davy.

»Sag das nicht!«

Ich winke noch einmal. Ich schüttele den Kopf. Inzwischen bekomme ich wieder mehr Luft. Ich werde diese Sache durchstehen.

»Sag das nicht.«

Die Cops lockern den Griff, mit dem sie Davy halten.

Er wiederholt ständig seine Worte und klingt fast wie ein Schauspieler, der unterschiedliche Betonungen ausprobiert. Seine Stimme verrät mir, dass er erst mich anspricht, dann alle anderen und schließlich sich selbst. Er zieht sich in sich zurück und murmelt immer wieder: »Sagdasnicht – sagdasnicht.« Er schnieft leise.

Vasily bewahrt Ruhe, und Cecily ist klug genug, um zu wissen, dass man den Cops in dieser Situation nicht mit naseweiser Großstadtargumentation begegnen kann.

Vielleicht ist es der Wunsch, der Kälte und dem Dunkel und dem unablässigen Pulsieren der Blaulichter zu entkommen oder diesen Vorfall so rasch wie möglich zu den Akten zu legen und es bei einer Fußnote im Dienstbuch zu belassen; jedenfalls gehen die Cops zu den üblichen Formalitäten über. Sie fragen nach Ausweisen.

Ich habe genau wie Vasily und Cecily meinen Führerschein dabei. Und zum Glück trägt Davy, der keinen besitzt, unter dem Hemd die Ausweiskarte seines Kurierdienstes an einer Schnur um den Hals.

Die Grenzpolizisten hatten sich beraten und beschlossen, eine große, weiße Limousine mit schrägen Insassen, die mit seltsamem Akzent gesprochen und sich nach Hollywood-Schauspielern, Geburtstagen und einer nicht mehr existierenden Stadt erkundigt hatten, bei der Polizei zu melden.

»Waren Sie nicht auf der Suche nach Ike Devoe?«, fragt mich einer der Cops. »Das haben die Leute an der Grenze erzählt.«

»Wir sind alte Freunde«, erwidert Vasily. »Wir kennen uns alle von früher aus New York.«

»Aha. Und?« Der Cop sieht mich an, schaut zum Haus, sieht wieder mich an.

»Es war niemand da«, antworte ich. Der Cop nickt, doch meine Sprechweise scheint seinen Argwohn zu wecken.

Der State Trooper weiß nicht, wer Ike Devoe ist, und will die Sache auf sich beruhen lassen. »Komm, wir verschwinden – hier hat einfach nur jemand nach dem Weg gefragt.«

Der in meiner Nähe stehende Cop nickt. Der State Trooper geht zu seinem Streifenwagen. Als er wegfährt, beschreibt der andere Cop Vasily den Weg und gibt seinem Kollegen dann einen Wink. Das Knistern des Funkgeräts dringt aus dem offenen Autofenster.

Einer der beiden Cops hilft Vasily, die Limousine aus der Haltebucht zu bugsieren.

Erst als Vasily die Limousine wendet, fällt mir auf, dass Davy am Rand der Haltebucht dicht vor dem Abhang steht, die Füße in einem schmutzigen Schneehaufen. Er weint. Cecily steht neben ihm, tröstet ihn, hat ihm einen Arm um die Schultern gelegt. Im Blaulicht sieht es aus, als würden sie auf und ab springen, und ich befürchte, dass sie bei einem Blinken plötzlich einen Satz tun und verschwinden könnten. Am liebsten würde ich beide umarmen.

»Tut mir sehr leid«, sagt der Cop. »Er hat sich aufgeführt

wie ein Verrückter. Ist regelrecht aus dem Auto gestürmt. Jetzt ist mir klar, dass er Probleme hat, aber das konnten wir ja nicht wissen. Wir mussten ihn irgendwie ruhigstellen.«

»Klar«, sage ich.

Cecily führt Davy zur Limousine, und der auf der Straße stehende Cop öffnet ihnen die Tür – eine unerwartet galante Geste.

»Er ist zu Hause«, sagt der Cop zu mir. »Wissen Sie das?«

Wir stehen am Straßenrand und blicken auf das Haus hinab. Wenn man genau hinsieht, kann man im Fenster einen schwachen Lichtschein erkennen. »Er ist immer zu Hause.«

Ich nicke. Ich bemühe mich um eine möglichst saubere Aussprache: »Ist einfacher, wenn er nicht da ist.«

Der Cop denkt über diese Worte nach und scheint mir zuzustimmen.

»Eine Frau ist bei ihm«, sage ich.

»Eine alte Lady aus Chartierville. Gleich hinter der Grenze zu Quebec«, erwidert der Cop.

»Leben sie zusammen?«

»Ab und zu. Meist im Winter. So kommen die alten Kerle hier durch den Winter. Sie nehmen sich eine Haushälterin.«

»Verstehe.«

»Gelegentlich kommt mal jemand wie Sie vorbei und erkundigt sich nach ihm.«

»Was sagen Sie dann?«

»Dass er uns gebeten hat, seine Privatsphäre zu schützen. Das hat er in Wahrheit nie getan. Jedenfalls nicht direkt. Aber wir machen es trotzdem. Ist ja eine kleine Stadt.«

»Die nicht einmal mehr existiert«, sage ich. Er scheint nicht zu verstehen, was ich damit meine, doch er nickt.

Vasily sagt, wenn wir einverstanden seien, fahre er uns auf direktem Weg zurück nach New York. Wir stimmen zu. Ich sitze vorn, Davy und Cecily sitzen hinten.

Als ich bei unserem ersten Tankstellenstopp vor Wells River unter der Überdachung der Zapfsäulen stehe, bemerkt Cecily meine mit Matsch verschmierten Kleider. Ich sage ihr, dass ich ihr später alles erklären werde, aber erst einmal mit Davy reden müsse. Er steht vor der Zapfsäule und betrachtet die Zahlen, die über die Anzeige surren.

Ich entschuldige mich bei ihm. Ich sage ihm, ich hätte es nicht so gemeint. Ich hätte das nur gerufen, damit die Cops ihn loslassen. Ich hätte ihn nicht verletzen wollen.

»Okay«, sagt er und starrt weiter die Zahlen auf der Zapfsäule an. Vermutlich beruhigt ihn das irgendwie.

»Wirklich?«

»Ja. Okay«, sagt er.

Und er wirkt tatsächlich wieder ruhig und gelassen.

»Wer war im Haus?«, fragt er. »Niemand?«

Mir liegt auf der Zunge zu sagen: Ja, niemand, und es dabei zu belassen. Aber so plump kann ich Davy nicht anlügen. Das kann ich ihm nicht antun.

»Ike Devoe war da, Davy.«

»Ike Devoe?«, erwidert er. »Wir sind nicht zu ihm gegangen. Warum nicht? Wegen der Cops?«

»Nein, es war nicht wegen der Cops, Davy.«

»Warum sind wir nicht hingegangen?«

Ich rede mich mit einem Teil der Wahrheit heraus.

»Es geht ihm nicht gut«, sage ich.

»Ist er zu krank für Besuch?«

»Ja, genau«, sage ich.

»Sollst du wiederkommen, wenn es ihm besser geht?«, fragt Davy.

»Das könnten wir machen«, sage ich.

»Aber jetzt fahren wir nach Hause?«

Ich nicke.

Er denkt kurz darüber nach. Vermutlich ordnet er seine geistige Landkarte neu: die Punkte, die für Häuser stehen; das einzige Haus in Fourth Lake, für uns nun gleichsam ein Sperrgebiet.

Ich höre das Klicken des Zapfhahns. Der Tank ist voll.

»Okay«, sagt Davy. Er dreht sich zu mir um und sieht mich fast genauso gleichmütig und arglos an wie damals, als er vor der Zentrale des Kurierdienstes auf mich gewartet hat, vielleicht sogar wie bei meinem allerersten Blick auf ihn, als er im Treppenhaus der Schauspielschule in den Armen seiner Mutter lag.

Ich habe das Gefühl, dass es für Davy tatsächlich okay ist, ja, dass er vielleicht sogar erleichtert ist, nach Hause in sein altes Leben zurückzukehren, das Leben, das ihm vertraut ist.

Später sitzt Davy während der Fahrt vorn, und Cecily, die hinten neben mir sitzt, fragt mich flüsternd, ob ich schlafe. Ich verneine.

Sie möchte wissen, was passiert ist. Ich sage ihr, dass es Davy gut geht und dass ich mich bei ihm entschuldigt habe.

»Bei dem Haus, meine ich«, sagt sie. »Der Matsch auf deinen Kleidern.«

Also erzähle ich ihr im Flüsterton von Ike, der Frau und dem Gewehr.

»Habt ihr die Schüsse nicht gehört?«

»Nein.«

Sie erzählt mir, dass Davy nach der Ankunft der Cops ausgerastet sei.

»Wahrscheinlich waren es die vielen Lichter. Wir hatten so lange im Dunkeln gewartet«, sagt sie. »Er ist aus dem Auto gesprungen und hat nach dir gerufen. Aber die Cops haben ihn sofort gepackt.«

»Er scheint darüber weg zu sein«, flüstere ich.

Dann fragt sie nach der Kamera. Ich schüttele den Kopf, zeige ihr meine leeren Hände.

»Oh, Noah.«

Ich wende mich von ihr ab und schaue aus dem Fenster. Wir sind irgendwo in Massachusetts.

»Das war es dann wohl mit unserem Stück«, murmelt sie.

Den Rest der Fahrt schweigen wir.

DREIZEHN

Während der nächsten paar Wochen herrscht genau das zwischen uns allen: Schweigen.

Allerdings kein vollkommenes. Cecily verbringt zwar viel Zeit im Theater und übernachtet dort sogar gelegentlich, aber ich sehe sie hin und wieder. Ab und zu telefoniere ich mit Davy. Doch es scheint etwas Unausgesprochenes zwischen uns zu stehen. Ich habe das Gefühl, als würde jeder hinter einer Gaze seine Rolle spielen.

Davy hat meine Version dessen, was sich vor dem Haus in Fourth Lake zugetragen hat, nie angezweifelt. Offenbar führt er sein Leben einfach weiter oder ist – besser gesagt – in sein altes Leben zurückgekehrt, das er vor der Fahrt zur Grenze und zum Haus seines Vaters geführt hat.

Cecily beschäftigt sich intensiv mit den Proben für *Melville ohne Moby* beziehungsweise *Die Qual des Wals* oder wie auch immer das Stück nun heißt. An den Abenden, wenn sie in den Horst kommt, merke ich, dass es nicht gut läuft.

Die Reise hat uns alle irgendwie mitgenommen – alle bis auf Vasily, der mir schon bald darauf das Angebot eines Geschäftsfreundes präsentiert, der die Marshalsea Academy kaufen möchte.

»Absolut solide«, sagt er.

Ich lasse das Kaufangebot von meinem Anwalt prüfen. Alles sieht gut aus. Absolut solide.

Doch eine Woche später wird das Angebot zurückgezogen. Dann liegt es wieder auf dem Tisch. Dann herrscht wieder Ungewissheit. Erst will der Käufer das Gebäude abreißen. Dann will er es erhalten. Es gibt denkmalpflegerische Bedenken. Bedenken hinsichtlich des Stadtbilds. Es gibt Bedenken wegen des Kaufpreises, weil das Gebäude so dicht an Ground Zero liegt. Vasily kommt sogar bei mir vorbei, um sich zu entschuldigen. Er hätte gedacht, sagt er, dass alles viel einfacher sein würde.

»Aber Immobilien sind komplizierter, als ich dachte«, sagt er. »Es frisst dich auf. Ich sollte wohl besser bei meinem Leisten bleiben und weiter den Chauffeur spielen. Jemanden bei einer Adresse abholen und an einer anderen absetzen. Und die Finger von diesen Immobilien-Sachen lassen.«

Gut möglich, dass auch ich von einer Immobilie aufgefressen werde. Die Mauern des alten MADA-Gebäudes werden immer undurchdringlicher. Ich gehe nur noch selten vor die Tür. Meine Wohnung kommt mir vor wie eine urbane Version von Fourth Lake. Ich werde immer mehr wie Ike. Ich verkrieche mich.

Als ich eines Abends doch nach draußen gehe, um auf dem Weg zum Fluss über alles nachzudenken, ruft mich Davy auf dem Handy an. Er will wissen, wo ich bin. Da ich gerade die Lichtsäulen sehe, antworte ich spontan, ich sei auf dem Weg dorthin. Ich habe die Gedenkstätte, die man ein halbes Jahr nach den Anschlägen errichtet hat, noch nie besucht. Von der MADA aus kann ich die Lichtsäulen über den Dächern sehen. Sie werden die Nacht nicht mehr lange erhellen.

Davy sagt, er komme auch.

»Willst du dir die Lichter anschauen?«, frage ich und denke, dass er dazu eigentlich nur vor die Tür gehen müsste, egal, wo er sich in New York gerade aufhält.

»Nein«, sagt er. »Ich möchte dich treffen. Dir etwas geben.«

Wir beenden das Gespräch, und ich gehe am Fluss nach Süden. Es ist Anfang April, und die Nacht ist ungewöhnlich warm für diese Jahreszeit. Sogar jetzt, um neun Uhr abends, sind Leute mit Rollerblades und Jogger unterwegs, Menschen, die sich nach der Arbeit entspannen, ein paar Kinder und Kindermädchen, die abends arbeiten müssen, ja sogar ein Typ, der wie besessen auf Skiern mit Gummirädern dahinstürmt. Von Westen weht ein Wind, der kleine, weiße, geisterhafte Gischtkappen auf das Wasser des Flusses zaubert.

Als ich auf der Höhe von Point Thank-You bin, stelle ich fest, dass niemand dort ist. Irgendjemand hat einen Zettel (»Danke – ihr seid Helden«) und einen Topf mit Blumen dagelassen, die im Fahrtwind des Verkehrs schwanken. Ich gehe weiter zur Gedenkstätte, die sich nicht weit vom Westrand der Unglücksstelle befindet. Im Gegensatz zur Plattform bei Ground Zero, wo die Touristen Schlange stehen, kommt mir dieser Platz mit den Scheinwerfern fast wie ein Park vor. Leute schlendern vorbei, und alle schauen in den Himmel. Überall blitzen Kameras. Ich erschrecke, als ich Körper auf dem Boden sehe, begreife dann aber, dass es sich um Fotografen handelt, die sich auf den Rücken gelegt haben, um den Himmel besser ins Bild zu bekommen.

Achtzig Flutlichter aus Las Vegas bilden zwei gigantische, meilenweit sichtbare Lichtsäulen, die an den Anschlag und die beiden Türme erinnern. Die Scheinwerfer, ihre Stromkabel und die Gerüste befinden sich hinter Aluminiumverschlägen. Bei den Scheinwerfern handelt es sich um riesige schwarze Lichtkanonen, deren blau-weiße Strahlen vor dem

Nachthimmel zu Säulen verschmelzen und an diesem Abend in etwa sechshundert Meter Höhe an die Wolkendecke stoßen. Meist sind die Säulen starr und wirken, als wären sie massiv. Doch bei Nebel oder wenn Rauch über Ground Zero aufsteigt, beginnt das Licht plötzlich zu wabern; dann scheint es eine gallertartige Konsistenz zu haben. Wenn sich der Nebel aufgelöst hat, meint man wieder, zwei feste Türme vor sich zu haben.

Dieses Licht zum Himmel zu schicken ist eine großartige Geste. Das Licht ist zugleich fest und ätherisch. Man ist jedes Mal überrascht, wenn man eine Taube oder Möwe durch die Strahlenbündel fliegen sieht. Beim Durchqueren der weißen Säulen wird jeder Vogel zu einem blassen Blitz. In meiner Nähe zählen ein paar Kinder die Vögel, die aufleuchten und wieder ins Dunkel tauchen.

Mir wird schwindelig, weil ich den Kopf zu lange in den Nacken gelegt und nach oben geschaut habe. Die Zwillings-Lichtsäulen erinnern mich an meinen Bruder und meinen Vater. Die gegabelten Zwillingsblitze. Das gewaltige Licht. Die Vögel. Die Menschen, die gesprungen sind. Ich muss den Blick abwenden.

Und ich bin nicht allein mit Spaziergängern und Fotografen. Manche Menschen weinen leise, halten einander bei den Händen oder bedecken die Augen.

Als ich mich wieder gefasst habe, erblicke ich Davy. Er hat mich noch nicht bemerkt. Er steht vor dem hohen, graugrünen Aluminiumverschlag und versucht, einen Blick auf die Apparate zu erhaschen, die all das Licht produzieren. Doch schon bald wendet er sein Interesse anderen Dingen zu: den nahen Gebäuden, einem Stück Papier, das ein Luftzug nach oben wirbelt, dem leisen Piepen eines zurücksetzenden Trucks. Ich gehe zu ihm und berühre ihn am Ärmel.

Er sagt Hi, und dann plaudern wir ein bisschen auf die für Davy typische Art. Es geht ihm gut. Bei der Arbeit ist es prima. Mr Watkins ist nett.

Ich frage ihn, ob er auf die Plattform bei Ground Zero oder lieber am Fluss entlanggehen möchte, wo man einen besseren Blick auf die Lichtsäulen hat.

»Nein«, sagt er und zieht an seiner Schultertasche – eine der Kuriertaschen aus Segeltuch und Gummi, wie sie alle bei den Program Development Services haben.

Mir fällt auf, dass die Leute uns beobachten. Nicht meinetwegen, denn ich bilde mir nicht ein, dass man mich von meinen Monologen oder den paar Fernseh- und Filmauftritten kennt. Außerdem habe ich mir die Baseballkappe ziemlich tief ins Gesicht gezogen.

Nein, die Leute betrachten Davy. Vielleicht wegen seiner weit auseinanderstehenden Augen, vielleicht auch aus einem anderen Grund. Als ich ihn an diesem warmen Frühlingsabend betrachte, fällt mir auf, wie gut er aussieht. Auf eine schräge Art. Er hat etwas von Ikes Qualitäten und zieht automatisch die Aufmerksamkeit auf sich. Und mir kommt der Gedanke, dass sich Davy trotz seiner Behinderung langfristig besser halten wird als Ike.

Im nächsten Moment habe ich eine unheimliche Vorahnung. Oder handelt es sich nur um die Erinnerung an etwas, das ich mir irgendwann vorgestellt habe? Vielleicht liegt es auch nur daran, dass ich vor diesen gewaltigen Lichtern stehe. Meine Erinnerung, Vorahnung oder was auch immer es sein mag, gilt Davy und mir, und wir stehen auf einer Bühne. Wie oft habe ich in meinem Leben Trost im Scheinwerferlicht der Bühne gesucht, in Lichtern, die nur dazu gedient haben, mich vom Publikum und von der im Dunkeln liegenden Welt zu trennen. Doch hier kommt das Licht nicht von oben, sondern schießt von unten in die Dunkelheit. Wie eine Bitte, die wir von der Erde aus zum Himmel senden. Denn wer von uns ist schon unversehrt? Schauspieler, Mitgefangene, die Stadt, wir alle. Wir stehen hier und schicken mit diesem Licht eine Bitte ins Dunkel.

Davys Pieper ertönt.

»Hast du einen Kurierauftrag?«, frage ich. »Um diese Zeit?«

»Nein. Heute nicht mehr. Ich habe Feierabend. Das ist mein Betreuer. Er will wissen, wo ich bin. Ich fahre jetzt nach Hause. Aber erst gebe ich dir etwas.« Und er greift unter den Kragen seines Rugbyhemds und zieht die Plastikhülle mit der Ausweiskarte seines Kurierdienstes hervor, die an einer kleinen Kette hängt. Hinter dem Ausweis steckt das Foto, das ich damals von unseren Müttern und Ike gemacht habe. Er zieht es mit seinen kleinen Händen heraus.

»Du bist dran«, sagt er. »Behalt es eine Weile. Damit du deine Mutter sehen kannst. Dann gibst du es mir zurück. Dann bewahre ich es auf. Dann gebe ich es wieder dir.«

»Gut«, sage ich und nehme das Foto. Ich betrachte die drei Menschen. »Danke. Aber bist du dir sicher? Es gehört doch jetzt dir.«

»Ja.«

»Ich könnte eine Kopie machen«, sage ich. »Dann hätte jeder von uns ein Bild.«

»Nein«, erwidert Davy. »So finde ich es besser.«

Sein Pieper ertönt wieder, und er geht. Ich fühle mich ein bisschen orientierungslos und bin zugleich neidisch, weil Davy Aufgaben hat, Orte, an die er sich begeben kann, und Leute, die sich bei ihm melden. Ich blicke noch einmal zum Himmel auf, zähle ein paar Vögel, die das Licht kreuzen, und denke daran, wie sehr ich das Gefühl auf der Bühne geliebt habe – das Gefühl, mich durch das Licht zu bewegen. In einem Stück kam es mir immer vor, als würde mich das Licht ummanteln und mir einen Weg durchs Dunkel bahnen. Das war sozusagen mein Kurierdienst. Ich hielt mich in einer hell erleuchteten Provinz auf und war gleichzeitig mit unzähligen anderen Menschen verbunden. Dieses Gefühl hatte ich auf der Bühne. Und es fehlt mir.

Ein paar Wochen später taucht Cecily auf. In letzter Zeit habe ich sie selten gesehen. *Das Melville-Projekt* (so der aktuelle Arbeitstitel) ist vorerst auf Eis gelegt.

»Vielleicht wird nie etwas daraus«, antwortet sie auf meine Frage, wie es laufe. Doch es scheint ihr nichts auszumachen. Sie kommt herein wie ein Wirbelwind. Sie wirkt angespannt. Erst jetzt wird mir bewusst, wie sehr ich sie vermisst habe. Den Widerspruch zwischen ihrem Elan und ihrem geschmeidigen Tänzerinnengang, zwischen ihrer Zähigkeit und ihrem federweichen Haar. Sie gleitet an mir vorbei und drückt sich eine sackartige Handtasche fest gegen den Bauch.

»Hast du über unsere Aufführung nachgedacht?«, fragt sie.

»Die Melville-Sache?«

»Nein«, erwidert sie. »*Unser* Projekt.«

Nein, sage ich, das hätte ich nicht getan. Na ja – ich habe es getan, wenn auch vor allem, weil mich das, was passiert ist, deprimiert. Ich will mich nicht mehr damit beschäftigen. Ich kann nicht behaupten, zu viel zu tun gehabt zu haben, und ich mag Cecily nicht gestehen, wie faul ich geworden bin.

»Ich habe darüber nachgedacht«, sagt sie, »und ich habe ein bisschen Kleinkram erledigt. Ich habe die Polizei in New Hampshire angerufen. Schließlich hatte ich den Mann am

Apparat, der in der Nacht Dienst hatte, als wir dort waren. Ich habe mich vorgestellt, erzählt, dass wir eine Videokamera bei dem Haus verloren haben, und ihn gefragt, ob er vielleicht danach schauen könnte. Ich habe die Wahrheit ein bisschen strapaziert und behauptet, sie würde Davy gehören. Aber er hat gesagt, er wolle sehen, was er tun könne. Schau mal.«

Sie zieht die Kamera aus ihrer Tasche.

»Wir haben sie wieder«, sagt sie. »Und nicht nur das ...«

Sie hebt leicht die Stimme und trifft genau den richtigen Ton; verführerisch, wie in einem Werbespot. Sie strahlt, und ihre Augen leuchten. *Und nicht nur das ...*

»Was?«, flüstere ich fast atemlos.

»Unsere Aufnahmen sind noch da. Und nicht nur das ...«

»Ja?«

»Ike hat noch etwas hinzugefügt.«

VIERZEHN

Es kann losgehen.

Das Lincoln Center hat Interesse. Sie haben das Stück gesehen, und wir werden verhandeln.

Es kann losgehen. Sogar auf Schlaganfallistanisch klingt das gut. Abseits des Broadway ist das ein geheiligter Satz. *Es kann losgehen.* Diese Worte sind entweder ein Gerücht oder ein Gebet, ein Köder oder ein Zauberspruch. Jeder Schauspieler will sie hören.

Das Stück heißt *Seit unserem letzten Gespräch.* Cecily hatte diese Idee. Wir kündigen es als einen meiner Monologe an, obwohl auch Davy mitspielt.

Seit unserem letzten Gespräch ist das letzte Stück, das an der Marshalsea Academy of Dramatic Arts aufgeführt wird, bevor das Gebäude endgültig geschlossen wird.

Noch ist die alte Schauspielschule nicht verkauft und die Aufführung noch ungewiss, doch in beiden Fällen nehmen die Dinge Gestalt an. So läuft es am Theater. Vielleicht auch im Immobiliengeschäft. In ein paar Wochen werden wir hier raus sein. Entweder ziehen wir aus oder setzen das Stück ab. Das Gebäude wird entweder renoviert oder abgerissen werden.

Natürlich stellt sich die Frage, was mit der Asche meiner Mutter und der Dortheas geschieht. Ich habe beschlossen, dass sie ein Teil dessen werden sollen, was auch immer auf diesem Areal entsteht. Meine Mutter und Dorthea wussten, dass es irgendwann so kommen würde.

Außerdem sagte Dorthea immer, das Schöne am Theater sei nicht zuletzt seine Vergänglichkeit.

»Man muss dort sein«, sagte sie stets. »Sonst ist das Theater gar nichts. Irgendwann ist die Vorstellung unwiederbringlich zu Ende, aber wenn sie stark war, wird sie zu einer Legende.«

Und wenn sie stark ist, muss man sein Leben ändern. Das Stück beobachtet uns.

So etwas will ich von *Seit unserem letzten Gespräch* nicht behaupten, zumal es noch nicht vollendet ist. Obwohl wir es bereits vor Publikum aufführen, arbeiten wir weiter daran. Vor ausverkauftem Haus.

Das Stück enthält einen Teil des Materials, das ich in der Zeit vor dem Schlaganfall für meinen Monolog im Lincoln Center vorbereitet hatte. Es enthält einiges über den Schlaganfall. Und über den elften September. Darüber, dass ich damals nicht bei Bewusstsein war.

Doch das meiste dreht sich um Davy und mich. Die Idee, ihn mit in die Aufführung einzubeziehen, kam mir an dem Abend bei den Lichtsäulen. Ich sprach mit Cecily darüber, nachdem sie sich den von Ike gedrehten Teil des Videos angeschaut hatte; da war uns klar, dass wir das Material für eine Aufführung hatten. Wie sie aussehen würde und wann sie fertig wäre, wussten wir nicht. Doch wir wussten, dass wir an *irgendetwas* dran waren. Und das ist am Theater ein großartiges Gefühl.

Während ich dies schreibe, muss ich an Tante Stephanie denken. Ich glaube, sie wusste, dass sie das besondere Etwas hatte, als ich sie damals mit Ike hinter der Akademie proben sah. Das wusste sie, obwohl sie betrunken war, und dieses Wissen zog sie an die Schauspielschule zurück. Sie wusste, dass sie etwas Besonderes hatte.

Das wusste auch Ike. Er wusste es von meiner Tante, und er wusste es von sich selbst. Auch er hatte das besondere Etwas. Am Ende hat er es verschwendet, und für ihn dürfte das eine Befreiung gewesen sein, etwas, das ich erst richtig begriff, als ich das Video sah.

Davy mit in die Aufführung einzubeziehen war nicht ganz einfach. Wir mussten ihn auf diese Herausforderung vorbereiten. Wir probten in der Schauspielschule, und ich stellte ihm einfache Aufgaben: auf die Bühne kommen, im Scheinwerferlicht stehen, aufblicken, hinter einem Vorhang hervorlugen, im Kunstschnee stehen, auf den Videobildschirm schauen, auf ein Stichwort hin »Nein!« rufen. Sobald er all das konnte, holten wir Publikum dazu. Cecily, unsere Regisseurin, war natürlich immer anwesend. Dann baten wir Vasily, zuzuschauen; dann bildeten Vasily und Mr Watkins das Publikum. Ein paarmal lud ich sogar Miss Lyle ein. Sie alle schauten zu, während Bühnenbildner, Crew und Techniker dazustießen. Davy gewöhnte sich an die Wiederholungen, die Routine und das Publikum.

Er macht seine Sache wunderbar. Im Grunde spielt er beständiger als ich. Ursprünglich hatte ich vor, ihm die Rolle des Jungen zu geben, der in meinen Koma-Szenen auftauchte. Gegen Ende des Stücks werden dann die Aufnahmen unserer Fahrt auf Bildschirmen gezeigt, die rings um die Bühne verteilt sind, und das Publikum begreift, dass Davy, der Cousin, leibhaftig mit auf der Bühne steht, genau in diesem Moment und vor aller Augen.

Die Aufführung ist kompliziert. Es ist ein Erinnerungsstück mit vielen Toneinsätzen und Lichtstimmungen; dazu kommen die Video- und Diaprojektionen, der oben von der Beleuchterbrücke rieselnde Schnee und die von mir entdeckte, knisternde Aufnahme eines Vortrags, den Dorthea in den Sechzigerjahren gehalten hat.

Mit den Mikrofonen komme ich gut zurecht. Sie stecken auf Ständern und hängen von der Decke. Ich kann mich von Mikro zu Mikro bewegen. Cecily hatte recht: Mithilfe der Elektronik kann ich meine Stimme viel besser modulieren. Sie klingt nicht so befremdlich. Zum ersten Mal seit dem Schlaganfall habe ich wieder Vertrauen in die Töne, die ich anschlage.

Das Ende haben wir leicht verändert. Damit meine ich das Ende unserer Aufführung im Vergleich mit dem Ende, das der Besuch in Fourth Lake in Wahrheit genommen hat.

Zum einen wird Fourth Lake nicht erwähnt. Ich sage einfach nur: »Im Norden von New England, kurz vor der kanadischen Grenze.« Zum anderen lasse ich offen, ob wir Ike Devoe tatsächlich begegnet sind und ob wir alle wirklich so wild auf diese Begegnung waren; ich deute an, dass wir uns vielleicht alles nur eingebildet haben, und offen bleibt auch, ob das Video, das wir am Ende des Monologs abspielen, tatsächlich Ike zeigt oder nur etwas ist, das wir inszeniert haben.

Wir haben auch Szenen aus den frühen *Glücksjäger*-Folgen eingebaut. Aufnahmen, in denen er direkt vor der Kamera den Colt zieht. Ein junger, schöner Revolverheld. Dann erzähle ich, wie ich diese Sendung als Kind unten im Keller dieses Gebäudes sah (und die Bildschirme zeigen Cecilys Aufnahmen der leeren Kellerräume), wie ich mich nach Ike sehnte, ein kleiner Junge, der sich Bruder und Vater zurückwünschte und sich Ike mit all den anderen Fans teilen musste. An dieser Stelle meines Monologs sitzt Davy auf dem Fußboden und schaut auf den Bildschirm. Ich erzähle, wie ich auf Ikes Bitte hin aufbreche, um in seinem Film mitzuspielen, wie das Projekt platzt und schließlich ein Monolog wird. Es hat dazu geführt, dass ich jetzt hier bin.

Dann komme ich auf die Begegnung vor dem Haus zurück und schildere, wie sie hätte verlaufen können. Und danach zeigen wir Ikes Videoaufnahmen.

Als Cecily sie mir zum ersten Mal im Horst vorführte, hatte ich das Gefühl zu schweben, ja, durch die Zeit zu treiben. Genau das Gleiche fühle ich jeden Abend, wenn ich mir die Aufnahmen auf der Bühne anschaue.

Kurz bevor ich das Video zum ersten Mal sah, hoffte ich, dass es eine Botschaft für Davy und mich enthalten würde. Dass Ike in die Kamera sagen würde, es tue ihm leid oder er vermisse uns oder er wolle zurückkehren. Irgendeine Art von Botschaft, extra für uns.

Doch seine Aufnahmen enthalten nichts dergleichen, und die Qualität ist schlecht. Offenbar hat Ike die Kamera auf einen Stuhl oder Baumstumpf gestellt und dann eingeschaltet. Für jede Aufnahme tritt er vor das Objektiv. Er spielt einfach nur. Albert herum. Schwingt sich auf den Krücken hin und her. Gut möglich, dass er betrunken ist. Manchmal singt er vor sich hin und lacht. Wie gesagt: Die Qualität der Aufnahmen ist sehr schlecht.

»Lausige Qualität«, meinte Cecily bedauernd, als wir das Video zum ersten Mal im Theater abspielten.

Doch es handelt sich um Ike, und das erklärten wir Davy. Wir befürchteten, dies könnte der schwierigste Teil der Proben für ihn sein. Ich erklärte ihm, Ike habe diese Aufnahmen extra für uns gemacht, weil er uns damals in Fourth Lake nicht habe empfangen können.

Doch wie sich zeigt, gefällt Davy dieser Teil des Stücks am

besten. Er kommt ganz am Ende. Davy sitzt einfach nur da und schaut auf die große Leinwand, und das Publikum sieht ihn im Vordergrund als Silhouette, während Ike hinten auf der Bühne herumkaspert wie in einem dilettantischen Super-8-Film. Es gibt Aufnahmen, die Ike beim Holzhacken zeigen, in einer Hand die Axt, die andere Hand an der Krücke. Ike auf der verrosteten Indian im Schuppen. Ike, der die Kamera in der Hütte im Kreis schwenkt, immer wieder und immer schneller, bis nur noch horizontale Wellenlinien zu sehen sind, die von seinem Lachen begleitet werden. Dann gibt es noch eine Schlenkerpuppe, wie sie Wilbur Jens damals an dem Schneemorgen in Ikes Wohnung in Hell's Kitchen hatte, eine Puppe mit lockeren Gelenken, die an einem Stock gehalten wird. Ike hatte seine Produktionsfirma danach benannt: *Limberjack*.

In dieser Aufnahme ist zu sehen, wie Ike neben dem Ofen mit einer Schlenkerpuppe spielt. Es handelt sich um eine schlichte, unbemalte und gesichtslose Holzpuppe. Ike lässt sie auf einem kurzen, federnden Brett tanzen, auf das er mit der freien Hand schlägt. Dann zieht er den Stuhl dichter vor die Kamera, sodass die tanzende Puppe das ganze Bild ausfüllt. Keine Musik. Kein einziger Laut von Ike. Nur das Klappern und Tapsen auf Holz. Das Unheimliche daran ist die Länge. Die Puppe tanzt und tanzt, und irgendwann hat man das Gefühl, als würde die Aufnahme in Endlosschleife wiederholt werden. Aber das ist nicht der Fall. Nein, sie dauert dreißig bis vierzig Minuten. Eine Ewigkeit. Bis das Band voll ist.

Diese Aufnahme bildet auch das Ende der Aufführung. Wir zeigen sie zwar nicht in ganzer Länge, aber sie ist das letzte Bild. Ike wird sozusagen ausgeblendet, und es gibt nur noch die unaufhörlich tanzende Schlenkerpuppe sowie Davy und mich im Licht auf der Bühne.

Jeden Abend, kurz bevor die Lichter erlöschen, versuche ich, einen Blick auf Davy zu werfen. Bei jedem Auftritt scheint ihn etwas anderes am Stück zu faszinieren.

Ganz am Ende gibt es nur noch uns beide, die letzten zwei Angehörigen unserer Familie, die im Dunkeln vom Publikum betrachtet werden. An manchen Abenden lächelt Davy, an vielen anderen wirkt er gelassen. Ein- oder zweimal hätte ich schwören können, dass ihm Tränen in die Augen traten. Aber vielleicht war es nur Schweiß. An einem Abend musste er ständig kichern und steckte mich damit an. Cecily hat schon lange den Versuch aufgegeben, diesen letzten Moment zu inszenieren.

Genau deshalb ist es mein Lieblingsmoment. Ike ist aus dem Bild verschwunden. Im Grunde ist alles verschwunden. Die Schauspielschule, die Schauspieler. Die Jahre. Manchmal frage ich mich, ob ich all die Zeit verschlafen habe. Was ist noch in der Dunkelheit übrig, die uns auf der Bühne umgibt? An manchen Abenden weiß ich keine Antwort auf diese Frage.

Doch in diesem kurzen Moment gibt es Davy und mich. Und es gibt das Stück, in dem wir auftreten und das jeden Abend endet. Und mir wird bewusst, dass ich genau das am Theater liebe. Jeden Abend entfaltet sich das Stück. Es trägt uns, und dabei weiß man nie, was als Nächstes kommt. Man muss sich auf der Bühne dem Stück hingeben. Und auch das Publikum muss sich ihm hingeben. Denn sobald das Stück begonnen hat, betrachtet es uns alle.

Mein Dank gilt Pam Berlin und Roberta Levitow für ihre erhellenden Hinweise, sowohl bezüglich des Theaters als auch des Manuskripts. Außerdem gilt mein Dank Dr. Scott Grafton und Harvey Poirier für ihren neurologischen Rat, Daniel Swee vom Lincoln Center Theater, Peter Maloney für die Berichte aus seinen Jugendtagen sowie Billy Craig und Nancy Ross Carmean. Einen Teil der Inspiration für Kapitel sieben verdanke ich Diane di Primas *Recollections of My Life as a Woman.*

Dankbarkeit, Zuneigung und tiefster Respekt gelten Nikolaus Hansen und Tim Jung.

Und schließlich gilt mein schwer in Worte zu fassender Dank meiner Frau und »Dialogpartnerin« Faith Catlin. Ohne ihre Liebe zum Theater, ohne ihre Geduld und Hartnäckigkeit als Leserin und ohne ihre Würde als Künstlerin hätte es dieses Stück nicht bis zur Premiere geschafft.